조선 후기 필사본 한문소설집

[개정판]

선현유음

(상)

간호윤(簡鎬允) 주해(註解)·역(譯)

순천향대학교(국어국문학과) 졸
한국외국어대학교 교육대학원(국어교육학과) 졸
인하대학교 대학원(국어국문학과) 졸
현재 서울교대, 인하대 등에서 강의하고 있다.

저서

『한국 고소설비평 연구』(경인문화사, 2002, 문화관광부 우수학술도서)
『마두영전 연구』(경인문화사, 2003)
『억눌려 온 자들의 존재 증명: 고소설비평의 풍정』(이회, 2003)
『개를 키우지 마라: 연암소설산책/고소설비평시론』(경인문화사, 2005)
『기인기사』(푸른역사, 2008)
『고전서사의 문헌학적 탐구와 현대적 변용』(박이정, 2008)
『〈주생전〉·〈위생전〉의 자료와 해석』(박이정, 2008)
『아름다운 우리 고소설』(김영사, 2010)
『당신 연암: 11인의 시선으로 연암을 읽다』(푸른역사, 2012)
『다산처럼 읽고 연암처럼 써라』(조율, 2012, 문화관광부 우수교양도서)
『그림과 소설이 만났을 때』(새문사, 2014, 세종학술도서)
『기인기사록』 하(보고사, 2014)
『구슬이 바위에 떨어진들: 소설로 부르는 고려속요』(새문사, 2016)
『연암 박지원 소설집』(새물결, 2016, 개정판)
『송순기 문학 연구』(보고사, 2016)
『아! 18세기-나는 조선인이다』(새물결, 2017, 근간)
『(글·말) 이야기의 (그림) 이야기: 욕망의 시대, 신연활자본고소설책의도에 나타난 욕망을 찾아서』(소명, 2017, 근간) 등 30여 권의 저서들이 있다.

[개정판] 선현유음先賢遺音 (상)

© 간호윤, 2017

1판 1쇄 인쇄_2017년 04월 25일
1판 1쇄 발행_2017년 05월 05일

주해·역자_간호윤
펴낸이_양정섭

펴낸곳_도서출판 경진
　　　등록_제2010-000004호
　　　블로그_http://kyungjinmunhwa.tistory.com
　　　이메일_mykorea01@naver.com

공급처_(주)글로벌콘텐츠출판그룹
　　　대표_홍정표　편집디자인_김미미 노경민
　　　주소_서울특별시 강동구 천중로 196 정일빌딩 401호
　　　전화_02) 488-3280　팩스_02) 488-3281
　　　홈페이지_http://www.gcbook.co.kr

값 25,000원

ISBN 978-89-5996-535-9 94810
ISBN 978-89-5996-534-2 94810(세트)

※ 이 도서의 국립중앙도서관 출판예정도서목록(CIP)은 서지정보유통지원시스템 홈페이지(http://seoji.nl.go.kr)와 국가자료공동목록시스템(http://www.nl.go.kr/kolisnet)에서 이용하실 수 있습니다.(CIP제어번호: CIP2017009816)

조선 후기 필사본 한문소설집

[개정판]

선현유음
(상)

간호윤 주해·역

경진출판

『선현유음』 개정판에 부쳐

　2003년 한여름, 3년간 매달렸던 『선현유음』을 탈고하고 머리말을 쓰던 기억이 생생하다. 그로부터 얼마 뒤 출판사는 사라지고 책은 절판되었다. 오늘 '『선현유음』 개정판에 부쳐'를 쓰며 책날개 저자 사진을 보니 '나에게도 저런 시절이 있었구나' 하는 생각이 든다.

　『선현유음』은 17세기 경 누군가가 선집·필사한 한문소설집이다. 『선현유음』처럼 8편이나 되는 작품이 한 권으로 묶인 한문소설집은 김일성대학 소장의 『화몽집』뿐이다. 『화몽집』 역시 17세기경 편찬된 것으로 9편(〈피생명몽록〉은 서두만 있기에 실질적으로는 8편이다)이 필사되어 있다.

　흥미로운 점은 『선현유음』 편찬자의 필사 선집 의식이다. 〈최선전〉과 〈강산변〉을 제외한 모든 작품이 애정전기소설이기 때문이다. 특히 〈최현전〉 같은 경우는 이 소설집에만 필사된 유일 작품으로 중국에서 수입된 애정전기소설이 토착화한 소설이다. 〈최현전〉에는 우리 국문소설에 보이는 설화가 다량 보인다. 〈최현전〉은 분명 우리 애정전기소설의 서사문법을 흔들어 놓은 작품이다.

　하지만 『선현유음』이 2003년 8월, 활자화되어 세상 빛을 본 지도 10여 년이 넘었건만 필자는 아직까지 〈최현전〉에 대해 제대로 언급한 연구서도 연구자도 만나지 못하였다. 국내에 문헌으로 남아있는 애정전기소설 편수를 꼽아본다면, '이 또한 우리의 연구 풍토로 이러하거니' 하는 생각마저 든다.

2003년 8월, 『선현유음』 머리말 말미에 "근년 들어 17세기 소설, 특히 애정전기에 대한 자료의 발굴과 연구 진전을 통하여 우리의 고소설사가 점점 풍요로워지고 있다. 이 『선현유음』으로 그 풍광이 더욱 아름다웠으면 한다."라는 희망사를 써놓았다.

2017년 3월, 『선현유음』 개정판을 내며, 우리 국문학, 특히 '고전문학의 희망은 어디쯤에 있을까?'를 곰곰 생각하며 머리말을 쓴다.

이런 시절―, 출판 상황이다. 『선현유음』 개정판은 독자와 연구자를 고려하여 상·하 두 권으로 나누었다. 상권에는 번역, 하권에는 『선현유음』에 대한 소설사적 의의를 짚은 논문과 원문 교감, 그리고 영인을 수록하였다. 『선현유음』 개정판을 매만져준 도서출판 경진 양정섭 선생님께 고맙다는 글 한 줄 어찌 매몰차게 삼갈 수 있겠는가.

"고맙습니다."

2017년 4월 『선현유음』 개정판을 내며

휴휴헌에서 간호윤

몇 자 적바림하다.

차례

일러두기

번역을 하는데 아래 책들을 두루 참고하였다.

1. 김기동(1981, 중판), 『이조애정소설선』, 정음사.
2. 『구활자소설총서고전소설』 6(1983, 영인), 민족문화사.
3. 정을병 역(1983, 재판), 『정선한국고전문학전집』 8·10 염정소설, 서영출판사.
4. 김기동·전규태(1984), 『한국고전문학』 24, 서문당.
5. 이상구 역주(1999), 『17세기 애정전기소설』, 월인.
6. 정학성(2000), 『역주 17세기 한문소설집』, 삼경문화사.

주생전

周生傳

저물녘 봄이 와 문빗장 뽑은 게 몇 번이런가

(春來鎖却幾黃昏)

1593년에 권필이 지었다고 추정하는, 삼각(三角) 애정(愛情)을 소재로 한 한문전기소설(漢文傳奇小說)이다.

주생(周生)은 과거에 실패하자 재물을 팔아 강호를 유람하다, 기생 비도(婐桃)와 만난다. 그리고 다시 승상의 딸 선화(仙花)와 사랑을 맺게 되며 삼각관계를 이룬다. 이 연애 관계는 비도의 죽음으로 막을 내리고 선화와 정혼한다. 그때 임진왜란이 일어나고 주생은 종군하여 조선에 왔기에 아직 인연을 맺지 못하였다. 내가 주생을 만나 이러한 이야기를 들었다.

〈주생전〉은 단편소설로는 길고 중편소설로는 다소 짧은 액자소설(額子小說)이다. 우리나라 애정전기소설에는 대부분 플롯이 없다. 따라서 서사적 전개만 따라가면 안 된다. 상황을 보아야 한다. 연애하는 상황, 주인공이 바람둥이 모습을 보이는 장면에 머물다 가야 한다. 특히나 여느 애정전기소설처럼 한시를 잘 보면 한층 고소설(古小說) 미학(美學)이 보인다. "저물녘 봄이 와 문빗장 뽑은 게 몇 번이런가(春來鎖却幾黃昏)." 비도의 시구이다. 들어온 것은 주생이었다.

〈주생전〉은 액자소설 기법을 사용하였으며, 우리 고소설에서는 흔치 않은 삼각 연애관계를 다루고 있다. 그런데 삼각관계의 결말이 비극적(悲劇的)이다. 비도는 죽고 선화와의 만남은 독자의 몫으로 남겼다. 그러나 냉큼 선화에게 사랑의 승리를 안겨줄 수 없다.

천한 기생으로 살다 사랑하는 사람을 만났는데 죽어야만 하는 비도는 사불명목(死不瞑目)일 것이다. 결연(結緣) 과정을 보면 누구의 사랑이 보다 더 주생에게 머물렀는지 명확해진다. 비도와는 시를 주고받으며 자연스럽게 마음을 통한다. 비도와 주생은 모두 서로에 대한 애정을 확인할 수 있는 시간이 주어졌다. 그러나 선화의 마음은 애당초 주생에게 없었다. '그날 밤' 이후 생긴 것이다. 이렇게 놓고 본다면 주생이 비도를 위해 지은 애끓는 제문(祭文)은 단순하게 죽은 자에 대한 예의치레로 간과할 수 없다. 결국 비도의 사랑이 가장 아름다운 것은 아닌가.

경동비서지법(驚東備西之法). 동쪽을 놀라게 하고 서쪽을 치는 방법이다. 이 소설에서 비도의 죽음 이후에 긴장감이 끊어진 것도 이 때문이다. 우리 고소설에서 이렇듯 '사랑과 죽음'에 대한 진정성(眞情性)을 담고 있는 가작(佳作)은 드물다. 『선현유음』이 필사자의 범상치 않은 한문소설필사집이라는 점을 유념한다면 더욱 그렇다. 필사자 또한 이 〈주생전〉을 수편(首篇)에 위치시킨 까닭을 예각화(銳角化)시킬 필요가 있다.

주생전

주생周生1)의 자는 직경直卿이며, 이름은 회檜이고 호는 매천梅川이라 했다. 전당錢塘2)이라는 곳에서 대대로 살았는데, 아버지가 촉주蜀州3)의 별가別駕4)란 벼슬살이를 하면서 촉주에서 살게 되었다. 주생은 어려서부터 총명하고 예지가 있었다. 글을 잘 지어 나이 18세에 태학생太學生5)이 되니, 동년배들의 추앙을 받았고 주생도 자신이 남에게 뒤지지 않는다고 자부했다.

---

1) 주생: '생(生)'은 인명의 성(姓)을 나타내는 명사 뒤에 붙어 '젊은 사람' 혹은 '선비'의 뜻을 더하는 접미사. 따라서 주생(周生)은 주씨(周氏) 성을 가진 선비라는 뜻이다.
2) 전당: 중국에 있는 고을 이름. 명청(明淸)시대까지는 항주부(杭州府)에 속해 있었다.
3) 촉주: 지금의 쓰촨성(四川省) 성도(成都)를 말한다.
4) 별가: 각 주(州) 자사(刺史)의 보좌관. 한나라 때 시작되었는데 언제나 자사를 따라다니며 주내를 순찰했기 때문에 이 명칭이 생겼다. 정식 명칭은 별가종사사(別駕從事使)로 한때 장사(長史)로 명칭이 바뀌기도 했다.
5) 태학생: 서주(西周)시대부터 존재했던 중국 고대 대학의 학생. 당(唐)나라와 송(宋)나라 때에는 국자학(國子學)과 병존하였다. 박사(博士)는 전국시대부터 생긴 관직으로, 이들은 태학에서 교수업무를 담당하였다. 학생들을 부르는 명칭은 시대마다 조금씩 달랐는데 박사제자(博士弟子), 태학생(太學生) 또는 제생(諸生)이라고 불렀다.

태학에 다닌 지 여러 해 동안 과거에 응시했으나 번번이 낙방을 하자, 주생은 크게 탄식했다.

"사람이 이 세상을 살아가는 것이란, 마치 티끌이 연약한 풀잎에 깃들어 있는 것과 같을 뿐이다. 어찌 명예에 얽매이고 더러운 속세에 빠져 내 생을 보내야 하지?"

이때부터 주생은 과거에 대한 뜻을 포기하고 말았다.

주생이 돈궤 속을 보니 거의 천 냥은 되어, 그 중 반으로는 배를 구입하여 강호江湖 사이를 오가며 남은 돈으로 잡화雜貨 장사를 시작했다. 그때에 잇속이 남아 스스로 생활을 꾸려갈 수 있었다. 아침에는 오吳6)땅으로 저녁이면 초楚7)땅으로, 오직 마음 내키는 대로 다녔다.

하루는 악양성岳陽城8) 밖에 배를 매어 두고 걸어서 팔성八城 안에 들어가 곧잘 방문訪問하였던 나생羅生을 찾았는데, 나생도 재능이 뛰어난 선비였다. 나생은 주생을 보자 매우 반갑게 맞이하고는 술자리를 벌려 서로 즐겼다.

주생은 취하는 줄도 모르게 대취大醉하여 배로 돌아오니, 이미 날은 어둠이 짙게 깔렸다. 잠깐 만에 달이 떠올랐다. 주생은 배를 강 가운데 띄워 놓고 돛대에 기댄 채, 어느새 곤하게 잠이 들어 버렸다. 배는 바람의 힘으로 쏜살같이 흘러갔다.

흐벅진 졸음에서 깨어나 보니 안개 감도는 절간에서 종소리가 들려오고 달은 서쪽 하늘에 걸려 있었다. 다만, 강 양쪽 언덕배기에는 푸른 나무들만이 무성하며 새벽빛은 너르고 아득히 멀었다. 푸른 나무가 우거진 나무 그늘 사이로 비단 등롱燈籠에 쌓인 은 촛불이 붉은

---

6) 오: 흔히 장쑤성[江蘇省] 일대를 일컫는다.
7) 초: 후난[湖南]과 호북(湖北)의 두 성을 일컫는다.
8) 악양성: 지금의 후난[湖南] 악양시. 동정호의 동쪽 언덕에 있다.

난간과 푸른 주렴珠簾 사이로 은은히 비추고 있었다.

물어보니, 전당이라고 했다.

즉석에서 시 한 구절을 읊었다.

악양성 밖 목난木蘭 삿대에 기댔던 몸,

하룻밤 바람에 불리어 취해 고향 왔네.

두견이 두엇 울음 울고 봄 달 이운 새벽녘,

문득 놀라 깨어보니 몸은 어느덧 전당이네.

아침이 되자 주생은 해안에 올라 고향 친구들을 찾아보니 반이 이미 세상을 떠나 버렸다. 주생은 시를 읊조리고 배회하며 차마 떠나지를 못했다.

비도緋桃라는 기생이 있는데 어릴 적 함께 놀던 소꿉동무였다. 그녀는 재색才色이 전당에서 제일이어서 사람들은 그녀를 비랑緋娘이라 불렀다. 주생을 끌고 집으로 끌고 가 서로 마주 대하여 몹시 기뻐했다.

주생은 시 한 수를 지어 그녀에게 주었으니 이렇다.

고향의 풀 내음 몇 번이나 옷깃을 적셨나,

만 리 길 돌아오니 일마다 전과 다르도다.

두추랑杜秋娘9) 높은 명성 옛날과 다름없고,

---

9) 두추랑: 금릉(金陵) 사람으로 처음에는 이기(李錡)라는 사람의 첩, 뒤에 궁중에 들어가 헌종(憲宗)의 총애를 받고 목종(穆宗) 때에는 태자의 보모로 있다가 태자의 죄로 고향으로 쫓겨 갔다. 늙어서는 아주 곤궁하게 지내다 죽었다고 한다. 이 시에서는

그림 같은 누각 구슬발은 저녁볕에 물드네.

비도는 시를 읽고 몹시 놀라 말했다.

"도련님의 재주가 이와 같으니 모든 사람에게 굽힐 데가 없는데, 어째서 늘 부평초浮萍草와 바람에 나부끼는 쑥대같이 떠돌아다니나요?"

줄달아 "장가는 아니 드셨나요?"라고 물었다.

주생이 말했다.

"아직 못 갔소."

비도가 상긋이 웃으며 말했다.

"도련님은 이제 배로 돌아가지 마시고 저희 집에 머물러 계세요. 제가 도련님을 위해 좋은 배필配匹을 찾아 드리지요."

대체로 비도의 마음에는 주생이 있었다.

주생도 비도를 보고 자태姿態가 아름답고 요염하여 속으로 담뿍 빠졌기에 흐뭇이 웃으면서 사양하며 말했다.

"감히 바라지 않소."

매우 즐겁게 노는 가운데 어느덧 날이 저물었다.

비도는 어린 차환叉鬟10)을 불러 주생을 별실로 모셔 편히 쉬게 했다. 주생이 방에 들어가니 바람벽 사이에 절구絶句가 걸려 있었다. 사詞11)의 내용이 자못 참신하여 주생이 계집종에게 물었다.

계집종이 "주인아씨가 지은 것이옵니다."라고 했다.

비도를 일컫는다.

10) 차환: 주인 가까이서 잔심부름을 하는 여자종. 계집종·아환(丫鬟)이다.

11) 사: 중국 운문의 한 형식. 민간 가곡에서 발달하여 당나라 이후 오대(五代)를 거쳐 송나라에서 크게 성행하였다. 시형에 장단구가 섞여 장단구라고도 하며, 시여(詩餘)·의성(倚聲)·전사(塡詞)라고도 한다.

시는 이러했다.

비파琵琶[12]로 상사곡相思曲[13]일랑 타지 마오,
곡조 높아지면 이 내 넋은 끊어진다오.
꽃 그림자 발에 가득해도 임 없어 적적기만,
저물녘 봄이 와 문빗장 뽑은 게 몇 번이런가.

주생은 이미 비도의 고운 자태에 기뻐하였는데, 또 이 시를 보니 마음이 미혹迷惑되어 온갖 생각이 불길처럼 타올랐다. 속으로 차운次韻[14]하여 비도의 마음을 떠보고 싶어 생각을 모아 괴롭게 읊조렸으나 끝내 이루지 못하고 밤만 하염없이 깊어졌다.

달빛 가득한 뜨락엔, 꽃 그림자만이 너울 거렸다. 주생이 배회徘徊하는 사이에 홀연 문밖에서 사람의 말소리, 말 우는 소리가 오랫동안 들리더니 이윽고 멈췄다. 주생은 자못 의심스러웠으나 그 까닭을 알지 못했다. 비도의 방은 그리 멀지 않은데, 사창紗窓[15]에 촛불이 환히 비치는 것이 보였다. 주생이 몰래 다가가 안을 엿보니 비도는 홀로 앉아, 꽃이 수놓아진 종이를 펴놓고 봉접련화蜂蝶戀花[16]란 사를 새기

---

12) 비파: 현악기(絃樂器)의 하나. 몸체는 길이 60~90cm의 둥글고 긴 타원형이며, 자루는 곧고 짧다. 인도, 중국을 거쳐 우리나라에 들어왔는데, 4줄의 당비파와 5줄의 향비파가 있다.
13) 상사곡: 남녀 사이의 사랑을 주제로 한 노래이다.
14) 차운: 남이 지은 시의 운(韻)을 따서 지은 시를 이른다.
15) 사창: 사붙이나 깁으로 바른 창. 흔히 여인의 방을 일컫는다.
16) 봉접련화: '벌과 나비가 꽃을 그리워 함'이라는 제목의 사. 〈접련화(蝶戀花)〉인 듯. 접련화는 곡조(曲調)의 이름인데 당나라 때 기생들이 불렀던 노래로 본래 이름은 작답지(鵲踏枝)였는데 안수(晏殊)가 접련화로 바꾸었다. 『사고전서(四庫全書)』本 『유편초당시여(類編草堂詩餘)』에는 구양수(歐陽修)의 작만 실려 있다.

고 있었다. 단지 전첩前帖[17]만 썼을 뿐, 후첩後帖[18]은 아직 못 하였다.

주생이 갑자기 창문을 열면서 말했다.

"주인의 사를 이 나그네가 채워드려도 좋겠소?"

비도는 짐짓 앵돌아진 듯이 말했다.

"정신 나간 길손이 어이하여 여기까지 오셨나요?"

주생이 말했다.

"길손이 본래 미친 것이 아니요, 다만 이것은 주인이 나그네를 미치게 하였을 뿐이지."

비도는 방그레 웃으며 주생에게 그 사를 완성케 하니, 사는 이렇다.

깊고 깊은 작은 뜰에 춘정春情이 요란하고,

달빛은 꽃가지에 사뿐히 내려앉아,

좋은 향로香爐에선 연기 하늘하늘 오르네.

창 안의 고운 여인 수심으로 늙고,

흔들리는 마음에 짧은 꿈속 섬만 헤매네.

주생이 잇대어 읊조렸다.

봉래산蓬萊山[19] 열두 섬을 잘못 들어가,

---

17) 전첩: 같은 운(韻)으로 짝을 이루는 두 시구(詩句) 중 앞부분이다.

18) 후첩: 같은 운(韻)으로 짝을 이루는 두 시구(詩句) 중 뒷부분이다.

19) 봉래산: 봉래(蓬萊), 방장(方丈), 영주(瀛州)산 등 삼신산의 하나. 봉래산에 대해서 『산해경(山海經)』 해내북경(海內北經)에 "봉래산은 바다 가운데 있다(蓬萊山, 在海中)."고 하고 그 주(註)에 "신선이 살고 있는데, 궁실은 모두 금과 옥으로 되어 있고 새와 짐승은 모두 희다. 멀리서 바라다보면 구름 같고 발해의 가운데 있다(上有仙人, 宮室皆以金玉爲之, 鳥獸盡白. 望之如雲, 在渤海中也)."고 하였다.

번천樊川[20]이 뜬금없이 방초芳草[21] 찾을 줄 누가 알았으리.

홀연히 가지에서 지저귀는 새 소리에 잠깨 일어나니,

푸른 발엔 그림자 없고 붉은 난간엔 새벽빛만 어려 있네.

　주생이 사를 마치자 비도가 일어나 옥선작玉船酌[22]에다 서하주瑞霞酒[23]를 가득 따라 권했다. 주생은 마음이 술에 있지 않았기에 사양하고 마시지 않았다. 비도가 주생의 뜻을 알아차리고는 처량하게 자기 자신에 관한 일을 말했다.

　"저의 조상은 재산이 많고 세력이 강한 집안이었지요. 조부 아무개께서는 천주泉州[24]의 시박사市舶司[25] 벼슬을 지내시다가 죄를 지어 서민으로 쫓겨났지요. 그 후부터는 빈곤하여 다시는 일어나지 못하였답니다. 저는 일찍 부모를 여의고 다른 사람 손에서 자라 오늘에 이르렀지요. 비록 절개를 지켜 깨끗이 간직하려 했지만, 이름이 이미 기생의 명부에 올라 하는 수 없이 억지로 사람들이 잔치를 벌여 즐기는데 함께 하게 되었답니다.

---

20) 번천: 중국 만당 전기(晚唐前期)의 시인인 두목(杜牧, 803~853). 자는 목지(牧之), 호는 번천(樊川). 이상은(李商隱)과 더불어 이두(李杜)로 불리며, 또 작품이 두보(杜甫)와 비슷하다 하여 소두(小杜)로도 불린다. 그의 시는 수식에 능했으나, 내용을 보다 중시하였다. 그러므로 역사에서 소재를 빌어 세속을 풍자한 영사적(詠史的) 작품이 나오고 함축성이 풍부한 서정시가 나왔다. 그는 유명한 오입쟁이였는데, 대표작으로 〈아방궁의 부〉, 〈강남춘(江南春)〉, 『번천문집(樊川文集)』(20권) 등이 있다. 여기서 번천은 주생 자신을 비유한 것이다.
21) 방초: 향기로운 풀. 여기서 방초는 비도를 일컫는다.
22) 옥선작: 술잔의 한 종류이다.
23) 서하주: 술의 한 종류이다.
24) 천주: 중국 푸젠성[福建省]대만 해협에 접하여 있는 항구 도시. 당나라 때부터 국제 무역으로 발전하였으며, 남송(南宋) 원(元)나라 때는 최대로 번화한 해외무역 중심지였다.
25) 시박사: 중국 송(宋)대의 관명. 선박(船舶)과 무역(貿易)에 관한 사무를 맡아보았다.

늘 한가한 시간이면 홀로 거하였고 꽃을 보면 눈물을 흘리지 않은 적이 없었고 달을 보면 넋을 잃곤 했지요. 이제 낭군을 보니 풍채와 거동이 빼어나고 활달하며, 재주와 생각이 뛰어나군요. 제가 비록 몸은 천하지만 한 번 잠자리에 모시고 건즐巾櫛26) 받들기를 원합니다. 낭군께서는 일찍 입신출세立身出世27)하시어서 속히 높은 요로要路27)에 오르시어, 저를 기생의 명부에서 빼주시어 선조의 이름을 욕되지 않게 해주신다면 저는 더 이상 바랄 것이 없어요. 훗날 비록 저를 버리시고 끝내 보지 않더라도 감사할 겨를도 없는데 감히 원망을 하겠어요?"

말을 마치고 비 오 듯 눈물을 흘렸다.

주생은 그녀의 말에 크게 감동하여, 그녀의 허리를 끌어안고 소맷자락으로 눈물을 씻어주며 말했다.

"그것은 남자만이 할 수 있는 일이오. 그대가 말하지 않더라도 내 어찌 궁리가 없겠소?"

비도는 눈물을 거두고 얼굴빛을 고쳐 말했다.

"『시경詩經』28)에 이르기를, '여야불상女也不爽이요, 사이기행士貳其行'29) 이라 하지 않았어요. 낭군은 이익李益과 곽소옥郭小玉의 일30)을 못 보

---

26) 건즐: 아내나 첩이 되기를 겸손하게 이르는 말이다.

27) 요로: 영향력이 있는 중요한 자리나 지위. 또는 그 자리나 지위에 있는 사람이다.

28) 시경: 중국 최초의 시가총집인 동시에 중국 순문학의 시조『시경』에는 지금으로부터 약 2500여 년~3000여 년 전인 서주(西周) 초기로부터 춘추(春秋) 중기에 이르는 약 500여 년 간의 시가 305편이 수록되어 있다.『시경』은 당시에 민의(民意)의 소재를 파악하기 위하여 채시(采詩), 진시(陳詩), 헌시(獻詩) 등의 방법에 의하여 수집되었다.

29) 사이기행: 남자에게 과실이 있다고 탓하는 의미.『시경』「위풍(威風)」'맹편(氓篇)'의 원문에는 "여자가 잘못한 것이 아니라 남자가 행실을 이랬다저랬다 해서이다(女也不爽, 士貳其行)."로 되어 있다. 이 '맹편'은 장공(莊公)이 첩(妾)에게 미혹되어 본부인인 어진 장강(莊姜)을 학대하는 내용이다.

30) 이익과 곽소옥의 일: 중국 당나라 때의 전기소설인 〈곽소옥전(藿小玉傳)〉에 나오는 이야기. 작자는 중당(中唐)시대의 장방(蔣防)이다. 이 소설은 실존했던 당나라 때의 시인 이익(李益)과 기생 곽소옥 사이에 얽힌 비극을 묘사하였다. 내용은 다음과

셨는지요? 낭군이 저를 멀리하시거나 버리지 않겠다면, 맹세의 글을
주세요."

곧 노(魯)나라에서 나는 고운 비단 한 자를 꺼내어 주생에게 주었다.
주생이 즉석에서 붓을 들어, "푸른 산은 늙지 않고, 푸른 물은 길이
남네. 그대 날 믿지 않는다면, 밝은 달이 하늘에 있잖소."라고 썼다.

주생이 쓰기를 마치자, 비도가 마음으로 봉하고 피로 묶어 정성껏
봉해서 허리춤 속에다 간직했다.

이날 밤, 〈고당부高唐賦〉31)를 읊으며 두 사람은 맘껏 즐기었다. 비록
김생金生과 취취翠翠32)며, 위랑魏郎과 빙빙娉娉33)에 견줄 바 아니었다.

같다.

　진사시험에 합격하여 장안(長安)에 진출한 이익은 명기(名妓)로 이름을 떨친 곽소옥과
사랑에 빠진다. 후에 고향에 돌아간 이익은 어머니가 정해준 노씨(盧氏)와 혼인한 후 소옥
을 버렸다. 소옥은 병에 걸려 아버지의 유품인 자옥차(紫玉釵)를 처분해야 할 정도로 가난
해졌다. 후에 간신히 이익을 다시 만나기는 했으나, 남자의 박정함을 원망하면서 그 자리
에서 세상을 떠난다. 그것이 빌미가 되어 이익은 망상적인 질투심 때문에 여러 차례 아내
를 버리게 된다. 명(明)나라 때의 희곡 〈자소기(紫簫記)〉나 〈자차기(紫釵記)〉는 이 이야기
에서 유래되었다.

31) 고당부: 초(楚)나라의 시인 송옥(宋玉)의 부(賦). 초나라 양왕(襄王)이 송옥과 함께
　운몽택(雲夢澤)에서 놀 때 양왕의 '운우(雲雨)' 이야기를 발단으로 지은 작품이다. 옛
　날 양왕의 부친인 회왕(懷王)이 고당에서 놀 때, 낮잠을 자는 꿈에 나타난 무산(巫山)
　의 신녀(神女)와 동침한 일과 고당의 모습 등을 서술하였다. 송옥(宋玉)의 〈고당부(高
　唐賦)〉 序에 다음과 같은 글이 있다.

　　초양왕(楚襄王)이 송옥(宋玉)이란 시인과 함께 운몽(雲夢)의 대(臺)에서 노닐었는데 고
　당(高唐)을 바라보니 그 위에 구름 같은 기운이 감돌고 있었다. 양왕이 무슨 기운이냐고
　물으니, 송옥은 이렇게 대답했다. "저것은 이른바 조운(朝雲)이라는 것입니다. 선왕(先王:
　楚懷王)께서 일찍이 고당(高唐)에 노닐면서 낮잠을 자다가 꿈을 꾸었는데 어떤 부인이 나
　타나 잠자리를 함께 하면서 말하기를 '저는 무산(巫山)의 여자로 고당(高唐)의 나그네가
　되었습니다. 임금께서 오신다는 말을 듣고 이렇게 왔습니다.'라고 하였습니다. 그리고 떠날
　때에 말하기를, '첩은 무산의 양(陽), 고구(高丘)의 음(陰)에 있어 아침에는 구름(行雲)이
　되고 저녁에는 비(行雨)가 되어 아침저녁으로 양대(陽臺,햇볕이 잘 드는 곳으로 잠자리를
　비유한 말이다) 밑에 있습니다(妾在巫山之陽, 高丘之陰, 旦爲朝雲, 暮爲行雨, 朝朝暮暮, 陽
　臺之下).'라고 하였지요. 그래서 그곳에 사당을 세우고 조운묘(朝雲廟)라고 불렀습니다."

　　이 고당(高唐)은 운우(雲雨), 무산(巫山), 무양(巫陽), 양대(陽臺) 등과 더불어 문학
　에서는 성교를 우회적으로 표현하는 용어로 자주 사용된다.

32) 취취: 김생(金生)과 취취(翠翠)는 〈취취전(翠翠傳)〉의 남녀 주인공. 이 〈취취전〉은

이튿날이었다.

주생은 지난밤에 들었던 사람의 말소리며 말 울음소리에 대해 물으니, 비도가 대답했다.

"이곳에서 좀 떨어진 곳에 붉은 대문을 한 집이 물가에 마주하고 있는데, 그곳은 돌아가신 승상 노盧아무개 댁이지요. 승상은 이미 돌아가시고 부인만이 홀로 계신데, 다만 일남─男 일녀─女만이 있으며 모두 혼인을 하지 않았어요. 날마다 노래하며 춤추는 것으로 일을 삼고 있는데, 지난밤에도 말을 보내어 저를 데리러 왔었으나, 낭군이 계시기에 병을 핑계 대고 거절하였던 것이에요."

이때부터 주생은 비도에게 미혹되어 마침내 사람들과 교제를 끊고 날마다 비도와 더불어서 거문고와 술로 서로 즐길 뿐이었다.

어느 날 점심나절이었다.

어떤 사람이 문을 두드리며, "비도 낭자가 집에 있나요 없나요?" 하고 물었다.

비도 낭자가 아이를 시켜서 나가 보라고 했더니, 곧 승상 댁의 창

중국 명(明)나라의 문학자 구우(瞿佑, 1347~1427)가 지은 괴기 소설집인『전등신화 (剪燈新話)』에 실려 있는 작품이다. 구우는 자 종길(宗吉). 호 존재(存齋)로 송원간(宋 元間)에 이렇다 할 작품이 없던 문어소설(文語小說) 분야에서 걸작『전등신화』를 지 어 많은 모방작을 낳을 정도로 유행하였다.

33) 빙빙: 위랑(魏郎)과 빙빙(娉娉)은 〈가운화환혼지기(賈雲華還魂之記)〉의 남녀 주인 공. 〈가운화환혼지기〉는 명(明)나라 작가 이정(李禎, 1376~1452)이 1420년경에 쓴 전 기소설집(傳奇小說集)인『전등여화(煎燈餘話)』에 실려 있다.『전등여화』는 구우(瞿 祐)의 단편 전기소설집인『전등신화(剪燈新話)』를 모방하였다.『전등신화』의 속찬(續 撰)과 의작(擬作)은 중국은 물론, 한국·일본 등지에서 크게 유행하였는데, 이정의『전 등여화』와 소경첨(邵景詹)의『멱등인화(覓燈因話)』등이 대표적이다. 문장이나 구성 이『전등신화』와 비슷하며, 당시 일본에까지 전해지는 등 그 영향력이 컸다. 화본(話 本)이나 희곡의 소재로도 많이 쓰였다.

두蒼頭[34]였다.

창두가 부인의 말을 전했다.

"'이 늙은 몸이 오늘 약간의 주연酒宴을 베풀고자 하는데, 비도 낭자와 함께 즐기지 않을 수 없기에 안장 얹어 말을 보내니 수고롭다 여기지 마세요.'라고 하셨습니다."

비도가 주생에게 말했다.

"두 번씩이나 귀인貴人의 명령을 욕되게 하였으니, 감히 거역할 수가 없겠어요."

곧 화장을 하고 머리를 빗고 옷을 갈아입고는 나갔다.

주생은 부탁하는 말을 했다.

"밤새우지 말았으면 하오."

문밖까지 나가 배웅하면서, 밤을 새우지 말고 돌아올 것을 서너 번이나 말했다.

비도가 말을 타고 가는데, 사람은 마치 가벼이 나는 제비 같고 말은 나는 용龍[35]과도 같이 꽃 속으로 들어가 버들가지 사이로 흐릿해지더니 점점이 사라져 갔다.

주생은 마음을 주체할 수 없어, 곧 뒤따라 달려 용금문湧金門[36]을 나섰다. 왼편으로 돌아 수홍교垂虹橋에 이르니 과연 크고 넓게 아주

---

34) 창두: 사내종. 머리에 푸른 두건을 쓰고 푸른 옷을 입었기에 사내종을 창두(蒼頭)·청의(靑衣)라고 말한다. 노예를 노비(奴婢)·노복(奴僕)·동복(童僕)·가노(家奴) 등으로도 불렀다.

35) 용: 상상의 동물 가운데 하나. 몸은 거대한 뱀과 비슷한데 비늘과 네 개의 발을 가지며 뿔은 사슴에, 귀는 소에 가깝다고 한다. 깊은 못이나 늪, 호수, 바다 등 물속에 사는데 때로는 하늘로 올라가 풍운을 일으킨다고 한다. 중국에서는 상서로운 동물로 기린·봉황·거북과 함께 사령(四靈)의 하나로서 천자에 견주며, 인도에서는 불법을 수호하는 사천왕의 하나로 생각하고 있다.

36) 용금문: 항저우[杭洲]의 서문(西門)이다.

잘 지은 저택이 구름에 닿을 듯이 우뚝 서 있었다. 그것은 이른바 물가를 맞대 있다는 붉은 대문 집이었다. 아로새긴 난간과 굽은 난간이 푸른 버들과 발그레한 살구꽃에 반쯤 가리어진 사이로 봉생鳳笙[37)과 용관龍管[38) 소리가 은은하게 허공에서 들리는 듯했다. 때때로 음악 소리가 멈추면 웃음 섞인 말소리가 낭랑하게 밖으로 새어 나오곤 했다.

주생은 할 일 없이 다리 위를 배회하다가 곧 고풍시古風詩[39) 한 수를 지어 기둥에 적어두었는데, 사詞는 이렇다.

버들 숲 너머 잔잔한 호수에 걸린 누각,
붉은 용마루 푸른 기와엔 푸른 봄빛 띠었네.
웃음소리 말소리 향기로운 바람 타고 들려오건만,
꽃에 가렸는지 누각에는 사람이 보이질 않네.
부러운 것은 꽃 속을 오가는 한 쌍의 제비,
붉은 발 속을 제멋대로 날아드는구나.

주생이 방황하는 사이에 어느덧 석양夕陽의 붉은 놀이 점점 거두어 들고 어둠이 자욱하니 이내가 푸르스름하게 내려앉았다. 잠깐 있으니 아가씨들 여럿이 붉은 대문에서 말을 타고 나왔는데, 금 안장과 옥으로 꾸민 굴레의 광채가 사람을 얼비췄다.

---

37) 봉생: 생황(笙簧). 아악(雅樂)에 쓰는 관악기의 하나. 큰 대로 판 통에 많은 죽관(竹管)을 돌려 세우고 주전자 귀때 비슷한 부리로 불게 되어 있다.

38) 용관: 악기의 하나. 대로 만든 피리로, 오죽관(烏竹管) 한쪽 편을 베어서 두 개를 맞대어 붙이고 다섯 쌍의 구멍을 뚫었는데, 지금은 전하지 않는다.

39) 고풍시: 당(唐)나라 이전 시대에 나온 시로서 압운(押韻)과 정형률(定型律)은 있지만 평측(平仄)은 없는 시. 고체시(古體詩) 또는 고시(古詩)라고도 하며 그 기원은 양한(兩漢)시대로 본다.

주생은 비도가 이 무리 속에 있으려니 하여, 바로 길가의 빈 객점에 몸을 숨기고 살펴보았다. 10여 명의 무리들을 보았지만 비도는 나오지 않았다. 주생은 속으로 매우 의심쩍어하며 다리 위로 다시 돌아왔을 때는 이미 소와 말조차 분간할 수 없을 정도로 어두워졌다.

주생이 곧장 붉은 대문으로 들어갔지만 한 사람도 볼 수 없었다. 또 누각 밑으로 가보았으나 역시 한 사람도 보이지 않았다. 마침 어찌할 바를 모르고 고민하는데 달이 희미한 빛을 내니 누각의 북쪽으로 연못이 보였다. 연못 위에는 갖가지 꽃들이 피어 있고 꽃 사이로 작은 길이 회똘회똘 나 있었다. 주생이 길을 따라 슬금슬금 들어가 보니 꽃밭이 끝나는 곳에 집이 있었다. 그는 계단을 따라 서쪽으로 뚫린 에움길을 따라 수십 보를 가니 멀리 포도넝쿨을 얹힌 시렁 아래 한 채의 집이 보였는데, 작지만 너무나 아름다웠다. 사붙이나 깁으로 바른 창은 반쯤 열려 있었고 채색한 밀 촛불이 대낮같이 환하게 비쳤다. 촛불 그림자 밑으로는 붉은 치맛자락, 푸른 옷소매가 은은하게 왕래하는데 영락없이 그림 속에 있는 것 같았다.

주생은 몸을 숨기며 다가가서 병풍에 숨어 숨마저 죽이고 몰래 엿봤다. 금빛 병풍이며 비단요가 사람의 눈길을 뺏을 만 했다. 부인은 자색 비단옷을 입고 백옥白玉 상에 비스듬히 기대앉았는데 나이는 50줄이 된 듯하나 조용히 돌아볼 때면 여유가 있으면서 매우 고왔다.

부인의 곁에는 나이가 14, 5세쯤 되어 보이는 소녀가 앉아 있었다. 동여 맨 구름 같은 머리채는 푸른빛이 맺혀 있고 취한 듯 뺨은 살짝 붉으며 흰 눈동자로 슬며시 옆을 흘기는 모습은 가을의 맑게 흐르는 물결 위에 밝은 달이 비치는 것 같았다. 애교부리며 웃음 칠 때면 볼우물이 생기는 것이 마치 봄꽃이 이슬을 함빡 머금은 듯했다.

그들 앞에 앉아 있는 비도는 다만 봉황鳳凰40) 에 섞인 올빼미, 징경이[41]요, 옥구슬에 섞인 모래와 조약돌일 뿐이었다. 주생의 넋은 구름 밖에 나앉고 정신은 허공에 있어 거의 미친 듯이 소리치며 뛰어 들고픈 마음이 일어난 것이 여러 차례였다.

술이 한 순배 돌아가고 비도가 돌아가려 했다. 부인이 완강히 만류하였지만 비도가 더욱 간절히 돌아가기를 청하니, 부인이 말했다.

"낭자가 평소에는 일찍이 이런 일이 없었는데 어째서 급히 서둘러 가려고 하지. 이와 같은 것을 보니 아마도 사랑하는 사람과 약속이 있나봐?"

비도는 옷깃을 여미면서 대답했다.

"부인께서 하문下問하시니, 제가 감히 사실대로 말씀드리지 않을 수 없군요."

마침내 주생과 인연因緣 맺은 내력을 자세히 처음부터 끝까지 말했다.

승상 부인이 미처 말 할 사이도 없이, 소녀가 생그레 웃고 부드럽게 비도를 살짝 흘겨보며 신소리했다.

"왜 일찍이 말하지 않았어요. 하마터면 하룻밤 즐거운 밀회를 놓칠 뻔했잖아요."

부인도 크게 웃으며 돌아가도록 했다.

주생은 재빨리 그 집을 빠져나와 먼저 비도의 집에 도착하여 이불을 뒤집어쓰고 코고는 소리까지 우레처럼 내며 거짓으로 자는 체했

---

40) 봉황: 예로부터 중국의 전설에 나오는, 상서로움을 상징하는 상상의 새. 기린, 거북, 용과 함께 사령(四靈) 또는 사서(四瑞)로 불린다. 수컷은 '봉', 암컷은 '황'이라고 하는데, 성천자(聖天子) 하강의 징조로 나타난다고 한다. 전반신은 기린, 후반신은 사슴, 목은 뱀, 꼬리는 물고기, 등은 거북, 턱은 제비, 부리는 닭을 닮았다고 한다. 깃털에는 오색 무늬가 있고 소리는 오음에 맞고 우렁차며, 오동나무에 깃들어 대나무 열매를 먹고 영천(靈泉)의 물을 마시며 산다고 한다. 흔히 잘난 사람에다 못난 사람을 비교할 때, 잘난 사람의 비유적 표현으로 곧잘 쓰인다.

41) 징경이: 물수리과에 딸린 맹금(猛禽)류. 물고기를 잡아먹으며 물가에 사는 새다.

다. 비도는 이내 뒤따라 도착하여 주생이 누워 자는 것을 보고는 안아 일으키며 말했다.

"낭군은 무슨 꿈을 꾸고 계세요?"

주생은 물음에 응하여 음률을 넣어 소리 높여 읊었다.

　　오색구름에 싸인 요대瑤臺[42] 꿈결에 들어가,

　　구화장九華帳[43] 안에서 선아仙俄[44]를 보았도다.

비도는 몹시 불쾌해 하고 힐난하여 물었다.

"소위 선아라는 것이 무엇에 쓰는 물건이랍니까?"

주생은 말로 대답하지 않고 즉시 잇대어 시를 읊었다.

　　꿈 깨어나니 선아가 예 있어 기쁘니,

　　이 방 가득 찬 꽃과 달을 어찌할거나!

그리고는 비도의 등을 어루만지며 말했다.

"그대가 내 선아 아니오?"

비도도 살포시 웃으며 말했다.

---

42) 요대: 옥으로 장식한 누대. ① 하(夏)나라의 걸왕(桀王)이 만든 전각, ② 신선이 살고 있는 누대, ③ 눈이 쌓인 누대 등의 뜻이 있다. 여기서는 ②의 뜻이다.

43) 구화장: 여러 가지 무늬가 수놓아져 있는 휘장. 중국 중당기(中唐期)의 시인인 백거이(白居易, 772~846)의 〈장한가(長恨歌)〉에 나온다. 〈장한가〉는 당(唐)의 황제인 당현종(唐玄宗)과 양귀비(楊貴妃)를 등장시켜 기이한 환상과 풍부한 상상력을 발휘하여 흔치 않은 러브 스토리를 더욱 애절하고도 낭만적으로 표현해냈다. 구화장이 나오는 구절은 다음과 같다.

　　"한나라에서 머나먼 길 찾아온 천자의 사자라는 말을 듣고 온갖 꽃 모양의 호화로운 휘장 안에서 양귀비는 꿈에서 깨어났다(聞道漢家天子使, 九華帳裏夢魂驚)."

44) 선아: 선아(仙俄)이다. 본래 달의 미칭. 흔히 선녀(仙女)를 뜻한다.

"그렇다면 낭군은 어찌 저의 선랑仙郎이 아니겠어요?"

이 뒤부터 서로 '선랑'·'선아'라고 불렀다.

주생이 비도에게 늦게 온 사연을 물으니, 비도가 대답했다.

"연회가 끝난 뒤, 부인께서 다른 기생들은 돌아가게 하였으나 유독 저만 따로 소녀 선화仙花의 방에 불러 다시 조촐한 술자리를 벌여 놓아 이 때문에 더디게 왔던 거예요."

주생이 옴니암니 물어보니 비도가 대답했다.

"선화의 자는 방경芳卿이라 해요. 나이는 겨우 15세인데 자태와 용모가 우아하고 고와서 거의 속세의 사람이 아닌 듯 하지요. 게다가 사곡詞曲45)을 잘 지을 뿐만 아니라 자수도 잘 놓아 저 같은 것은 감히 바라볼 수 없어요. 어제는 새로 풍입송風入松46) 사를 짓고 거기에 맞춰 거문고를 뜯고자 하는데, 제가 음률을 알기 때문에 머물게 하고서는 그 곡을 노래하게 하였던 것이에요."

주생이 말했다.

"그 사를 들어볼 수 있겠소?"

비도가 낭랑하게 시 한 편을 읊었다.

옥창玉窓에 꽃 피고 봄날 해는 느릿느릿,

집 안은 고요하고 구슬발만 드리웠다네.

모랫가의 고운 오리들은 석양을 즐기고,

---

45) 사곡: 악가(樂歌)와 속요(俗謠)를 아울러 이르는 말이다.
46) 풍입송: 군왕(君王)을 송축(頌祝)하는 노래. 궁중에서 연회를 끝내고 거문고 가락에 맞추어 부르던 악곡의 이름이다. 고려조에서부터 조선조까지 널리 알려진 유행음악이었다. 성현(成俔, 1439~1504)의 『용재총화(慵齋叢話)』에는 당시 풍입송이 유행하던 모습을 담고 있다. 『전등여화(煎燈餘話)』〈가운화환혼기(賈雲華還魂記)〉에도 '풍입송'이라는 사가 보인다.

한 쌍이 짝을 지어 봄 못에서 멱을 감네.

버들 숲 너머로 가벼운 안개는 막막한데,

가는 버들가지 안개 속에 실같이 늘어졌네.

꽃다운 임 잠깨 일어나 난간에 기댔는데,

고운 눈가엔 수심만 가득 서리어 있어라.

제비새끼 지지배배하니 꾀꼬리 소리 쇠해,

아까운 이 내 청춘 한바탕 꿈결에 시드네.

요금瑤琴[47] 잡아 정을 실어 해깝게 튕기니,

곡 중의 깊은 원한 그 뉘 알리요.

한 구를 읊을 때마다, 주생은 은근히 그 기이함을 칭찬했다. 그리고는 비도를 속여서 말했다.

"이 사곡에는 여인의 봄을 맞은 속내가 자세하게 표현되었으니, 소약란蘇若蘭의 비단 짜는 솜씨[48]가 아니면 쉬이 도달할 수 없을 것 같소. 설령 그렇다 하더라도, 나의 선아가 꽃을 새기고 옥을 깎는 재

---

47) 요금: 옥으로 꾸민 금(琴). 금은 아악기(雅樂器)에 속하는 현악기(絃樂器)의 하나. 거문고와 비슷한 모양으로 줄이 일곱이며 왼손으로 짚고 오른손으로 타는데, 줄을 괴는 기러기발이 없어 그 소리가 맑으나 미약하다. 조선시대까지 등가(登歌)에 쓰였으나 지금은 사용하지 않는다.

48) 소약란의 비단 짜는 솜씨: 소약란은 전진(前秦)의 소혜(蘇蕙). 두도(竇滔)의 아내이다. 『진서(晋書)』〈열녀전(烈女傳)〉에는 다음과 같은 이야기가 나온다.

　동진(東晉)시기, 전진(前秦)에 진주자사(秦州刺史)를 지내는 두도(竇滔)라는 사람이 있었다. 두도에게는 소혜(蘇蕙)라는 재주 많은 아내 말고도 조양대(趙陽臺)라는 총희(寵姬)가 또 있었는데, 이들의 사이가 좋지 않아 두도는 무척 고민스러웠다. 훗날 두도가 양양으로 부임하게 되자, 아내인 소혜는 남편이 총희와 함께 가려는 것을 보고 자신은 따라 가지 않기로 하였다. 양양으로 떠난 남편이 자신을 잊어버린 것으로 생각한 소혜는 몹시 상심하였다. 그녀는 정성스런 마음으로 오색비단에 글자를 짜 넣어 회문시(回文詩: 사모하는 애절한 마음을 비단에다 짜 넣은 840자로 된 직금시(織錦詩: 일명 璿璣圖)) 〈직금위회문선도시(織錦爲回文璇圖詩)〉를 지어 남편에게 보냈다. 이에 크게 감동한 두도는 곧 총희를 돌려보내고 융숭한 예의를 갖춰 아내를 다시 맞아 들였다. 주 74) 참조.

주만은 못하지."

주생은 선화를 본 후부터 비도에 대한 정이 이미 얕아졌다. 비록 말을 주고받을 때는 억지로 웃음 짓고 즐거운 체했으나 마음엔 오직 선화 생각뿐이었다.

하루는 부인이 어린 아들 국영을 불러 말했다.

"네 나이 벌써 열둘인데 아직도 스승에게 학문을 배우지 못하고 있으니, 후일 어른이 되면 어떻게 자립하겠느냐. 내 들으니 비도의 남편인 주생이 글을 잘 하는 선비라고 한다. 너는 가서 배우기를 청하는 것이 좋겠구나."

부인의 집안 다스리는 법도가 매우 엄했기에 감히 명을 어길 수 없었다. 그날로 책을 끼고 주생에게 갔다.

주생은 속으로는 '내 뜻대로 일이 되는구나.'라고 남몰래 기뻐하면서도 여러 번 겸손한 태도로 사양한 후에야 가르쳤다.

어느 날 주생은 비도가 없는 틈을 타 국영에게 살그머니 말했다.

"네가 오가면서 글을 배우니, 이것은 매우 힘들고 수고스런 일이다. 네 집에 만약 빈 방이 있다면, 내가 너의 집으로 거처를 옮기겠다. 그러면 너는 왕래하는 불편을 덜 것이요, 나는 너를 가르치는 데 전력을 다할 수 있을 텐데."

국영이 공손히 사례하였다.

"진실로 원하던 것입니다."

집으로 돌아가 부인께 말씀드려, 그날로 주생을 맞이했다.

비도가 밖에서 돌아와서는 몹시 놀라 말했다.

"아마도 선랑께서는 딴 맘이 있나 보군요. 왜 저를 버리시고 다른 곳으로 가려하지요?"

주생이 말했다.

"승상 댁에는 3만 축軸49)의 장서가 있다고 들었소. 그러나 부인은 선공先公의 유품이라 함부로 내고 들이는 것을 싫어한다기에, 내가 그 집에 가 세상 사람들이 보지 못한 책들을 읽어보려는 것뿐이오."

비도가 말했다.

"낭군께서 학업을 부지런히 닦으시는 것은 저의 복福이지요."

주생은 거처를 승상 댁으로 옮겨 가 낮이면 국영이와 같이 있고 밤이면 모든 문을 꼭꼭 잠가 버리므로 어쩔 도리가 없었다. 이리뒤척 저리뒤척 궁싯거리며 열흘을 지냈다.

문득 그는 혼잣말로 '처음에 내가 이곳에 온 것은 본래 선화를 꾀기 위한 것이었는데, 이제 꽃피는 봄이 다갔는데 아직도 만나지 못하고 있으니 황하黃河50)의 물 맑기를 기다리려면 사람의 수명이 얼마나 되어야 하지? 차라리 어둔 밤에 느닷없이 뛰어 들어가 일이 이루어지면 귀하게 될 것이요, 이루어지지 않으면 삶아 죽음을 당하는 것만 못해.'라고 중얼거렸다.

이날 밤에 달이 뜨지 않았다. 주생은 여러 겹의 담을 뛰어넘어 선화의 방 앞에 다다랐다. 복도에는 구부러진 난간이 있는데 주렴珠簾과 장막帳幕이 겹겹이 드리웠다. 주생이 오랫동안 살펴보았으나 인적이 없었고 다만 선화 혼자만이 촛불을 밝히고 곡을 뜯고 있는 것이 보였다. 주생은 기둥 사이에 엎드려 그 곡을 들었다. 선화가 곡 타기를 마치자 작은 소리로 소자첨蘇子瞻51)의 〈하신랑賀新郎〉52)이라는 사詞를

---

49) 축: 여러 권으로 한 벌된 책이다.

50) 황하: 중국북부에 있는 큰 강. 유량(流量)의 변동이 커서 토사 운반량이 많아 물이 황토빛이다. 따라서 '백년하청(百年河淸: 황하강의 물이 맑아지기를 무작정 기다린다는 뜻으로, 아무리 기다려도 실현될 수 없는, 또는 믿을 수 없는 일을 언제까지나 기다린다는 것을 비유한 말.)'이란 말도 있다.

읊기 시작했다.

주렴 밖에 그 누가 와 비단 창 두드려,
요대瑤臺에 노니는 꿈 부질없이 깨우나.
또 날은 저물고 바람만 불어 대를 치니,
아마도 그리운 임이 돌아오셨나보네.

바로 주생이 주렴 밖에서 작은 소리로 읊었다.

바람이 불어와 대를 친다 마오.
바로 그리운 임 여기 왔잖소.

선화는 거짓으로 못 들은 체하고 곧 등을 끄고 잠자리에 들었다. 주생이 들어가 함께 잠자리에 들었다. 선화는 나이가 어린 데다 약질이어 정사情事를 견뎌내지 못했지만 옅은 구름 속에서 내리는 촉촉한 빗물과 같았으며, 버들처럼 하늘거리고 꽃처럼 교태부리며, 아름답게 울다가는 부드럽게 속삭였고 살며시 웃음을 짓다가는 가볍게 찡그리기도 했다. 주생은 벌이 꿀을 찾듯 나비가 꽃가루를 그리워하듯 매혹되어 정신이 혼미하여서, 새벽이 가까워진 것도 깨닫지 못했다.

---

51) 소자첨: 중국 북송 때의 시인인 소동파(蘇東坡, 1036~1101). 자는 자첨(子瞻), 호는 동파거사(東坡居士), 애칭(愛稱) 파공(坡公)·파선(坡仙), 이름 식(軾). 소순(蘇洵)의 아들이며 소철(蘇轍)의 형으로 대소(大蘇)라고도 불리었다. 송나라 제1의 시인이며, 문장에 있어서도 당송팔대가(唐宋八大家)의 한 사람이다.
52) 하신랑: 『사고전서(四庫全書)』本 『유편초당시여(類編草堂詩餘)』에는 유잠부(劉潛夫)의 작으로 되어 있다.

갑자기 난간 밖 꽃나무 가지에 앉은 꾀꼬리의 아양 떠는 듯 아름다운 노랫소리가 들려 왔다. 주생은 깜짝 놀라 일어나 방을 나오니 연못과 집은 고요했고 희번한 새벽안개가 자욱하여 사물이 분명치 않았다.

선화가 주생을 보내느라고 방문을 나섰다가 문을 닫고 들어가며 샐쭉하니 말했다.

"이곳에 다시는 오지 마세요. 이 일이 한 번 누설된다면 죽고 사는 것이 걱정됩니다."

주생은 기가 막히고 가슴이 답답하고 목이 메어 급히 달려들며 말했다.

"겨우 좋은 인연을 한 번 이루었는데 왜 이렇게도 박대를 하는 거요?"

선화가 웃음 치며 말했다.

"아까 말은 농일 뿐이에요. 낭군은 너무 노여워하지 마시고 저녁에 만나도록 하지요."

주생은 '응응.' 하면서 달려 나갔다.

선화는 방으로 들어와 '초여름 새벽에 꾀꼬리 소리를 듣는다早夏聞曉鶯'라는 절구 한 수를 지어 창문 위에 걸었다.

비 갠 하늘엔 아득히 엷은 그림자 드리우고,
푸른 버들은 그림인양 풀은 연기인양.
봄날의 수심은 봄 따라 가지 못해,
새벽녘 베갯맡에 꾀꼬리만 우네.

다음 날 주생이 또 왔다.

갑자기 담 밑 나무 그늘에서 창을 끌 듯 신발 끄는 소리가 났다. 주생은 사람에게 발각되었는가 하여 두려워 즉시 달아나려 하니, 신을 끌던 사람이 매화나무의 푸른 열매를 던져 주생의 등을 정통으로 맞혔다. 주생은 낭패狼狽 당하게 되었으나 이미 몸을 피할 곳이 없어 대밭 가운데 납작 엎드렸다.

신 끌던 사람이 낮은 목소리로 말했다.

"주생은 걱정하지 마세요. 앵앵鶯鶯53)이가 여기 있어요."

주생은 곧 선화에게 속은 것을 알고 일어나 가서는 선화의 가녀린 허리를 꼭 끌어안으며 말했다.

"무엇 때문에 이렇게도 사람을 속이는 거요?"

선화가 말했다.

"어떻게 감히 낭군을 속였겠어요. 낭군께서 제풀에 겁먹었을 뿐이지요."

주생이 말했다.

"향을 훔치고 구슬을 도둑질하는데偸香盜璧,54) 어떻게 겁나지 않겠

---

53) 앵앵: 선화가 〈앵앵전(鶯鶯傳)〉 여주인공에 자신을 빗댄 말. 〈앵앵전〉은 중국 당대 (唐代) 원진(元稹)이 지은 전기(傳奇) 소설이다. 일명, 〈회진기(會眞記)〉라고도 하는데, 재상의 딸 최앵앵(崔鶯鶯)과 백면서생 장생(張生)과의 비극적 사랑을 그렸다. 이 소설의 영향은 컸으며 이것을 바탕으로 송(宋)나라 때의 『상조접연화사(商調蝶戀花詞)』, 금(金)나라 동해원(董解元)의 『서상기제궁조(西廂記諸宮調)』, 원(元)나라 왕실보 (王實甫)의 『서상기(西廂記)』 등이 만들어졌다. 내용은 다음과 같다.

당나라 정원(貞元) 연간에, 병란에 시달리던 최씨 일가를 구한 장생은 그 집의 딸 앵앵을 사랑하게 된다. 시녀 홍낭(紅娘)을 통하여 사랑을 고백한 장생은 그 답장으로 '대월서상하 (待月西廂下)'라는 시를 받아, 서상에서 기다린다. 그러나 나타난 앵앵은 장생의 무례함을 꾸짖고 돌아간다. 며칠 후 앵앵은 갑자기 장생을 찾았으며, 꿈같은 하룻밤을 지낸 다음 두 사람의 사랑이 시작된다. 그 후 과거를 보러 장안(長安)에 올라간 장생은 앵앵의 사랑의 편지를 받으면서도, 자기에게는 그러한 뛰어난 여성을 사랑할 자격이 없노라고 단교(斷交) 한다. 후일 혼인한 앵앵은 다시 만나려고 하는 장생에게 답시(答詩)를 보낼 뿐 나타나지 않다가, 마침내 소식마저 끊어 버린다는 줄거리이다.

54) 향을 훔치고 구슬을 도둑질하는데: 남자가 혼례를 치르지 않고 여자와 사통(私通)

소."

주생이 곧 손을 잡고 방으로 들어갔다. 창문 위에 걸린 절구 시를 보고는 마지막 구절을 손으로 가리키며 말했다.

"아름다운 사람이 무슨 근심이 있어 이와 같은 말을 하는 것이요?"

선화는 근심어린 표정으로 대답했다.

"여자의 몸은 수심과 함께 태어나지요. 만나지 못했을 때는 서로 만나기를 원하고 이미 만났다면 서로 헤어 질 것을 두려워하니, 여자의 몸으로서 편안하게 살면서 근심이 없겠습니까? 하물며 낭군은 절단지기折檀之機[55]를 어겼고 저는 행로지욕行露之辱[56]을 받았지요. 하루

하는 것. '향을 훔친다.'는 뜻의 투향(偸香)은 남녀 간에 사사롭게 정을 통하는 것이다. 『진서(晉書)』〈가충전(賈充傳)〉에 다음과 같은 기록이 보인다.

진나라의 가충이라는 사람에게 딸이 있었는데, 미남인 한수에게 아버지의 향을 훔쳐서 보내고 정을 통한 고사에서 나왔다. 본래 한수는 얼굴이 미남 형이고 행동거지도 단정했다. 가충이 손님들과 있을 때, 그의 딸은 발 사이로 엿보다가 한수를 보는 순간 사모하기 시작했다. 가충의 딸은 자나 깨나 한수만을 생각하여 상사병이 날 지경이었다. 서역으로부터 공물로 받은 향을 임금이 가충에게 하사한 적이 있었는데 가충의 딸은 그 향을 훔쳐 한수에게 주면 한수의 마음이 움직이리라 생각하고 그것을 훔쳐서 주었다. 결국 한수는 마음이 움직여 남몰래 담을 넘어 들어와 가충의 딸과 정을 통했다. 그러나 주위 사람들은 한수와 그녀와의 관계를 알면서도 눈감아주었다. 가충은 마침내 딸을 한수에게 시집보냈다.

이 '투향'이라는 말은 또 '악한 일을 하면 자연스럽게 드러난다.'는 뜻도 있다.
55) 절단지기: '남자가 담을 넘어가 그 집 처녀의 정조를 뺏다.'는 의미. 『시경(詩經)』 「정풍(鄭風)」 '장중자(將仲子)'에 나온다. 본래 이 장은 부모의 반대에 부딪혀 사랑의 결실을 거두지 못하고 괴로워하는 여인의 불행을 노래한 것으로 남녀 간 밀회의 어려움이 잘 드러나 있다. 내용은 아래와 같다.

"청컨대 중자는, 우리 마을에 넘어 들어와, 내가 심어 놓은 박달나무를 꺾지 말아요. 어찌 감히 아까우랴만, 남의 많은 말을 두려워해서요. 중자를 그리워하지만, 남의 많은 말이, 두려운걸요(將仲子兮, 無踰我園, 無折我樹檀. 豈敢愛之, 畏人之多言. 仲可懷也, 人之多言, 亦可畏也)."
56) 행로지욕: '길을 가다가 무례한 남자에게 능욕을 당했다.'는 의미. 『시경(詩經)』 「소남(召南)」 '행로(行露)'에 나온다. 본래 이 장은 여자가 이른 새벽과 밤늦게 홀로 다니면 강포(强暴)한 자에게 능욕(凌辱)을 당할 우려가 있기에, 길에 이슬이 많아 옷을 적실까 두렵다고 청탁한 것이다. 내용은 아래와 같다.

"촉촉한 이슬 길, 어찌 아침저녁에 다니고 싶지 않으리요마는, 길에 이슬이 많기 때문이라오(厭浥行露, 豈不夙夜, 謂行多露)."

아침에 우리가 정분을 나누는 행적이 발각된다면 친척들에게 용납되지 못할 것이고 동리 사람들은 천하게 여길 것이에요. 비록 낭군과 함께 손을 잡고 해로偕老하려 해도 어찌 가능하겠어요? 오늘 일은 구름 장막 속의 꽃과도 같으니, 설령 한때는 즐겁다 하더라도 그것이 오래 가지 못할 테니 어떻게 합니까?"

말을 마친 후 눈물을 흘리는데 구슬 같은 한과 옥 같은 원한을 거의 스스로 감당치 못하는 듯했다.

주생이 눈물을 훔쳐 주며 위로하였다.

"대장부가 어찌 한 여인을 아내로 맞을 수 없단 말이요? 내 마땅히 나중 중매 절차를 밟아 예법대로 그대를 맞이할 것이니 번뇌하지 마오."

선화는 눈물을 닦고 고마워하며 말했다.

"반드시 낭군의 말씀과 같다면, 요도작작夭桃灼灼[57]입니다. 비록 아녀자로서의 덕은 부족하지만 채번기기采蘩祁祁[58]하여 모든 정성을 다

---

57) 요도작작: '시집가는 신부가 시댁을 화목하게 하고 좋은 결과를 낳을 것이라고 축원한다.'는 의미. 『시경(詩經)』「주남(周南)」'도요(桃夭)'에 나온다. 본래 이 장은 혼인하는 신부를 꽃이 활짝 피어 곱고 환한 모습을 지닌 복숭아나무에 비유하면서 신부의 혼인을 축하하는 송축시인 셈인데, 싱싱하고 푸른 복숭아나무에 화사한 꽃이 피고 열매가 열리고 잎이 무성해지는 것처럼 신부가 시집을 가서 집안을 화목하게 하고 좋은 결과를 맺으며, 집안을 번성하게 하기를 기원하고 있다. 요도(夭桃)는 '시집 가는 여자를 복숭아꽃에 비유한 것'이요, 작작(灼灼)은 '꽃이 선명하게 활짝 피어 곱고 환한 모습'이니 여기서는 선화 자신이 기쁘다는 의미이다. '도요(桃夭)' 전문은 아래와 같다.

"아름다운 복숭아 꽃, 그 꽃은 울긋불긋. 그대가 시집간다면, 그 집에 안성맞춤(桃之夭夭, 灼灼其華. 之子于歸, 宜其室家)."

58) 채번기기: '부인이 제사를 받들어 직분을 잃지 않는다.'는 의미. 『시경(詩經)』「소남(召南)」'채번(采蘩)'에 나온다. 본래 이 장은 문왕(文王)의 교화를 입어 제후의 부인이 정성과 공경을 다하여 제사를 받듦에 집안사람들이 그 일을 서술하여 찬미한 것이다. 채번(采蘩)은 '흰 쑥을 캔다는 것'이요, 기기(祁祁)는 '머리가 펴지고 느린 모양으로 일을 마침에 위의(威儀)가 있는 것'이니 여기서는 선화가 시집을 가서 제사를 받듦에

하여 제사를 받드는 일을 하겠어요."

스스로 향내 나는 화장 상자를 열어 속에서 조그만 화장 거울을 꺼내어 둘로 나누어 한 쪽은 자기가 갖고 다른 한 쪽은 주생에게 주며 말했다.

"동방화촉洞房華燭59)의 밤을 기다렸다 다시 하나로 합하지요"

또 흰 비단 부채를 주면서 말했다.

"이 두 물건은 비록 하찮은 것이지만 제 마음의 간곡함을 나타내기에 충분하지요. 승란지녀乘鸞之女60)로 생각하시어, 추풍지원秋風之怨61)을 저버리지 말고 설사 항아姮娥의 그림자를 잃을지라도62) 꼭 밝은 달빛63)을 어여삐 여겨 가까이 해주세요."

이후로 그들은 밤이면 만났고 새벽으론 헤어졌는데 하룻밤도 그러

위의가 있게 하겠다는 의미이다. '채번'과 '기기'가 나오는 부분은 아래와 같다.
　　"이에 흰쑥을 뜯기를, 못가에서 하고 물가에서 하네. 이에 이것을 쓰기를, 공후의 제사에서 하도다(于以采蘩, 夫人不失職也, 夫人可以奉祭祀, 則不失職矣)." "머리 꾸밈을 공경함이여, 이른 새벽부터 밤까지 公所에 있네. 머리 꾸밈의 기기함이여, 잠깐 돌아가도다(被之尙尙, 夙夜在公. 被之祁祁, 薄言還歸)."
59) 동방화촉: 혼인 첫날밤. 동방(洞房)은 깊은 방, 즉 부인의 규방(閨房)을 뜻하고 화촉(花燭)은 현란한 등불을 뜻한다.
60) 승란지녀: '난새를 탄 여인'은 '좋은 남편을 만난 여인'. 선화가 자신을 비유한 말이다.
61) 추풍지원: '가을바람의 원한'이라고 하는 것은 부채를 두고 하는 말. 부채는 여름 한 철이 지나면 사람들에 버려지기에 선화 자신이 이렇듯 주생에게 부채의 신세가 될까 염려하는 말이다.
62) 설사 항아의 그림자를 잃을지라도: 항아가 예와 이별한 것처럼 '주생과 자신이 헤어질 지라도'의 뜻. 항아는 달 속에 있다는 선녀(仙女)의 이름으로, 상아라고도 한다. 고대 신화에 의하면 항아는 활을 잘 쏘았던 예의 아내로 무척 아름다웠다고 한다. 본래 신이었던 둘은 천신의 노여움을 사 인간으로 살게 되었다. 피할 수 없는 죽음이라는 인간의 한계를 극복하기 위해 서왕모에게서 예가 불사약을 구해 왔다. 항아는 이 약을 남편 몰래 혼자 다 먹고 신이 되어 하늘로 올라가다가, 이를 스스로 부끄럽게 여겨 달에 피해 있으려고 하였다. 그런데 달에 이르는 순간 두꺼비로 변하였다. 그래서 달을 표현할 때는 달 속에 두꺼비가 있는 모습으로 그려진다.
63) 밝은 달빛: '밝은 달빛'은 선화 자신에 대한 비유로 애정이 변치 말기를 다짐하는 뜻이다.

하지 않는 날이 없었다.

어느 날, 주생은 오랫동안 비도를 만나지 않았음을 생각하고는 비도가 이상히 여길까 염려되어 그녀의 집으로 가서 자고 돌아왔다.

선화는 밤중에 주생의 방까지 갔다. 몰래 주생의 주머니 속을 풀어 보고는 비도가 주생에게 준 시 몇 폭幅을 발견했다. 질투를 이기지 못하여 책상 위에 있는 붓을 들어 갈까마귀처럼 까맣게 지워버리고는 〈안아미眼兒眉〉[64]라는 제목의 사 한 수를 지어 푸른 비단에 싸서 주머니 안에 집어넣고는 나와 버렸다.

사는 이렇다.

창 밖의 반딧불 보이는 듯 사라지고,
기울어진 달은 누각 위에 높이 있네.
섬돌 밑 대나무 소리는 운치 있는데,
오동나무 그림자는 구슬발에 가득히,
깊은 밤 고요는 사람 시름 자아내네.
이 밤 방탕한 임은 소식조차 없으니,
어디서 한가롭게 노나 아지 못게라.
아서라 생각을 말자고 다짐하지만,
헤어져 쓰린 마음만 잇달고 잇달아,
앉아서 산가지[65]만 세고 또 센다오.

---

64) 안아미: 『사고전서(四庫全書)』本 『유편초당시여(類編草堂詩餘)』에 〈안아미(眼兒媚)〉로 되어 있다.

65) 산가지: 수효를 셀 때 쓰는 대나 뼈로 만든 젓가락 모양의 기구이다.

이튿날 주생이 돌아왔다.

선화는 새치름하게 조금도 강샘부리거나 원망스런 얼굴을 보이지 않았고 또 주머니에 관한 일도 말하지 않았으니, 주생이 제 스스로 부끄러움을 느끼게 하기 위해서였다. 주생은 전혀 다른 생각을 못했다.

하루는 부인이 잔치를 베풀어 비도를 불러 보고는 주생의 학문과 행실을 칭찬했다. 또 아들을 부지런히 가르치는 것을 사례하고는 비도보고 주생에게 감사의 뜻을 전해달라고 하였다. 이날 밤 주생은 여러 잔 술을 먹어 피곤하였기에 몽롱한 것이 술에서 깨어나지를 못했다. 비도는 혼자 앉아 잠을 이루지 못하다, 우연히 주생의 주머니를 발견하고는 자기가 준 사詞가 먹으로 지워진 것을 보니 마음에 퍽 의심쩍은 생각이 들었다. 또 〈안아미眼兒眉〉 사가 있어 보고서야 선화가 한 짓임을 아니 몹시 화가 치밀었다. 그 사를 소매 속에 감춘 다음 주머니를 전처럼 싸매 두고는 앉은 채 그대로 아침을 기다렸다.

주생이 술에서 깨어나자 비도가 천천히 물었다.

"낭군이 이곳에서 오랫동안 머물며 돌아오지 않는 것은 어째서이죠?"

주생이 말했다.

"국영國英이 공부를 마치는 때가 아직 못 되어서요."

비도가 말했다.

"하기야 처의 동생을 가르치는 것이니 마음을 다하지 않으면 안 되겠지요?"

주생은 부끄러워 얼굴과 목까지 붉히며 말했다.

"이게 무슨 말이오?"

비도는 한참동안 아무런 말을 하지 않았다.

주생은 갈팡질팡 어쩔 줄을 모르고 방바닥만 바라다보았다.

비도가 곧 그 사를 꺼내어 주생 앞에 던지며 말했다.

"유장상종踰墻相從이요, 찬혈상규鑽穴相窺[66]를 어떻게 군자가 할 수 있습니까? 난 들어가 부인께 말씀을 드려야겠어요."

비도는 즉시 몸을 일으켰다.

주생은 황망히 그녀를 붙잡아 앉히고 사실대로 고백을 하며 또 머리를 땅에 닿을 정도로 숙이고는 간곡히 빌었다.

"선화는 이미 나와 백년해로百年偕老를 굳게 언약한 사이요. 어떻게 차마 사람을 죽을 곳에 몰아넣는단 말이오?"

비도가 마음을 돌리고는 말했다.

"낭군은 즉시 저와 같이 돌아갑시다. 그렇지 않으면, 낭군이 저와의 언약을 어긴 바에야 제가 어찌 맹세를 지키겠어요?"

주생은 마지못해 하는 수 없어 딴 핑계를 둘러대고 다시 비도의 집으로 돌아왔다.

---

66) 찬혈상규: 남녀가 혼례를 치루지 않고 서로 사랑하는 행위.『맹자(孟子)』「등문공장구하(滕文公章句下)」‘三章’에 나오는 것으로, 여기서는 비도가 선화와 주생이 ‘남녀가 혼례를 하지 않고 서로 사랑하는 행위’를 하였다고 ‘유장상종(踰墻相從), 찬혈상규(鑽穴相窺)’만 따서 빗대었다. 본래 이 말은 주소(周霄)의 물음에 맹자(孟子)가 대답하는 부분인데, 전체의 대의는 ‘대개 군자는 비록 몸을 깨끗이 하여 인륜을 어지럽히지 않으며, 또한 이로움을 따라서 의(義)를 잊지 않는다.’는 대의이다. 내용은 아래와 같다.

"주소가 말했다. 진나라가 또한 벼슬살이 할 만한 나라로되, 일찍이 벼슬을 하는 것이 이렇듯 급한 것을 듣지 못했습니다. 벼슬을 하는 것이 이렇듯 급하다면 군자가 벼슬하는 것을 어렵게 여기는 것은 무슨 까닭입니까?(曰: 晉國亦仕國也, 未嘗聞仕如此其急. 仕如此其急也, 君子之難仕, 何也?)"

"맹자가 말했다. 장부가 장성하면 장가들기를 원하며, 여자를 시집보내고 싶은 마음은 부모 된 사람의 심정이다. 그러나 부모의 명과 중매의 말을 기다리지 않고 구멍과 틈을 뚫어서 서로 엿보며 담을 넘어서 서로 상종하는 것은 곧 부모와 나라 사람이 다 천하게 여길 것이다. 옛 사람들은 일찍이 벼슬하고자 하지 않는 사람은 없지만, 또한 정당한 도리에 따르지 않고 벼슬하는 것을 싫어하였다. 정당한 도리에 따르지 않고 벼슬자리에 나가는 사람은 구멍을 뚫고 서로 엿보는 사람과 같은 것이다(曰: 丈夫生而願爲之室, 女子生而願爲之有家. 父母之心, 人皆有之. 不待父母之命, 媒妁之言, 鑽穴隙相窺, 踰牆相從, 則父母國人皆賤之. 古之人未嘗不欲仕也, 又惡不由其道. 不由其道而往者, 與鑽穴隙之類也)."

비도는 선화와의 관계를 알고 난 다음부터 다시는 주생을 선랑仙郎이라 부르지 않았으니 마음이 편치 않아서였다.

주생은 오로지 선화만을 생각하니 몸이 나날이 여위어 파리해지더니 끝내는 병을 빙자해 일어나지 못한 지가 수십 일이 되었다.

갑자기, 국영이 병으로 죽었다.

주생은 제물祭物을 갖춰 영구 앞에 나아가 전奠[67])을 올렸다.

선화 역시 주생과 이별한 후 병이 들어 움직일 때마다 남의 손을 빌어야 했는데, 홀연히 주생이 왔다는 소식을 듣고는 병을 무릅쓰고 억지로 일어나 엷게 화장을 하고 소복素服을 입고서 홀로 구슬발 안에 서 있었다.

주생이 전을 마치니 먼발치에 선화가 보였다. 다만 눈길로 정을 주고는 나오다 잠깐 머리를 돌린 사이에 이미 사라져 볼 수 없었다.

몇 달 뒤에 비도가 병들어 일어나지를 못했다.

막 숨을 거두려할 때, 주생의 무릎을 베고 눈물을 머금은 채 당부했다.

"저는 봉비지체葑菲之體[68])로서 송백松柏[69])의 그늘에 의지하였는데, 어떻게 꽃향기가 없어지기도 전에 접동새[鶗鴂][70])가 먼저 울 줄 알았

---

67) 전: 장사지내기 전에 영연(靈筵)에 간단히 술과 과실을 드리는 예식이다.

68) 봉비지체: '남편에게 버림받은 아내가 자기의 처지를 한탄하며 남편을 원망하는 의미'. 『시경(詩經)』「패풍(邶風)」 '곡풍(谷風)'에 나온다. 본래 이 장은 여자가 젊어서는 예뻐서 사랑을 받을 수 있으나, 늙으면 미워서 버림을 받을 수 있다는 비유의 의미이다. '곡풍'에 나오는 부분은 아래와 같다.

"순무를 캐고 순무를 뜯음은, 뿌리 때문이 아니네. 덕음이 어긋남이 없다면, 그대와 죽을 때까지 함께 살고 싶네(采葑采菲, 無以下體. 德音莫違, 及爾同死)."

69) 송백: 소나무와 측백나무를 아울러 이르는 말. 여기서는 주생을 비유하였다.

70) 제겹: 접동새. 한국문학의 비극적(悲劇的) 정서 환기에 한 몫을 담당하는 소재이다. 우리나라에 널리 분포된 설화 한 편을 보면 다음과 같다.

겠어요? 이제 낭군과 곧 영원히 이별을 하게 될 것이에요. 다만 제가 죽은 후에라도 낭군은 선화를 취하여 배필로 삼으시고 내 뼈는 낭군이 오고 가는 길가에 묻어주시길 바랄뿐입니다. 그러면 비록 죽은 날들이지만 살아있는 해로 여기겠어요."

비도는 말을 마치고 기절하였다. 한참 후에 다시 깨어나, 눈을 뜨고는 주생을 바라보며 말했다.

"주랑周郞! 주랑周郞! 몸조심하세요. 몸조심하세요."

연달아 이런 말을 몇 차례 하더니 숨을 거두고 말았다.

주생은 몹시 통곡하고는 곧 호수 위 큰길가에 고이 묻어, 그녀가 원하는 대로 해주었다.

글을 지어서 제사하였는데 이렇다.

모년 모월 모일에 매천거사梅川居士는 초황焦黃[71]·여단茘丹[72]을 올려 비랑의 영전에 제를 지내노라.

오직 그대는 꽃처럼 매우 곱고 아름다우며 달의 자태와도 같이 가벼우면서도 꽉 찼습니다. 장대章臺의 버들[73]인 양 춤을 추면 바람에 나부끼는 버들가지와 같았고 얼굴은 깊은 골짜기의 난초보다 빼어났으니, 이슬 담

옛날에 아들 아홉과 딸 하나를 낳은 어느 부인이 죽었는데, 후처로 들어온 계모는 전실 딸을 몹시 미워하여 늘 구박했다. 혼기가 찬 처녀는 많은 혼수를 장만해 놓고 구박을 못 이겨 갑자기 죽고 말았다. 아홉 오라비(오랍동생)가 슬퍼하면서 누나의 혼수를 마당에서 태우는데, 계모는 아까워하며 태우지 못하게 말렸다. 이에 격분하여 그 계모를 불 속에 밀어 넣었더니 까마귀가 되어 날아갔다. 접동새가 된 처녀는 밤이면 오랍동생들을 찾아와 울었는데, 접동새가 밤에만 다니는 까닭은 까마귀가 죽이려 하므로 무서워서 그런다고 한다.

71) 초황: 초황(蕉黃)이다. 누런 파초 열매로 흔히 제물로 쓰인다.
72) 여단: 붉은 타래열매로 흔히 제물로 쓰인다.
73) 장대의 버들: 장대(章臺)는 중국 장안(長安)에 있었던 누대(樓臺). 혹은 번화가(繁華街) 또는 화류항(花柳巷)을 이르는 말. 중국 한(漢)나라 이후 장안 장대의 거리가 기녀(妓女)와 버들이 많고 번화하였다는 데서 유래한다.

뽁 머금은 한 떨기 붉은 꽃이었습니다. 회문시回文詩74)에 있어서는 소약란 蘇若蘭이라도 뛰어남을 용납하지 않았으며, 사詞에 있어서는 가운화賈雲和75) 라도 이름을 뽐내기는 어려울 것입니다.

이름은 비록 악적樂籍76)에 들었어도 그 뜻만은 그윽했고 정절을 지켰습니다. 나는 방탕한 뜻을 지녀 바람에 휘날리는 버들개지요, 외로이 물을 따라가는 부평초 신세였습니다. 언채말향지당言采沫鄉之唐77)이요, 불부동문지양不負東門之楊78)하여 서로가 사랑을 다하며 곁에 있어 잊지 않기로 하였습니다. 달이 떠 흰 빛일 때였던가요. 아름다운 맹세할 적에 구름은 창을 가리고 밤은 고요한데, 꽃밭에는 맑은 봄빛이 흐르고 있었습니다. 한 사발

---

74) 회문시: 머리에서부터 내리읽으나 아래에서부터 올려 읽으나 뜻이 통하고 평측(平 仄)과 운(韻)이 맞는 한시(漢詩). 하늘의 별자리 모양인 선기도안(璇璣圖案) 위에 가로, 세로 각 29자씩 841자를 바둑판처럼 수(繡)놓는 것이다. 이것을 돌려 읽거나 가로, 세로, 대각선, 혹은 건너 뛰어 읽으면 200여 수의 시를 얻을 수 있다 한다. 이인로(李仁 老, 1152~1220)는 『파한집(破閑集)』에서 "무릇 회문시란 바로 읽으면 부드러워 쉽고 거꾸로 읽어도 뻑뻑하고 어려운 태가 없어 말과 뜻이 함께 묘한 뒤라야 공교하다고 할 수 있다(夫回文者, 順讀則和易, 而逆讀之, 亦無聲牙艱澁之態, 語意俱妙然後謂之工)." 라고 하며, 두도(竇滔)의 아내 소혜(蘇蕙)의 〈소약란직금도(蘇若蘭織錦圖)〉부터 비롯 되었다고 하였다. 우리나라에서는 〈소약란직금도(蘇若蘭織錦圖)〉란 딱지본 소설이 있을 정도로 성행하였다. 주 48) 참조.
75) 가운화: 명(明)나라 작가 이정(李禎, 1376~1452)이 쓴 전기소설집(傳奇小說集)인 『전등여화(煎燈餘話)』에 수록된 〈가운화환혼기(賈雲華還魂記)〉의 주인공. 사(詞)를 아주 잘 지었다. 주 33) 참조.
76) 악적: 장악원 악공의 등록 원부. 여기서는 기적(妓籍)의 뜻이다.
77) 언채말향지당: '여자를 좋아하여 유인한다.'는 의미. 『시경(詩經)』「용풍(鄘風)」'상 중(桑中)'에 나온다. 본래 이 장은 위(衛)나라 풍속이 음란하여 처첩(妻妾)을 도적질할 때 사랑하는 사람을 맞이하고 전송하는 노래이다. 여기서는 남자가 여자를 유인하여 하였다는 의미이다. 이 글이 나오는 부분은 아래와 같다.
   "당(唐) 캐기를, 매읍의 시골에서 하네(爰采唐矣, 沬之鄉矣)."
78) 불부동문지양: '상봉의 약속을 어기지 않는다.'는 의미. 『시경(詩經)』「진풍(陣風)」 '동문지양(東門之楊)'에 나온다. 본래 이 장은 남녀가 혼인 약속을 어기는 시속을 풍자 한 노래이다. 여기서는 남녀가 약속을 저버리지 않았다는 의미이다. 이 글이 나오는 부분은 아래와 같다.
   "동문(東門)의 버들이여, 그 잎이 무성하고 무성하네. 어두울 때 만나기로 약속하였는데, 샛별이 반짝이네(東門之楊, 其葉牂牂. 昏以爲期, 明星煌煌)."

의 경장瓊漿79)을 마시고 몇 곡이나 난생鸞笙을 연주하기도 했지요.

어이 시간이 흘러서 지난 일이 되었고 즐거움은 다하여 슬픔이 왔단 말입니까? 비취 이불이 따뜻해지기도 전에 원앙鴛鴦80)의 단꿈이 먼저 깨어졌습니다. 즐거움은 구름처럼 사라지고 은혜로운 정은 비처럼 흩어졌습니다.

비단치마 바라보니 색은 이미 변했고 귀에 대어도 옥으로 만든 패물은 소리를 내지 않으며, 일 척尺의 노호魯縞81)만이 아직도 향기롭습니다.

붉은색의 좋은 거문고와 푸른색의 아름다운 옷은 은 빛 상牀에 공허하게 남았고 남교藍橋82)의 옛집은 홍랑紅娘83)에게 내맡겼습니다.

아아! 아름다운 사람은 얻기 어렵고 덕이 있는 음성은 잊기 어렵습니

---

79) 경장: 경장(瓊漿)이다. 경장은 옥과 같이 귀한 물. 흔히 옥액과 함께 선경(仙境)에서 좋은 약을 경장옥액(瓊漿玉液)으로 부른다. 한대(漢代) 중엽 유향(劉向)이 편집한『초사(楚辭)』에는 "華酌旣陳, 有瓊漿些"라고 하였으며,『수서(隨書)』에서는 "金丹玉液, 長生之事, 歷代藥費, 不可勝紀."라고 하였다.

80) 원앙: 오리과의 물새. 짝을 바꾸지 않기에 금실이 좋은 부부를 비유적으로 이르는 말이다.

81) 노호: 중국의 유명한 비단. 여기서는 '전 번에 맹서를 쓴 비단만은 그대로이다.'라는 뜻이다.

82) 남교: 중국의 산시성[陝西省] 동쪽에 있는 땅 이름. 선굴(仙窟)이 있다고 대대로 전해진다.『태평광기(太平廣記)』〈배항(裵航)〉에서 선인(仙人) 배항이 운교부인을 만나던 곳이다. 옛날 당 나라 때 배항(裵航)이란 사람이 운교부인(雲翹夫人)을 만났더니, "한 번 구슬 물을 마시고 나면 온갖 느낌이 일어날 것이오. 검은 서리(玄霜)라는 신선약을 찧어 주고야 운영(雲英)이를 만날 것이오."라는 시 한 수를 주는 것이었다. 뒤에 배항이 남교(藍橋)역을 지나다가 어떤 늙은 할미에게 마실 것을 청했더니 그 할미가 운영을 시켜 마실 것을 가져다주는데, 배항이 그것을 받아 마셔보니 바로 진짜 '구슬 물'이었다. 그리고 또 운영을 보니 어떻게나 어여쁜지 할미에게 운영과 짝 맺어주기를 청하자, 할미의 말이 "간밤에 신선이 영약 한 숟가락을 주었는데, 다만 이것은 옥 공이를 가지고 절구에 찧어야만 되는 것이니, 그대가 그것을 찧어주고 나서야 운영이와 혼인할 수 있을 것일세." 하므로, 배항은 백 일 동안이나 그 신선 약을 찧어 주고서 운영에게 장가들어 그 길로 같이 신선이 되어 갔다는 것이다. 여기서 '남교(藍橋)의 옛 집'은 비도가 살던 집이다.

83) 홍랑: 당나라 소설 〈회진기(會眞記)〉의 여주인공인 앵앵(鶯鶯)의 하녀. 여기서는 비도의 하녀를 말한다.

다. 옥 같은 얼굴, 꽃다운 모습은 늘 곁에서 볼 수 있고 하늘과 땅처럼 영구히 변함이 없을 줄 알았는데, 이 한스러움이 망망합니다. 타향에서 짝을 잃었으니 누굴 믿고 누구에게 의지하겠습니까? 다시 옛날의 노를 저어 온 길을 되돌아가려 합니다. 바다는 넓고 넓으며 천지는 험하기만 한데, 외로운 조각배로 만 리 길을 가지만 간들 무엇에 의지하겠습니까?

다음 해에 다시 한 번 곡哭을 하게 되는지, 물결이 출렁거리며 한없이 넓기에 기약하기 어렵습니다.

산에는 구름이 다시 돌아오고 물은 밀렸다가 다시 조수潮水되어 오가지만, 낭자는 가서 다시는 돌아오지 않으니 적막할 뿐입니다. 술로써 제사를 지내고 글로써 내 정을 나타내었습니다.

바람결에 한 잔 술을 그대에게 권하니 꽃다운 영혼은 기꺼이 받으십시오.

상향(尚饗)[84]

주생은 제사를 마치자 외롭게 된 두 계집종에게 이별하며 말했다.

"너희들은 집을 잘 간수하여라. 내 후일 뜻대로 일이 이루어진다면 반드시 너희들을 돌봐 주마."

계집종들은 섧게 울며 말했다.

"저희들은 주인아씨를 어머니같이 우러러 받들었고 아씨께서도 저희를 자식같이 사랑해주시었어요. 저희가 복이 없고 팔자가 사나와 아씨께서 일찍 돌아가셨으니, 오직 믿고 이 마음을 달랠 분은 낭군뿐입니다. 이제 낭군마저 또 가신다면 저희들은 누구를 의지합니까?"

계집종들은 통곡을 그치지 않았다. 주생은 여러 번 계집종들을 달

---

84) 상향: 상향(尙饗)이다. '흠향하옵소서.'의 뜻. 축문(祝文)의 맨 끝에 쓰는 말이다.

래 주고는 눈물을 뿌리며 배에 올랐으나 차마 노를 저을 수 없었다.

이날 밤 주생은 수홍교垂虹橋 밑에서 묵었는데, 멀리 선화의 집을 바라보니 은초롱 속의 촛불 빛만이 숲 밖으로 가물거렸다. 주생은 좋은 시절은 이미 지나간 것을 생각하고 다시 만날 인연이 끊어졌음을 슬퍼하며, 즉석에서 〈장상사長相思〉한 수를 읊으니 이렇다.

> 꽃에도 버들에도 안개 자욱하기에,
> 봄소식 올 줄을 애면글면 바랐는데,
> 푸른 발 드린 곳에 임은 잠들었네.
> 좋은 인연이런가 모진 인연이런가,
> 샛별 진 뜨락엔 은초롱만 가물가물,
> 구름 낀 물가 따라 뱃길을 돌리네.

주생은 날이 새도록 잠을 이루지 못했다. 이번에 가면 선화를 영영 이별할 것만 같았고 머물자니 비도와 국영도 죽었으니 의지할 데라곤 없었다. 백 갈래로 생각해보았으나 한 가지 방법도 얻지를 못했다.

벌써 날은 훤히 밝아 오니, 하는 수없이 노를 저어서 뱃길을 떠났다. 선화의 집이며 비도의 무덤이 점점 멀어 아득해졌다. 산굽이를 돌아 강이 굽어진 곳에 이르자 순간 이미 사라져 버렸다.

주생의 외가인 장張 노인은 호주湖州85)의 큰 부자였는데, 친척 간에 화목하기로 소문이 나 있었다. 주생은 시험 삼아 그리로 찾아가 의지하려 하니 장 노인은 관대하게 주생을 지극히 후하게 대접했다.

---

85) 호주: 지금의 저장성[浙江省] 오흥현(吳興縣)이다.

주생은 비록 몸은 편안하였으나, 선화를 생각하는 정은 갈수록 더해만 갔다.

이리저리 뒹굴며 잠 못 이루는 사이에 또 봄이 되니 이 해가 만력萬曆[86) 20년 1592년이었다. 장 노인은 주생의 얼굴이 나날이 파리해 가는 것을 보고는 이상스럽게 여겨 까닭을 물었다. 주생은 감히 감추지 못해 사실대로 말했다.

장 노인이 말했다.

"네 마음속 사연이 있으면서 왜 진작 말하지 않았느냐. 내 안사람과 승상은 동성同姓이라 여러 대 동안 집안끼리 알음알음 알고 지내는 사이란다. 내 너를 위해 힘써 보마."

다음 날, 노인은 부인을 시켜 편지를 써, 늙은 창두蒼頭를 전당으로 보내 왕사지친王謝之親[87)을 의논했다.

주생과 이별한 후 선화는 지루하게 자리에 누워 있어 예쁜 얼굴이 야위고 초췌했다. 부인도 선화가 주생을 사모하다 얻은 병인 줄은 알고 그녀의 뜻을 이루어주려 했으나, 이미 주생은 떠나버려서 어쩔 수가 없었던 차에, 난데없이 노씨盧氏[88)의 편지를 받았으니 온 집안이 놀라며 기뻐했다. 선화도 억지로 일어나서 머리 빗고 세수하여 전과 같았다.

마침내 이 해 9월로 혼인結褵[89)이 정해졌다.

---

86) 만력: 명(明)나라 신종(神宗)의 연호이다.
87) 왕사지친: '혼인관계'. 동진(東晋) 시기 대귀족이었던 왕도(王導)와 사안(謝安)의 가문이 대대로 혼인을 하였기에, 연유하였다.
88) 노씨: 장(張) 노인의 부인이다.
89) 결리: 혼인. '리(褵)'는 부인의 작은 띠이니, 어머니가 딸을 경계하고 딸을 위하여 띠를 채워주고 향주머니를 매주는 것이다. 『시경(詩經)』 「유풍(豳風)」 '동산(東山)'에 나온다. '동산(東山)'에 나오는 부분은 다음과 같다.
　　"친히 그 향주머니를 매주니, 아홉이며 열인 그 위의(威儀)로다(親結其褵, 九十其儀)."

주생은 날마다 강 어귀에 나가 오래도록 기다렸다.

창두가 돌아와서 정혼定婚의 뜻을 전하고는 또 선화의 편지를 주생에게 전해주었다. 주생이 급히 편지를 뜯어보니 분향냄새와 눈물 자국이 있어 슬프게 원망하고 있음을 짐작하게 했다.

사연은 이러했다.

복이 없고 팔자가 사나운 선화는 깨끗이 목욕하고 몸가짐을 가다듬고는 주랑周郎 족하足下90)께 편지를 올립니다.

저는 본래 약질이어서 깊은 규방에서 자라면서 늘 청춘이 수이 감을 근심하여 거울을 들여다보면서 스스로 안타까워했습니다. 비록 임을 그리는 꽃다운 마음을 품었으나 사람을 만나면 부끄러움이 생겼습니다. 길가 언덕배기의 버들가지를 보면 춘정春情이 무르녹고 나뭇가지의 꾀꼬리 소리를 들으면 새벽녘에도 몽롱하게 생각도 났습니다. 하루아침에 고운 나비가 정을 전하며 두루미가 길을 인도하여, 동방지월東方之月에 주자재달妹子在闥91)하시듯, 그대가 담을 넘어 오셨는데 제가 어떻게 애단愛檀92)만 하였겠습니까? 현상玄霜93)선약을 다 찧고도 높디높은 옥경玉京94)에는 오르지 않았습니다. 밝은 달이 하늘 가운데에서 나뉠 때 하늘에서 부부의 연

---

90) 족하: 편지 받을 사람의 성명 아래에 쓰는 말이다.
91) 주자재달: '동쪽 하늘에 달이 뜨니 어여쁘신 우리 임 문간에 와 계셨다.'는 의미. 『시경(詩經)』「제풍(齊風)」'동방지일(東方之日)'에 나온다. 본래 이 장은 임금과 신하가 도리를 잃고 남녀가 예도로 교화하지 못함을 풍자한 시이다. '동방지일'에 나오는 부분은 아래와 같다.
   "동쪽하늘에 달이 뜨니, 저 어여쁜 우리 임, 내 방에 오셨네(東方之日兮. 彼妹者子, 在我室兮)."
92) 애단: '박달나무를 아낀다.'는 뜻. '여자가 정조(貞操)를 지킨다.'는 의미이다.
93) 현상: '검은 서리'로 선가(仙家)의 약. 이 현상(玄霜)을 다 찧으면 선녀인 운영을 만난다는 말이 있다.
94) 옥경: 하늘 위에 옥황상제(玉皇上帝)가 산다고 하는 가상적인 서울이다.

을 맺자고 굳은 맹세를 했습니다.

그러나 어찌 좋은 일 뒤에 어려운 일이 늘 있음을 알았겠습니까? 아름다운 기약은 막혔고 마음속으로 사랑하기에 몸은 점점 여위고 슬퍼하였습니다. 임은 가고 봄은 다시 왔지만, 고기는 숨고 기러기는 끊어졌으며[魚況雁斷]95) 비는 배꽃을 때렸습니다. 날이 저물면 문을 닫고 온갖 상념에 젖어 잠 못 이루었으니 초췌한 것은 낭군 때문입니다. 비단 장막의 공허함이여, 봄이 적적하고 은촛불만이 홀쳐 가물거림이여, 밤이 침침할 따름입니다. 하룻밤에 몸 그릇되어 백 년 동안 정을 품음에 쇠한 꽃을 보고는 멍하였고 조각달을 바라만 보았습니다. 삼혼三魂96)은 이미 흩어졌고 팔익八翼97)은 날 수 없게 되었습니다. 이와 같을 줄 진작 알았더라면 죽는 것이 차라리 나았을 것입니다.

이제 월로月老98)께서 소식을 보내옴에 좋은 날을 가려 기다릴 수 있게 되었으나, 홀로 있는 동안에 초조하여 병은 나날이 깊어져 꽃 같은 얼굴에 화장기가 사라지고 구름 같은 머리에는 광채가 없어졌습니다. 낭군이 보신다면 다시는 전처럼 사랑을 베풀지 못할 것입니다. 다만 두려운 것은 제 작은 정성이나마 다하지 못한 채, 갑자기 먼저 아침 이슬처럼 황천길을 갈 것 같으니 가슴속에 한이 다함이 없을 것입니다. 아침에 낭군을

---

95) 고기는 숨고 기러기는 끊어졌으며: 소식이 끊어졌다는 의미. 잉어나 기러기가 편지를 날랐다는 데서 유래한다.

96) 삼혼: 사람의 몸에 있다는 태광(台光)·상령(霜翎)·유정(幽精)의 세 가지 정혼(精魂)이다.

97) 팔익: 여덟 날개. 진(晉)나라의 도간(陶侃)이 꿈에 여덟 개의 날개로 하늘을 날아 올랐다 한다.

98) 월로: 남녀의 인연을 맺어주는 신인 월하노인(月下老人). 『태평광기(太平廣記)』 〈정혼점(定婚店)〉에 보면 다음과 같이 나온다.

　　당(唐)나라의 위고(韋固)라는 사람이 여행 중에 달빛 아래서 독서하고 있는 노인을 만나, 자루 속에 든 빨간 노끈의 내력을 묻자, 노인은 본시 천상(天上)에서 남녀의 혼사문제를 맡아보는데 그 노끈은 남녀의 인연을 맺는 노끈이라 하였다. 그리고 위고의 혼인은 14년 후에나 이루어진다고 예언하여 사실 그대로 이루어졌다고 한다.

뵈옵고 한 번만이라도 저의 슬픈 마음을 호소나 할 수 있다면 저녁에 유방幽房[99]에 갇히더라도 원망함이 없겠습니다.

구름 낀 산 만 리 밖에 계시니 신사信使[100]를 시켜서 편지를 자주 전할 수도 없는 일입니다. 이제 목을 빼어 우러러 바라보니 뼈는 부서지고 혼은 사라질 뿐입니다.

호주湖州의 땅은 구석진 곳이라, 축축하고 더운 땅에서 생기는 독한 기운에 병들기 쉬우니, 힘써 스스로를 아끼시어 내내 몸조심 하십시오! 그지없는 사랑을 보냅니다! 감히 다하지 못한 말은 분부分付하여 돌아가는 기러기 발에 묶어[101] 보내겠습니다.

모월 모일 선화 올림

주생이 편지를 다 읽으니 꿈꾸다 막 깨어난 것만 같고 술에 취했다 막 정신이 난 것만 같아서 슬프기도 기쁘기도 했다. 그러나 오는 9월을 손꼽아보니 너무 먼 것 같아 혼사 날을 바투 잡아 달라고 곧 장노인에게 청하여, 다시 한 번 창두를 보내 달라고 했다.

그리고는 또 선화에게 보내는 답장을 썼다.

사랑하는 아가씨에게
삼생三生[102]의 인연이 깊어 천리 밖에서 편지가 왔습니다. 마음에 품은 사람을 생각하니 지난날의 기억이 또렷하군요.

---

99) 유방: 깊은 무덤 속을 말한다.
100) 신사: 편지를 전하는 심부름꾼이다.
101) 기러기 발에 묶어: 기러기는 일정한 계절에 맞춰 이동하는 철새이기에 일찍이 신의(信義) 있는 동물, 소식(消息)을 전해주는 동물의 상징으로 비유되었다.
102) 삼생: 전생(前生), 현생(現生), 내생(來生)인 과거세, 현재세, 미래세를 통틀어 이르는 말이다.

지난 날 나는 옥 같은 그대의 정원에 뛰어들어 몸을 경림瓊林[103])에 의탁하였다가 그대를 사랑하는 마음이 한 번 일어나니 비처럼 쏟아지는 마음을 금하지 못하여, 꽃 속에서 굳게 약속하고 달빛이 비치는 아래에서 인연을 맺었습니다. 분에 넘치게도 많은 사랑을 입고 굳은 맹세를 한 것이 아직도 낭랑합니다. 제 스스로 생각해보니 이 세상에서는 깊은 은혜를 갚을 도리가 없습니다. 인간의 좋은 일에 조물주의 시샘이 많아서인지, 곧 하룻밤의 이별이 마침내 해를 넘기는 원한이 될 줄 알았겠습니까? 서로 멀리 떨어진 데다 산천이 가로막혔으니, 한 필의 말을 타고 외로이 하늘의 끝까지 가는 것이 얼마나 슬프던 지요.

기러기는 오吳나라 구름 속에서 울고 원숭이는 초楚나라의 산골짜기에서 우는데, 여관에서 홀로 잠을 자자니 외롭고 쓸쓸하여 사람이 목석木石이 아니고서야 어떻게 섧지 않겠습니까?

아아! 아름다운 그대여, 이별한 후의 슬픔은 그대만이 알 것입니다. 옛 사람의 말에 '하루를 보지 못하면 3년과도 같다' 했습니다. 이것으로 미루어본다면, 한 달은 곧 90년이나 됩니다. 만약 가을을 기다려 혼사 날을 정한다면, 차라리 거친 산의 덤불 속에 있는 무덤에서 나를 찾는 것만 못할 것입니다.

정을 다하지 못하고 말도 다하지 못했는데, 종이를 대하여 목만 메여오니 다시 무슨 말을 할 것인지는 알아서 헤아려 주십시오.

편지를 써 놓았으나 전하지는 못했다.

---

103) 경림: 송(宋) 나라 태조(太祖)가 개봉부(開封府)의 서쪽에 개설하였다는 정원(庭園). 무척 아름다웠다 한다. 여기서는 선화 집의 정원을 비유한 것이다.

마침, 조선朝鮮이 왜구倭寇104)의 침략을 당하여, 중국에 매우 다급히 구원병을 청했다. 황제皇帝105)는 조선이 지극히 중국을 섬기므로 구원하지 않을 수 없었다. 또 조선이 무너지면 압강鴨江106)인근의 사람들도 베개를 베고서 편안히 잠들 수 없었다. 하물며 나라의 존망存亡이 이어지느냐 끊어지느냐 하는 것은 왕자지사王子之事107)이기에 특별히 도독都督108) 이여송李如松109)에게 군대를 인솔하여 적을 토벌하도록 하였다.

행인사行人司110)의 설번薛藩111)이 조선을 다녀와서 황제에게 아뢰

---

104) 왜구: 13세기부터 16세기까지 중국과 우리나라 연안을 무대로 약탈을 일삼던 일본 해적이다.

105) 황제: 명(明)나라 신종황제(神宗皇帝)이다.

106) 압강: 압록강(鴨綠江). 우리나라에서 제일 긴 강으로 백두산에서 시작하여 황해로 흘러든다. 우리나라와 중국과의 경계를 이루는 강이기도 하다. "압강(鴨江)인근의 사람들"은 중국 사람들을 말한다.

107) 왕자지사: 제후국(諸侯國)에 대한 천자국(天子國)으로서의 도리를 말한다.

108) 도독: 군사업무를 총괄하는 관직의 이름이다.

109) 이여송: 중국 명(明)나라의 무장. 자는 자무(子茂). 호 앙성(仰城). 요동(遼東) 철령위(鐵嶺衛) 출생. 이여송(?~1598)은 1592년 조선에서 임진왜란이 일어나자 제2차 원군으로 4만의 군사를 이끌고 조선에 들어와, 1593년 1월 평양성에서 고니시 유키나가[小西行長]의 일본군을 격파하여 전세를 역전시키는 데 큰 공을 세웠다. 그러나 벽제관 싸움에서 고바야카와 다카카게[小早川隆景]에 패한 후로는 평양성을 거점으로 화의교섭 위주의 소극적인 활동을 하다가 그 해 말에 철군하였다. 1597년 요동 총병관(總兵官)이 되었으나 이듬해 토번(土蕃)의 침범을 받아 반격 중에 전사하였다. 일설에 의하면, 그의 5대조는 명나라에 귀화한 조선 사람으로 성주(星州) 이씨(李氏)의 후예라 하며, 당시 조선 주둔 중에 조선인 부인을 맞아 아들을 얻었는데 그의 자손들이 지금도 경상남도 거제군에 한 마을을 이루고 있다 한다.

110) 행인사: 외교를 다루는 관아이다.

111) 설번: 광동(廣東) 사람으로 임란 때 명(明)의 칙사(勅使)인 행인사(行人司)의 행인(行人). 『선조실록』 25년(1592) 9월 2일의 기록에 의하면, '설번이 압록강을 건너와 선조(宣祖)가 백관을 거느리고 영접하였다'고 하였다. 또 『선조수정실록』 25년 9월 1일의 기록에 의하면, 자국의 병부(兵部)에 '명나라가 위험에 처할 수 있기 때문에 조금도 지체하지 말고 왜적을 토벌하여야 한다.'는 내용의 문서를 보내었다고 한다. 또 같은 날의 기록에서는 "우리나라에 사신으로 왔다가 맨 먼저 이 의논을 아뢰었는데, 중국 조정에서 시종 군사를 출동시켜 접응하며 구원하게 된 것은 대체로 이렇게

었다.

"북방 사람은 오랑캐를 잘 막아내며 남방의 사람들은 왜구를 잘 당해냅니다. 오늘의 싸움은 남방의 병사가 아니면 어렵겠나이다."

이리하여, 호남湖南112)과 절강折江113)의 여러 군郡과 현縣고을에서 병정을 급히 모집하게 되었다. 그때 유격장군游擊將軍114)이었던 어떤 사람이 평소에 주생의 이름을 알고 있어, 끌어내어 서기書記115)의 소임을 맡겨, 사양했지만 어쩔 도리가 없었다.

그는 조선에 와서 안주安州116)의 백상루百祥樓117)에 올라 칠언고시七言古詩를 지었다. 그 전부는 알 수 없고 오직 결구 네 구만이 기록되었으니 이렇다.

시름겨워 홀로 강루江樓에 오르니,
누각 밖 청산은 첩첩이 싸였구나.
저 산이 고향 그리는 내 눈 가려도,

아뢴 때문이다."라고 하였다.

112) 호남: 중국 후베이성[湖北省] 남쪽에 접하여 있는 성. 동정호(洞庭湖) 남쪽에 있으
    며 상강(湘江)이 지난다.
113) 절강: 중국 남동부의 동중국해 연안에 있는 성. 고대 월(越)나라의 땅이었으며,
    성도(省都)는 항저우[杭州]이다.
114) 유격장군: 유격장군(遊擊將軍)이다. 고려로 이해하자면 종오품 하(下) 무관의 품계
    이다.
115) 서기: 문서나 기록 따위를 맡아보는 사람이다.
116) 안주: 평안남도 북서쪽에 있는 군(郡)으로 군사의 요충지였다.
117) 백상루: 평안남도 안주시에 있는 누각. 100가지 좋은 것을 다 볼 수 있는 누각이라
    는 뜻에서 이러한 이름이 붙여졌으며, 관서팔경의 하나로 청천강(淸川江)을 내려다보
    는 위치에 있다. 규모가 크며 기둥배치는 4면 가운데 칸들을 넓게 하여 중심을 강조한
    전통적 수법을 따랐다. 주춧돌을 받친 기둥을 세우고 그 위 2m 높이에 마루를 놓았다.
    고려 때 외적의 침입시 전투를 지휘하는 중요한 장대(將臺)였으며, 611년 을지문덕
    장군이 살수대첩을 치른 곳이기도 하다. 진주 촉석루와 더불어 조선시대의 대표적
    누각이었다.

고향생각 여울진 마음 막지 못하리.

이듬해 1593년 봄이었다. 천병天兵[118]은 왜적을 대파하고 추격하여 경상도慶尙道에 이르렀다.

주생은 선화를 생각하다 마침내 병이 중해 군사를 따라 남으로 내려 갈 수 없어 송경松京[119]에 머물고 있었다.

나는 마침 일이 있어 개성에 갔다가 한 객사客舍에서 주생을 만났다. 언어가 통하지 않아, 글로써 의사를 전했다. 주생은 내가 글을 안다고 자못 후하게 대접해주었다. 나는 주생에게 병든 연유를 물어보았지만, 슬픈 표정을 짓고는 말하지 않았다. 이날 비가 내렸는데, 나는 주생과 함께 불을 밝히고 밤늦도록 이야기를 나누었다.

주생은 〈답사행踏沙行〉 한 수를 지어 나에게 보여 주었는데, 사는 이렇다.

> 외론 그림자 의지할 곳 없고,
> 이별의 회한은 말하기 어려워,
> 돌아가는 넋 남몰래 강가에 맺혀 있네.
> 창가에 홀친 촛불은 물에 비쳐 이 마음 설레게 하고,
> 저물녘의 빗소리는 시름을 더하게 하는구나.
> 낭원閬苑[120]은 구름에 싸여 있고,

---

118) 천병: 천자의 군사. 명(明)나라 군사를 말한다.
119) 송경: 조선시대 이후, 고려의 서울인 개성(開城). 송악산(松嶽山) 아래에 있는 서울이라는 뜻이다.
120) 낭원: 신선이 산다는 곳이다.

영주瀛州[121]는 바다에 막혔어라.

옥으로 된 누각 구슬발은 어디 있는지?

외로운 발자취 물 위 부평초 되어서는,

하룻밤 흘러흘러 오강吳江[122]으로 가고자.

　내가 몇 번이나 이 사詞를 보고 간절하게 묻는 것을 그치지 않았더니, 주생이 그 일의 처음부터 끝까지를 이와 같이 자세하게 말해주었다. 또 주머니 속에서 한 권의 시집을 꺼내어 보여주었는데, 제목이 '화간집花間集'[123]이었다. 주생이 선화, 비도와 함께 서로 주고받은 화답시가 100여 수였고 그 사를 읊은 것이 또한 10여 편이었다.

　주생은 눈물을 흘리며 나에게 간절히 시를 써달라고 하였다. 내가 원진元稹[124]의 〈회진시會眞詩〉[125] 30운율을 모방하여 책 마지막에 써

---

121) 영주: 삼신산의 하나. 중국의 진시황과 한 무제가 불사약(不死藥)을 구하러 사신을 보냈다는 가상의 선경(仙境). 삼신산에 대한 기록은 『사기(史記)』와 『열자(列子)』에 기록되어 있다. 『열자』에 보면, '발해(渤海) 동쪽 수억 만 리(數億萬里)에 오신산(五神山)이 거북이 등에 업혀 있었는데, 뒤에 두 개의 산은 흘러가 버리고 삼신산(三神山)만 남았다. 그 산은 봉래산(蓬萊山), 방장산(方丈山), 영주산(瀛洲山) 세 개의 산이다.'라고 하였고 『사기』에 의하면, "B.C.3세기의 전국시대 말, 발해 연안의 제왕 가운데 삼신산을 찾는 이가 많았는데 그 중에서도 진(秦)나라 시황제(始皇帝)는 가장 신선설(神仙說)에 열을 올려 방사(方士) 서복(徐福)이 '동해 어느 섬의 삼신산(三神山)에 불로초가 있다.' 하여 불로초를 구해오겠다는 말을 듣고 동남동녀 500쌍을 주어 구해오도록 하였으나 결국 행방불명되었다."라고 기록하였다. 그리하여 우리나라에서는 예로부터 금강산·지리산·한라산을 봉래산(蓬萊山)·방장산(方丈山)·영주산(瀛洲山)이라 칭하여 삼신산(三神山)이라 불렀고 실재로 진시황 때 방사 서불(徐市)이 우리나라에 불로초(不老草)를 구하러 왔다가 제주도까지 갔다가 못 찾고 돌아갔다 하여 제주도에는 '서귀포(西歸浦)'라는 지명이 남았다.

122) 오강: 중국 태호(太湖)의 지류(支流) 중에서 가장 큰 강. 황포강(黃浦江)과 합쳐져서 황해(黃海)로 흘러든다.

123) 중국 오대(五代) 후촉(後蜀)의 조숭조(趙崇祚)가 편찬한 사(詞)의 선집(選集). 당나라 말기의 가장 뛰어난 사인(詞人)인 온정균(溫庭筠)을 비롯하여 위장(韋莊), 구양경(歐陽烱) 등 18명의 작품 500여 수를 수록했다. 10권이다.

124) 원진: 당(唐)나라의 문학가. 원진(元稹, 779~831)의 자는 미지(微之). 허난성[河南

省] 사람이다. 어려서 집안이 가난하여 각고의 노력으로 공부하였다. 백거이(白居易)
와 함께 신악부운동(新樂府運動)을 주도하여 원재자(元才子) 또는 원·백(元白)으로
불렸으나, 문학적 재능이 백거이를 능가하지 못한데다가 정치상의 변절 때문에 원진
의 명성은 그리 높지 못했다. 소설집으로 〈앵앵전(鶯鶯傳)〉이 있다.
125) 회진시: 〈회진시(會眞詩)〉는 '진실을 만남'이라는 의미. 〈앵앵전〉의 주인공인 장생
(張生)이 앵앵(鶯鶯)에게 준 시에 대해 이 소설의 저자인 원진(元稹)이 화창(和唱)한
시이다.
　　〈앵앵전〉의 내용은 아름답고 총명한 최씨의 딸 앵앵과 젊은 서생 장생(長生)과의
사랑이야기이다. 처음에 두 사람은 어머니의 눈을 피하여 홍랑(紅娘)이라는 앵앵의
시녀를 중매인으로 내세워 사회의 관습을 무시하고 맺어진다. 그러나 과거시험 제도
와 시대의 윤리에 따라서 서로 다른 길을 걷게 됨으로써, 결국 애정도 파경에 이르게
된다. 원진의 〈회진시〉 30운은 다음과 같다.
　　"희미한 달빛 발 사이로 스며들고 반딧불 푸른 하늘을 지난다. 높은 하늘 바야흐로 어두
워 가고, 수풀 속도 점차로 몽롱해 간다. 용(龍)의 곡조 뜰 안 대나무를 스치고, 난(鸞)의
노래 우물가 오동을 흔든다. 엷은 비단 치마 엷은 안개처럼 늘여졌고, 패옥(佩玉) 산들바람
에 딸랑거린다. 붉은 깃발 서왕모(西王母)를 따르고, 모인 구름 옥동(玉童)을 받든다. 밤
깊어 인적(人跡) 끊어지고, 날 밝아 보슬비가 내린다. 구슬은 무늬 놓인 신발 위에 반짝이
고, 꽃은 수놓은 용(龍)을 가린다. 옥비녀엔 오색봉황 날고, 비단치마엔 무지개 색깔 어린
다. 말로는 요화포(瑤華浦)로부터, 장차 벽옥궁(碧玉宮)으로 향한다면서, 가기는 낙양성(洛
陽成)의 북쪽. 향하기는 송씨(宋氏)댁의 동쪽, 희롱에 처음에는 살며시 거절하지만, 따뜻한
정은 이미 은근히 통하고 있다. 낮게 쪽 지은 머리 살아있는 매미 같고, 돌아서 걷는 얼굴
눈 덮인 듯 희다. 얼굴 돌리면 눈 꽃송이 뿌리는 듯, 잠자리에 들면 비단뭉치 안은 듯.
원앙은 목을 맞대고 춤추며 놀고, 비취도 둥우리 안에서 서로 즐긴다. 눈썹 화장 부끄러워
한쪽으로 쏠렸고, 입술 연지 따뜻해 더욱 어울린다. 입김 맑아 난초의 꽃술인양 향기롭고,
살결 고와 옥처럼 부드럽다. 힘없어 팔조차 못 움직일 듯, 애교 많아 곧잘 몸을 가린다.
흐르는 땀 방울지어 떨어지고, 흩어진 머리카락 초록같이 푸르다. 바야흐로 천년상봉(千年
相逢) 기뻐할 제, 문득 새벽 종소리 들려온다. 더 머물기를 바라지만 짧은 시간 원망스럽고,
못내 잊지 못하는 애타는 마음 끝내는 어렵다. 흐려진 얼굴엔 수심이 담겼는데, 다정한
말로써 진정을 맹세한다. 증정하는 옥고리 결합을 밝히고, 남겨 놓은 매듭 동심을 뜻한다.
제분(啼粉)은 작은 거울에 떨어져 있고, 잔등(殘燈)은 숨어 우는 벌레소리에 희미하다. 즐
거웠던 순간은 오직 덧없이 흘러가고, 떠오르는 태양은 세상을 점점 밝힌다. 따오기를 타
고 또 낙수(洛水)로 돌아가고, 퉁소를 불며 또한 숭산(崇山)으로 오른다. 옷에는 배어 있는
사향이 향기롭고, 베개에는 남아 있는 입술연지 매끄럽다. 넋 빠진 듯 연못가에 돋은 풀을
보며, 표연히 강가에 돋은 쑥을 생각한다. 줄 없는 거문고 학을 원망하여 울고, 물 없는
은하는 기러기 돌아오기를 바란다. 넓은 바다 참으로 건너기 어렵고, 높은 하늘 솟아오르
기 쉽지 않다. 뜬 구름 정처 없이 흘러가는데, 소사(蕭史)는 누 가운데 그대로 있다(微月透
簾攏, 螢光度碧空. 遙天初縹緲, 低樹漸葱龍. 龍吹過庭竹, 鸞歌拂井桐. 羅綃垂薄霧, 環珮響
輕風. 絳節隨金母, 雲心捧玉童. 更深人悄悄, 晨會雨濛濛. 珠瑩光文履, 花明隱繡龍. 瑤釵行
彩鳳, 羅帔掩丹虹. 言自瑤華浦, 將朝碧玉宮. 因遊洛城北, 偶向宋家東. 戲調初微拒, 柔情已
暗通. 低鬟蟬影動, 回步玉塵蒙. 轉面流花雪, 登床抱綺叢. 鴛鴦交頸舞, 翡翠合歡籠. 眉黛羞
偏聚, 脣朱暖更融. 氣淸蘭蕊馥, 膚潤玉肌豐. 無力慵移腕, 多嬌愛斂躬. 汗流珠點點, 髮亂綠
葱葱. 方喜千年會, 俄聞五夜窮. 留連時有恨, 繾綣意難終. 慢瞼含愁態, 芳詞誓素衷. 贈環明

서 주고는 또 위로하였다.

"장부가 근심할 것은 공명을 이루지 못한 것일 뿐이지요. 천하에 어찌 아름다운 부인이 없겠소? 하물며 이제 삼한三韓126)이 평안해졌으니, 육사六師127)가 이제 동풍을 타고서 주랑과 함께 돌아갈 것이오. 당장 사랑하는 사람이 찬혈鑽穴128)을 하여 다른 사람에게 시집을 갔다고 걱정하지 마십시오."

다음 날 아침, 인사를 하고 이별하였다.

주생이 몇 번씩이나 나에게 고마움을 표하며 말했다.

"한갓 웃음거리에 지나지 않으니 반드시 전하지 말아주시오."

그때 나이가 27세였는데, 이마의 눈매께를 보면 안광이 밝게 빛나 마치 그림과 같았다.

1593년 음력 5월에 썼다.

運合, 留結表心同. 啼粉流宵鏡, 殘燈遠暗蟲. 華光猶苒苒, 旭日漸瞳瞳. 承鷲還歸洛, 吹簫亦上嵩. 衣香猶染麝, 枕膩尙殘紅. 羃羃臨塘草, 飄飄思渚蓬. 素琴鳴怨鶴, 淸漢望歸鴻. 海闊誠難渡. 天高不易沖. 行雲無處所, 蕭史在樓中).

해석은 정범진 편역, 『당대소설전기집 앵앵전』, 성균관대학교출판부, 1995를 그대로 따랐다.

126) 삼한: 상고시대 우리나라 남쪽에 있었던 마한(馬韓)·변한(弁韓)·진한(辰韓). 이 이후 삼한은 우리나라를 뜻한다.

127) 육사: 명나라 군대이다.

128) 찬혈: 담장에 구멍을 뚫는다는 뜻. 남녀의 야합(野合)을 말한다.

운영전
雲英傳

하늘이 내린 연분 끊어지지 않았네

(天緣未絶見無因)

17세기 초, 작자 미상의 궁녀(宮女)들의 애정을 소재로 한 한문애정전기소설(漢文愛情傳奇小說)로 〈류영전(柳泳傳)〉이라고도 한다. 〈운영전〉은 액자소설의 수법을 적절히 살린 우리나라 중편 애정전기소설로 격조와 품격이 가위 최고 수작(秀作)이다.

유영이 안평대군의 구택(舊宅) 수성궁에 놀러갔다가 천상(天上) 사람이 된 김 진사(進士)와 운영(雲英)의 비극적인 사랑 이야기를 듣는다. 운영은 안평대군의 궁에 있는 열 시녀 중 한 명이다. 어느 날 운영과 김 진사는 운명적으로 만난다. 그리고 이들의 만남은 곧 뜨거운 사랑으로 이어진다. 하지만 노예 특의 농간(弄奸)으로 둘의 사랑행각은 드러난다. 운영이 먼저 자결하고 이어 김 진사도 그녀의 장사를 치른 다음 자살한다.

이 작품은 우리 고소설에 '비극'과 '사회사적인 의미'에 수많은 연구의 초점이 맞추어졌다. 그러나 이외에도 〈운영전〉의 작품성은 여러 곳에서 발견할 수 있다. 특히 이 글을 따라 읽으면 다른 애정전기소설과는 다른 묘한 점을 발견한다. 그것은 등장인물들이 여타 소설들에 비하여 많고 목석(木石)이 아니다. 느물느물한 안평대군, 정체성을 찾아가는 아홉 시녀, 음충맞은 노예 특, 비련의 여인이 된 무당,

심지어는 액자를 구성하는 형식적 인물인 유영까지 철저하게 계획된 인물들이다. 앵글이 인왕산 아랫자락에서 수성궁 담을 타고 넘어가 잡아낸 피사체들, 이들의 움직임을 따라가며 〈운영전〉은 팽팽한 긴 장감이 흐른다. 어느 한 사람만 빠져도 이 그 소설의 긴장감은 순식 간에 풀릴 것 같다.

또 하나는 시(詩)이다. 각 편이 절창(絶唱)으로 이 소설을 맛깔스럽 게 한다. 감자여(甘蔗茹). 사탕수수 맛이다. 그리고 잘 음미하면 시 속 에서도 소설의 내용이 진행되고 있음을 눈치 챌 수 있다. 따라서 이 소설은 조곤조곤 읽어야 한다. 마치 두 사람이 언성을 낮추고 사실을 따지 듯, 그래야만 운영의 시처럼 "하늘이 내린 연분 끊어지지 않았 네(天緣未絶見無因)."까지 다가갈 수 있다. 시 한 편 한 편, 행간(行間) 속에 오밀 조밀 숨어 있는 운영과 김 진사의 사랑, 그리고 그 틈새를 스치는 인물들을 찾을 수 있다. 애정전기소설의 일조량(日照量)이 가 장 폭넓게 쬐인 작품으로 손색없다.

특히나 서술(narration)에 주목하여 읽는다면 고소설 미학을 한껏 즐 길 수 있다.

운영전

수성궁壽成宮[1]은 안평대군安平大君[2]의 옛집이다. 장안성長安城[3]의 서쪽 인왕산仁王山[4] 아랫자락에 있었는데, 산천이 수려하여 마치 용이

---

1) 수성궁: 문종(文宗, 1414~1452)이 승하한 뒤 문종의 후궁만을 모아 거처하게 하던 별궁(別宮). 단종실록 2년 3월 31일(갑자)에 "문종(文宗)의 후궁(後宮)이 사는 곳을 수성궁(壽成宮)이라 칭한다."라는 기록이 보인다.

2) 안평대군: 이름 용(瑢). 자 청지(淸之). 호 비해당(匪懈堂)·매죽헌(梅竹軒). 세종의 셋째 아들. 1428년 안평대군에 봉해졌고, 1430년 성균관에 들어가 학문을 쌓았다. 시문(詩文)·그림·가야금 등에 능하고 특히 글씨에 뛰어나 당대의 명필로 꼽혔다. 문종 때 조정의 배후에서 실력자 구실을 하며, 둘째 형 수양대군의 세력과 맞섰다. 그러나 1453년(단종 1) 수양대군이 계유정난(癸酉靖難)을 꾸며 김종서(金宗瑞) 등을 죽일 때, 반역을 도모했다 하여 강화도로 귀양 갔다. 그 뒤 교동도(喬桐島)로 유배되고 그곳에서 사사(賜死)되었다. 영조 때 복호(復號)되어 장소(章昭)라는 시호를 내렸다.

3) 장안성: 경복궁(景福宮)을 일컫는다.

4) 인왕산: 서울 서쪽, 종로구와 서대문구 사이에 있는 산. 산 이름은 인왕사(仁王寺)라는 절이 있으므로 얻어진 것이며 처음에는 도성 서쪽에 있는 산이어서 서산(西山) 또는 서봉(西峰)으로 불려졌다. 광해군 일기(光海君日記) 8년 3월 24일조에는 "인왕(仁王)은 석가(釋迦)의 미칭(美稱)으로 산에 예전 인왕사(仁王寺)가 있었으므로 그렇게 이름한 것이었다."고 되어 있다. 중종조(中宗朝, 1506~1544)부터는 필운산(弼雲山)이라는 이름으로 불려지기도 했다. 산 동쪽 기슭 아래의 필운동이라는 동명(洞名) 또한 산 이름에서 유래된 것이다. 이 인왕산은 도성의 서변(西邊)이요, 정궁(正宮)인 경

서리고 범이 일어나 앉은 듯했다. 그 남쪽에는 사직社稷이, 동쪽에는 경복궁景福宮5)이 있었다. 인왕산의 산맥이 휘뚤휘뚤 내려오다가 수성궁에 이르러 불쑥 솟아올랐다. 비록 산이 높고 가파르지는 않았지만 올라가서 내려다보면, 사방으로 통하는 길과 저자거리와 성을 꽉 채운 살림집과 정자들이 바둑판처럼 펼쳐져 있고 하늘의 별처럼 많이 늘어서 있으니 역력히 가리킬 수 있었다. 완연히 초록빛 비단을 죽 벌여서 여러 갈래로 나뉘어 갈라놓은 것 같았다.

동쪽을 바라다보면 궁궐이 구름 사이로 아득하게 넓고 복도複道6)가 허공을 가로지르고 구름과 안개가 푸른빛을 짙게 드리워 아침저녁으로 고운 자태를 자랑하였다. 참으로 이른바 절승지絶勝地7)라 할 만 했다.

당시의 술꾼들과 활 쏘는 무리, 노래하는 꼬마와 피리 부는 아이, 소인묵객騷人墨客8)들은 춘삼월 꽃놀이 때와 구월의 단풍놀이 철에는 이곳에 올라 음풍영월吟風咏月하며 경치를 구경하느라 돌아가기를 잊을 정도였다.

청파靑坡9)에 유영柳泳10)이라는 선비가 살았는데, 이곳의 경치가 뛰

___

복궁(景福宮)에서 멀지 않은 곳에 있는 만큼 한양전도(漢陽奠都)와 함께 여러 가지 전설도 있고 왕궁과의 얽힌 사화(史話)도 많다.

5) 경복궁: 서울특별시 종로구 세종로에 있는 조선시대의 궁전. 조선 태조 4년(1395)에 건립되어 임진왜란 때 소실되었으나 고종 4년(1867)에 흥선 대원군이 재건하였다. 정도전에게 이 궁궐의 이름을 지으라고 명하였는데 정도전은 『시경(詩經)』「대아(大雅)」 '기취(旣醉)'에 나오는 "군자가 만 년에 너는 큰 복을 크게 받게 되리라(君子萬年, 介爾景福)."에서 '경복'을 따 경복궁이라 지었다.

6) 복도: 이중(二重)의 길. 윗길은 임금이 아랫길은 백성들이 다녔다.

7) 절승지: 경치가 비할 데 없이 빼어나게 좋은 곳이다.

8) 소인묵객: 소인(騷人)은 시인과 문사(文士)를 통틀어 이르는 말. 중국 초(楚)나라의 굴원(屈原)이 지은 〈이소부(離騷賦)〉에서 나온 말이다. 묵객(墨客)은 먹을 가지고 글씨를 쓰거나 그림을 그리는 사람이다.

9) 청파: 한성부(漢城府) 서부(西部) 용산방(龍山坊) 청파1계(靑坡1界). 『동국여지승람

어나다는 말을 듣고는 한 번 구경하고 싶은 생각이 들었다. 그러나 그는 옷이 남루하고 용모가 초라하여 놀러 온 사람들의 웃음거리가 될 것을 알고 있었기에 늘 가고는 싶으나 주저한 지 오래되었다.

만력萬曆[11] 1601년 음력 3월 15일에 탁주 한 병을 사 가지고는 동복 童僕[12]도 친근한 벗도 없어 직접 술병을 차고서 홀로 궁문으로 들어가니 구경 온 사람들이 서로 돌아보고 손가락질을 하며 비웃지 않는 사람들이 없었다. 생生[13]은 부끄럽기도 하고 맥쩍어 곧바로 후원으로 들어갔다. 높은 데 올라서서 사방을 둘러보니 갓 임진왜란을 겪은 뒤라 장안의 궁궐과 성안에 가득하였던 화려한 집들은 텅 비어 흔적조차 없었다. 담은 쓰러지고 기왓장은 깨졌으며, 우물은 막혔고 섬돌은 무너졌는데, 우거진 풀과 나무 사이로 동문東門 몇 칸만 홀로 오도카니 솟아 있을 따름이었다.

생이 서쪽 후원으로 들어가 물과 돌이 어우러진 그윽하고 깊숙한 숲 속에 이르렀다. 온갖 풀들이 빽빽이 우거졌는데 맑은 연못에는 그림자가 비추이고 땅에는 떨어진 꽃잎파리들이 가득했다. 사람의 자취는 보이지 않고 미풍이 한 번 부니 향기로운 냄새가 그윽했다.

생은 홀로 너럭바위에 앉아 소동파蘇東坡[14]가 지은 '온 마당 가득

(東國與地勝覽)』에 보면 "숭례문 밖 3리 되는 곳에 있다(青波驛在崇禮門, 外三里)."고 하였다. 현재 서울시 용산구 청파1가 언저리이다.

10) 유영: 실존 인물로 문화 유씨(文化柳氏)인 유영(柳泳, 1553~1616)이 있으나, 이 이가 〈운영전〉의 작자인지는 정확히 알 수 없다.

11) 만력: 명(明)나라 신종(神宗, 재위 1573~1620)의 연호이다.

12) 동복: 사내아이 종을 지칭한다.

13) 생: 인명의 성(姓)을 나타내는 명사 뒤에 붙어 '젊은 사람'의 뜻을 더하는 접미사. 여기서는 유영(柳泳)이다.

14) 소동파: 소식(蘇軾, 1036~1101), 호 동파. 중국 북송(北宋) 때 제1의 문인으로 아버지 소순(蘇洵), 동생 소철(蘇轍)과 함께 당송팔대가의 한 사람이다. 22세 때 진사에 급제, 벼슬과 귀양을 되풀이 하는 곡절 많은 인생을 살았다.

떨어진 꽃잎을 쓰는 사람 없네.'[15]라는 구절을 읊다가, 곧 차고 온 술병을 풀어 다 마시고는 담뿍 취하여 바위 가에 있는 돌부리를 베개 삼아 베고 누웠다.

잠깐 뒤 술이 깨어 둘러보니 노닐던 사람들은 다 흩어졌다. 동산은 달을 토했는데 안개는 버들눈썹에 아롱졌으며 바람이 꽃의 뺨을 어루만지고 있었다.

그때 어디선가 한 가닥 부드러운 말소리가 바람결에 들려 왔다. 생이 이상히 여겨 일어나 보니 17~18세쯤 되는 한 소년이 절세絶世의 아름다운 여인과 싸리 덤불에 마주 앉아 있다가 생이 오는 것을 보고는 기뻐하며 종종걸음으로 나와 맞았다.

생이 함께 인사를 하고는 물었다.

"수재秀才[16]는 누구인데, 낮에 놀지 아니하고 이렇듯 이슥한 밤에 노는 것이오?[17]"

소년은 싱긋이 웃으며 대답했다.

"옛 분들이 말한 경개약구傾盖若舊[18]란 바로 이것을 두고 일컫는 말

---

15) '온 마당…사람 없네.': 소동파가 지은 〈여산(驪山)〉의 일부분. 이본에는 '내가 조원각(朝元閣)에 오르니 봄은 반쯤 지났는데, 마당 가득 떨어진 꽃잎을 쓰는 사람 없네(我上朝元春半老, 滿地落花無人掃).'로 되어 있다. '조원(朝元)'은 중국의 당 현종 때 지은 누각으로 여산에 있는 조원각(朝元閣)을 말한다.

16) 수재: 옛날에 미혼 남자를 존경하여 붙이던 칭호이다.

17) 낮에 놀지…것이오?: '날짜를 받는데, 주간(晝間)의 좋은 것은 점쳐서 알았지만 야간(夜間)은 아직 점치지 않았다.'는 뜻. 원문에는 "未卜其晝, 只卜其夜."라고 되어 있는데, 『좌전(左傳)』「장공(莊公)」21년에 보이는 말이다. 제(齊)나라 환공(桓公)이 공자(公子) 완(完)에게 밤새껏 술을 마시자고 하자, 공자 완이 "신은 낮에만 계획했었고 밤은 생각하지 않았으니 더는 계속할 수가 없군요(臣卜其晝, 未卜其夜, 不敢)."라고 한 말에서 유래하였다.

18) 경개약구: 길을 가다 잠깐 만나 이야기한 정도의 교분이지만, 서로 마음이 맞아 오래 사귄 친구와 같다는 뜻. 경개(傾蓋)는 수레를 멈추고 덮개를 기울인다는 것으로, 우연히 한 번 보고 서로 친해짐을 이르는 말. 공자가 길을 가다 정본(程本)을 만나 수레의 덮개를 젖히고 정답게 이야기를 나누었다는 데서 유래한다.

이지요."

세 사람은 솥의 발처럼 둘러앉아 이야기를 나누기 시작했다.

여인이 나지막한 소리로 아이를 부르니 계집종 둘이 숲에서 나왔다. 여인이 그 아이들에게 말했다.

"오늘 저녁 우연히 옛 임을 만난 이곳에서 기약하지 않았던 반가운 손님도 만났으니, 오늘밤은 적막寂寞하게 넘길 수가 없구나. 너희들은 술과 안주를 준비하고 아울러 붓과 벼루도 좀 가지고 오너라."

두 계집종이 명을 받고 갔다가 잠깐 만에 돌아왔는데, 매우 가붓하여 마치 새가 날아 다녀온 듯 했다. 유리로 만든 술통에 술이 가득하고 자하주紫霞酒[19]와 진기한 과일과 좋은 안주 따위를 은으로 만든 쟁반에 벌이어 놓고 흰 옥으로 만든 술잔에다 술을 따라 마셨다. 술맛과 안주가 다 인간세상의 것이 아니었다.

술 석 잔씩을 마시고 나자 여인이 신사新詞[20]를 부르며 술을 권했다. 그 사詞는 이렇다.

깊고 깊은 궁궐 안에서 여읜 옛 임,
하늘이 내린 연분 끊어지지 않았네.
구름 비 되는 꿈[21] 정말이 아닌 데,
몇 번이나 꽃 피는 봄 날 애달팠나?
지난 일 벌써 티끌이 되어 버렸는데,
공연히 우리는 눈물로 수건 적시네.

---

19) 자하주: 신선이 마신다는 이슬을 받아 만든 자줏빛 나는 술이다.
20) 신사: 당(唐)대에 시작하여 송(宋)대에 성행하였던 악부(樂府)의 한 체(體). 시(詩)가 음악(音樂)과 분리된 뒤 생겨난 노래가사이다.
21) 구름이 되고 비가 되는 꿈: 남녀 간의 정사(情事). 『문선(文選)』「고당부서(高唐賦序)」에 나오는 '운우지락(雲雨之樂)' 고사의 차용이다. 〈주생전〉의 주 31) 참조.

노래를 마치고 나서 한숨을 쉬며 흐느껴 우는데 구슬 같은 눈물이 얼굴에 그득했다. 유영이 이상하다고 여겨 일어나 절을 하고 물었다.

"제가 비록 비단처럼 아름다운 글을 지을 수는 없지만, 일찍이 유업(儒業)[22]을 일삼았으니 시문(詩文) 짓는 공력(功力)을 조금은 알고 있지요. 지금 이 사(詞)[23]를 들으니 격조는 맑고 뛰어나지만, 뜻이 구슬프고 처량하니 매우 이상하군요. 오늘밤은 마침 달빛이 낮과 같고 맑은 바람도 솔솔 불어와 밤을 즐길 만한데, 서로 마주 대하여 슬피 우니 무슨 까닭인가요? 술잔을 한 번씩 주고받아 정이 이미 깊어졌어도 서로 이름도 말하지 아니하고 회포(懷抱)도 풀지 못하고 있으니 또한 의아하군요."

생이 먼저 자기 이름을 말하고 상대에게 이름을 말해 달라고 억지로 청하자, 소년이 긴 한숨을 내쉬고는 대답했다.

"성명을 말하지 않는 것은 그 뜻이 있어서랍니다. 그대가 구태여 알고 싶다면 이야기하는 것이야 무엇이 어렵겠습니까마는 그 사연을 말하자면 꽤 길지요."

처량하고 슬프게 오래도록 대근하다가 입을 떼었다.

"저의 성은 김(金)이라 합니다. 나이 10세에 시문(詩文)을 잘하여 학당(學堂)[24]에서 유명하였고 14세에 진사 제 이과(進士第二科)[25]에 오르니 한때

---

22) 유업: 유가(儒家)의 학업인 시를 짓는 따위를 말한다.
23) 사: 중당(中唐) 때 시작하여, 송대(宋代)에 성행한 운문체의 한 가지이다.
24) 학당: 고려시대에, 중앙에 둔 학교. 원종 2년(1261)에 동, 서의 두 학당을 처음 설치하였으며 뒤에 오부(五部) 학당으로 강화하였다.
25) 진사 제 이과: 진사과(進士科). 조선 초에는 문과(文科: 大科)의 예비시험인 소과(小科)에 생원시(生員試)만 실시해 오다가, 1438년(세종 20) 제이과(第二科)인 진사시도 설치, 문예(文藝: 詩·賦·頌·策)로써 시험하여 합격한 100명에게 진사의 칭호와 백패(白牌: 합격증)를 주고 생원과 더불어 성균관에 입학할 자격을 주었다. 이들은 성균관에 들어가 공부하다가 문과에 응시, 급제하고 벼슬길로 나아가는 것이 정도였다.

모든 사람들이 김 진사金進士라 불렀습니다. 저는 나이가 어려 젊은 혈기와 호탕浩蕩한 기운을 참지 못하였지요. 또 이 여인 때문에 부모께서 주신 몸으로 마침내 불효자식이 되었습니다. 천지간 한 죄인일 뿐이니, 죄인의 이름을 굳이 알아서 무엇에 쓰겠소? 이 여인의 이름은 운영雲英이고 저 두 아이의 이름은 한 명은 녹주綠珠[26]요, 한 명은 송옥宋玉이라 하는데 모두 옛날 안평대군의 궁인들이었지요."

생이 말했다.

"말을 꺼내놓고 마치지 않으면 애당초 말하지 않은 것만 못합니다. 안평이 세를 떨칠 때의 일이며 진사께서 상심하는 까닭을 자세히 들려주지 않겠는지요?"

진사가 운영을 돌아보며 말했다.

"해가 여러 번 바뀌었고 세월이 이미 오래되었는데, 그대는 그때의 일들을 기억해낼 수 있겠소?"

운영이 대답하였다.

"가슴에 쌓여 있는 원한인데 어느 날인들 잊을 수 있었겠어요? 제가 이야기해볼 것이니 낭군은 옆에 있다가 빠진 것이 있으면 덧붙여주세요."

이러하여서 이야기를 시작했다.

장헌대왕莊憲大王[27]의 여덟 대군 중에서 안평이 가장 영특하고 지혜로우셨지요. 그래서 임금께서는 매우 사랑하시고 많은 전민田民[28]

---

26) 녹주: 석숭(石崇)이라는 진(晉)나라 부자의 첩. 녹주는 아름답고 피리를 잘 불었다. 그런데 이 첩을 손수(孫秀)가 뺏으려고 석숭을 감금했다. 그러나 녹주는 절개를 지키고 석숭을 구하려고 자살을 했다. 곧잘 절개를 지키는 여인으로 고소설에 등장한다.
27) 장헌대왕: 조선 제4대왕(재위 1418~1450) 세종대왕(1397~1450). 태종의 셋째아들로 이름은 도. 시호는 장헌(莊憲)이다.

과 재물을 내려주셨는데 여러 대군들이 감히 따를 수 없었지요. 나이 13세에 나와 사궁私宮에서 거처하셨는데, 사궁의 이름이 수성궁壽成宮이었습니다. 대군은 시문을 닦는 것을 자임自任하고 밤에는 독서를 하고 낮에는 예서隸書29)를 쓰면서 조금이라도 헛되이 보내지 않았지요. 그때 문인文人들과 재주 있는 선비들이 다 문하에 모여들어 학문의 길고 짧음을 비교하여, 혹 새벽닭이 세 번 울 때까지도 담론이 그치지 않았습니다. 그리고 대군의 글씨나 문장을 쓰는 법이 워낙 뛰어나서 온 나라에 명성을 들날렸지요. 문종文宗30)이 세자로 계실 적에 늘 집현전集賢殿31)의 여러 학사들과 안평대군의 필법에 대해 논평하시어 말씀하셨답니다.

"내 아우가 만일 중국에 났더라면 왕일소王逸少32)에게는 미치지 못했겠지만, 어찌 조송설趙松雪33)에게야 뒤지겠는가!"

---

28) 전민: 논밭과 노비이다.

29) 예서: 법가(法家)를 바탕으로 철권통치를 행했던 진(秦)나라였기에 강한 형벌(刑罰)의 행사로 노역(勞役)의 죄수들이 많아 이 죄수들을 관리하는 형리(刑吏)들이 간편하고 쉬운 행정 문서를 다루기 위해 고안했다고 해서 '노예 예[隸]'자를 써 예서(隸書)라 하였다.

30) 문종: 조선의 제5대 왕(재위 1450~1452). 이름 향(珦). 자 휘지(輝之). 묘호 공순(恭順). 세종의 맏아들. 어머니는 소헌왕후(昭憲王后) 심씨(沈氏), 비(妃)는 권전(權專)의 맏딸 현덕왕후(顯德王后). 학문을 좋아하고 인품이 관후하였으며, 1421년(세종 3) 세자로 책봉되었다. 20년간 세자로 있으면서 문무관리를 고르게 등용하도록 하고 언로(言路)를 자유롭게 열어 민정파악에 힘쓰는 등 세종을 보필한 공이 컸다.

31) 집현전: 고려시대와 조선시대 초기에 궁중에 설치했던 일종의 학문 연구기관이다.

32) 왕일소: 중국 동진(東晉)의 서예가인 왕희지(王羲之). 자는 일소(逸少)이며 우군장군(右軍將軍)의 벼슬을 하였으므로 세상 사람들이 왕우군이라고도 불렀다. 중국 고금(古今)의 첫째가는 서성(書聖)으로 존경받고 있으며, 그에 못지않은 서예가로 알려진 일곱 번째 아들 왕헌지(王獻之)와 함께 '이왕(二王)' 또는 '희헌(羲獻)'이라 불린다.

33) 조송설: 중국 원나라의 화가이며 서예가인 조맹부(趙孟頫, 1254~1322). 자는 자앙(子昻)이고 호는 송설도인(松雪道人), 시호는 문민(文敏)이다. 송나라 태조의 후손이면서도 원나라를 섬겨 영달하였으므로, 후세에 명분상의 비난을 면하지 못하였다. 당시의 대표적인 교양인으로서 정치·경제·시서화에 능했으며, 특히 서화에 뛰어났다.

칭찬을 그치지 않으셨지요.

하루는 대군께서 궁인들을 보고 말씀하셨지요.

"세상의 모든 재주 있는 자들은 반드시 마음이 편안하고 고요한 곳에서 힘써 학문을 갈고 닦은 후라야 이룰 수 있느니라. 북쪽 성문 밖은 산천이 고요하고 인가에서 좀 떨어졌을 터이니 이곳에서 학업에 오로지 정진할 수 있을 것이야."

곧 그 위에다 정사精舍34) 여남은 칸을 짓고는 비해당匪懈堂35)이라 이름 붙였으며, 또 그 옆에다 단을 구축하고 맹시단盟詩壇이라 하였답니다. 모두 이름을 돌아다보고 뜻을 생각하려는 것이었답니다. 그때의 문장文章과 거필鉅筆들이 단상에 다 모이니, 문장에는 성삼문成三問36)이 필법에는 최흥효崔興孝37)가 으뜸이었습니다. 비록 그렇지만, 모두 대군의 재주에는 미치지 못하였지요.

하루는 대군께서 취하셨을 적에 시녀侍女들을 불러 말씀하셨지요.

"하늘이 재주를 내리심에 있어 남자에게만 풍요하게 내리고 여자에게는 인색했겠느냐? 지금 세상에는 문장으로 자처하는 사람들이 많다마는, 서로 엇비슷하여 아직 특출한 사람도 없으니 너희도 힘써

---

34) 정사: 학문을 하거나 가르치기 위하여 마련한 집. 정신을 수양하는 곳이다.

35) 비해당: 안평대군의 호이기도 하다.

36) 성삼문: 조선 사육신. 자는 근보(謹甫). 호는 매죽헌(梅竹軒). 시호는 충문(忠文). 도총관 성승의 아들. 1438년(세종 20) 식년문과에 급제했으며, 1447년 문과중시에 장원했다. 정인지(鄭麟趾), 최항(崔恒), 박팽년(朴彭年), 신숙주(申叔舟), 강희안(姜希顔), 이개(李塏) 등과 함께 훈민정음을 반포케 했다. 1455년 예방승지로서 세조가 단종을 쫓고 왕위에 오르자 다음해 좌부승지로서 아버지 승(勝), 박팽년 등과 함께 단종의 복위를 꾀하다 김질이 밀고함으로써 하위지(河緯地) 유응부 이개 등과 함께 체포되어 친국을 받고 거열의 극형을 받았다. 연산의 충곡서원(忠谷書院) 등에 5신과 함께 제향되었다.

37) 최흥효: 조선 세종 때의 서예가. 그는 홍문관 제학을 지냈으며 예서와 초서를 잘 썼다.

서 공부하라!"

이때부터 궁녀 중에서 나이가 어리고 얼굴이 아름다운 10명을 뽑아 가르치셨지요. 먼저 『소학언해小學諺解』38)를 소리 내어 읽거나 외우게 한 뒤, 『논어論語』39)·『시전詩傳』40)·『통감通鑑』41)·『송서宋書』42) 따

---

38) 소학언해: 소학(小學)이라 부르는 중국의 고전문학책을 번역한 책. 8세 정도의 어린이를 위한 지도서로서 일상생활에서 가르칠 만하거나 배울 만한 이야기들을 실었다. 그 내용으로는 충신이나 덕행을 행한 사람들의 전설이나 신화와 더불어 덕담과 속담 따위이다. 이 책은 원래 중국에서 어린이들을 이상적이고 도덕적인 어른으로 자라도록 선도하고 교육시키기 위한 것이었는데, 우리나라에서는 조선 초부터 글공부를 하는 대부분의 아이들에게 이 책을 가르치는 것이 중요시되었으며, 후에는 국립 및 사립교육기관에서 모두 필수과목으로 채택하였다.

39) 논어: 중국 유교(儒敎)의 근본 문헌(根本文獻)이며, 유가(儒家)의 성전(聖典)이라고도 할 수 있고 사서(四書)의 하나. 중국 최초의 어록(語錄)이기도 하다. 고대 중국의 사상가 공자(孔子)의 가르침을 전하는 가장 확실한 옛 문헌으로, 공자와 제자와의 문답을 주로 하고 공자의 발언과 행적, 그리고 고제(高弟)의 발언 등 인생의 교훈이 되는 말들이 간결하고도 함축성 있게 기재되어 있다. 『논어』라는 서명(書名)은 공자의 말을 모아 간추려서 일정한 순서로 편집한 것이라는 뜻인데, 누가 지은 이름인지는 분명치 않다.

40) 시전: 춘추시대의 민요를 중심으로 하여 모은, 중국에서 가장 오래 된 시집. 황하(黃河) 중류 지방의 시로서, 시대적으로는 주초(周初)부터 춘추(春秋) 초기까지의 것 305편을 수록하고 있다. 본래 3,000여 편이었던 것을 공자(孔子)가 산정(刪定)했다는 말이 있으나, 믿기 어렵다. 국풍(國風)·소아(小雅)·대아(大雅)·송(頌)의 4부로 구성되며, 국풍은 여러 나라의 민요, 아(雅)는 공식 연회에서 쓰는 의식가(儀式歌), 송은 종묘의 제사에서 쓰는 악시(樂詩)이다. 각부를 통하여 상고인(上古人)의 유유한 생활을 구가하는 시, 현실의 정치를 풍자하고 학정을 원망하는 시들이 많은데, 내용이 풍부하고 문학사적 평가도 높으며, 상고의 사료(史料)로서도 귀중하다. 원래는 사가소전(四家所傳)의 것이 있었으나 정현(鄭玄)이 주해를 붙인 후부터 '모전(毛傳)'만이 남았으며, 그때부터 『모시(毛詩)』라고도 불렸다. 당대(唐代)에는 『오경정의(五經正義)』의 하나가 되어 경전화하였다.

41) 통감: 중국 북송(北宋)의 사마 광(司馬光, 1019~1086)이 1065년에서 1084년에 편찬한 편년체(編年體) 역사서. 주(周)나라 위열왕(威烈王)이 진(晉)나라 3경(卿: 韓·魏·趙氏)을 제후로 인정한 B.C.403년부터 5대(五代) 후주(後周)의 세종(世宗)대인 960년에 이르기까지 1362간의 역사를 1년씩 묶어서 편찬한 것이다. 주기(周紀) 5권, 진기(秦紀) 3권, 한기(漢紀) 60권, 위기(魏紀) 10권, 진기(晉紀) 40권, 송기(宋紀) 16권, 제기(齊紀) 10권, 양기(梁紀) 22권, 진기(陳紀) 10권, 수기(隋紀) 8권, 당기(唐紀) 81권, 후량기(後梁紀) 6권, 후당기(後唐紀) 8권, 후진기(後晉紀) 6권, 후한기(後漢紀) 4권, 후주기(後周紀) 5권 등 모두 16기(紀) 24권으로 구성되었다.

위를 모두 가르치고 또 이백李白43)의 시와 당시唐詩 수백 수를 뽑아 가르쳐 5년 이내에 정말로 모두 재주를 이루었지요.

대군은 밖에서 돌아오시면 저희들에게 눈앞에서 벗어나지 못하도록 하시고 날마다 시를 짓게 하여 그 높고 낮음을 가려 상벌을 주셔서 학문을 권장하였습니다. 그 뛰어난 기상은 비록 대군에게는 미치지 못하였지만 음률音律이 청아하고 구법句法이 완숙하여 또한 성당盛唐44) 시인의 울타리쯤은 엿볼 수 있었답니다. 그 열 명의 이름은 옥녀玉女·소옥小玉·부용芙蓉·비경飛瓊·비취翡翠·금련金蓮·은섬銀蟾·자란紫鸞·보련寶蓮·운영雲英이니, 운영은 바로 저랍니다.

대군은 모두를 매우 불쌍히 여겨 위로하고 물질로 도와주셨지만, 늘 문을 닫아걸고는 옴나위를 못하게 잡도리 하여 밖에 사람과는 이야기도 못하게 했지요. 날마다 문사文士들과 술을 먹으며 재주를 다투셨지만, 일찍이 저희를 한 번도 가까이하게 하지 않았으니, 아마도 밖에 사람들이 저희를 혹 알까 봐 꺼려해서였지요.

그리고 항상 명하시어 말씀하시곤 하셨지요.

"시녀로서 한 번이라도 궁을 나가는 일이 있으면 응당 죽음을 당할

---

42) 송서: 중국 남조(南朝) 송(宋)의 정사(正史). 『제기(帝紀)』 10권, 『지(志)』 나라 30권, 『열전(列傳)』 60권, 도합 100권. 487년 남제(南齊) 무제(武帝)의 칙명(勅命)에 따라 심약(沈約)이 488년에 편찬을 완성한 것으로 송나라 60년(420~478)의 역사를 기록하였으며, 중국의 사서(史書) 중 가장 권위 있는 25정사에 들어간다.

43) 이백: 중국 성당기의 당나라 시인. 이백(李白, 701~762)은 술의 깊은 멋을 가지고 인생의 풍류를 노래한 시인으로 천의무봉한 시 창작 재능을 발휘하였다. 62세 때 채석강에서 술에 취해 놀다가 물 속의 달을 붙들려고 뛰어들어 죽었다는 이야기가 있을 만큼 달을 사랑하고 술을 좋아하였는데, 두보(杜甫)와 더불어 최대의 문장가로 꼽힌다. 두보는 시성(詩聖), 이백은 시선(詩仙)이란 칭호를 얻고 있다.

44) 성당: 중국 사당(四唐)의 둘째 시기. 현종 2년(713)에서 대종 때까지의 시기로 이백(李白), 두보(杜甫), 왕유(王維), 맹호연(孟浩然)과 같은 위대한 시인이 나왔다. 이 시기에 당나라 시가 가장 융성하였다.

것이며 또 외인이 궁녀의 이름을 안다면 그 죄 또한 죽음일 것이니라."

하루는 대군께서 밖에서 들어오셔서는 첩들을 불러서 말하였습니다.

"오늘은 문사 아무개, 아무개와 술을 마셨는데, 한 줄기 푸른 연기가 궁중의 나무로부터 일어나 혹은 궁성의 담을 감싸기도 하고 혹은 산기슭을 날았다. 내가 먼저 오언 절구五言絶句[45] 한 수를 즉석에서 짓고는, 자리에 앉은 손님들에게 차례로 하게 하였지만 모두 마음에 들지 않았다. 너희들이 나이순으로 각기 지어 올려보아라."

소옥이 먼저 지어 올렸지요.

　　푸른 이내 가는 비단실처럼 늘어져,
　　바람 따라 반 넘어 문으로 들어왔네.
　　희미하더니 짙어지고 다시 옅어지니,
　　황혼이 왔는데도 깨닫지 못하였네.

아홉 사람이 잇대어 지어서 올렸습니다.

　　하늘 멀리 날아올라 비를 데려와,
　　땅으로 떨어져 다시 구름이 되네.
　　저녁이 되니 산 빛은 어두워지고,
　　그윽한 생각은 초 임금을 향하네.[46]

---

45) 오언 절구: 4구절로 되어 있는데 각 구절마다 5글자로 된 시. 절구(絶句)는 4구절로 된 시(詩)를 말한다. 이 절구(絶句)에는 오언 절구(五言絶句), 칠언 절구(七言絶句)가 있다. 칠언 절구는 4구절로 되어 있는데 각 구절마다 7글자로 된 시(詩)를 말한다.

46) 그윽한 생각은 초임금을 향하네.: 굴원(屈原, B.C.343?~B.C.277?)과 초나라 회왕(懷王)의 고사와 관련 있는 구절인 듯. 굴원은 초(楚)의 왕족과 동성(同姓). 이름 평(平). 학식이 뛰어나 초나라 회왕(懷王)의 좌도(左徒: 左相)의 중책을 맡아, 내정·외교

이것은 부용의 시입니다.

꽃이 시드니 벌은 힘을 잃고,
대롱속 새는 깃에 들지 못했네.
해질 녘 가랑비가 되어 듣니,
창 밖엔 소슬한 빗소리 들리네.

이것은 비취의 시입니다.

작은 살구나무 눈틔우기 어려운데,
외로운 대나무만 푸르름 간직했네.
해깝게 어둠 앉아 문득 바라다보니,
날 저물어 또 깊은 어둠이 되려나봐.

이것은 비경의 시입니다.

가벼운 얇은 비단 해를 가리고,
푸른 빛 길게 산을 가로질렀네.
미풍이 불어와 점점 흩어지더니,
작은 연못을 촉촉이 적실뿐이네.

에서 활약하였으나 법령입안(法令立案) 때 궁정의 정적(政敵)들과 충돌하여, 중상모
략으로 국왕 곁에서 멀어졌다. 〈이소(離騷)〉는 그 분함을 노래한 것이라고 『사기(史
記)』에 적혀 있다. 굴원은 〈난사(亂辭: 최종 악장의 노래)〉에서 죽어서 이 세상의 유
(類: 법·모범)가 되고 자살로써 간(諫)하겠다는 결의를 밝히고 있는데, 실제로 창사
(長沙)에 있는 멱라수(汨羅水)에 투신하여 죽었다.

이것은 옥녀의 시입니다.

　산 아래 차디찬 연기 잦추르더니,
　궁궐의 나뭇가로 비껴서 흐르네.
　바람이 불어와 몸 가누지 못하고,
　저물녘 햇발은 하늘에 가득하네.

이것은 금련의 시입니다.

　산골짜기엔 짙은 그늘이 일고,
　지대池臺엔 푸른 그림자 흘러.
　날아 돌아간 곳 찾을 수 없어,
　이슬방울 되어 연잎에 맺혔네.

이것은 은섬의 시입니다.

　아침녘 마을 어귀 어둡기만 한데,
　높은 나무 아래로 연기 비껴 잇네.
　깜짝하는 사이에 홀연 날아가선,
　서쪽 멧부리와 앞 냇가 걸쳐 있네.

이것은 자란의 시입니다.

　멀리 바라보니 푸른 연기는 가늘고,
　아름다운 여인 비단 짜기를 마쳤네.

바람을 쏘이며 나 홀로 슬퍼하는데,
무산巫山으로 날아가선 떨어지는구나.47)

이것은 저의 시입니다.

짧은 골짜기 봄 그늘에 덮여 있고,
장안長安48)은 물 기운에 싸여 있네.
능숙하니 세상 사람들 부려서는,
홀연 푸른 구슬 궁궐 만들었나봐.

이것은 보련의 시이지요.
대군께서 놀라며 말하셨습니다.
"비록 만당晩唐49) 시와 비교를 하더라도 백중伯仲을 가리기 어려울
것이며, 근보謹甫50) 이하는 흠잡을 수도 없을 것이야."
두세 번 읊조렸으나 시의 높고 낮음을 분별치 못하고 한참 있다가
말했습니다.
"부용의 시는 초楚나라 임금을 사모한 것이기에 내가 매우 가상하

---

47) 무산으로…떨어지는구나: 〈주생전〉의 주 31) 참조.
48) 장안: 수도라는 뜻으로, '서울'을 이르는 말. 여기서는 한양(漢陽)이다.
49) 만당: 중국 당시(唐詩)의 4시기(時期) 구분 중 마지막 시대. 문종 개성연간(文宗開成
年間, 836~840)에서 당나라 후기에 이르는 약 70년간을 말한다. 약 70년간의 중당시대
(中唐時代)부터 나타나기 시작한 내우외환(內憂外患)이 심각해진 시기로 특히 환관(宦
官)의 횡포가 심하여 그 결과 천자의 권위는 땅에 떨어지고 지방에서는 번진(藩鎭)의
세력이 커지는 등 조정은 붕괴 위기에 처하게 되었다. 문화면에 있어서도 볼 만한
것은 거의 없고 문학에서도 예외는 아니었다. 겨우 두목(杜牧)·이상은(李商隱)·온정균
(溫庭筠) 등의 작가가 나왔는데 이들의 특징은 근체시(近體詩)의 기교와 섬세함을 본체
로 하고 찰나적인 감각을 표현함으로써 자기만족을 찾으려는 경향이 있었다.
50) 근보: 성삼문(成三問, 1418~1456)이다.

게 생각한다. 비취의 시는 전에 비하여 풍취가 있어 아담하고 소옥의 시는 생각이 몹시 뛰어나면서도 마지막 구에 넉넉한 뜻이 은은하게 깃들어 있으니 마땅히 이 두 시를 으뜸으로 삼아야 할 것이다."

또 말씀하셨습니다.

"내가 처음 볼 때는 우열을 분별하지 못했는데, 한 번 음미하면서 가려보니 자란의 시가 생각이 깊고 넓어 사람에게 깨닫지 못하는 사이에 감탄케 하며 춤추도록 하는구나. 나머지 시들도 모두 맑고 좋은데, 오로지 운영의 시에만 쓸쓸히 사람을 그리워하는 뜻이 드러나 있다. 생각하는 사람이 누구인지 모르겠구나. 마땅히 자세히 따져 물어야 하겠지만, 네 재주가 아까워 잠시 그냥 두마."

저는 즉시 뜰로 내려가 엎드려 울면서 대답했지요.

"시를 짓는 사이에 우연히 나오게 된 것일 뿐입니다. 무슨 다른 뜻이 있었겠습니까? 지금 주군主君에게 의심을 받게 되었으니, 저는 만 번 죽어도 아깝지 아니합니다."

대군께서 앉으라고 명하면서 말하셨지요.

"시는 성정性情에서 나오는 것이기 때문에 감추어 숨길 수가 없다. 너는 더 이상 말하지 마라."

즉시 비단 열 단端을 꺼내어 열 명에게 나누어주셨습니다. 대군께서는 일찍이 저에게 마음 둔 적이 없었으나, 궁중 사람들은 모두 대군의 마음이 저에게 있는 것으로 알고 있었지요.

10인이 동방洞房51)으로 물러 나와 채색한 밀초에 불을 환하게 밝히고 칠보七寶52) 책상 위에 『당률唐律』53) 한 권을 올려놓고는 옛 사람이

---

51) 동방: 깊숙한 안쪽 방. 여자들이 거처하는 방을 이르는 말이다.
52) 칠보: 공예품. 금, 은, 구리 따위의 바탕에 갖가지 유리질의 유약을 녹여 붙여서 꽃, 새, 인물 따위의 무늬를 나타내는 공예.

지은 궁녀들의 원망을 담은 시들의 높고 낮음을 논하였습니다. 저는 홀로 병풍에 기대어 초라하고 고적하게 말을 하지 않았으니, 마치 진흙으로 빚어 놓은 사람 같았지요.

소옥이 저를 돌아보며 말했습니다.

"하루 동안 부연시賦烟詩로 주군主君의 의심을 받게 되었기에 이것이 걱정되어 말을 하지 않는 것이야? 아니면 주군의 마음이 마땅히 비단 자리에 있기에 밤의 기쁨을 당할 것을 생각하여 속으로 좋아서 말을 하지 않는 것이야? 네 가슴속에 품고 있는 생각을 도대체 알지 못하겠어."

제가 옷깃을 여미면서 대답하였지요.

"그대는 내가 아닌데, 어떻게 내 마음을 알겠소? 내 지금 시 한 수를 지으려 하나 뛰어난 표현을 얻지 못 하였기 때문에 이 생각을 하느라 말을 하지 않은 것뿐이오."

은섬이 말하였습니다.

"뜻이 향하는 곳에 마음이 있지 않은 까닭에 옆 사람의 말이 바람처럼 스쳐간 것뿐이지. 알기는 어렵지 않아. 내가 창 밖에 있는 '포도葡萄'를 시제詩題로 삼아 시험해보아야겠네."

그리하여 칠언 사운七言四韻[54]을 지으라고 재촉하기에 제가 대답하고 즉시 읊었지요.

구불구불 포도덩굴은 용의 자취인 듯,

---

53) 당률: 시집(詩集)인 듯하나 구체적으로 어떠한 책인지는 알 수 없다.
54) 칠언 사운: 한 구(句)가 일곱 문자로 된 중국의 시체. 4구로 구성되는 칠언 절구(七言絶句), 8구인 칠언 율시(七言律詩), 구의 수가 일정하지 않은 칠언 고시(七言古詩)의 세 체(體)가 있다. 칠언시는 오래도록 저차원의 것으로 여겨져, 본격적으로 발달한 것은 육조 말기부터였다.

푸른 잎 그늘 만드니 정은 떨기를 이뤄.

따가운 여름철 햇살은 비추기를 거두니,

찬 그림자에 맑은 하늘 외려 밝아지네.

뻗은 덩굴 정분을 둔 듯 난간을 휘감고,

구슬 드리운 듯 과실은 정성 본받고자.

만약 다른 날 잔뜩 기다려 변화한다면,

응당 비구름 타고 삼청三淸[55]에 오르리.

소옥이 낭독하여 읊조리고는 한참 있다 일어나 절을 하며 말했답니다.

"참으로 천하의 기이한 재주야! 풍격風格이 높지 않은 것은 비록 옛날의 곡조와 비슷하나 창졸간倉卒間에 이와 같은 시를 짓는 것은 시인들이 가장 어려워하는 것이지. 나는 마치 70여 명의 제자가 공자에게 복종하였던 것처럼 기쁘게 복종하겠어."

자란이 말하였지요.

"말은 삼가지 않을 수 없는 것이에요. 어찌 매우 지나치게 평가하십니까? 다만 문자가 모나지 않아 부드럽고도 날아오르는 모습이 있다면 있네요."

모두가 "정확한 평이다."라고 말하였습니다.

제가 비록 이 시로 의심을 풀었으나 그들의 의심이 다 해소된 것은 아니었지요.

다음 날 아침, 문 밖에 요란한 마차 구르는 소리가 가득하더니 문

---

55) 삼청: 도가(道家)에서 신선이 사는 곳. 3청은 옥청(玉淸)의 원시천존(元始天尊), 상청(上淸)의 영보천존(靈寶天尊), 태청인 도덕천존(道德天尊) 등이며, 곧 천왕(天王)의 법신(法身)의 3가지 화현(化現)이다.

지기가 분주하게 들어와서는 "많은 손님들이 오셨습니다."라고 아뢰었지요.

대군께서는 동쪽 누각을 치우게 하시고는 맞아 들이셨는데, 모두 한 때의 문인文人과 재사才士들이었답니다. 자리에 앉자, 대군께서는 우리들이 지은 부연시를 보여 주시니 앉아 있는 사람들이 크게 놀라 말했습니다.

"뜻하지 아니하게 오늘 다시 성당盛唐의 음조音調56)를 보았습니다. 저희가 견줄 바가 아닙니다. 이 같은 지극한 보배를 진사進賜57)께서는 어떻게 얻으셨는지요?"

대군은 가볍게 웃으며 말씀하셨습니다.

"어찌 그러하겠습니까? 종 녀석이 우연하게 길가에서 얻어 온 것이기에 정말 어느 사람이 지은 작품인지를 알 수 없습니다만, 반드시 여염閭閻58)의 재주 있는 선비 손에서 나왔을 것입니다."

여러 사람들이 의심을 풀지 못 하였지요.

잠시 뒤에 성삼문이 도착하여 말하였습니다.

"재주는 다른 시대에서 빌릴 수 있는 것이 아니지요. 전대의 왕조로부터 오늘까지 무릇 600여 년 동안 우리나라에 시로 이름을 날린 자가 몇 사람인지 알 수 없습니다. 그러나 어떤 이는 탁濁에 빠져서 우아함이 없으며, 어떤 이는 청淸을 가볍게 하여 들떠 있어 모두 음률에 합하지 못하고 성질과 심정을 잃었기에 내가 보려고 하지 않았습

---

56) 음조: 시문(詩文)에서, 소리의 높낮이나 강약, 장단 따위의 어울림이다.

57) 진사: 서민 또는 아래 계급의 사람이 당하관(堂下官)의 벼슬아치를 높여서 부르던 말. 이러한 존칭은 2품 이상의 벼슬아치를 대감(大監)이라 부르던 것과 같은 예인데, 이두(吏讀)로는 진사(進賜), 혹은 '나리'라고 불렸다. 왕세자(王世子)가 아닌 왕자를 '나리'라고 부르기도 하였다.

58) 여염: 백성의 집이 모여 있는 곳이다.

니다. 그런데 이 시는 풍격이 맑고 진솔하고 생각과 뜻이 뛰어 나서 조금도 속세의 모습이 없군요. 이것은 반드시 깊은 궁궐 사람이 세간의 사람들과 접하지 아니하고 오로지 옛 사람의 시만 읽고 밤낮으로 소리 내어 읊어 자득自得한 것입니다. 자세하게 그 뜻을 음미해보면, 그 '바람을 쏘이며 나 홀로 슬퍼하는데'라는 구句에는 임을 그리워하는 뜻이 담겨져 있습니다. 그 '외로운 대나무만 푸르름 간직했네'라는 구에는 정절을 지키려는 뜻이 있습니다. 그 '바람이 불어와 몸 가누지 못하고'라는 구에는 정절을 지키기 어려움이 있습니다. 그 '그윽한 생각은 초 임금을 향하네'라는 구에는 임을 향한 정성이 있습니다. 그 '이슬방울 되어 연잎에 맺혔네'와 '서쪽 멧부리와 앞 냇가 걸쳐 있네'라는 구는 천상天上의 신선이 아니면 이와 같이 형용할 수 없는 것이지요. 격조가 비록 높고 낮음은 있으나 훈도薰陶[59]의 기상氣像이 대략 모두 같습니다. 진사의 궁중에 반드시 열 명의 선인仙人을 기르고 있음이 틀림없으니, 숨기지 마시고 한 번 보게 하여 주시지요."

대군은 내심 탄복하였으나, 겉으론 고개를 저으면서 말씀하셨습니다.

"누가 근보謹甫더러 시에 대한 감식안이 있다고 했나요? 제 궁궐에 어찌 이 같은 사람들이 있겠소! 의혹疑惑만 심할 뿐이오."

이때에 열 사람이 창틈으로 몰래 엿듣고는 모두 탄복하지 않을 수 없었답니다.

그날 밤에 자란이 성심으로 저에게 물었습니다.

"여자를 낳아서 시집을 보내고자 하는 부모의 마음은 사람이면 모

---

[59] 훈도: 덕(德)으로써 사람의 품성이나 도덕 따위를 가르치고 길러 선으로 나아가게 하는 것이다.

두 가지고 있지. 네가 생각하는 것이, 어떤 정인情人[60])에게 마음을 허락하여서인지 알 수는 없다만, 고민하는 네 모습이 점점 전에 비해 수척해져서 진정으로 묻는 것이야. 숨기지 않았으면 좋겠어."

제가 일어나 절하고는 말하였어요.

"궁인이 하도 많아 누가 엿들을까 두려워 감히 입을 열지 못하였는데, 오늘 진실하고 정성스럽게 묻는데 어떻게 숨기겠어."

지난해 가을 국화꽃이 피기 시작하고 단풍이 막 떨어지기 시작할 무렵이었어. 대군께서 홀로 서당에 앉아 시녀들에게 먹을 갈게 하고 비단을 펼쳐 사운四韻[61]) 10수首를 쓰고 계셨지. 소동小童이 밖에서 들어와 "한 나이 어린 선비가 자칭 김 진사金進士라 하면서 대군을 뵙겠다고 청하옵니다."라고 말하였어.

대군은 기뻐하시며, "김 진사께서 도착하였구나." 하고 말씀하셨지.

그를 맞아들이셨는데 베옷을 입고 가죽 띠를 두른 선비가 성큼성큼 계단을 올라오는 것이 새가 날개를 펼친 것 같았지. 자리에 이르러 절하고 앉으니 나볏한 몸가짐이 마치 신선 세계의 사람이었어. 대군께서는 댓바람에 마음이 기울어지셔서 곧 자리를 옮겨 마주 앉으시니, 진사께서 자리를 피석避席[62])하고는 사례하셨지.

"외람되게 많은 사랑을 입었는데도 여러 번 존명尊命[63])을 욕되게 하고 이제야 인사를 올리게 되니 송구하기 짝이 없습니다."

대군께서 위로의 말씀을 하셨어.

---

60) 남몰래 정을 통하는 남녀 사이에서 서로를 이르는 말이다.
61) 사운: 네 개의 운각(韻脚)으로 된 율시(律詩)이다.
62) 피석: 공경의 뜻을 나타내기 위하여 자리를 옮겨 앉는 행위이다.
63) 존명: 남의 명령을 높여 이르는 말이다.

"오래도록 명성을 우러렀네. 좌굴관개坐屈冠盖[64]하여 온 집안이 빛나니 나에게 백붕百朋[65]을 보내셨구먼."

진사님이 처음 들어올 때 이미 우리와 상면을 하였지. 그러나 대군은 진사가 나이 어린 유생儒生이기에 속으로 편히 여기시고 우리더러 피해 있으라고 하지 않으셨지.

대군께서 진사님에게 말씀하셨어.

"가을 풍광이 매우 좋구려. 시나 한 수 지어 이 집을 빛나게 해주오."

진사님은 자리를 피하고 사양하셨지.

"헛된 이름이 사실을 어둡게 하고 말았나봅니다. 시의 율격을 소자小子[66]가 주제넘게 알겠습니까?"

대군은 금련에게 노래를 부르게 하시고 부용에게 거문고를 타게 하며, 보련에게는 시를 읊게 하고 비경에게는 술을 따르게 하고 나에게는 벼루를 받들게 하셨지. 그때 내가 나이 어린 여자로 낭군을 한번 보니 넋이 나가 멍 하였는데, 낭군도 나를 돌아보면서 웃음을 머금고 자주자주 눈길을 주시곤 하였어.

대군께서 진사님에게, "내가 그대를 대함에 정성을 다하였네. 그대는 어찌 한 번 경거瓊琚[67]하기를 인색하게 하여 이 집을 무안케 하시는가?"라고 말씀을 하셨지.

---

64) 좌굴관개: 관개(冠盖)는 수레의 덮개로, 앉아서 관개를 굽히게 했다는 것이니 스스로 찾지 않고 와서 찾아보게 했다는 뜻이다.

65) 백붕: 많은 돈 또는 많은 녹(祿)을 이르는 말. 붕(朋)은 쌍조개라는 뜻인데 예전에 이것이 돈으로 쓰였던 데에서 유래한다. 여기서는 '온갖 광영(光榮)' 정도의 의미이다.

66) 소자: 보통 아들이 부모에 대하여 '자기'를 낮추어 이르는 말. 혹은 임금이 조상이나 백성에 대하여 '자기'를 겸손하게 이르는 말이나, 제자를 귀엽게 부르는 말로 쓰임. 여기서는 '자기'를 더욱 낮추어 이르는 말이다.

67) 경거: 아름다운 옥. 훌륭한 선물을 비유적으로 이르는 말. 존귀하고 아름다움. 여기서는 시를 짓는 행위를 말한다.

진사님이 악관握管[68]으로 붓을 잡고 오언 사운五言四韻[69] 한 수를 지으니 이랬어.

기러기 남쪽으로 날아가니,
궁 안에 가을빛은 깊어만 가네.
물이 차가우니 연꽃은 구슬 되어 꺾이고,
서리가 자꾸만 내리니 국화는 금빛을 드리우네.
비단자리에 앉아 있는 아름다운 저 여인,
거문고 줄에는 백설곡白雪曲[70]일세.
유하주流霞酒[71] 한 말 술 먹으니,
먼저 취해 몸 가누기 어렵네.

대군께서 읊으시기를 두세 번하고는 크게 놀라시며 말씀하셨지.
"참으로 이른바 천하의 기재라 할 만하군. 어찌하여 서로 만나는 것이 이리 늦었던고!"
시녀 열 사람도 일시에 돌아보며 놀란 빛을 감추지 못하고 말하였지.
"이는 틀림없이 왕자진王子晉[72]이 학을 타고 이 세상에 오신 것이야. 어떻게 사람이 이와 같을 수 있지."
대군께서 술을 권하며 물으셨지.

---

68) 악관: 서예에서, 붓을 네 손가락으로 쥐고 엄지손가락으로 붓의 위쪽을 누르면서 글씨를 쓰는 방법이다.
69) 오언 사운: 오언 율시(五言律詩)이다.
70) 백설곡: 옛날 악곡(樂曲)의 이름이다.
71) 유하주: 신선(神仙)이 먹는다는 술. 안개의 수분을 흡취(吸取)해 걸러낸 술이다.
72) 왕자진: 주(周)나라 영왕(靈王)의 태자. 피리를 잘 불고 봉황(鳳凰) 소리 내는 것을 좋아하였다.

"옛날 시인 가운데 누가 종장宗匠73)이 되겠소?"

진사께서 대답했어.

"제 소견을 말씀드리겠습니다. 이태백李太白은 천상의 신선으로 오래도록 옥황상제玉皇上帝74)의 향안香案75) 앞에 있다가 현포玄圃76)에 놀러 와서 옥액玉液77)을 다 마시고 취한 흥을 이기지 못하여 만 년 묵은 나무에서 기화琪花78)를 꺾어 든 채 비 바람을 타고 인간 세상에 떨어진 기상입니다. 노조린盧照隣79)과 왕발王勃80)은 해상海上의 신선으로 해와 달이 나타났다 사라졌다 하고 구름이 변화하며, 푸른 파도가 요동하고 고래가 물을 뿜으며, 섬이 아득하고 초목이 무성하게 에둘러 있으며, 꽃처럼 일렁이는 물결과 마름 잎, 물새들의 노래, 교룡蛟

---

73) 종장: 학문이나 예술 따위의 한 분야에서 일가(一家)를 이루어 모든 사람들로부터 추앙을 받는 사람이다.

74) 옥황상제: 흔히 도가(道家)에서, '하느님'을 이르는 말이다.

75) 향안: 제사 때에 향로(香爐)나 향합(香盒)을 올려놓는 상이다.

76) 현포: 중국 곤륜산령(崑崙山嶺)에 있으며 신선이 살던 곳이다.

77) 옥액: 옥에서 나는 즙. 마시면 오래 산다고 하여 도가에서는 선약으로 친다.

78) 기화: 선경(仙境)에 있다는 아름답고 고운 꽃이다.

79) 노조린(650~687): 자는 승지(昇之), 어양(漁陽)사람. 등왕(鄧王) 때 신도(新都)의 현위로 있다가 풍병(風病)으로 사임하고 영수(穎水)근처에서 휴양하였으나 병은 낫지 않고 그 고통에 못 견뎌 영수에 투신자살했다. 초당(初唐) 사걸(四傑) 중 한 사람이다.

80) 왕발(650~676): 당(唐)나라 초기의 시인으로 자는 자안(子安). 조숙한 천재로 17세 때인 666년 유소과(幽素科)에 급제하였다. 젊어서 그 재능을 인정받아 664년에 이미 조산랑(朝散郎)의 벼슬을 받았다. 왕족인 패왕(沛王) 현(賢)의 부름을 받고 그를 섬겼으나, 당시 유행하였던 투계(鬪鷄)에 대하여 장난으로 쓴 글이 고종(高宗) 황제의 노여움을 사게 되어 중앙에서 쫓겨나 방랑하였다. 뒤에 관노(官奴)를 죽였다는 죄로 관직을 빼앗기고 교지(交趾: 베트남 북부)의 영(令)으로 좌천된 아버지 복치(福)를 만나러 갔다가 돌아오던 중, 배에서 바다로 떨어져 익사하였다. 양형(楊炯)·노조린(盧照隣)·낙빈왕(駱賓王) 등과 함께 초당(初唐) 4걸(四傑)이라 불리는 당나라 초기의 대표적 시인이다. 네 사람 모두 처지가 비슷하였으며 2류사족(二流士族) 출신으로 젊어서부터 시단에서 이름을 떨쳐, '왕양노락(王楊盧駱)'이라 불렸으나 양형을 제외하고는 모두 사회적으로 불우하게 끝을 맺었다. 왕발은 종래의 완미(婉媚)한 육조시(六朝詩)의 껍질을 벗어나 참신하고 건전한 정감을 읊어 성당시(盛唐詩)의 선구자가 되었다. 특히 오언 절구(五言絶句)에 뛰어났다.

龍[81])의 눈물을 모두 흉금에 간직하고 구름 속에 있으니 이것이 시의 조화입니다. 맹호연孟浩然[82])은 시의 소리와 그 울림이 가장 높은데, 그는 사광師曠[83])에게 음률을 배우고 익힌 사람입니다. 이의산李義山[84]) 은 신선이 행하는 술법을 배워 일찍부터 시마詩魔[85])를 부렸으니, 그가 일생 동안 지은 시는 귀신의 말이 아닌 것이 없습니다. 그 나머지 어수선한 사람들이야, 어떻게 다 말하여 올리겠습니까?"

대군께서 말씀하셨지.

"날마다 문사들과 함께 시에 대해서 논할 때마다 초당草堂[86])을 으

---

81) 교룡: 상상 속에 등장하는 동물의 하나. 모양이 뱀과 같고 몸의 길이가 한 길이 넘으며 넓적한 네 발이 있고 가슴은 붉고 등에는 푸른 무늬가 있으며 옆구리와 배는 비단처럼 부드럽고 눈썹으로 교미하여 알을 낳는다고 한다. 때를 못 만나 뜻을 이루지 못한 영웅호걸을 비유적으로 이르는 말이다.

82) 맹호연(689~740): 중국 당(唐)나라의 시인으로 후베이성[湖北省] 양양현(襄陽縣) 출생. 고향에서 공부에 힘쓰다가 40세쯤에 장안(長安)으로 올라와 진사(進士) 시험을 쳤으나, 낙방하여 고향에 돌아와 은둔생활을 하였다. 만년에 재상(宰相) 장구령(張九齡)의 부탁으로 잠시 그 밑에서 일한 것 이외에는 관직에 오르지 못하고 불우한 일생을 마쳤다. 도연명(陶淵明)을 존경하여, 고독한 전원생활을 즐기고 자연의 한적한 정취를 사랑한 작품을 남겼다.

83) 사광: 중국 진(晉)나라의 이름난 악사. 그가 음악을 연주하면 구름이 몰려들고 학이 춤을 춘다고 하였다.

84) 이의산(812~858): 중국 만당(晩唐)의 시인으로 본명은 상은(商隱), 자는 의산(義山). 호 옥계생(玉谿生). 처음 우당(牛黨)의 영호초(令狐楚)에게서 변려문(儷文)을 배우고 그의 막료가 되었으나, 후에 반대당인 이당(李黨)의 왕무원(王茂元)의 서기가 되어 그의 딸을 아내로 맞았기 때문에 불우한 생애를 보냈다. 그는 변려문의 명수이긴 하였으나 그의 시는 한(漢)·위(魏)·6조시(六朝詩)의 정수를 계승하였고 당시에서는 두보(杜甫)를 배웠으며, 이하(李賀)의 상징적 기법을 사랑하였다. 또한 전고(典故)를 자주 인용, 풍려(豊麗)한 자구를 구사하여 당대 수사주의문학(修辭主義文學)의 극치를 보여주었다. 작품에는 사회적 현실을 반영시킨 서사시, 또는 위정자를 풍자하는 영사시(史詩), 애정을 주제로 한 『무제(無題)』 등이 있다.

85) 시마: 시가 마도(魔道)에 떨어져서 시상이 야비하고 바르지 못함을 이르는 말이다.

86) 초당: 중국 성당시대(盛唐時代)의 시인인 두보(杜甫, 712~770). 자는 자미(子美), 호는 소릉(少陵), 중국 최고의 시인으로서 시성(詩聖)이라 불렸으며, 또 이백(李白)과 병칭하여 이두(李杜)라고 일컫는다. 허난성[河南省]의 공현(鞏縣)에서 태어났다. 소년 시절부터 시를 잘 지었으나 과거에는 급제하지 못하였고 각지를 방랑하여 이백·고적

뜻으로 삼는 사람이 많은데, 이 말이 무슨 말이요?"

진사님이 대답하셨지.

"그렇지요. 속된 선비들이 늘 말하는 것으로 치면, 마치 회膾와 구운 고기가 사람의 입을 즐겁게 하는 것과 같지요. 자미子美[87]의 시는 정말 회와 구운 고기입니다."

대군께서 물으셨어.

"온갖 문체를 구비하고 있으며 비흥比興[88]이 매우 정교한데, 그대는 무엇 때문에 초당을 가볍게 여기지?"

진사님이 사례하며 대답하셨지.

"제가 어떻게 감히 가벼이 여기겠습니까? 그의 장점을 논한다면, 한무제漢武帝[89]가 미앙궁未央宮[90]에 앉아 사이四夷[91]가 미쳐 날뛰는 것

(高適) 등과 알게 되었으며, 후에 장안(長安)으로 나왔으나 여전히 불우하였다. 48세에 처자와 함께 쓰촨성[四川省]의 성도(成都)에 정착하여 시외의 완화계(浣花溪)에다 초당을 세웠다. 이것이 곧 완화초당(浣花草堂)이기에 두초당(杜草堂)이라고도 불렀다. 방랑을 하다 배 안에서 병을 얻어 동정호(洞庭湖)에서 59세를 일기로 병사하였다.

그의 시를 성립시킨 것은 인간에 대한 위대한 성실이었으며, 성실이 낳은 우수를 바탕으로 일상생활에서 제재를 많이 따서, 널리 인간의 사실, 인간의 심리, 자연의 사실 가운데서 그때까지 발견하지 못했던 새로운 감동을 찾아내어 시를 지었는데, 표현에 심혈을 기울였기에 중국의 시인들 중 으뜸으로 여긴다.

87) 자미: 전주(前注) 참조.

88) 비흥: 중국 고대의 시론(詩論)으로, 작시상의 여섯 가지 범주의 하나. 한초(漢初)의 모형(毛亨) 작이라고 하는(사실은 後漢의 衛宏 作임) 『모시(毛詩)』 대서(大序)에서는 "시에는 풍(風)·부(賦)·비(比)·흥(興)·아(雅)·송(頌) 육의가 있다"고 되어 있으며, 작자의 정치목적을 위주로 하여 "풍은 풍자, 아는 바로잡음, 송은 신에게 고함"이라고 해설하고 있다. 오늘날의 학설에 의하면, 풍(風: 風俗歌), 아(雅: 賀宴歌), 송(頌: 祭儀歌)은 주로 용도에 따른 양식별이며, 부와 흥은 고대에 특유한 시의 표현법상의 2대별이다. '부'는 신의 말씀을 전하거나 신을 찬양할 때 직접적으로 이를 서술하는 것으로, 서사시로 전개된다. '흥'은 신과 사람을 매개하는 사물을 빌려 기원·축계(祝)·불운을 말하는 데서 비롯된 것으로, 그 서술이 상징적 의미를 가지고 통용되며, 서정시가 이로부터 전개된다. '비'는 흥에서 발전한 수사(修辭) 기교의 비유이다.

89) 한무제: 중국 전한(前漢) 제7대 황제(재위 B.C.141~B.C.87)인 무제(武帝, B.C.156~B.C.87). 본명은 유철(劉徹). 시호는 세종(世宗). 즉위 후 전대의 권신들을 면직시키고

을 분하게 여기시고 장수들에게 명하여 치게 할 때, 곰처럼 힘이 센 백만 명의 군사가 수천 리 쭉 뻗어 있는 것과 같습니다. 그의 위대한 점을 말한다면, 상여相如92)에게 장문부長門賦93)를 짓게 하고 사마천司馬遷94)으로 하여금 봉선서封禪書95)을 짓게 한 것과 같습니다. 신선에서

어질고 겸손한 선비를 등용하여 관리의 자질을 향상시켰다. 오경박사(五經博士)를 두어 유학에 중점을 두고 B.C.127년부터 제후왕국을 왕의 여러 아들에게 분봉(分封)하여 중앙집권 화하였다. 무제 때의 특색은 중앙집권화와, 밖으로 지역이 확대되고 특히 중앙아시아를 통해 동서교섭이 왕성해진 점이다.

90) 미앙궁: 중국 산시성[陝西省] 서안시(西安市) 교외에 있는 한(漢)나라 고조 때 만든 궁전. 동서 길이 136m, 남북 길이 455m, 남쪽 측면 높이 1m, 북쪽 측면 높이 14m로 알려져 있다. 내부는 정전(正殿), 여름엔 시원한 청량전(淸涼殿), 겨울엔 따뜻한 온실, 빙고(氷庫)인 능실(凌室) 등 화려하게 만들어졌다.

91) 사이: 예전에, 중국의 사방에 있던 동이(東夷)·서융(西戎)·남만(南蠻)·북적(北狄)을 통틀어 이르던 말이다.

92) 상여: 중국 전한(前漢)의 문인인 사마상여(司馬相如, B.C.179~B.C.117). 자는 장경(長卿)이고 쓰촨성[四川省] 성도(成都) 출생이다. 처음에 재물을 관에 기부하고 시종관이 되어 경제(景帝)를 섬기고 무기상시(武騎常侍)가 되었으나, 가끔 경제의 아우인 양(梁)나라 효왕(孝王)이 문인 추양(鄒陽), 매승(枚乘), 엄기(嚴忌) 등을 거느리고 사신으로 왔는데, 그것을 부러워하여 관직을 내놓고 손님으로서 양나라로 갔다. 얼마 안되어 효왕이 죽자 고향으로 돌아가 가난하고 궁한 생활을 하며 〈자허부(子虛賦)〉를 지었다. 그가 지은 부(賦)는 본디 29편이었다고 『한서(漢書)』「예문지(藝文志)」에 기재되어 있고 지금 남아 있는 것은 〈자허부〉를 비롯하여 부 3편, 〈유파촉격(喩巴蜀檄)〉 등 4편이 있다. 그밖에 위작 의심이 드는 〈장문부(長門賦)〉, 〈미인부(美人賦)〉 등이 있고 『사마문원집(司馬文園集)』(司馬長卿集이라고도 한다) 1권이 있다.

93) 장문부: 사마상여의 지은 부(賦)이다. 사마상여가 진황후(陳皇后)를 위하여 지은 것으로 진황후는 무제의 사랑이 쇠미(衰微)해짐을 슬퍼하면서 장문궁(長門宮)에 별거하고 있던 중 황금 100근을 상여에게 기증하고 이 부를 짓게 하였다. 그 후 무제는 과연 이 〈장문부〉에 감동되어 진황후에 대한 사랑을 그전과 다름없이 돌이켰다고 전한다. 이 고사로 미루어 상여의 부가 얼마나 사람의 마음을 움직일 수가 있었는지 가히 짐작할 수가 있다.

94) 사마천(B.C.145?~B.C.86?): 중국 전한의 역사가로 『사기(史記)』의 저자. 자는 자장(子長). 용문(龍門: 현재 韓城縣) 출생. 사마 담(司馬談)의 아들. B.C.110년에는 무제의 태산 봉선(封禪) 의식에 수행하여 장성 일대와 하북·요서 지방을 여행하였다. 이 여행에서 크게 견문을 넓혔고 『사기』를 저술하는 데 필요한 귀중한 자료를 수집하였다. 흉노의 포위 속에서 부득이 투항하지 않을 수 없었던 벗 이릉(李陵) 장군을 변호하다 황제의 노여움을 사서, B.C.99년 남자로서 가장 치욕스러운 궁형(宮刑)을 받았다. 〈보임안서(報任安書)〉라는 명문에서 당시 『사기』의 완성을 위하여 죽음을 선택할 수 없었

구한다면, 동방삭東方朔96)이 좌우에서 모시고 서왕모西王母97)가 금도金桃98)를 바칠 만합니다. 이 때문에 두보의 문장은 온갖 문체를 구비했다고 말할 수 있습니다.

그러나 이백과 비교한다면, 하늘과 땅을 같이 비교할 수 없을 뿐만 아니라, 강과 바다가 서로 다른 것과 같습니다. 왕유王維99)와 맹호연

던 심정을 술회하였는데, 옥중에서도 저술을 계속하여 B.C.95년 황제의 신임을 회복하여 환관의 최고직인 중서령(中書令)이 되었으며, 기원전 90년에는 마침내 『사기』를 완성하였다.

95) 봉선서: 사마천이 지은 『사기』 8서 중 하나. 봉선(封禪)이란, 중국의 제왕(帝王)이 천지를 제사지낸 의례인데, 최초로 봉선한 것은 진(秦)나라 시황제(始皇帝)가 B.C.219년 태산(泰山: 山東省 중부에 있는 산)의 산정에서 하늘을 제사지내고 부근의 양부(梁父)라는 작은 동산에서 땅을 제사지냈다는 기록이다. 원래는 불로장생을 기원한 의식이었으나 한(漢)나라 무제(武帝) 때부터 대규모 정치적인 제사가 되었다. 봉(封)이란 옥으로 만든 판에 원문(願文)을 적어, 돌로 만든 상자에 봉하여 천신(天神)에게 비는 일이었고 선(禪)이란 토단(土壇)을 만들어 지신(地神)에게 비는 일이었다.

96) 동방삭(B.C.154~B.C.93): 중국 전한(前漢)의 문인. 자는 만천(曼倩). 염차(厭次, 지금의 山東省 平原縣 부근)에서 출생. 막힘이 없는 유창한 변설과 재치로 한무제(漢武帝)의 사랑을 받아 측근이 되었다. '익살의 재사'로 많은 일화가 전해진다. 속설에 서왕모(西王母)의 복숭아를 훔쳐 먹어 장수하였다 하여 '삼천갑자 동방삭'으로 일컬어졌으며 '오래 사는 사람'이라는 표현으로 그 뜻이 바뀌어 쓰인다.

97) 서왕모: 중국 고대의 선녀. 옥황대제의 부인이라는 서왕모는 30을 약간 넘어선 성숙한 미모의 여인이며, 절대 권력을 가진 여선의 우두머리이다. 불사약을 가졌다는 모습으로 표현되어 왔지만, 원래 서왕모는 중국 변방(서쪽 곤륜산근처)의 이민족의 이름이었다. 하지만 시대가 지나면서 신격화(神格化)되어, 중국의 남신(男神)은 옥황대제, 여신(女神)은 서왕모이다. 『산해경(山海經)』에서는 서방의 곤륜산(崑崙山: 玉山)에 사는 인면(人面)·호치(虎齒)·표미(豹尾)의 신인(神人)이라고 한다. 그러나 일반적으로는 불사(不死)의 약을 가지고 있는 선녀라고 전해진다. 『목천자전(穆天子傳)』에 의하면 서주(西周) 전기의 목왕이 서방에 순수(巡狩)하여 곤륜산에서 서왕모를 만나 즐기다가 돌아오는 것을 잊었다고 전해진다. 한대(漢代)에는 서왕모의 이야기가 민간에 퍼졌던 것은 틀림없는 일로, 그와 더불어 동왕부(東王父: 서왕모의 배우자)의 이야기도 보태진 듯하다.

98) 금도: 하늘나라에 있다고 믿는 복숭아이다.

99) 왕유(701~761): 당(唐)나라 때의 화가이며 시인. 자는 마힐(摩詰). 초서(草書)와 예서(隸書)를 잘 썼고 산수화에도 능통하였다. 특히 평원산수(平遠山水)를 잘하였는데, 역대의 그림을 섭렵하여 필력이 웅장하고 심오하였다. 또 수묵의 산수화를 잘 그려 남종 문인화(南宗文人畵)의 시조(始祖)로 불린다.

에 비교한다면, 자미子美가 수레를 몰아 앞서 달리고 왕유와 맹호연이 채찍을 잡고 길을 다툴 것입니다."

대군께서 말씀하셨지.

"그대의 말을 들으니 가슴속이 확 트이는 것이, 마치 긴 바람을 타고 태청太淸100)에 오른 듯 하네. 다만 두보의 시는 천하의 높은 문장이라, 비록 악부樂府101)에 부족한 점이 있으나, 어찌 왕유·맹호연과 함께 길을 다투겠는가? 그러나 이 문제는 잠시 놓아두고 그대가 또 시 한 수를 읊어서 이 집 전체를 더욱 빛내주게."

진사는 즉시 칠언 사운 한 수를 지어 복숭아꽃 그림이 그려진 종이에 써서 드렸으니 이랬어.

연기 흩어진 아름다운 못 이슬은 서늘한데,
하늘은 강물처럼 새파랗고 밤은 어찌 긴지.
부드러운 바람 뜻이 있는 듯 구슬발에 불고,
하얀 달은 정이 많아 작은 방에 들어오네.
뜨락 그늘지니 복숭아나무 그림자 비추이고,
잔 속의 술 일렁이니 좋은 국화향 머물렀네.

---

100) 태청: 고려·조선시대에 세워진 도교(道敎) 사원. 태청관(太淸觀)이라고도 한다. 도교 신앙의 내도량적(內道場的) 성격을 띤 곳이었다. 태청(太淸)은 3청(三淸) 중의 하나로, 3청은 옥청(玉淸)의 원시천존(元始天尊), 상청(上淸)의 영보천존(靈寶天尊), 태청인 도덕천존(道德天尊) 등이며, 곧 천왕(天王)의 법신(法身)의 3가지 화현(化現)이다. 태청의 도덕천존은 천황대제(天皇大帝)라고도 하며, 도교의 시조인 노자(老子)를 가리킨다. 고려에서는 거란의 침공에 맞서 출정(出征)할 때 이 대청관에서 대초재(大醮齋)를 행하였다. 조선에 들어와서 도교의 재(齋)에 관한 규정 등이 확립되어 매년 2회 정기적으로 재를 행하였는데, 한양의 문묘(文廟) 곁에 태청관이 세워졌다. 1422년(세종 4) 폐지되었다.

101) 악부: 원래는 음악을 맡아보던 관청 이름이었으나, 거기서 채집·보존한 악장과 가사 및 그 모방 작품을 악부(樂府) 또는 악부시(樂府詩)라 하게 되었다.

완공院公[102]몸은 작지만 자못 잘도 마셨으니,

술통 새 취한 광기狂氣 괴이 여기지 말게나.

   대군은 더욱 기이하게 여겨 자리 앞으로 나가 진사의 손을 잡고
말씀하셨지.

   "진사는 오늘날의 재사才士가 아닐세. 내가 그 고하高下를 논할 수가
없어. 또 문장에만 능숙할 뿐 아니라 필획筆畫도 극히 신통하고 묘하
기까지 하니, 하늘이 그대를 동방東方[103]에 태어나게 한 것은 반드시
우연이 아닐 것일세."

   또 초성草醒[104]을 시키어 글씨를 쓰게 하시니, 붓을 휘두르는 사이
에 잘못하여 붓끝의 먹물 방울이 내 손가락에 떨어졌는데, 마치 파리
날개 같았어. 내가 이것을 영광으로 생각하고 닦아내지 않으니 좌우
에 있던 궁인들이 모두 돌아보면서 웃고는 등용문登龍門[105]에 비유하

---

102) 완공: 완적(阮籍, 210~263)이다. 중국 3국시대의 위(魏)나라 사상가·문학자·시인.
   자는 사종(嗣宗). 완적의 아버지는 후한(後漢) 말의 명사이자 건안칠자(建安七子)의
   한 사람인 완우(阮瑀)이다. 보병교위(步兵校尉)를 지냈으므로 완보병이라고도 하며,
   혜강(嵇康)과 함께 죽림칠현(竹林七賢)의 중심인물이다. 위나라 말기의 정치적 위기
   속에서 강한 개성과 자아(自我) 및 반예교적(反禮敎的) 사상을 관철하기 위하여 술과
   기행(奇行)으로 자신을 위장하고 살았다. 많은 기행 중 '청안백안(靑眼白眼)'의 고사는
   유명하다.
103) 동방: 우리나라를 스스로 이르는 말이다.
104) 초성: 초서(草書)를 잘 쓰기로 이름난 사람. 여기서는 김 진사를 일컫는다.
105) 등용문: 용문(龍門)에 오른다 뜻. 입신출세의 관문을 일컫는 말이다. 후한(後漢)
   때 관리인 이응(李膺)은 퇴폐한 환관(宦官)들과 맞서 기강을 바로잡으려는 정의파 관
   료의 영수(領袖)로, 몸가짐이 고결하고 청백하여 당시 청년관리들은 그와 알게 되는
   것을 등용문이라 하여 몹시 자랑으로 여겼다고 한다. 『후한서(後漢書)』〈이응전(李膺
   傳)〉을 보면 "선비로서 그의 용접을 받는 사람을 등용문이라 이름 하였다(士有被其容
   接者 名爲登龍門)."고 적혀 있다. 여기에 나오는 등용문은, 〈이응전〉의 주해(註解)에
   따르면 황하(黃河) 상류에 용문이라는 계곡이 있는데, 그 근처에 흐름이 매우 빠른
   폭포가 있어 그 밑으로 큰 고기들이 수없이 모여들었으나 오르지 못하였으며, 만일
   오르기만 하면 용이 된다고 하였다. 그 후 이 말은 과거에 급제(及第)하는 것을 가리

였지.

이때 어둠이 깊어져 경루更漏106)가 시간을 재촉하자, 대군이 졸린 듯 기지개를 펴면서 말씀하셨지.

"내가 취해 주렴이 드네. 자네도 물러가 쉬도록 하시게. 그리고 '내일 아침에도 한 잔 할 마음이 있거든 거문고를 안고 오소.'107)라는 말이 있잖나, 잊지 마시게나."

다음 날 대군은 진사님께서 지은 두 편의 시를 칭찬하시면서 읊조리시더니 경탄하고 말씀하셨어.

"마땅히 근보謹甫와 더불어 자웅雌雄을 다툴 만한걸. 그리고 그 청아한 맛은 근보보다도 뛰어나.

나는 이때부터 잠자리에 들어도 잠을 이룰 수가 없고 마음이 들썽하여 밥을 먹지도 못했고 제대로 옷차림새도 갖추지 못했는데, 너도 알잖니?"

자란이 말했지요.

"그래 내가 까맣게 잊었네. 이제 네 말을 들으니 멍한 게 마치 술이 깨는 것 같아."

그 후로 대군은 진사님과 자주 만나셨지만, 저희들은 가까이하지 못했답니다. 그래서 저는 늘 문틈으로 엿보다가 하루는 설도전雪濤

키게 되었고 오늘날에는 어려운 관문을 통과하여 출세의 문턱에 서는 경우를 말하게 되었다.

106) 경루: 물시계로 누각(漏刻)·경루(更漏), 또는 누호(漏壺) 등으로 불리었다.

107) 내일 아침에도…안고 오소: 이태백의 〈산중대작(山中對酌)〉 중 4구이다. 전문은 다음과 같다.

"둘이 앉아 술을 마시니 산꽃이 피어나고, 한 잔, 한 잔, 또 한 잔 먹세 그려. 나는 취해 자고자 하니 그대도 가시구려, 내일 아침 마실 뜻이 있거든 가야금을 들고 다시 오시게나 (兩人對酌山花開, 一杯一杯復一杯, 我醉欲眠君且去, 明朝有意抱琴來)."

牋108)에다 한 수를 썼으니 이렇습니다.

베옷에 가죽 띠를 두른 선비,

옥 같은 용모는 신선과 같구나.

날마다 발 틈으로 바라보건만,

어찌 월하연月下緣109)은 없는지.

흐르는 눈물로 얼굴을 씻으니,

거문고 타니 원한은 줄에 우네.

끝없는 원한을 가슴속에 품고,

---

108) 설도전: 눈처럼 하얗고 반질반질한 종이이다.

109) 월하연: 부부의 인연을 맺는다는 말. 『진서(晉書)』〈예술전(藝術傳)〉과 『속유괴록
(續幽怪錄)』에 다음과 같은 이야기가 나온다.

당나라 초기, 정관(貞觀) 2년에 위고(韋固)라는 청년이 여러 곳을 여행하던 중에 송성(宋
城: 지금의 허난성)에 이르렀을 때 어느 허름한 여관에 묵게 되었다. 그날 밤 휘영청 밝은
달빛 아래 한 노인(月下老人)이 자루에 기대어 앉아 커다란 책을 뒤적이고 있었다. 위고가
물었다. "무슨 책을 보고 계십니까?" "이것은 세상 혼사에 관한 책인데 여기 적혀 있는
남녀를 이 자루 안에 있는 빨간 끈(赤繩)으로 한 번 묶어 놓으면 아무리 원수지간이라도
반드시 맺어진다오." "그럼 제 배필은 어디 있습니까?" "송성에 있네. 북쪽에 채소 파는
노파가 안고 있는 아이가 바로 짝이네." 그러나 위고는 참 이상한 노인이라고만 생각하고
그 말에 크게 신경 쓰지 않았다.

그로부터 14년이 지나 위고는 상주(相州)의 관리가 되어 그 고을의 태수의 딸과 혼인하
였다. 17세로 미인이었다. 어느 날 문득 예전 생각이 나 부인에게 월하노인의 말을 이야기
해주었다. 그러자 부인은 깜짝 놀라면서 말했다. "저는 사실 태수의 친딸이 아닙니다. 아버
지가 송성에서 벼슬하시다가 돌아가시자 유모가 채소장사를 하면서 길러주었는데 지금의
태수께서 아이가 없자 저를 양녀로 삼으신 것입니다."

중매에 관한 또 다른 이야기가 『진서』〈색담전〉에 실려 있다. 진(晉)나라에 색담이
란 점쟁이가 있었다. 그는 천문과 해몽에 대해 밝았다. 어느 날 영호책(令狐策)이라
는 사람이 이상한 꿈을 꾸어 색담을 찾아왔다. "나는 얼음 위(氷上人)에 서 있고 얼음
밑에는 누군가가 있어 그 사람과 이야기를 나누었는데 통 생각이 나지를 않습니다."
색담이 해몽을 해주었다. "얼음 위는 양(陽)이며 그 밑은 음(陰)이다. 이 꿈은 당신이
중매를 하게 된다는 것이다. 그리고 이 혼사는 얼음이 풀릴 무렵 성사될 것이다."
과연 영호책은 태수로부터 자기 아들과 장씨(張氏)의 딸을 중매 서 달라는 부탁을
받아, 얼음이 풀릴 무렵에 이 혼인을 성사시키게 되었다.

이 두 이야기로부터 사람들은 중매인을 가리킬 때에 월하노인 또는 빙상인이라
부르고 이 둘을 합쳐서 '월하빙인(月下氷人)'이라 부르게 되었다.

홀로 하늘 치보며 하소연하네.

시와 금비녀 한 쌍을 함께 열 번을 싸 가지고 진사님에게 부치고자 하였으나 달리 방법이 없었지요.

그날 밤 저녁달이 뜨자 대군께서 술자리를 크게 열고 손님들에게 진사의 재주를 매우 칭찬하면서 두 시를 보여주니, 각기 돌려보고는 칭찬이 그치지 않았지요. 모두 진사를 한 번 보기 원하기에, 대군께서는 즉시 사람과 말을 보내어 청하였습니다. 진사님이 오셔서 자리에 앉으셨는데, 비영비영 얼굴이 파리하고 겅더리되어 전혀 예전의 헌헌한 기상이 없었지요.

대군께서 위로하여 말씀하셨어요.

"진사는 아직 우초지심憂楚之心110)이 없을 텐데. 먼저 못 가에서 시를 읊노라 초췌해졌는가?"111)

가득 찬 사람들이 모두들 크게 웃었어요.

진사님께서 일어나서 절하고 말했답니다.

---

110) 우초지심: 나라를 근심하는 마음. 이 고사는 굴원(屈原, B.C.340~278)과 관계가 있다. 굴원은 초(楚)나라 사람인데, 왕족 출신인 굴원은 뛰어난 재능으로 20대에 임금의 총애를 받았으나, 그의 재주를 시기하는 사람에 의해 모함을 받고 추방을 당하였다. 그 후 초나라는 진나라에 패하고 굴원은 돌아갔으나 다시 쫓겨난다. 굴원은 상강 기슭으로 오르내리며 정치적 향수와 좌절 속에 유랑 초나라를 생각하다가 10년의 세월을 보내고 돌을 품은 채 멱라수(汨羅水)에 몸을 던져 62세의 생을 마감했다. 중국 최고의 비극적 시인으로 평가한다. 〈이소(離騷)〉, 〈천문(天問)〉, 〈어부사〉 등의 작품이 있다.

111) 진사는 아직…초췌해졌는가?: 김 진사는 아직 관직에 나아가지 않았기에 초나라를 생각하는 것과 같은 굴원의 처지일 수 없다. 그런데 김 진사가 초췌해졌기에, 나라를 생각하노라 초췌해진 굴원의 모습이 그려진 〈어부사(漁父辭)〉의 "굴원이 이미 추방되어 강과 연못가에서 할 일없이 노닐매, 강가를 거닐며 시를 읊는데, 안색이 형편없이 되었고 모양새가 여위었다(屈原旣放, 游於江潭, 行吟澤畔, 顔色憔悴, 形容枯槁, 漁父見而問之)."라는 구절을 차용하여 농 삼아 비유한 것이다.

"저는 한미하고 천한 유생으로 외람스럽게도 진사進賜의 총애를 입었습니다. 복이 지나쳐 화가 생겼는지 병이 몸에 얽혀 식음食飮을 전폐하고 기거하는 것도 남에게 의존하고 있습니다. 오늘은 대군의 후하신 부르심을 받아 남의 부축을 받아 와서 뵙는 것입니다."

자리에 앉아 있던 이들이 모두 무릎을 쓸고 공경하였지요. 진사는 애동대동한 어린 유생이라 말석에 앉았고 안과 밖은 단지 벽 하나만을 사이하였습니다.

밤이 아주 깊어져 많은 손님이 취하였기에, 제가 벽에 구멍을 뚫어 엿보았어요. 진사님도 그 뜻을 알고 모퉁이를 향하여 앉았어요. 제가 겉봉을 봉한 편지를 구멍으로 던지자, 진사님이 주워 귀가하여 봉함을 뜯어보고는 슬픈 마음을 이기지 못하여 차마 손에서 놓지 못하였지요. 생각하는 정이 전보다 배로 더한 것이 마치 스스로 살기조차 어려운 듯 하였답니다.

답장을 부치고자 하였으나 의지할 만한 청조靑鳥112)가 없어 혼자서 근심하고 탄식할 따름이었습니다.

동문 밖에 거주하는 한 무녀巫女가 있었는데 영험하기로 이름이 나, 궁에 드나들면서 사랑과 신용을 얻고 있다는 말을 들었지요. 진사님께서 그 집을 방문하였어요. 그 무녀의 나이는 30이 채 못 되었는데 여인의 고운 얼굴이 뛰어났지요. 일찍 과부가 되어서 스스로 음녀淫女로 자처하였답니다. 진사님이 오니 술과 음식을 성대하게 차

---

112) 청조: 반가운 사자(使者) 또는 편지. 『사기(史記)』〈사마상여전(司馬相如傳)〉에 나온다. 한무제(漢武帝) 때 7월 7일에 청조가 궁전 앞에 날아와 모여들자 동방삭(東方朔)이 "이는 서왕모(西王母)가 오려는 것입니다." 하였다. 조금 뒤에 서왕모가 오는데 세 마리의 청조가 곁에 모시고 있었다. 이 전설에서 사람들이 사자(使者) 또는 편지를 청조라고 한다.

려 대접하였습니다.

진사님은 술잔만 들고 마시지 않은 채 말하였지요.

"오늘은 바쁜 일이 있으니 내일 다시 오겠네."

다음 날 다시 갔지만, 어제와 같았지요. 진사님은 감히 입을 열지 못하고 있다가 또 "내일 다시 오겠네."라고 말할 뿐이었어요.

무녀는 진사님의 용모가 속세를 초월한 듯함을 보고 마음으로 기뻐하였지요. 그러나 연일 오가면서 말을 하지 못하자, 속으로 '나이 어린 사람이라 반드시 부끄러워서 어쩔 줄 몰라 머뭇거리는 것이야. 내가 먼저 마음을 부추겨서 밤이 될 때까지 붙들어 놓고 있다가 잠자리를 요구하리라.' 하고 마음먹었죠.

다음 날 목욕을 하고 머리를 빗질하고는 짙은 화장을 하여 화려하게 치장하였답니다. 꽃이 가득 그려진 융단과 옥 같은 자리도 깔아 놓고는 소비(小婢113)를 시켜서 문 밖에서 기다리게 하였지요.

진사님이 또 와서 그 얼굴 꾸밈이 화려하고 아름다운 것들이 펼쳐진 것을 보고는 속으로 이상히 여겼답니다.

무녀가 말하였어요.

"오늘 저녁은 어떤 저녁이기에 이같이 옥 같은 분을 보게 되었을까?"

진사님은 마음이 없었기에 대답을 않고 근심 어린 모양으로 즐겁지 않은 기색이었어요.

무녀는 성이 나서 말했습니다.

"과부의 집에 애동대동한 젊은이가 어찌하여 오가면서 꺼려하지 않소!"

---

113) 소비: 여종이 상전을 상대하여 자기를 낮추어 이르던 일인칭 대명사이다.

진사님께서 말하였지요.

"무녀의 무꾸리질이 신통하다면, 어찌 내가 찾아오는 마음을 알아내지 못한단 말이오?"

무녀는 즉시 영좌靈座114)로 나아가 신에게 절하고 방울을 흔들고 거문고를 쓸며 온 몸을 추운 듯이 바들바들 떨었지요.

잠시 후에 몸을 움쩍하고는 말했습니다.

"낭군郎君은 정말로 가련하군요. 저어지책齟齬之策115)으로 마침내 그 이루기 어려운 계책을 이루려 하다니요. 비단 그 뜻을 이루지 못할 뿐만 아니라, 3년도 못 가서 저승사람이 되겠군요."

진사님께서 울면서 사례하며 말하였습니다.

"무녀가 비록 이야기하지 않더라도 나도 알고 있소. 그러나 마음 속에 맺힌 이 한을 백약百藥으로도 고칠 수 없다오. 만약에 신통한 무녀로 인하여 요행히 척소尺素116)를 전할 수 있다면 죽어서도 영광일거요."

무녀가 말하였어요.

"비천한 무녀는 비록 제사 때문에 출입하기는 하지만, 부르지 않으면 감히 들어갈 수가 없어요. 그러나 참으로 낭군을 위하여 한 번 가보기는 해보지요."

진사님은 품에서 봉한 편지를 꺼내어 건네주며 말하였답니다.

"삼가 잘못 전달하여 동티가 나지 않도록 해주시오."

무녀가 그 편지를 가지고 궁에 들어가니 궁인들이 모두 그녀가 온 것을 괴이하게 여겼지요. 무녀는 말을 둘러 대고 틈을 엿보다가 저를

---

114) 영좌: 신을 모신 자리이다.
115) 저어지책: 이치에 맞지 않는 꾀이다.
116) 척소: 편지이다.

뒤뜰 사람이 없는 곳으로 끌고 가서 봉한 편지를 주었지요. 제가 방으로 들어가서 뜯어보니 그 편지는 이렇습니다.

한 번 눈길로 마음을 통한 후, 마음은 울렁거리고 넋이 나가 진정치 못하고 매일 성 서쪽을 바라보며 수 없이 애를 태웁니다. 일찍이 벽 틈으로 전해주신 편지로 감쳐 잊을 수 없는 옥음玉音[117)을 경건하게 받아들긴 하였지만 다 펼치기도 전에 목과 가슴이 막혀, 반도 못 읽었는데 눈물방울이 글자를 적셨습니다. 잠자리에 들어서도 잠들 수 없고 먹으나 삼킬 수 없으며 병이 골수에 박혀 온갖 약도 효험이 없습니다. 오직 어느 날 갑자기 죽어 저승에서나마 만나 따를 수 있기를 오직 바랄 뿐입니다. 푸른 하늘은 굽어 불쌍히 여기시고 귀신은 잠잠히 도와주소서. 혹 저에게 살아생전 한 번만이라도 이 원한을 풀게 해주신다면 마땅히 몸이 가루가 되고 뼈를 갈아서라도 천지의 여러 신령들의 영전에 제를 올릴 것입니다. 종이를 대하자 목이 메니, 다시 무슨 말을 더 하겠습니까.

사연의 끄트머리에 시 한 수가 적혀 있었지요.

날 저무니 깊고 깊은 누각 문은 꼭 닫혀,
나무 그늘과 구름 그림자 모두 희미하네.
낙화는 물을 따라 실개천으로 흘러들고,
어린 제비는 흙을 물고 처마로 돌아가네.
아 베갯맡에서도 호접몽蝴蝶夢[118)못 이뤄,

---

117) 옥음: 남의 편지나 말을 높여 이르는 말이다.
118) 호접몽: 『장자(莊子)』의 「제물론(齊物論)」에 나온다. 장자가 꿈에 나비가 되어 즐겁게 놀았다는 고사. 우리가 보고 생각하는 것도 한낱 만물의 변화상에 불과한 것이

굽어보고 젖혀보고 어안魚鴈[119]만 기다리네.

임의 얼굴은 눈앞에 있는데 왜 말 없는지,

숲 속 꾀꼬리 울음에 눈물로 옷깃 적시네.

저는 이 글을 읽고 소리가 끊기고 기가 막혀서, 입으로는 말할 수 없었고 눈물이 다하자 피가 이었답니다. 병풍 뒤에 몸을 숨기고 오직 남이 알까 두려워하였지요.

이때부터 이후에 잠깐이라도 잊지를 못하여 바보와 미치광이 같아져 말과 얼굴에 나타났으니, 주군이 의심하고 사람들이 와서 말 한 것들이 분명히 헛것은 아니었지요.

자란도 원통함이 있는 여인이라, 이 말을 듣고는 눈물을 글썽이며 말하였습니다.

"시는 성정性情을 드러내니 속일 수가 없어."

어느 날 대군께서 비취를 불러 말씀하셨습니다.

"너희들 열 명이 한 방에서 지내다보면 학업에 전념할 수 없을 것이니, 마땅히 다섯 명을 나누어 서궁西宮에 가서 있어라."

저는 자란, 은섬, 옥녀, 비취와 함께 그날로 옮겼지요.

옥녀가 말하였어요.

"그윽한 꽃향기와 고운 풀잎들, 흐르는 물소리와 아름다운 수풀이 마치 산 속의 집과 들의 농막農幕 같으니 참으로 이른바 독서당讀書堂[120]이라 할 만하잖아."

니, 곧 외물과 자아의 구별이 없는 세계를 강조한 말이다. 여기서는 꿈이라는 의미로 사용되었다.

119) 어안: 편지나 통신을 이르는 말. 잉어나 기러기가 편지를 날랐다는 데서 유래한다.

120) 독서당: 조선시대에, 젊은 문관 가운데 뛰어난 사람을 뽑아 휴가를 주어 오로지 학업만을 닦게 하던 서재. 국가의 중요한 인재를 길러 내기 위하여 성종 22년(1491)에

제가 답했지요.

"이미 사인舍人[121]도 아니고 또 비구니比丘尼도 아니면서, 이 깊은 궁에 갇히었으니 장신궁長信宮[122]이나 다름없는걸."

모두들 탄식하며 울적해 하였습니다.

그 후로 저는 편지를 써서 진사님에게 뜻을 전하고자, 무녀를 지성으로 섬기면서 매우 간절하게 청하였으나 끝내 오지 않았지요. 아마도 진사님이 자기에게 마음이 없기 때문에 원망하는 마음을 품지 않을 수 없었을 겁니다.

어느 날 저녁, 자란이 저에게 은밀히 말하였어요.

"궁 안 사람들은 매년 음력 8월에 탕춘대蕩春臺[123] 밑 개울에서 완사浣紗[124]하고서 술자리를 베풀었다가 끝낸단다. 금년에는 소격서동昭格署洞[125]에서 할 것이라니 오가는 사이에 무녀를 찾아가는 것이 가

시행하였다가 정조 때 없앴다.

121) 사인: 조선조 의정부의 정4품 벼슬. 여기서는 벼슬의 총칭으로 쓰였다.

122) 장신궁: 한(漢)의 태후(太后)가 거처하던 궁전의 이름. 반첩여가 참소당하여 물러가 태후를 모셨다는 곳이다. 반첩여와 조비연(趙飛燕)은 중국 한(漢)나라 성제(成帝)의 후궁으로, 성제는 처음에는 반첩여를 매우 총애했지만 시간이 흐르자 조비연에게로 사랑이 옮겨 갔다. 조비연은 혹시라도 성제의 마음이 반첩여에게 되돌아갈 것을 염려하여, 반첩여가 임금을 중상 모략했다고 무고(誣告)하여 그녀를 옥에 가두게 했다. 나중에 반첩여의 혐의는 풀렸지만 그녀의 처지는 그 옛날 임금의 총애를 한몸에 받던 때와 같지 않았다. 그녀는 장신궁(長信宮)에 머물면서 과거 임금의 사랑을 받던 일을 회상하고 현재의 자신의 처지를 돌이켜보게 되었다. 그러다가 가을이 되어 쓸모 없게 된 부채와 자신의 처지가 일치한다는 생각이 들어 〈원가행(怨歌行)〉이라는 제목의 시도 지었다.

123) 탕춘대: 서울 종로구 신영동(新營洞)에 있었던 정자. 일찍이 연산군이 수각(水閣)과 탕춘대(蕩春臺) 등을 짓고 놀았다고도 하는데, 숙종 때에 북한산성·탕춘대성을 쌓고 부근을 서울의 북방 관문으로 삼으면서 주둔 군인들의 위락장소로 변하였으며, 시인·묵객 등이 즐겨 찾는 명소가 되었다.

124) 완사: 비단 따위를 빨래하는 일이다.

125) 소격서동: 지금의 서울특별시 종로구 삼청동. 조선시대 도교의 재초(齋醮)를 거행

장 좋은 계책일 것 같아."

저도 그럴듯하여 중추仲秋를 고대하니 '일일一日이 여삼추如三秋' 같았지요.

비취가 그 말을 엿듣고서도 알고도 모르는 체하며 저에게 말했답니다.

"네가 처음 궁에 올 때는 안색이 배꽃과 같고 분을 바르지 않아도 타고난 자태가 있었어. 그러므로 궁중 사람들이 모두 괵국부인虢國夫人[126]이라고 불렀는데, 근래에는 안색이 옛날보다 좋지 않고 점점 처음과 같지 못하니 무슨 까닭이지?"

제가 대답하였지요.

"타고난 성질이 허약한데다 늘 무더운 여름이 되면 더위 먹는 병에 걸렸다 오동잎이 떨어지고 비단 휘장에 서늘한 바람이 불면 시나브로 나아져요."

비취가 시 한 수를 지어 희롱하며 주었답니다. 야살스러운 어투가 아닌 것이 없으나 발상이 워낙 뛰어났지요. 저는 그 재주를 기이하게

하기 위하여 설치한 관서를 소격서(昭格署)라 하는데, 고려 때부터 소격전(昭格殿)으로 불렸으나, 1466년(세조 12)에 개칭하고 규모를 축소시켰다. 『증보문헌비고』에 따르면, 소격서에는 삼청전(三淸殿)이 있어 삼청 성신(星辰)의 초제를 관장하였는데, 제조(提調) 1인, 별제(別提)와 참봉 각 2인, 잡직으로 상도(尙道)와 지도가 각 1인씩 있었다. 소격서의 직제는 『經國大典(경국대전)』에 실려 있는데, 서원(署員) 이외에 도학생도(道學生徒)가 10여 명 있었고 금단(禁壇)을 낭송시키고 〈영보경(靈寶經)〉을 읽었다고 되어 있다.

126) 괵국부인: 양귀비(楊貴妃)의 언니. 당(唐)나라 현종의 총비(寵妃)이다. 양귀비에게는 3명의 언니가 있었는데, 각기 한국(韓國)·괵국(虢國)·진국부인(秦國夫人)이란 칭호가 주어졌고 영화를 누리게 되었다. 장호(張祜)는 〈부인(夫人)〉이란 시에서 괵국부인을 다음과 같이 그리고 있다.

  "괵국부인은 임금님의 은총을 받아, 새벽에 말 타고 궁문으로 들어간다. 연지분이 얼굴을 더럽힌다고, 눈썹만 엷게 그리고 임금님께 향하네(虢國夫人承主恩, 平明騎馬入宮門. 嫌脂粉汚顔色, 淡掃蛾眉朝至尊)."

여기면서도 그 조롱함에 부끄러워 수수꾸게 만들었답니다.

차츰차츰 세월은 흘러 두어 달이 지나고 청추淸秋[127]가 되니 소슬한 바람이 저녁이면 불었지요. 고운 국화는 황금빛을 토하고 풀벌레 소리 거두니 흰 달빛은 흐뭇이 물살처럼 흘러 내렸지요. 저는 속으로 기뻐했으나 드러내 말로 표현하지 않았는데, 은섬이 말했지요.

"편지를 전하기 좋은 계절이 가까이 되었네. 오늘 저녁 인간 세상의 즐거움이 어떻게 천상과 다르겠어?"

저는 서궁西宮 사람들을 이미 속일 수 없음을 알고 사실대로 말하고 "남궁南宮 사람들이 알지 못하게 해주세요."라고 부탁하였지요.

이때, 기러기는 남쪽으로 날아가고 옥 같은 이슬이 맺히니 맑은 시내에서 완사할 시기였습니다.

곧 시냇가에서 여러 궁녀들이 함께 빨래할 날짜를 정하려 했으나 의견이 분분하여 정하지 못하였답니다.

남궁 사람들이 말하였지요.

"맑은 물과 흰 돌은 탕춘대 밑보다 나은 데가 없어."

서궁 사람들이 말하였지요.

"소격서동의 자연 경치는 문 바깥에서 더 내려가지 않아 좋은데, 하필이면 가까운 곳을 두고 먼 데를 구하려 하지."

남궁 사람들이 고집스레 허락하지 않았기에 결정을 내지 못하고 헤어졌지요.

그날 밤에 자란이 말했답니다.

"남궁의 다섯 사람 중 소옥이 논의의 중심이 되니 내가 좋은 꾀로써 그 마음을 돌려볼게."

---

127) 청추: 음력 8월을 달리 이르는 말이다.

그리하여 옥으로 만든 등을 앞세우고 남궁에 이르니 금련이 기쁘게 맞이하여 말하였지요.

"한 번 서남西南으로 나뉘니 진秦나라와 초楚나라처럼 멀어진 듯하였는데,128) 오늘 저녁 찾아 왔으니 깊이 감사드리오."

소옥이 휜소리했어요.

"무슨 감사의 말을 하니? 이 여인은 곧 세객說客129)이나 마찬가진데."

자란이 옷깃을 여미며 정색하고 말하였어요.

"다른 사람의 마음을 내가 헤아릴 수 있다는 것은 그대를 두고 하는 말인가 보죠?"

소옥이 말하였지요.

"서궁의 사람들이 소격서로 가고자 하였으나 내가 고집을 부렸지. 그렇기에 네가 한밤중에 찾아 온 것이니, 세객이라 부른 것이 왜 마땅치 않아?"

자란이 말하였어요.

"서궁의 다섯 사람 가운데, 나만 성 안으로 가자고 하였지요."

소옥이 말했어요.

"홀로 성 안을 고집한 것은 무슨 생각에서야?"

자란이 조곤조곤 말하였지요.

"내가 소격서에 대하여 들었는데, 옥황상제께 제사를 지내는 곳이라서 동리의 이름이 '삼청三淸'이라고 한대요. 우리 열 사람은 반드시 삼청의 선녀였을 것인데, 황정경黃庭經130)을 잘못 읽어 인간 세상에

---

128) 진(秦)나라와…듯하였는데: 진(秦)나라와 초(楚)나라는 전국시대(戰國時代)의 두 강국으로 관계가 소원(疏遠)하였다.
129) 세객: 능란한 말솜씨로 각지를 유세(遊說)하고 다니는 사람이다.

귀향 내려온 것이에요. 이미 속세에 살게 되었으니 산가山家나 야촌野村, 농서農墅나 어점漁店의 어느 곳에 산들 어떻겠어요?

그러나 우리는 깊은 궁궐에 갇혀서 새장 속의 새처럼 되었으니 꾀꼬리 소리를 들으면 탄식하고 푸른 버들을 대하고 한숨을 쉬며 슬퍼하지요. 심지어 어린 제비가 쌍쌍이 날고 새집에 깃 든 새도 두 마리가 함께 잠들며 풀에는 합환초合歡草,[131] 나무에는 연리지連理枝[132]가 있어요. 무지한 초목이나 지극히 미미한 날짐승조차도 음양을 품고 서로 즐기지 아니한 게 없잖아요. 우리들 열 사람은 유독 무슨 죄가 있어서 적막한 깊은 궁에 이 한 몸 긴 세월을 갇히어 꽃피는 봄, 달 밝은 가을에 제 몸 태우는 등불만을 짝하여 혼을 사르며 청춘의 세월

---

130) 황정경: 도가(道家)의 경문. 위 부인(魏夫人)이 전한 황제 내경경(黃帝內景經), 왕희지가 베껴서 거위와 바꾸었다는 황제 외경경(黃帝外景經), 황정 둔갑 연신경(黃庭遁甲緣身經), 황정 옥축경(黃庭玉軸經)의 네 가지가 있다.

131) 합환초: 한 그루에 줄기가 백 개 있는데, 낮에는 떨어져 있다가 밤이 되면 합쳐져 한줄기가 된다고 하는 기이한 풀의 이름이다.

132) 연리지: 애절한 부부애를 말하는 상사수(相思樹). 간보(干寶)의 『수신기(搜神記)』에는 다음과 같은 기록이 보인다.
　　송(宋)의 강왕(康王)이 대부(大夫) 한빙(韓憑)의 아내 하씨(何氏)를 빼앗자 먼저 남편이 죽고 아내도 따라 죽었다. 하씨는 죽으면서 유골을 한빙의 무덤에다 합장하여 달라고 하였으나 송왕이 대노하여 일부러 무덤을 두개로 만들어 서로 멀리 떨어진 곳에다 묻어 서로 마주 바로 보게 만들어 가까이 하지 못하게 했다. 그런데 얼마 후 밤중에 갑자기 아름다운 모습의 가래나무가 두 무덤 곁에서 각각 한 그루씩 생기더니 열흘도 못되어 그 크기가 세 장이 넘게 자라, 그 나무 가지가 뻗어 나와 서로 뒤엉켰다. 이어서 원앙(鴛鴦) 한 쌍이 날아와 그 나무 가지에 앉아 목을 맞대어 우니 당시에 이는 죽은 부부의 정혼(精魂)이라 하였다.
　　당나라의 시인 백거이(白居易)는 당 현종과 양귀비의 뜨거운 사랑을 〈장한가(長恨歌)〉에서 이렇게 읊었다. 여기서 비익조는 한쪽 날개만 가져 새로 암컷과 수컷이 서로 결합되어야만 날 수 있다는 새로 연리지와 같은 의미로 쓰인다. 관계 부분은 아래와 같다.
　　"7월 7일 장생전에서, 깊은 밤 사람들 모르게 한 약속. 하늘에서는 비익조가 되기를 원하고, 땅에서는 연리지가 되기를 원하네. 높은 하늘 넓은 땅 다할 때가 있건만, 이 한은 끝없이 계속되네(七月七日長生殿, 夜半無人和語時. 在天願作比翼鳥, 在地願爲連理枝. 天長地久有時盡, 次恨綿綿無絶期)."

을 헛되이 버려 공연히 저승의 한스러움만 남기는지요. 타고난 운명의 야박함이 어떻게 이다지도 극심하단 말인가요. 인생이 한 번 늙으면 다시 젊어질 수 없으니 그대는 다시 생각을 해보세요. 어떻게 슬프지 않겠는지요.

이제 맑은 시내에 가서 목욕하고 몸을 깨끗이 한 뒤에 태을사太乙祠[133)에 들어가 머리를 조아려 백 번 절하고 두 손 모아 기도하여, 드러나지 않는 가운데 부처의 보살핌에 힘입어 내세에서는 이와 같음을 면하고자 하려는 것이에요. 무슨 다른 뜻이 있겠어요? 무릇 우리 궁인들은 정이 동기同氣 간과 다름이 없잖아요. 그런데 이 일로 인하여 마땅히 의심해서는 안 될 처지에 의심하는 것인지요? 이것은 내가 행동을 아무렇게나 하여 예의가 없기에 신용을 받지 못한 것이라고 말할 수 있군요."

소옥이 일어나 사죄하며 말하였습니다.

"내가 어리석어 그대의 심원한 뜻에 미치지 못하였어. 처음에 성 안을 허락하지 않은 것은 성 속에는 본래 무뢰無賴와 협객俠客의 무리들이 많아 뜻하지 않게 포악한 욕을 당할까 염려해서였지. 그래서 의심한 것인데, 지금 그대가 나를 멀리하지 아니하고 다시 있게 하였어. 이제부터는 비록 밝은 대낮에 하늘에 오른다고 하여도 내가 따를 것이며, 비록 황하를 걸어서 건너 바다 속으로 들어간다 하여도 내가 또한 따를 것이야. 이른바 '사람 때문에 일이 이뤄진다'고 하였으니, 그 일이 성공한다면 이와 같을 것이야."

부용이 말하였습니다.

---

133) 태을사: 음양가에서, 북쪽 하늘에 있으면서 병란(兵亂), 재화(財貨), 생사(生死) 따위를 맡아 다스린다고 하는 신령한 별인 태을성(太乙星)에게 제사를 올리는 사당이다.

"무릇 일은 마음이 정해져야 하는 것이지요. 지난 번 말할 때 마음을 정하지 못하여 두 사람이 밤새도록 논쟁을 벌이고서도 결정을 내리지 못한 것은 일이 순조롭지 못해서예요. 한 집안의 일을 주군이 알지 못하는데 복첩僕妾134)끼리 몰래 의논한 것은 마음이 불충한 것이며, 낮 동안 다투던 일을 밤이 채 반도 지나기 전에 바꾼 것은 남들의 신의를 잃는 것이에요.

또 맑은 가을 날 옥처럼 깨끗한 시내가 없는 곳이 없는데, 반드시 성 안의 사당祠堂으로 가려는 것은 옳지 않지요. 또 비해당 앞은 물 맑고 돌이 깨끗해서 매년 이곳으로 완사를 하러 갔잖아요. 그런데 지금에 와서 새삼스럽게 바꾸려 하는 것도 옳지 못한 일이고요. 한 가지 일로 이 다섯 가지를 잃기에 나는 그대들의 결정에 따를 수가 없네요."

보련이 말했지요.

"말이란 것은 몸을 빛내는 도구야. 삼가고 삼가지 않음에 따라 기쁜 일과 뜻하지 않게 불행한 변고가 따르는 것이지. 이런 까닭에 군자는 삼가서 '입을 굳게 닫기를 병마개처럼 하고 뜻을 성 지키듯 하는 것'이잖아요. 한나라 때 병길丙吉135)과 장상여張相如136)는 하루 종일 말을 하지 않고도 이루지 못한 일이 없었으며, 색부嗇夫137)는 재잘거

---

134) 복첩: 본래 남자 종과 여자 종을 아울러 이르는 말이다.
135) 병길(?~B.C.55): 전한(前漢)의 정치가. 자는 소경(少卿). 노(魯)나라 사람으로 처음에는 옥리(獄吏)였으나, 뒤에 정위우감(廷尉右監: 최고재판소 판사)이 되었다. B.C.91년 무고(巫蠱)의 옥사 때 크게 활약하여 여태자(戾太子)의 손자인 유순(劉詢: 뒤의 宣帝)의 목숨을 구하였다. 유순이 제위에 오르자 태자태부(太子太傅)·어사대부(御史大夫)를 거쳐, B.C.67년 승상이 되었다. 병길은 항상 대의예양(大義禮讓)을 중히 여겨, 길에서 불량배들이 싸우는 것을 잡도리하는 일은 시장(市長)의 직분이므로 재상이 관여할 바가 아니지만, 수레를 끄는 소가 숨을 헐떡이는 것은 계절의 변조 탓일지도 모르므로, 음양(陰陽)을 가리고 자연의 조화를 꾀하는 것은 재상의 직분이라고 하였다.
136) 장상여: 한(漢)나라 때 태자의 양육 담당 벼슬을 지냈다.

리며 말을 재치 있고 그럴듯하게 잘하였어요. 그러나 장석지張釋之[138]가 임금께 아뢰어 그의 잘못을 들추어내었지요. 내가 보건대, 자란의 말은 숨겨 드러내지 않고 소옥의 말은 억지로 따르려 애쓰고 부용의 말은 문자를 꾸미는 데 힘써 모두 내 뜻과는 맞지 않아요. 지금 이러한 행사에 나는 참여하지 않겠어요."

금련이 말했습니다.

"오늘밤의 논쟁이 끝내 하나로 귀결되지 않으니, 나도 화의를 점쳐 보겠어."

즉시 희경羲經[139]을 펼쳐 놓고 점을 친 후, 점괘를 얻어 풀어 말했지요.

"내일 운영은 반드시 장부를 만날 것이야. 운영의 용모와 행동이 인간 세상의 사람이 아니야. 주군께서 마음을 기울이신 지가 이미 오래 되셨으나 운영이 죽기로써 거절한 것은 다른 까닭이 아니라, 차마 부인의 은혜를 저버릴 수 없었기 때문이지. 주군의 명령이 비록 엄하시나 주군도 운영의 몸이 상할까 두려웠기 때문에 감히 가까이 하지 못 하는 것이야.

지금 이처럼 적막한 곳에 살면서 저렇듯이 번화한 곳에 가려고 하니, 호방하고 의협심이 있는 소년이 운영의 자색을 본다면 반드시 정신을 잃고 미치려 할 것이야. 비록 서로 가까이는 할 수 없더라도 손가락으로 점찍어 두고 눈길을 보내는 것 역시 욕되는 일이지. 지난번에 주군이 명령을 내려 말씀하시기를, '궁녀가 궁문을 나가거나 궁

---

137) 색부: 중국 한나라 문제가 입심이 센 번색부를 기특히 여겨 쓰려고 하자 장석지가 이를 막았다는 고사에서 나온 말로 신분이 낮은 자가 구변이 좋은 것을 말한다.
138) 장석지: 한(漢)나라 문제(文帝) 때, 조정에서 정위(廷尉)라는 관직에 있던 자. 그는 사건을 매우 공정하게 해결하고 법에 의하여 죄를 다스려 당시 많은 사람들의 칭송을 받았다.
139) 희경: 복희가 처음 팔괘를 만들었다는 데서 유래한 『역경(易經)』의 별칭.

궐 밖의 사람이 그 이름만 알게 되어도 그 죄로 다 죽이겠다.'고 하셨어. 오늘의 이 행사에 나는 참여하지 않을 것이야."

자란은 동료들이 일에 함께 하지 아니할 줄 알고 크게 낙담하고는 즐겁지 아니하였지요. 인사를 하고 막 돌아오려고 할 때였어요.

비경이 울면서 비단 허리띠를 잡고 억지로 머물게 하더니 앵무鸚鵡조개의 조개비로 만든 잔에다 운유주雲乳酒를 따라 권했습니다. 주위의 궁녀들도 모두 술을 마셨지요.

금련이 말했어요.

"오늘밤 모임은 조용히 마치려고 하였는데, 비경이 우니 나도 정말 괴롭네요."

비경이 말했습니다.

"처음 남궁에 있을 때, 운영과 서로 사귀는 도리가 매우 친밀하였기에 생사와 영욕을 함께 하기로 약속을 했었지요. 지금은 비록 서로 다른 곳에 거처하고 있으나 차마 어떻게 그것을 잊겠어요? 전날에 주군께 문안을 올릴 때 마루 앞에서 운영을 보았는데, 가는 허리는 너무나 말라 끊어질 듯하고 낯빛은 초췌했으며, 목소리는 갓끈처럼 가늘어 입에서 나오지 않는 듯하더군요. 운영이 일어나 절하려는 순간 비영비영 힘없이 땅에 히뜩 엎어졌지요. 내가 부축해 일으키고 좋은 말로 위로하니, 운영이 '불행히 병이 들어 조만간 죽을 것이야. 나 같은 미천한 목숨은 죽어도 아까울 것이 없어. 그러나 아홉 사람은 문장과 재화才華가 뛰어나니 일취월장日就月將하여 훗날 아름다운 시문詩文과 고운 작품이 온 세상을 떠들썩하게 할 텐데, 나는 반드시 보지 못할 것 같아. 이 때문에 슬픔을 금할 수가 없어.'라고 대답하였지요. 그 말이 하도 처절하여 나는 눈물을 흘렸어요. 지금 와서 생각하니 운영의 병이 위중한 것은 사랑하는 사람을 그리워한 데 있었어.

아아! 자란은 운영의 벗이에요. 거의 다 죽게 된 사람을 하늘에 제사 지내는 데 쓰던 제단 위에 올려놓고자 하는 군요. 오늘의 계획이 이루어지지 않는다면 죽어 저승에 가더라도 눈을 감지 못할 것이요, 그 원망이 남궁에 돌아올 것이 너무나 당연하지 않겠는지요? '착한 일을 하면 온갖 상서祥瑞를 내리고 악한 일을 하면 온갖 재앙災殃을 내린다.'[140]고 하였어요. 지금 이 논쟁은 선한 것인가요, 악한 것인가요?"

소옥 낭자가 말했답니다.

"내가 이미 허락하였고 세 사람이 뜻에 순응하였는데 어떻게 중간에 그만 두겠어? 설혹 일이 누설되더라도 운영만 그 죄를 받을 것이니, 다른 사람이야 어떻겠어?"

소옥이 "나는 두 말하지 않고 마땅히 운영을 위해 죽을 것이야."라고 말하였지요.

자란은 "따르는 자가 반이고 그렇지 않은 사람이 반이니, 이 일은 의견의 일치를 보지 못할 것이야."라고 말하며, 일어나 가려다가 다시 앉아 그 녀들의 뜻을 살펴보았지요. 혹 따르고자 하면서도 한 입으로 두 말한 것을 부끄럽게 생각하고 있는 것 같아 자란이 존조리 말했답니다.

"천하의 일은 정도正道[141]와 권도權道[142]가 있지요. 권도를 썼지만 사리에 맞으면 이것 또한 정도지요. 어째서 형편과 경우에 따라서

---

140) 착한 일을…재앙을 내린다: 『서경(書經)』「상서(商書)」'이훈(伊訓)'에 나오는 말. 원문은 "상제는 일정하지 않으시어 선행을 하면 온갖 상서를 내리시고 불선을 하면 온갖 재앙을 내린다(惟上帝不常, 作善降之百祥, 作不善降之百殃)."로 되어 있다.
141) 정도: 올바른 길. 또는 정당한 도리이다.
142) 권도: 목적 달성을 위하여 그때그때의 형편에 따라 임기응변(臨機應變)으로 일을 처리하는 방도이다.

일을 융통성 있게 잘 처리하는 권도 없이 답답하게 앞에 했던 말만 지키려 합니까?"

모두들 일시에 따르겠다고 하자, 자란이 말했습니다.

"나는 말을 잘하지 못해요. 다른 사람을 위해 충심으로 의논을 한 것은 부득이한 일이었을 뿐이에요."

비경이 말했습니다.

"옛날에 소진蘇秦[143]은 여섯 나라를 합종合從[144]시켰는데, 오늘 자란도 다섯 사람을 순순히 따르게 하였으니 변사라 할 만해요."

자란이 말했지요.

"소진은 여섯 나라의 재상인宰相印을 허리에 찼는데, 지금 나에게는 무엇을 주려는지요?"

금련이 말했습니다.

"합종한 것은 여섯 나라 모두에게 이로웠기 때문이지. 지금 이렇듯 순순히 따랐는데 우리 다섯 사람에게는 어떠한 이로움이 있지요?"

이 말을 듣고 서로 얼굴을 마주보며 크게 웃었답니다.

자란이 말했어요.

"남궁 사람들이 모두 착하여 운영에게 끊어진 목숨을 다시 잇도록

---

143) 소진: 전국시대의 책사(策士). 연(燕)·조(趙) 등 육국(六國)을 합종하여 진(秦)과 대항케 하고 스스로 육국의 재상이 되었다.

144) 합종: 중국 전국시대의 최강국인 진(秦)과 연(燕)·제(齊)·초(楚)·한(韓)·위(魏)·조(趙)의 6국 사이의 외교 전술. B.C.4세기 말 여러 나라를 유세하고 있던 소진(蘇秦)은 우선 연에게, 이어서 다른 5국에게 '진 밑에서 쇠꼬리가 되기보다는 차라리 닭의 머리가 되자'고 설득하여, 6국을 종(縱)으로 연합시켜 서쪽의 강대한 진나라와 대결할 공수동맹을 맺도록 하였다. 이것을 합종(合從: 從은 縱)이라 한다. 뒤에 위나라 장의(張儀)는 합종은 일시적 허식에 지나지 않으며 진을 섬겨야 한다고 6국을 돌며 연합할 것을 설득하여 진이 6국과 개별로 횡적 동맹을 맺는 데 성공하였다. 이것을 연횡(連衡: 衡은 橫)이라고 한다. 그러나 진은 합종을 타파한 뒤 6국을 차례로 멸망시켜 중국을 통일하였다.

하였으니, 어떻게 감사의 절을 하지 않을 수 있겠어."

곧 자란이 일어나서 두 번 절하니, 소옥도 일어나서 절을 하였답니다.

자란이 말했습니다.

"오늘의 일은 다섯 사람이 모두 따른 것이에요. 위에는 하늘이 있고 아래에는 땅이 있으며, 등불이 밝게 비치고 귀신이 임하였으니, 내일 어찌 다른 마음이 있겠어요."

자란이 일어나 절하고 나가니, 다섯 사람이 모두 중문中門 밖까지 나와 전송했습니다.

자란이 와 저에게 말하였지요. 저는 벽을 붙잡고 일어나 두 번 절하며 사례하고 말했지요.

"나를 낳은 사람은 부모요, 나를 살린 사람은 낭자야. 땅 속에 들어가기 전에는 맹세코 이 은혜를 갚을 게."

앉아서 아침이 되기를 기다렸다가 들어가 문안을 드리고 나와 중당中堂145)에 모였지요.

소옥이 말하였습니다.

"하늘은 청랑晴朗하고 물은 맑으니 꼭 빨래할 때네. 오늘 소격서동에다 휘장을 치는 게 어때요?"

여덟 사람 모두 다른 말을 하지 않았지요.

저는 물러나 서궁으로 돌아가 흰 비단에다 가슴속에 가득 찬 슬픔과 원한을 써서 품에 넣고 자란과 함께 일부러 뒤로 쳐져 채찍을 든 동복에게 일렀어요.

---

145) 중당: 당상(堂上)의 남북의 중간이다.

"동문 밖에 무녀가 있는데 아주 영험하다고 말들 하니 내가 그 집을 찾아 병에 대해 묻고서 갈 것이란다."

사내 아이 종이 그 말대로 하였지요.

무녀의 집에 이르러 공손하게 사례하고 애원을 하였답니다.

"오늘 찾아온 것은 김 진사를 한 번 만나보고 싶은 것뿐이에요. 가급적이면 빨리 사람을 시켜서 기별해준다면 이 몸이 다하도록 은혜를 갚겠어요."

무녀가 그 말대로 사람을 보내자, 김 진사님께서 댓바람에 엎어질 듯이 달려 오셨지요.

우리 둘은 서로 보았지만 한 마디 말도 못하고 마주서서 눈물만 흘릴 뿐이었어요.

저는 편지를 주면서 "저녁에 꼭 돌아올 것이니, 낭군은 여기서 기다려 주세요."라 하고는 곧바로 말을 타고 갔지요.

진사님이 편지를 뜯어보았어요. 사연은 이러했습니다.

일전에 무녀가 전해준 편지에는 낭랑한 옥음玉音이 종이에 가득 했습니다. 정녕 공손히 받들어서 세 번이나 거듭 읽어보니 슬픔과 기쁨의 엇갈림이 다함없으니 마음을 스스로 진정하기 어려웠습니다. 바로 답장을 보내고 싶었으나 이미 믿고 편지를 보낼 만한 사람이 없었습니다. 또한 비밀이 샐까 두려워 고개를 들어 멀리 바라보며 날아가고자 하였으나 날개가 없으니 애간장이 끊어지고 넋이 나갔습니다. 다만 죽을 날만 기다리다가 죽기 전에 이 편지에 의지하여 평생의 품은 한을 다 말하려 합니다. 엎드려 바라오니 낭군께서는 저를 새겨 두세요.

제 고향은 남쪽이며, 부모님께서 저를 사랑하시는 것이 여러 자녀들 중에서도 유달라서, 밖에 나가 놀거나 장난치는 것을 제 마음대로 하게 하셨습니다. 그러므로 숲 속과 시냇가를 돌아다니며, 매화, 대, 귤, 유자나무의 그늘 아래서 날마다 노니는 것을 일삼았지요. 이끼 긴 물가에서 낚시하는 무리들과 땔나무를 하고 소치며 피리 부는 아이들을 아침저녁으로 보았습니다. 그 밖의 산과 들의 모습, 농촌의 흥겨움 따위는 머리카락같아 일일이 거론하기도 어렵습니다. 부모님은 삼강행실三綱行實[146]과 칠언 당음七言唐音[147]을 가르쳐 주셨습니다.

나이 열세 살 되던 해에 주군主君의 부르심을 받았기에 부모님과 이별하고 형제들과 떨어져 궁중에 들어왔답니다. 집으로 돌아가고 싶은 마음을 떨칠 수 없어 매일 흐트러진 머리와 때 묻은 얼굴로 남루한 옷차림을 하여, 보는 사람이 더럽게 여기도록 하고 뜰에 엎드려 우니 궁인들이 '한 떨기 휘늘어진 연꽃이 저절로 뜰 가운데 피었구나.'라고 하였지요.

부인께서는 저를 사랑하시어 자기가 낳은 자식과 다르게 여기지 않으셨습니다. 주군께서도 저를 심상尋常히 여기지 않으셨으니, 궁중의 사람들이 저를 골육骨肉처럼 친애하지 않는 이가 없었답니다.

한 번 학문에 종사한 이후부터는 자못 의리를 알고 음률音律을 살필 수 있게 되었지요. 그러므로 나이가 위인 궁인들이 모두 공경하고 복종하지 않는 이가 없었답니다.

서궁으로 옮긴 후에는 거문고와 서예만을 오로지 하여 조예가 더욱 깊어졌습니다. 무릇 빈객賓客들이 지은 시가 한 편도 눈에 들지 않았지요.

---

146) 삼강행실: 조선 세종 때 엮어진 도덕서(道德書)인 삼강행실도(三綱行實圖). 이 책은 목판본 3권 1책으로 1431년(세종 13)에 집현전(集賢殿) 부제학(副提學) 설순(偰循) 등이 왕명에 따라 조선과 중국의 서적에서 군신(君臣)·부자(父子)·부부(夫婦) 7언 절구(七言絶句) 2수의 영가(詠歌)에 4언 일구(四言一句)의 찬(贊)을 붙였고 그림 위에는 한문과 같은 뜻의 한글을 달았다. 그 후 이 책은 1481년(성종 12)에 한글로 번역되어 간행되었고 이어 1511년(중종 6)과 1516년, 1554년(명종 9), 1606년(선조 39), 1729년(영조 5)에 각각 중간되어 도덕서로 활용되었다.
147) 칠언 당음: 칠언(七言)으로 이루어진 당(唐)나라 때의 시이다.

"인재는 얻기 어렵다[才難]." 하였으니 정말 그러하지 않겠는지요?148)

재주가 성하게 되면 그러한 것이 아니겠습니까? 남자의 몸으로 태어나 세상에 이름을 날리지 못하고 헛되이 홍안박명紅顏薄命의 몸으로 생겨나 한 번 깊은 궁궐에 갇힌 뒤 마침내 시든 잎처럼 떨어지게 되었을 따름입니다. 인생 한 번 죽으면 누가 다시 알아주겠습니까. 이로써 한이 마음속에 맺히고 원망이 바다같이 가슴을 메웠습니다. 수를 놓다가 멈추고 등불을 바라보았으며, 비단을 짜다가도 그만두고 북을 던지고 베틀에서 내려와 비단 휘장을 찢거나 옥비녀를 꺾어 버리곤 하였지요. 잠시 술을 마셔 흥이 나면 신발을 벗고 산보하였고 섬돌에 꽃도 떨어뜨리고 손으로 들의 풀도 꺾어 마치 바보처럼 미치광이처럼 제 스스로 마음을 억제하지 못했습니다.

작년 가을밤에 한 번 군자의 모습을 보고는 천상天上의 선인仙人이 인간 세상에 귀향 왔다고 생각하였습니다. 제 얼굴은 궁녀 아홉 사람 중에 가장 못났는데도 전생에 무슨 인연이 있었는지요. 어떻게 붓 끝의 한 점이 마침내 가슴속에 원한을 맺는 빌미가 될 줄 알았겠습니까? 발 사이로 바라보면서 봉추지연奉箒之緣149)맺기를 헤아렸으며, 꿈속에서 보면 잊을 수 없는 사랑을 이루어보려고도 하였습니다. 비록 한 번도 이불 속에서의 즐거움은 없었지만, 옥같이 아름다운 낭군의 얼굴이 눈 속에 황홀하게 어렸습니다. 배꽃에 두견이 울고 오동나무의 밤비 소리가 처량하여 차마

---

148) "인재는 얻기…그렇지 않겠는지요?: 『논어(論語)』「태백(泰伯)」에 보이는 공자의 말. 공자가 요임금과 순임금의 공덕을 기리는 내용이다. 「태백(泰伯)」에 보이는 부분은 다음과 같다.

"공자가 말씀하셨다. '재주 있는 사람을 얻기가 어렵다.'고 하였는데 정말로 그렇지 않은가? 요임금과 순임금이 서로 이어서 정치를 할 때에는 태평성대였으나 부인이 한 사람 들어 있기 때문에 순수한 신하는 아홉 사람뿐이다(孔子曰, "才難', 不其然乎? 唐虞之際, 於斯爲盛. 有婦人焉, 九人而已)."

149) 봉추지연: 부부의 인연을 이른다.

듣지 못하였고 뜰 앞에 여린 풀이 나오고 하늘을 나는 외로운 구름은 슬퍼서 보지 못하였습니다. 혹 병풍에 기대어 멍하니 앉아 있거나, 혹 난간에 의지해서 가슴을 치고 발을 구르며 홀로 푸른 하늘에 호소하였지요.

낭군께서도 저를 생각하시는지요? 다만 낭군을 뵙기 전에 갑자기 먼저 죽게 된다면, 하늘이 거칠어지고 땅이 늙는다 하여도 마음만은 다하여 없어지지 않을 것이기에 한할 뿐입니다.

오늘은 빨래하러 가는 길이라, 두 궁의 시녀들이 다 모이기 때문에 여기 오래 머물 수 없어요. 눈물은 먹물로 변하고 넋은 비단 실에 맺혔으니, 낭군은 한 번 굽어 보아주세요. 또 서툰 글로 전 번의 시구를 주신 은혜에 삼가 답하는 것이니, 이것은 아름답게 꾸민 것이 아니랍니다.

애오라지 영원히 사랑하는 마음을 부칩니다.

이 글은 한 편의 가을을 맞아 상심한 부賦요, 한 편의 임을 그리워하고 가슴으로 쓴 시詩였습니다.

이날 저녁 돌아올 때 자란과 저는 먼저 나왔습니다. 그리고 동문 밖으로 가려고 할 때, 소옥이 얄밉게 비웃음을 치면서 부賦 절구를 주었는데, 제 마음을 야기죽거리지 않는 말이 없었지요.

제가 속으로 남우세스러워 얼굴이 붉어지는 것을 참으며 받아보니 그 시는 이랬지요.

　　태을사太乙祠 앞 한 줄기 물이 휘감아 돌고,
　　천단天壇150) 위 구름 사이 구문九門151) 열렸네.

---

150) 천단: 하늘에 제사지내는 제단이다.
151) 구문: 아홉 개 또는 아홉 겹의 대문. 흔히 대궐의 둘레에 있는 문을 이른다.

가는 허리 휘몰아치는 바람 이기지 못하여,

잠시 수풀 속에 피했다 날 저물어 돌아오네.

비경이 즉시 차운次韻[152]하니, 금련, 부용, 보련이 서로 그 다음을 차운하여 또한 모두 저를 놀리는 것이었지요.

제가 말을 타고 먼저 와 무녀의 집에 도착하니, 무녀는 화난 기색을 하고 벽을 향해 앉아 안색을 바꾸지도 않았어요. 진사님은 비단 적삼에 얼굴을 파묻고는 종일토록 울어 넋을 잃고 실성하여 오히려 제가 온 것조차 알지 못하는 것 같았습니다. 제가 양 손에 차고 있던 운남雲南[153]의 옥색가락지를 풀어 진사님 품에다 넣어 드리며 말했지요.

"낭군께서는 저를 비천하게 여기지 않으시고 천금같이 귀한 몸을 굽혀 이처럼 누추한 곳에 오셔서 저를 기다리셨어요. 제가 비록 영리하지는 못하나, 또한 목석은 아니니 감히 죽음으로써 허락하지 않겠습니까? 제가 만약 약속한 말대로 지키지 아니한다면 여기에 이 가락지가 있습니다."

갈 길이 바빴기 때문에 일어나 작별을 하니 눈물이 비 오듯 흘렀지요. 제가 진사님의 귀에다 대고 속삭였어요.

"제가 서궁에 있으니 낭군께서 어둠을 타서 서쪽 담을 넘어 들어오시면 삼생三生의 미진한 인연을 거기서 이을 수 있을 것이에요."

말을 마치고는 옷을 떨치고 나와 먼저 궁문으로 들어가니 여덟 사람도 뒤 따라 들어왔습니다. 그날 밤 삼경三更에 소옥과 비경이 등불

---

152) 차운: 남이 지은 시의 운자(韻字)를 따서 시를 지음. 또는 그런 방법이다.
153) 운남: 중국의 서남부에 있으며 좋은 옥(玉)이 많이 난다.

을 밝히고 서궁으로 와서 말했지요.

"오늘 낮의 시는 생각 없이 나온 것이었으나 시어詩語에 희롱하는 뜻이 담겼어. 이러한 까닭에 이슥한 밤이지만 꺼리지 않고 가시를 등에 지고 깊이 사과하러 온 것이야."

자란이 말하였지요.

"다섯 사람의 시는 모두 남궁에서 나왔지요. 한 번 남궁과 서궁으로 나뉜 뒤에 자못 형세와 자취가 당唐나라 때 우이牛李의 무리154)와 비슷하니, 어찌 심히 그런 것이 아니겠어요? 비록 그렇지만 여자의 마음은 모두 한 가지에요. 오래 별궁에 갇히어 길이 외로운 그림자를 슬퍼하고 마주 대하는 것은 등불뿐이요, 하는 일이란 거문고를 타며 노래를 부르는 것일 뿐이잖아요. 온갖 꽃들은 아름다움을 머금은 채 방긋이 웃고 두 마리 제비는 날개를 비비며 희롱하는데, 박명한 우리는 깊은 궁궐에 갇혀 사물을 보고 봄만 안아볼 뿐이니 그 마음을 어떻게 해야 하나요. 아침에 구름이 된다는 대신岱神155)은 자주 초 왕의 꿈에 들고 왕모선녀王母仙女156)는 몇 번이고 요대瑤臺의 잔치에 참여했

154) 우이(牛李)의 무리: 이덕유(李德裕)와 우승유(牛僧孺)의 무리. 당(唐)나라 목종(穆宗) 장경(長慶) 초에 과거 고시의 무폐안(舞弊案)을 발단으로 하여 우이(牛李) 당쟁이 발생하였다. 이후 양당은 서로 세력을 키워가면서 각축을 벌여 전후 약 40여 년 간 투쟁하였다. 이당(李黨)의 수장은 이덕유와 정담(鄭覃)이었다. 고관 사족 출신으로 문음(門蔭)에 의하여 입사하여서 대관이 되었다. 그들은 문벌과 경학전통을 중시하여 조정의 고관은 마땅히 공경자제가 맡아야 한다고 주장하였다. 우당(牛黨)의 수장은 우승유와 이종민(李宗閔)과 양사복(揚嗣復) 등이었다. 그들의 대부분은 과거 고시를 통하여 과명(科名)을 취득하고 대관이 되었다. 우이 양당의 투쟁은 심각한 사회 배경을 갖고 있었는데 통치계급 중의 사서문벌의 관념, 학술 사상과도 밀접한 관계를 갖고 있었다.

155) 대신: 무산(巫山)에 산다는 신녀. 무산은 지금의 사천성[四川省] 기주부(夔州府) 무산현(巫山縣)의 동남쪽에 있다. 파산맥(巴山脈)의 고봉으로 巫자 모양을 이루고 있어 무산으로 불린다. 십이봉(十二峯)이 있으며, 그 가운데 하나인 비봉봉(飛鳳峯) 아래에는 신녀(神女)의 사당(祠堂)이 있다. 전설을 많이 간직한 산으로 예로부터 한문 시가에 자주 등장하였다. 〈주생전〉의 주 31) 참조.

잖아요.

여자의 마음은 마땅히 다르지 않을 것인데, 남궁의 사람들만이 왜 유독 항아姮娥[157]와 함께 괴로이 정절을 지키면서 영약靈藥[158]을 훔친 것을 후회하지 않나요."

비경과 소옥은 모두 눈물을 막지 못하고 말했답니다.

"한 사람의 마음이 곧 천하 사람의 마음이야. 지금 훌륭한 가르침을 받으니 슬픈 마음이 유연油然히[159] 일어나네."

일어나 절하고 간 뒤, 제가 자란에게 말했지요.

"오늘 저녁에 나와 진사님은 만나기로 굳은 약속을 하였어. 오늘 오지 못하면 내일은 반드시 담을 넘어 오실 것이야. 오시면 어떻게 대접할까?"

자란이 말하였지요.

"비단 휘장이 겹겹이 둘려 있고 아름다운 방석이 찬란하며 술이 강물처럼 많고 고기가 언덕처럼 쌓여 있잖니. 오지 않으면 원망이 있을 것이고 오면 대접을 할 것인데 무슨 어려움이 있겠어?"

---

156) 왕모선녀: 중국 주나라의 목왕이 요지(瑤地: 신선이 산다고 하는 곤륜산)에서 데리고 놀았다는 아주 아름다운 선녀 서왕모(西王母)를 이른다. 주 97) 참조.

157) 항아: 달 속에 있다는 선녀(仙女)의 이름. 상희(嫦羲)라고도 한다. 고대 신화에 의하면 항아는 활을 잘 쏘았던 예의 아내로 무척 아름다웠다고 한다. 본래 신이었던 둘은 천신의 노여움을 사 인간으로 살게 되었다. 피할 수 없는 죽음이라는 인간의 한계를 극복하기 위해 서왕모에게서 예가 불사약을 구해 왔다. 항아는 이 약을 남편 몰래 혼자 다 먹고 신이 되어 하늘로 올라가다가, 이를 스스로 부끄럽게 여겨 달에 피해 있으려고 하였다. 그런데 달에 이르는 순간 두꺼비로 변하였다. 일설에는 두꺼비가 아니라 토끼가 되었다고 한다. 항아 이야기는 서왕모가 신선화(神仙化)하면서 발전하여 달 속에 계수나무가 있고 토끼가 약(떡방아)을 찧는다는 등 여러 모양으로 변천하였다.

158) 영약: 영묘한 효험이 있는 신령스러운 약. 여기서는 항아가 몰래 먹었다는 불사약(不死藥)이다.

159) 유연히: 구름이 뭉게뭉게 일어남. 생각이 스스로 일어나 솟아오르는 모양이 왕성하다.

그날 밤에는 오시지 못하였어요.

진사님은 몰래 수성궁을 살펴보았는데 담장이 높고 험하여 몸에 날개를 갖추고 있지 않으면 넘어갈 수 없었답니다. 집에 돌아가서 맥이 빠져 근심 어린 얼굴로 앉아 있었습니다.

특特이라는 종이 있었는데 본디 꼼수가 많다고 했지요. 진사님의 안색을 보고는 나아가 무릎을 꿇고 "진사 어르신, 반드시 오래 사시지 못할 것 같아요." 하고는 뜰에 엎드려서 울었지요.

진사님께서 그 사정을 모두 말씀하시니, 특이 말하였답니다.

"왜, 진작 말씀하시지 않으셨습니까? 제가 마땅히 꾀를 내 보겠습니다."

즉시 사다리를 만들었는데, 아주 가붓하고 편리하였으며 접었다 펼 수도 있었습니다. 접으면 병풍처럼 착 달라붙고 펴면 대여섯 길 정도가 되었지만 손쉽게 운반할 수도 있었지요.

특이 "이 사다리를 가지고 궁의 담에 오르시고 안에서 접었다 폈다 하시고 내려오실 때도 그와 같이 하세요."라고 알려드렸어요.

진사님이 뜰에서 특에게 시범을 보이게 하였는데, 정말 그 말과 같아 매우 기뻐하셨답니다.

그날 밤 궁으로 막 가려고 할 때, 특이 품 안에서 털옷과 가죽 버선을 주면서 말했어요.

"이것이 없으면 넘어가기가 어려울 것입니다."

진사님이 입고 가시니 가볍기가 나는 새와 같아서 땅에서 발소리가 나지 않았습니다. 진사님은 이 꾀를 써서 안팎의 담을 넘어 들어가 대나무 숲에 엎드려 있는데, 달빛이 대낮 같고 궁중은 적막하였답니다.

조금 있으니 안에서 사람이 나와 거닐며 시를 작게 읊조렸습니다.

진사님은 대나무를 헤치고 머리를 내밀며 말씀하셨지요.

"오는 사람이 누구십니까?"

그 사람이 웃으면서 "낭군께서는 나오세요, 낭군께서는 나오세요." 하고 대답하였지요.

진사님께서 줄달음에 나와서 예의를 갖추어 인사를 하며 말씀하셨습니다.

"나이 어린 사람이 풍류風流의 흥을 이기지 못하여 만 번 죽음을 무릅쓰고 감히 이곳에 왔습니다. 낭자께서는 저를 가련히 여기시고 저를 불쌍히 여기시고 저를 슬피 여기시고 긍휼히 여겨주십시오."

자란이 말하였습니다.

"고대하여 오시기를 큰 가뭄에 비 바라듯 했습니다. 이제야 뵙게 되어 저희들이 살아나게 되었으니, 낭군께서는 의심치 마세요."

바로 안내하여 들어오니 진사님은 층계를 따라 굽은 난간을 돌아서는 어깨를 움츠러뜨리고 들어오셨지요.

저는 사창紗窓을 열어 놓고 옥등玉燈을 밝히고 앉아, 짐승모양의 금화로에 울금향鬱金香160)을 사르고 유리 같은 책상에다 『태평광기太平廣記』161) 한 권을 펴놓고 있다가, 진사님이 오자 일어나 맞이하며 절을 하였지요. 진사님도 답배를 하시고 손님과 주인의 예로 동쪽과 서쪽

---

160) 울금향: 튤립이다. 그 뿌리로 술을 담는다고 한다.
161) 태평광기: 중국의 역대 설화집. 송(宋)나라 태종(太宗)의 칙명으로 977년에 편집되었는데 500권이다. 종교관계의 이야기와 정통역사에 실리지 않은 기록 및 소설류를 모은 것으로, 당시의 유명한 학자 이방(李昉)을 필두로 하여 12명의 학자와 문인이 편집에 종사하였다. 475종의 고서에서 골라낸 이야기를 신선, 여선(女仙), 도술, 방사(方士) 등의 내용별로 92개의 항목으로 나누어 수록하였다. 송나라 이전 시대의 소설 중에서 원형 그대로 완전하게 전해지는 것은 하나도 없으므로, 그 일부를 보존하는 역할을 다한 것으로서 귀중한 책이다. 간본(刊本)으로는 명대(明代)의 담개(談愷) 간행본, 허자창(許自昌) 간행본, 청대(淸代)의 황성(黃晟) 간행본 등이 있다.

에 나누어 앉고는 자란을 시켜 진기하고 맛있는 음식을 차려 놓게 하고 잔에 자하주紫霞酒를 따라 마셨지요. 석 잔을 마신 진사님은 좀 취한 듯이 말하였습니다.

"밤이 어느 정도나 되었지요?"

자란이 곧 휘장을 드리우고 문을 닫아주고는 나갔습니다.

제가 등불을 끄고 진사님과 잠자리에 들었으니, 그 즐거움은 아실 것입니다.

밤이 이슥하여 새벽이 되고 뭇 닭이 날 샌 것을 알렸지요. 진사님 께서는 서둘러 일어나 돌아가셨습니다.

그 이후부터는 어두울 때 들어와서 새벽에 돌아가시니, 저녁마다 그러하지 않은 날이 없었지요. 정은 새록새록 깊어만 가고 마음은 가까워져 스스로 그쳐야 할 때를 알지 못하였답니다. 궁 담장 안에 쌓인 눈 위에 자주 발자국이 찍히게 되었던 것이지요. 궁인들은 모두 그 출입을 알고 위험하다 여기지 않는 사람이 없었어요.

하루는 진사님이 좋은 일 끝에 재앙이나 재난이 일어날 소지가 생길까 속으로 크게 두려워하여 종일토록 즐거워하지 않았습니다.

특이 밖에서 들어오면서 진사님에게 말했지요.

"제 공이 매우 컸는데 지금껏 상을 내리시려고 의논하지 않으십니 까?"

진사님이 "내가 가슴에 담아 두어 잊지 않고 있으니 조만간 상을 후하게 내릴 것이야."라고 하자, 특이 "지금 안색을 보니 또한 근심 이 있는 것 같으신 데, 또한 무슨 까닭인지 모르겠습니다."라고 하였 어요.

진사님께서 말하였지요.

"보지 못하면 병이 마음과 골수에 박혀 있고 보면 죄를 헤아릴 수도 없구나. 근심하고 걱정하지 않을 수 없으니 어쩌면 좋지?"

특이 말했답니다.

"그러시다면 왜 남몰래 업고 도망치지 않으시는 거지요?"

진사님은 그러하다고 여겨 그날 밤 특의 꾀를 제게 말해주었습니다.

"특은 노비지만 본디 슬기로운 꾀가 많다오. 이러한 계책으로 지휘하니 그의 생각이 어떠하오?"

제가 말하였지요.

"제 부모님께서는 집안에 재물이 많아 매우 풍요로우세요. 그러므로 제가 올 때, 의복과 보화를 많이 가지고 왔답니다. 또 주군께서 내리신 것도 아주 많으니, 이 물건들을 버려두고 갈 수 없어요. 지금 만약 이것들을 운반하려면 비록 말 열 필이 있다 하여도 다 운반할 수 없을 것이에요."

진사님이 돌아가셔서 특에게 말씀하시자, 특이 아주 기뻐하며 말하였습니다.

"제 벗 중에 힘센 만무방이 20명이나 되지요. 날마다 강탈을 일삼고 있으나 나라 사람들이 감히 당해내지 못합니다. 그러나 저하고는 매우 절친하기에 오로지 명령을 내리시면 따를 것입니다. 이 무리를 시켜서 운반한다면 태산泰山도 옮길 수 있을 것이니, 이들을 시켜서 돕게 하지요."

진사님은 만인萬人이 대적하지 못한다 하여, 조금도 의심을 하지 않았어요.

진사님이 들어오셔서 저에게 말씀하시니, 저도 그러하다 여겼고요.

밤마다 물건을 거두어 7일째 되던 밤에는 밖으로 내가는 것을 다 마쳤답니다.

특이 말하였지요.

"이와 같은 귀중한 보화를 산처럼 본댁에 쌓아 두면 큰 상전上典께서 반드시 의심하실 것이며 제 집에 쌓아 두어도 이웃 사람들이 꼭 의심할 것입니다. 부득이 산중에다 구덩이를 파고서 깊이 묻어 단단히 지키는 게 좋을 듯 한데요."

진사님이 솔깃하여 말씀하셨지요.

"만약 혹 잃어버리게 된다면 나와 너는 도적의 누명을 면하기 어려울 것이니 너는 조심하여 지키도록 해라."

특이, "우리 계획이 이와 같이 깊고 우리 벗이 이와 같이 많으니 천하의 어려운 일이 없을 것입니다. 하물며 긴 칼을 들고 밤낮으로 떨어지지 않고 지킨다면, 제 눈을 도려낼 수는 있어도 이 보화는 빼앗을 수 없고 제 발은 자를 수 있으나 이 보화는 빼앗을 수 없으니 의심하지 마세요."라고 말했지요.

원래 특의 속내는 이 귀중한 보화를 얻고는 저와 진사님을 산골로 끌고 가서 진사님을 죽인 후에, 저와 재물은 자기가 차지하려는 심사였지요.

그러나 진사님은 세상 물정 어두운 선비이기에 눈치 채지 못했습니다.

대군께서는 전에 지은 비해당匪懈堂에 아름다운 글로 된 현판을 만들려고 하였지요. 그러나 여러 객의 시가 다 마음에 들지 않자 굳이 김 진사에게 강요하여 잔치를 열고 간절하게 청하였지요. 진사님이 한 번 붓을 잡고 휘두르니 글에 한 자도 더 할 곳이 없었고 산수의 경치와 비해당의 꾸밈새를 모두 드러냈으니, 비바람이 놀라고 귀신도 울만 했지요.

대군께서는 구절구절마다 칭찬하며, "뜻 밖에도 오늘 왕자안王子
安162)을 다시 보네!"라고 하시고는 읊기를 그치지 않으셨지요.

다만, '담장을 타고 흐르는 풍류곡風流曲163)을 남 몰래 훔치네.'라는
한 구절이 있었는데 대군께서는 이 구절에서 읊기를 멈추고 의심하
셨습니다.

진사님이 일어나셔서 절하고는 말하였지요.

"취하여 인사불성人事不省이 되었으니, 물러가고자 합니다."

대군께서는 동복을 시켜서 부축해보내셨어요.

다음 날 밤에 진사님께서 궁궐로 들어오셔서 저에게 말씀하셨지요.

"어서 도망해야겠소. 어제 지은 시로 해서 대군께서 의심을 품고
있으니 당장 도망가지 못한다면 화가 들이칠까 두렵소."

제가 대답하였습니다.

"지난밤 꿈에 한 사람을 보았는데 얼굴이 영악獰惡하고 묵돌선우[冒
頓單于]164)라 칭하면서 말하기를, '이미 약속했기 때문에 장성 아래서
오래 기다렸다.' 하기에 깜짝 놀라 깨어 일어났어요. 꿈자리가 상서
롭지 못한 것이 너무 괴이하니 낭군께서도 그렇게 생각하시겠지요."

진사님이 말했지요.

---

162) 왕자안: 당(唐)나라 초기의 시인인 왕발(王勃, 650~676)이다.
163) 풍류곡: 학문하는 옛 선비들이 틈틈이 마음을 다스리고 수양하기 위하여 거문고등
    의 악기로 연주하는 곡. 〈풍류〉는 고상한 기품을 풍기는 악곡으로 어느 것이나 고요
    하고 느릿한 관조적 분위기의 선율로 시작하여 차츰차츰 빨라지며, 특히 곡의 뒷부분
    에서는 흥청거리고 경쾌한 멋을 풍기게 된다.
164) 묵돌선우: 흉노국가의 건설자(재위 B.C.209~B.C.174)인 묵돌선우(冒頓單于, ?~
    B.C.174). 묵돌선우는 아버지인 두만(頭曼)을 죽이고 선우의 자리에 올라 동몽골의
    동호(東胡), 북서몽골에서 타림 분지(盆地)에 세력을 잡고 있던 월지(月氏)를 격파,
    북방의 정령(丁令) 등을 정복하여 아시아 사상 최초의 유목국가(遊牧國家)를 세웠다.
        현재 묵돌선우(冒頓單于)는 예전처럼 '묵특선우'로 읽거나 혹은 '모돈선우'로 읽는
    다. 여기서는 정약용(丁若鏞)의 『아언각비(雅言覺非)』 '묵돌' 항의 견해에 따랐다.

"꿈은 허망한 일인데 어떻게 믿을 수 있겠소?"

제가 말하였습니다.

"그 '장성'이라고 한 것은 궁궐의 담이며, '목돌'이라는 자는 특이에요. 낭군께서는 이 노복의 마음을 충분히 알고 계세요?"

진사님이 말씀하셨어요.

"이 노복이 본래 음흉스럽긴 하지만 지금까지 나에게 충성을 다해 왔소. 오늘날 낭자와 좋은 인연을 맺게 된 것도 다 이 노복의 계책이요. 어찌 처음에는 충성을 바치다 끝내는 악한 일을 하겠소?"

제가 말하였지요.

"낭군의 말이 이와 같이 정성스럽고 은혜로우시니 제가 어떻게 감히 거역하겠습니까? 다만 자란은 정분이 형제와도 같으니 이를 말하지 않을 수는 없어요."

즉시 자란을 불러, 세 사람이 솥의 발처럼 앉았지요.

제가 진사의 계획을 알리니 자란이 크게 놀라며 손뼉을 치고는 마뜩찮게 나무랐지요.

"서로 즐거워한 지가 오래 되어서인지, 아마도 제 스스로 화를 재촉하려나 봐! 한두 달 동안 서로 사귐으로 족한 것을 유장踰墻165)하여 도망가려 하다니. 어찌 사람으로서 차마 할 수 있겠어?

주군이 너에게 마음을 기울이신 지 이미 오래되셨으니 그것이 떠날 수 없는 첫째 이유요, 부인이 사랑하심이 매우 깊으니 그것이 떠날 수 없는 두 번째 이유요, 화가 부모에게 미칠 것이니 그것이 떠날

---

165) 유장: 남녀 간의 정당하지 못한 사사로운 사랑. 『맹자(孟子)』「등문공(滕文公) 하」에는 "부모의 명과 중매쟁이의 말을 듣지 않고 구멍을 뚫어 엿보거나 담을 넘어서 상종하면 부모와 나라 사람들이 모두 천하게 여긴다(不待父母之命, 媒之言, 鑽穴隙相窺, 踰牆相從, 則父母國人皆賤之)."고 하였다.

수 없는 세 번째 이유요, 죄가 서궁까지 미칠 테니 그것이 떠날 수 없는 네 번째 이유야. 또 천지는 한 그물 속이나 다름없어 하늘로 올라가거나 땅으로 들어가지 않는 이상 도망 갈 곳이 없어. 혹 잡히기라도 한다면 그 화가 어떻게 낭자 한 몸에게만 그치겠어? 꿈이 좋지 못하다 하는 것은 그만 두고서라도 만약 길하다 한들 네가 기쁘게 갈 것 같아? 마음을 굽히고 뜻을 누르고서 정절을 지켜 평안히 앉아서 천이天耳166)를 듣는 것만 못해. 낭자의 얼굴이 좀 쇠해지면 대군의 사랑도 누그러질 것이니, 그 형편을 보아 병이라 둘러대고 자리에 누우면 반드시 고향으로 가도록 허락해주실 것이야. 그때 낭군과 손을 잡고 돌아가서 해로偕老하는 즐거움보다 큰 것은 없을 거야. 이러한 생각은 안 하고 감히 도리에 어긋난 꾀를 내니, 네가 비록 사람은 속일지언정 하늘을 속일 수 있겠어?"

이러하니 진사님은 일이 성사될 수 없다는 것을 알고 탄식하고 한탄하며 눈물을 글썽이고는 나가셨지요.

하루는 대군께서 서궁의 수헌繡軒167)에 오셔서 키 작은 철쭉이 만발한 것을 보시고 서궁의 시녀들에게 각기 부賦 오언 절구를 지어 올리게 하셨지요.

대군께서는 크게 기뻐하시고 칭찬하며 말씀하셨습니다.

"너희들의 글이 날로 발전하니 내가 참으로 기쁘구나. 그러나 운영의 시에서만 뚜렷이 사람을 생각하는 마음이 있구나. 전의 부연시에서도 그러한 뜻을 희미하게 보았는데, 지금 또 이와 같으니 네가 따

---

166) 천이: 하늘의 귀. 세상 사람의 일을 모두 듣고 안다 한다. 여기서는 하늘을 어떻게 속일 수 있느냐는 뜻이다.
167) 수헌: '비단으로 수놓은 듯한 아름다운 집'이라는 뜻이다.

라가고자 하는 사람이 누구이냐? 김생金生의 상량문上樑文[168])에도 미심쩍은 말이 섞여 있었는데, 아마도 네가 김 진사를 생각하고 있는 것 아니냐?"

저는 즉시 뜰로 내려서서 머리를 땅에 닿을 정도로 고개를 숙이고 울면서 말했지요.

"주군께서 한 번 의심을 보이셔서 곧바로 죽어 버리려 하였으나 나이가 아직 스무 살이 못 된데다 부모를 보고 죽지 않으면 한이 될 것이기에, 속으로 퍽 원통하게 여겼지만 살기를 도적질하듯 매우 구차하게 참아내면서 이제까지 이르렀습니다. 또 지금 의심을 받으니 한 번 죽는 것이 무엇이 그리 애석하겠습니까? 천지의 귀신들이 죽 늘어서서 밝게 비치고 시녀 다섯 사람이 잠시도 떨어지지 않았는데 더러운 이름이 유독 저에게만 돌아왔으니 저는 이제 죽어야겠습니다."

바로 비단 수건으로 스스로 난간에다 목을 매려 하니, 자란이 말하였지요.

"주군께서 이렇듯 영명英明하신데 죄 없는 시녀를 스스로 죽음을 취하게 하시는지요. 이 이후부터 저희들은 붓을 들어 시를 짓지 않을 것을 맹세하렵니다."

대군께서는 비록 크게 화가 나셨으나 속으로는 실로 죽게 하고 싶지는 않으셨지요. 그러므로 자란을 시켜 구하게 하시어 죽지 않게 하셨어요. 대군께서는 흰 비단 다섯 단端을 내어서 다섯 사람에게 나누어주며, "지은 시가 자못 아름답기에 이것을 상으로 준다."라고 말씀하셨지요.

---

168) 상량문: 기둥에 보를 얹고 그 위에 처마 도리와 중도리를 걸고 마지막으로 마룻대를 옮기는 상량식을 할 때에 상량을 축복하는 글이다.

이때부터 진사님께서는 다시 출입하지 못하시고 문을 잠그고 병들어 눕게 되었지요. 눈물은 흘러 이불과 베개를 적시었으며 시난고난 병이 더하여 한 가닥 실낱같은 목숨을 이어갔답니다.

특이 나타나서는 말하였습니다.

"대장부가 죽으면 죽었지, 어찌하여 상사병으로 원한이 맺힌 것을 참고서 자디잔 아녀자들처럼 상심하여 제풀에 천금 같은 몸을 던지려 하십니까? 이제 마땅히 이 계책으로써 취한다면 어렵지 않을 것입니다. 한밤중 인적이 없을 때에 담을 넘어 들어가서 솜으로 입을 막아 업고 나올 것 같으면 누가 감히 우리를 쫓아올 수 있겠습니까?"

진사님이 말했지요.

"그 계획도 위험해. 성심으로 물어보는 것만 못해."

그날 밤에 오셨으나 저는 몸이 아파 일어나지 못하고 자란을 시켜서 맞아들였지요.

술 석 잔을 드린 뒤, 제가 겉봉을 봉한 편지를 건네며 말하였어요.

"이후로는 다시 볼 수 없을 것이니, 삼생三生의 인연과 백년을 함께 하자는 아름다운 언약이 오늘밤으로 다한 것 같습니다. 혹 하늘이 맺어준 인연이 다하지 않는다면 아마도 구천지하九天之下169)에서라도 다시 만나게 되겠지요."

진사님은 편지를 받아 안고 우두커니 서서 맥맥히 바라보다가 가슴을 치고 눈물을 흘리며 나가셨지요.

자란은 차마 처량한 그 모습을 볼 수 없어 기둥 뒤에 몸을 숨기고 울며 서 있었어요.

---

169) 구천(九天)의 지하: 땅속 깊은 밑바닥. 죽은 뒤에 넋이 돌아가는 곳을 이르는 말이다. 명도(冥途).

진사님께서 집에 돌아와 뜯어보았습니다.

그 편지는 이렇습니다.

박명한 첩 운영이 두 번 절하고 김랑金郞 족하足下[170])께 삼가 말씀 올립니다. 저는 타고난 성품이 변변치 못한데도 불행히 낭군께서 마음에 담아두셔서 생각한 것이 여러 날이요, 뵌 것이 몇 번이던가요. 다행히도 하룻밤 즐거움을 나누었지만, 바다 같이 깊은 정은 다하지 못했습니다. 인간의 좋은 일은 조물주도 시기하는 법이라. 궁인들이 알고 주인께서 의심하시니, 화禍가 아침저녁에 있어 죽어야만 그칠 것입니다. 낭군께서는 작별한 후 저를 가슴에 품어 상심하지 마시고 힘써 학업을 그치지 말아 고제高第[171])로 발탁된 뒤 높은 벼슬길에 오르시어 후세에 이름을 떨쳐 부모님을 기쁘게 해드리십시오. 그리고 제 의복과 보화는 모두 팔아 부처님 전에 바치고 여러 가지로 빌고 바라시며 정성을 다하여 소원을 빌어 삼생의 연분을 다시 후세에서 잇게 해주시면 좋겠습니다.

진사는 다 보지 못하고 기절하여 땅에 넘어지니 집안사람들이 다 급히 구완하여 곧 깨어나셨지요.

특이 밖에서 들어와 말했어요.

"궁인이 무엇이라고 대답하였기에 진사님께서 이처럼 돌아가시려 하십니까!"

진사님은 다른 말없이 다만, "재화와 보화는 네가 잘 지키도록 해라. 내 그것들을 다 팔아서 부처님께 지성으로 바쳐 묵은 약속을 실

---

170) 족하: 상대편을 높여 이르는 말. 흔히 편지를 받아보는 사람의 이름 아래에 쓴다.
171) 과거에서의 우수한 성적을 이르던 말. 고과(高科).

천할 것이야."라는 말씀만 하셨지요.

특이 집에 돌아와 생각하기를, '궁녀가 나오지 않는다면 그 재보는 하늘이 나에게 준 것일 게야.' 하며 벽을 향하여 남몰래 속으로 웃었지요. 그러나 아무도 그 속셈을 알지 못했답니다.

하루는 특이 스스로 옷을 찢고 자기 코를 쳐 피가 흐르게 하고 온몸을 더럽히고 머리를 헝클고는 맨발로 왜틀비틀 들어와서는 엎드려 울며 말했지요.

"제가 강도의 습격을 받았습니다."

그리고는 다시 말하지 못하고 기절한 것같이 하였답니다.

진사는 특이 죽으면 보화를 묻은 장소를 알지 못할까 염려하여, 친히 약물을 먹이고 온갖 방법을 써서 살려내셨지요. 술과 고기를 먹이니, 10여 일 만에 일어나서는 말했답니다.

"저 혼자 외로이 산중을 지키는데 수많은 도적들이 쳐들어와서는 형세가 박살낼 듯 싸다듬이하였습니다. 목숨을 걸고 도망쳐 겨우 실오라기와 같은 목숨은 보전하게 되었습니다. 만약에 저 보화가 없었더라면 저에게 이 같은 위험이 닥쳤겠습니까? 타고난 운명의 험악함이 이와 같은데 왜 속히 죽지 않는 것이지!"

그리고는 발로 땅을 구르고 주먹으로 가슴을 치고 통곡하였지요.

진사님은 부모님께서 아실까 두려워서 따뜻한 말로 위로해 풀어주고는 보냈습니다.

얼마 후 진사님께서 특의 소행을 알게 되어 친한 사람 여러 명과 노복 10여 명을 거느리고 불시에 그 집을 포위하였으나, 단지 금팔찌 한 쌍과 보경寶鏡 한 조각만이 남아 있을 뿐이었어요. 이 물건을 장물臟物로 삼아서 관가에 정상을 알리어 나머지도 찾고 싶었으나 일이 누설될까 두려워서 하지를 못하셨지요. 만약에 이 물건들을 찾지 못하면 불공을 드릴 수가 없고 특을 죽이고 싶었으나 힘으로 드잡이하여도 제압할 수가 없어 애써 묵묵히 말을 하지 않으셨지요.

특은 자신의 죄를 알고 뒤가 꿀리어 궁궐 담장 밖에 사는 맹인에게 언구력을 폈답니다.

"내가 며칠 전에 이 궁궐 담장 밖을 지나가고 있는데, 어떤 사람이 궁궐 안에서 서쪽 담을 넘어 나왔지. 나는 그가 도적인 것을 알고 크게 소리를 지르고 쫓아가니 그 사람은 가지고 있는 물건을 버리고 도망했구려. 나는 그 물건을 가지고 돌아와서 본댁 주인이 오기를 기다렸지. 우리 주인은 본디 염치가 없어서 내가 물건을 얻었다는 것을 듣고는 몸소 와서는 찾더군. 내가 '다른 보화는 없고 다만 비녀와 거울 두 물건 밖에는 없습니다.'라고 하니, 곧 우리 주인이 몸소 들어와 찾았지. 그리고는 마침내 두 물건을 찾아냈는데도 욕심에 차지 않았던지 죽이려 하지 뭐요. 그래서 내가 달아나고자 하는데 괜찮겠소?"

맹인이 말하였지요.

"길할 것일세."

그때 맹인의 이웃이 옆에 있다가 그 이야기를 다 듣고는 특에게 말하였지요.

"네 주인은 어떻게 생겨먹은 사람이기에 종을 학대하는 것이 이와 같지?"

특이, "우리 주인은 나이는 어리지만 글을 잘하여 조만간 응당 급제할 자이지. 그러나 탐하는 것이 이와 같으니 훗날 조정에 선다면 마음 씀이 어떠할지 알지 않겠나."라고 말했답니다.

이 말이 세간에 퍼져 궁중에까지 들어가 궁인宮人이 대군께 알렸습니다.

대군은 크게 노하시며 남궁 궁녀들을 시켜서 서궁을 뒤져보게 하시니, 제 의복들과 보화가 전부 없었지요. 대군은 서궁 시녀 다섯을 뜰 가운데에 끌어다 놓고 눈앞에 엄하게 형장을 갖추어 놓고 영을 내리셨어요.

"이 다섯을 모두 죽여 다른 사람을 경계토록 하여라."

또 집장자執杖者172)에게 말하였지요.

"곤장 수를 헤아리지 말고 죽을 때까지 쳐라."

다섯 사람이 말하였습니다.

"한 번 말씀이라도 올리고 죽게 해주세요."

대군께서 말씀하셨지요.

"무슨 말이냐?"

은섬이 초사招辭173)를 올려 말하였습니다.

"남녀의 정욕은 음양에서 받은 것이므로 귀한 자나 천한 자를 막론하고 사람이라면 모두 다 갖고 있는 것입니다. 한 번 깊은 궁에 갇히어 그림자를 벗하며 외롭게 지내니, 꽃을 보면 눈물이 앞을 가리고 달을 대하면 혼이 사라지는 듯하였습니다. 매화 열매를 꾀꼬리에 던져 쌍쌍이 날지 못하게 하고 발로 제비 장막을 쳐서 제비 두 마리가 둥지에 깃들지 못하게도 하였지요. 이것은 다름이 아니라, 제 자신이 꾀꼬리와 제비를 몹시 부러워하는 마음을 이기지 못하는 질투의 마음 때문입니다. 한 번 궁궐의 담을 넘으면 인간 세상의 즐거움을 알 수 있으나 하지 않는 것이, 어찌 힘이 부족하거나 마음이 차마 하지

---

172) 집장자: 곤장을 잡고 장형(杖刑)을 집행하는 사람이다.
173) 초사: 진술(陳述)하는 글이다.

못해서라고 하겠습니까? 오직 주군의 위엄이 두려워 마음을 굳게 지키다가 말라죽게 되는 것이지요. 궁중의 계획이 이제 죄 지은 적이 없는 저희들을 사지로 보내려 하시니 저희들은 황천 아래서 죽더라도 눈을 감지 못할 것입니다."

비취가 초사를 올려 말하였습니다.

"주군께서 어려운 처지에 있는 사람을 불쌍히 여겨 위로하고 물질로 도우신 은혜는 산보다 높고 바다보다 깊습니다. 저희들은 감격스럽고 두려워하여 오로지 시문을 짓거나 서화를 그리고 거문고 따위에 맞추어 노래를 부를 뿐이었습니다. 이제 씻지 못할 더러운 이름이 두루 서궁까지 이르렀으니, 살아있는 것이 죽는 것만 못합니다. 속히 죽여주시기 바랍니다."

옥녀가 초사를 올려 말하였습니다.

"서궁의 영광을 제가 이미 함께 했는데, 서궁의 재난을 저만 면하겠습니까? 곤강崑崗[174]에 불이 나서 옥석구분玉石俱焚[175]되었으니, 오늘의 죽음은 마땅히 죽을 곳을 얻은 것입니다."

---

174) 곤강: 옥이 나는 산. 또는 곤륜산의 별칭이기도 하다.
175) 옥석구분: 선악의 구분 없이 모두 재앙을 받음. 『서경(書經)』 「하서(夏書)」 '윤정편 (胤征篇)'에 보면, 좋은 것과 나쁜 것이 함께 망하는 것을 '옥석구분(玉石俱焚)'이라고 하였다. 『서경』 「하서」 '윤정편'의 글은 다음과 같다.
　　"불이 곤강(崑岡)에 타면 옥(玉)과 돌이 함께 탄다. 임금이 덕을 놓치면 사나운 불길보다도 격렬하다. 그 우두머리 괴수는 죽이고 협박에 못 이겨 복종한 사람들은 벌하지 않을 것이다. 옛날에 물들어 더러워진 풍속은 모두 더불어 오직 새롭게 하리라(火炎崑岡 玉石俱焚 天使逸德 烈于猛火 殲厥渠魁 脅從罔治 舊染汙俗 咸與惟新)."
　　'윤정(胤征)'은 윤후(胤侯)가 하(夏)나라 임금의 명령에 의하여 희화(羲和)를 치러 나갈 때 한 선언으로, 희화를 치는 까닭을 말한 것이다. '곤강(崑岡)'은 옥(玉)을 생산하는 산의 이름이다. 만일 곤강이 불에 탄다면 옥과 돌이 함께 타버릴 것이다. 화재는 무서운 재앙을 가져오거니와, 임금이 덕을 잃는다면 그 피해는 사나운 불길보다도 더 심하다. 따라서 지금 그 수령인 자를 쳐서 멸망시키는 것이기에, 억지로 가담했던 사람까지 모두 처벌하지는 않을 것이니, 함께 마음을 새롭게 하여 착함으로 돌아가라는 뜻이다.

자란이 초사를 올려 말하였습니다.

"저희들은 모두 여항閭巷의 천한 여자로 아버지가 대순大舜[176]도 아니며, 어머니는 이비二妃[177]도 아닙니다. 그러나 애동대동한 남녀의 정욕이 어째서 유독 없겠습니까? 목왕穆王 천자天子도 늘 요대지락瑤臺之樂[178]을 생각했고 영웅 항우項羽[179]도 휘장 속에서 눈물을 금하지 못했습니다.[180] 주군께서는 왜 운영만이 운우지정雲雨之情[181]이 없어야 한다고 하십니까?

김생은 사람 가운데 영웅인데, 내당內堂으로 끌어들인 것은 주군께서 하신 일입니다. 운영에게 벼루를 받들라고 하신 것도 주군의 명이

---

176) 대순: 요(堯)로부터 군위를 선양받아 초보적인 통치 국가의 기본을 다진 중국의 순(舜)임금. 요임금과 함께 유가에서 최고로 받들어지는 성군이다. 덕으로 백성을 다스렸으며, 소(韶)라는 아름다운 음악을 지었다. 만년에 자신의 아들에게 천자의 지위를 물려주지 않고 치수를 잘 한 우(禹)에게 군위를 선양했다.

177) 이비: 요임금의 두 딸로 함께 순임금의 비(妃)가 되었다는 아황(娥皇)과 여영(女英). 순임금이 남순(南巡)길에 동반하였다가 순임금이 돌아가시니 두 비가 상강에 몸을 던졌다고 한다. 이때 아황과 여영이 흘린 슬픈 눈물이 댓잎에 떨어져 반죽(班竹)이 되었다고 하니 소산반죽(蘇山(瀟湘)班竹)이라 한다.

178) 요대지락: 주나라 목왕(穆王)이 곤륜산 성모인 서왕모(西王母)와 더불어 요지에서 연회를 베풀고 노느라고 돌아오기를 잊었다는 고사를 말한다. 주 97) 참조.

179) 항우: B.C.232~B.C.202. 중국 진(秦)나라 말기에 유방(劉邦)과 천하를 놓고 다툰 무장. 이름은 적(籍), 우(羽)는 자이다. B.C.209년 진승(陳勝)·오광(吳廣)의 난으로 진나라가 혼란에 빠지자, 숙부 항량(項梁)과 함께 봉기하여 회계군 태수를 참살하고 인수(印綬)를 빼앗은 것을 비롯하여 진군을 도처에서 무찌르고 드디어 함곡관(函谷關)을 넘어 관중(關中)으로 들어갔다. 이어 앞서 들어와 있던 유방과 홍문(鴻門)에서 만나 이를 복속시켰으며, 진왕 자영(子嬰)을 죽이고 도성 함양(咸陽)을 불사른 뒤에 팽성(彭城: 徐州)에 도읍하여 서초(西楚)의 패왕(霸王)이라 칭하였다. 그러나 각지에 봉한 제후를 통솔하지 못하여 해하(垓下)에서 한왕(漢王) 유방에게 포위되어 자살하였다.

180) 휘장 속에서…못했습니다.: 항우가 해하에서 유방의 군사들에게 포위되자 「해하가(垓下歌)」를 지어 우미인(虞美人)과 함께 불러 사별의 아쉬움을 달랬다 한다.

181) 운우지정: 남녀 간의 정사(情事)를 비유하는 말. 초회왕(楚懷王)이 꿈에 무산(巫山)의 선녀를 만나 하룻밤을 같이 지냈는데 그녀가 헤어지면서 '저는 아침에는 구름이 되고 저녁이면 비가 됩니다.' 했다는 고사에서 온 말로, 조운모우(朝雲暮雨), 무산지몽(巫山之夢), 양대지몽(陽臺之夢)도 같은 뜻으로 쓰인다. 〈주생전〉의 주 31) 참조.

었습니다. 운영은 오랫동안 깊은 궁궐에 갇혀 원망이 있는 여인이기에 한 잘생긴 사내를 보자 마음을 잃고 실성하여 병이 골수에 들어 비록 장생長生의 약182)이나 월인越人의 솜씨183)로도 효험을 보기는 어려웠습니다. 하루 저녁에 아침 이슬처럼 갑자기 사라진다면 주군께서는 비록 측연惻然한 마음을 두시더라도 마침내 무슨 이익이 있겠습니까?

저의 어리석은 생각에는 한 번 김생에게 운영을 만나도록 하여 두 사람의 맺힌 원한을 풀어주신다면 주군께서 선을 쌓음이 이보다 큰 것이 없을 것입니다. 지난날 운영이 훼절한 것은 죄가 저에게 있지 운영에게 있는 것이 아닙니다. 운영은 죄가 없습니다. 저의 이 한 마디 말은 위로는 주군을 속이지 않고 아래로는 동료를 저버리지 않았으니, 오늘 죽는다 해도 죽음이 또한 영광스러울 것입니다. 운영은 죄가 없습니다. 여가속혜如可贖兮, 인백기신人百其身184)입니다. 엎드려

---

182) 장생(長生)의 약: 불사약(不死藥). 이 약은 영원히 죽지 않는 약인데, 『한비자(韓非子)』「설림(說林) 상(上)」과 『십팔사략(十八史略)』권2에 나오는 말이다. 내용은 다음과 같다.
　　초(楚)나라에서 어떤 이가 내시에게 불사약을 주면서 왕에게 바치라고 하였다. 불사약을 받아 들고 궁궐을 지나갈 무렵 궁궐 수비병이 그것을 빼앗아 먹어 버렸다. 이 사실을 전해 들은 왕은 크게 노하면서 수비병을 죽이라고 명령하였다. 그러자 수비병은 "불사약이 진짜인지 가짜인지 먼저 먹어보았을 뿐이고 만일 저를 죽이시면 그 약은 죽는 약이 될 것입니다. 그러면 불사약을 준 그 자가 폐하를 속인 것이고 저는 아무 잘못도 없습니다."라고 교묘히 대답하였다. 결국 왕은 그를 풀어주었다고 한다.
183) 월인(越人)의 솜씨: 중국 고대의 전설적인 명의(名醫)인 편작(編鵲). 편작의 성명은 진월인(秦越人)으로 중국 전국시대의 의학자이다. 장상군(長桑君)에게 의학을 배워 금방(禁方)의 구전과 의서를 받아 명의가 되었고 괵나라(B.C.655년 멸망) 대자의 급환을 고쳐 죽음에서 되살렸다는 이야기가 유명하다. 흔히 인도의 기파(耆婆)와 함께 명의의 대명사가 되고 있으며, 진(秦)나라의 태의령승(太醫令丞)인 이혜(李醯)에게 죽음을 당했다 한다.
184) 여가속혜, 인백기신: 죄를 대신 받게 해달라는 내용. 『시경(詩經)』「국풍(國風)」 '진풍(秦風)' 중 황조(黃鳥)라는 노래의 첫 소절에 나온다. 본래 이 장은 진(秦)나라의 순장 풍습을 읊고 있다. '진풍'에 나오는 부분은 다음과 같다.

주군께 바라오니 제 몸으로 운영의 목숨을 대신하렵니다."

제가 초사를 올려 말하였습니다.

"주군의 은혜는 산과 같고 바다와 같습니다. 그런데도 정절을 고수하지 못하였으니 그 죄가 첫 번째 죄입니다. 앞뒤로 제가 지은 시를 주군께서 의심을 보이셨는데도 끝내 사실을 아뢰지 못한 것이 그 두 번째 죄입니다. 서궁의 죄 없는 사람들이 저 때문에 함께 죄를 입게 하였으니 그 세 번째 죄입니다. 이처럼 세 가지의 죄를 졌으니, 또한 무슨 낯으로 살겠습니까? 만약 혹 죽음을 늦추신다면, 제가 마땅히 자결할 것입니다."

대군께서는 보기를 마치시고 다시 한 번 자란의 초사를 펴보시더니 마침내 노여운 기색이 점점 섞 삭아졌어요.

소옥이 무릎을 꿇고 울면서 말하였습니다.

"전날 빨래하러 갈 때 성 안으로 가지 말자고 한 것은 제 의견이었습니다. 자란이 밤중에 남궁으로 와서 무던히도 간절히 청하기에 제가 그 뜻을 안타까이 여겨 여럿의 뜻을 물리치고 따랐지요. 운영이 절개를 훼손한 것은 그 죄가 제게 있지 운영에게 있지 않습니다. 엎드려 주군께 바라오니 제 몸으로 운영의 목숨을 대신해주세요."

대군의 노여운 기색이 점점 풀어져 저만 별당에다 가두고 다른 궁녀들은 모두 풀어주었지요.

그날 밤에 저는 비단수건으로 스스로 목을 매어 죽었습니다.

진사는 붓을 잡아 기록을 하고 운영은 옛일을 당기어 이야기

"저 푸르른 하늘이여, 우리네 좋은 사람 죽이는구나. 만일 대속(代贖) 할 수 있을진대, 우리네 모두 그 몸을 백 번이라도 바치리(彼蒼者天, 殲我良人. 如可贖兮, 人百其身)."

하는데 매우 자상했다. 두 사람은 마주보고 슬픔을 참지 못하다가 운영이 진사에게 말했다.

"이제부터는 낭군께서 말씀하세요."

진사가 말했다.

"운영이 자결한 후, 온 궁의 사람들이 통곡하지 않은 이가 없었지요. 마치 동기同氣 간의 상喪과 같았으니, 우는 소리가 궁문 밖까지 들렸어요. 저 도 듣고는 오랫동안 기절하였지요. 집안사람들이 초혼招魂[185]을 하고 발상發喪[186]하는 한편으로는 살리고자 하여 날이 저물었을 때에야 겨우 소생하였답니다. 바야흐로 정신을 진정시키고 나서야 일이 이미 끝난 것이라는 생각을 했지요. 저는 부처님께 올린 약속을 저버릴 수 없었어요. 구천을 떠도는 영혼을 위로하고자 금팔찌와 거울과 문방제구文房諸具들을 모두 팔아 쌀 40석을 사서 청녕사淸寧寺[187]로 보내어 재를 올리려 했지만 믿을 만한 사람이 없기에 특을 불러서 말하였지요.

"내가 너의 전날 죄를 모두 용서하여 줄 것이니, 이제 나에게 충성을 다하지 않겠느냐?"

특이 엎드려 울면서 용서를 빌며 말하더군요.

"노복이 비록 어둡고 어리석지만 또한 목석木石은 아닙니다. 이 한 몸이 지은 죄는 머리털을 뽑아도 헤아리기 어렵습니다. 이제 죄를

---

185) 초혼: 육신을 떠난 혼을 다시 불러들인다는 주술(呪術)적인 행위. 남자가 죽었을 경우에는 남자가, 여자가 죽었을 경우에는 여자가 각각 상주가 아닌 사람이 죽은 이의 윗옷을 들고 북향하여 왼손으로 윗옷의 위쪽을 잡고 오른손으로 아래쪽을 잡아 흔들면서 죽은 이의 평소의 호칭을 세 번 부른다. 고복(皐復)이라고도 한다.

186) 발상: 초상을 이웃에 알리는 의례이다.

187) 아마도 청량사(淸凉寺)가 아닌가 한다. 『동국여지승람(東國與地勝覽)』에 보면, 한성의 삼각산(三角山)에 있었는데 없어졌다고 기록되어 있다. 김기동본에는 청량사(淸凉寺)로 되어 있다.

면해주신다 하니 마른 나무에 잎이 돋고 백골에 살이 돋는 것 같습니다. 감히 진사님을 위하여 목숨을 바치지 않겠습니까!"

제가 말했지요.

"내가 운영을 위하여 제물을 갖추고 부처님께 공양을 드려 소원을 빌고자 한다. 그러나 믿고 맡길 만한 사람이 없으니 네가 가주지 않겠느냐?"

특이 "삼가 말씀대로 하겠습니다."하고는 즉시 절로 갔지만, 사흘을 궁둥이만 두드리고 누워 있다가 스님을 불러서는 이랬답니다.

"40석이나 되는 쌀을 어떻게 불공을 드리는데 다 써? 지금 술과 밥을 많이 마련해서 널리 속객俗客[188]이나 초청해서 먹이는 것이 마땅하지."

어떤 마을 여인이 지나가니 특이 강제로 끌고 승당僧堂에 들어가서 머무른 지 이미 수십 일이 지났으나, 재齋를 올리려는 뜻이 없으니 절의 스님들이 모두 분노하였지요.

건초일建醮日[189]에 이르러서 여러 스님들이 말했답니다.

"불공을 드리는 일은 시주施主[190]가 중요한데, 시주가 이와 같이 불결하면 일이 지극하게 편안할 수 없으니 맑은 시내에서 깨끗이 씻어 몸을 청결하게 한 다음에 예를 행할 수 있다오."

특이 마지못해 나와 잠깐 물을 부어 씻고는 들어가 부처님 앞에 꿇어앉아 기도하기를, "진사는 오늘 빨리 죽고 내일 운영은 다시 살아나 특의 짝이 되게 해주시오."라고 하였답니다.

---

188) 속객: 불교에서 승려가 아닌 속인(俗人)을 낮추어 이르는 말이다.
189) 건초일: 술을 차려 놓고 신이나 부처에게 제사를 올리는 날이다.
190) 시주: 자비심으로 조건 없이 절이나 중에게 물건을 베풀어주는 일. 또는 그런 일을 하는 사람이다.

3일 밤낮으로 발원하는 말이라곤 오직 그것뿐이었지요.

특은 돌아와 저에게 말했답니다.

"운영 각시는 반드시 살길을 얻을 것입니다. 재를 올리던 그날 밤 제 꿈에 나타나서 '정성껏 발원해주니 고마운 마음 이루 말할 수 없군요.'라고 말씀하시고는 절을 하고 또 우셨는데, 절의 스님 네의 꿈도 같았다고 합니다."

저는 그 말을 믿고서 목을 놓아 통곡하였다오.

그때는 마침 괴황지절槐黃之節[191]이었어요. 저는 비록 과거 볼 뜻은 없었지만 공부를 빙자해서 청녕사에 올라가 여러 날 묵는 동안 특이 저지른 소행들을 상세히 듣게 되니 그 분함을 참을 수가 없었지요. 그러나 특을 어찌할 수 없어 목욕하여 몸을 깨끗이 한 후에 부처님 앞에 나아가 두 번 절을 하고 그때마다 세 번 머리를 조아리고는 향을 사르면서 합장하고 빌었습니다.

"운영이 죽을 때 말을 차마 저버릴 수가 없기에 노비 특을 시켜서 지성으로 재齋[192]를 베풀고 명복을 빌게 하였습니다. 오늘 기원하였다는 말을 들어보니 사람으로서 마땅히 하여야 할 도리에 어그러지고 흉악함이 그지없어, 운영이 남긴 소원이 다 허사로 돌아 갈 것 같기에 제가 감히 다시 축원祝願드립니다.

세존世尊[193]이시여! 운영을 다시 살아나게 하여 주십시오.

---

191) 괴황지절: 과거보는 시기. 괴황(槐黃)은 회화나무는 회나무라고도 부르며 한자로는 회목(蟯木) 또는 괴목(槐木)으로 쓴다. 이 나무는 꽃이 귀중한 것으로 이용되어 왔다. 괴화(槐花)는 황색소(黃色素)를 포함하고 있어서 중국에서는 예전부터 특히 종이를 노랗게 물들이는 재료로 이용했고 또 꽃도 과거를 보는 음력 칠 월경에 피기에 '과거를 보는 시기'로 썼다. '괴추(槐秋)'라고도 한다.
192) 재: 성대한 불공이나 죽은 이를 천도(薦度)하는 법회이다.
193) 세존: 석가모니(sakyamuni). 석가(sakya)라고 하는 부족출신의 성자(聖者, muni)를 의미하며, 석가세존(釋迦世尊)이라고도 하는데, 이것을 줄여서 석존(釋尊) 또는 세존

세존이시여! 저와 운영을 짝을 짓게 해주십시오.

세존이시여! 운영과 제가 후세에는, 다시금 이러한 원통함을 면하게 하여 주십시오.

세존이시여! 특을 죽이시어 철가鐵枷[194]를 채워 지옥에 가두어 두십시오.

세존이시여! 노비 특을 삶아서 여러 개에게 주십시오.

세존이시여! 진실로 이와 같이 하시면 운영은 12층의 금탑金塔을 지을 것이며 저는 큰 사찰 셋을 창건하여 그 은혜에 보답할 것입니다."

기도를 마치고는 일어나서 백 번 절하고 백 번 머리를 조아리고는 나왔지요.

이레 뒤에 특은 허방다리에 빠져 죽었답니다.

저는 이때부터 그만 세상에 뜻이 없어졌어요. 목욕하여 몸을 깨끗이 한 뒤, 새 옷으로 갈아입고 고요한 방에 누워 사흘 동안 먹지 않다가 긴 한숨을 한 번 토해내고는 마침내 다시는 일어나지 못했지요.

쓰기를 마치자 붓을 놓고는 두 사람이 마주보고 슬피 우는데 그칠 줄을 몰랐다. 유영이 위로했다.

"두 사람이 다시 만났으니 원하던 뜻이 이루어졌군요. 원수인 노비도 이미 제거되었으니 분함도 눈처럼 사라졌고요. 그런데 왜 이렇게 비통함을 그치지 않으시는지요? 인간 세상에 다시 태어나지 못함을 서운하게 여기는 것인가요?"

(世尊)이라고 한다.

194) 철가: 죄인의 손발을 묶을 수 있도록 쇠로 만든 형구(刑具)이다.

김생이 눈물을 거두며 사례했다.

"우리 두 사람은 다같이 원한을 품고 죽었지요. 명사冥司[195]에서는 죄가 없음을 가련히 여기시고 다시 인간 세상에 태어나게 해주려 하였습니다. 그러나 저승의 즐거움도 인간 세상 못지않은데, 하물며 천상에서의 즐거움은 어떠하겠습니까. 이러한 까닭에 세상에 나가는 것을 원치 않지요. 다만 오늘 저녁에 슬퍼한 것은 대군께서 돌아가시자 주인 없는 고궁에 까마귀와 새들만 슬피 울고 사람의 발자취는 이르지 않아 슬픔이 극에 달한 때문이었습니다. 게다가 지난 병화兵火 후에는 아름답고 빛나던 집들은 재로 되고 담은 무너지고 헐었는데도, 오직 섬돌에는 꽃들이 만발하여 향기를 내고 뜰 가에는 풀들이 무성하군요. 봄빛은 옛날의 정경을 바꾸지 않았으나 사람의 일만 이와 같이 쉽게 변한 것이오. 다시 와 보니 옛일이 암암한 것이 왜 슬프지 않겠습니까."

유영이 말했다.

"그러면 그대들은 천상의 사람이 되었나요?"

김생이 말했다.

"우리 두 사람은 본래 천상의 선인으로 오래도록 옥황상제의 향안香案[196] 앞을 모시고 있었습니다.

하루는 황제께서 태청궁太淸宮[197]에 납시어 저에게 옥원玉園[198]의 과실을 따오라 하셨지요. 제가 반도蟠桃[199]와 경실瓊實,[200] 금련자金蓮

---

195) 명사: 저승을 관리하는 곳이다.
196) 향안: 제사 때에 향로나 향합(香盒)을 올려놓는 상이다.
197) 태청궁: 도교에서, 신선이 산다는 삼청(三淸)의 하나. 하늘을 이른다.
198) 옥원: 하늘에 있다는 아름다운 동산이다.
199) 반도: 선계에 있다는 삼천 년 만에 한 번씩 열리는 복숭아이다.
200) 경실: 복숭아의 이명(異名)이다.

子[201]를 많이 따서 사사로이 운영에게 주었다가 발각 당하여 이 세상에 귀향 와 인간세상의 괴로움을 고루 겪게 하신 것입니다. 이제 옥황상제께서 전의 허물을 용서하시고 삼청궁三淸宮으로 부르셔서 다시금 향안香案 앞에서 모시게 되었답니다. 그래 돌아가는 때를 타서 바람의 수레를 타고 티끌 같은 세상에서 지내던 곳을 찾아와 보았던 것뿐이지요."

이어 눈물을 흘리며 유영의 손을 잡고 또 말했다.

"바다가 마르고 돌이 불에 태워진들 이 마음은 없어지지 않을 것이며, 하늘이 무너지고 땅이 쇠해도 이 한은 사라지기 어려울 것입니다. 오늘 저녁에 그대와 서로 만나 진솔한 마음을 털어놓은 일은 전생의 인연이 없었다면 어떻게 그럴 수 있겠습니까? 귀한 분께서는 이 글을 거두어 가지고 돌아가 영원토록 전하시되, 천박하고 경솔한 사람들의 입에 전해져 웃음거리가 되지 않도록 해주신다면 매우 다행으로 여기겠습니다."

진사는 취한 몸을 운영에게 기대고 시 한 수를 읊으니 이렇다.

꽃잎 떨어진 뜨락엔 제비와 참새만 날고,

---

201) 금련자: 수초(手草)의 이름. 어리연꽃, 행채(荇采), 금은련화(金銀蓮花), 마름이라고도 한다. 잎은 삼각형을 띤 마름모꼴이고 가장자리에 톱니가 많으며 잎 끝이 뾰족하다. 꽃잎은 4장이고 흰색이지만 약간 분홍색을 띠는 것도 있다. 꽃자루가 짧아 잎의 중앙에 붙은 것처럼 보인다. 한낮이면 꽃잎을 활짝 펴고 해가 기울면 반쯤 오므린다. 초가을에 까만 열매로 익는데 양쪽 끝이 뾰족해 져서 날카로운 가시가 된다. 속은 하얀 과육으로 가득 차 있어 생으로 먹을 수 있다. 그 때문에 물에서 따는 밤 같다고 하여 물밤 또는 말밤, 말뱅이라고 한다. 옛 문헌에 자주 등장하는데, 『시경(詩經)』「주남(周南)」 '관저(關雎)'에 보이는 마름(荇菜)은 다음과 같다.
  "탐스러운 마름을, 이리저리 찾아내듯, 요조숙녀와 더불어, 사랑을 하리라. 탐스러운 마름을 이리저리 찾아내듯, 요조숙녀와 더불어 풍악 울리며 즐기노라(參差荇菜, 左右采之, 窈窕淑女, 琴瑟友之. 參差荇菜, 左右采之, 窈窕淑女, 鐘鼓樂之)."

봄빛은 예와 같건만 주인은 간곳이 없네.

중천에 솟은 달빛은 차디차기기만 한데,

이슬방울 가벼이 푸른 우의羽衣[202]적시네.

운영이 잇대어 읊었다.

고궁의 버들과 꽃 봄빛을 새로 띠었고,

천 년의 호화豪華가 자꾸만 꿈에 뵈네.

오늘 저녁 와서 놀며 옛 자취 찾아보니,

막을 수 없는 슬픈 눈물 수건 적시네.

유영도 취하여 잠이 들었다.

잠시 후 산새 우는 소리에 깨어보니 구름과 연기가[203] 땅에 자욱하고 새벽빛은 넓고 멀어 아득하기만 한데, 사방을 둘러보아도 사람은 보이지 않았다. 다만 김생이 기록한 책자만 놓여 있을 뿐이었다. 유영은 애틋한 마음을 막을 길 없어 그 신책神冊[204]을 거두어 돌아와 고리짝 속에 감추어 두고 때때로 내어보고는 멍하니 얼이 빠져 침식寢食마저 전폐하였다.

그 후 깊은 산을 두루 찾아다녔는데 생을 마친 곳은 알지 못한다.

---

202) 우의: 새의 깃으로 만든 옷으로 선녀나 도사가 입는다고 한다.

203) 유영도…구름과 연기가: 원본에는 이 부분이 궐자(厥字)되어 있다. 그러나 이 부분이 없으면 문맥 호응에 어려움이 있기에 이본을 참고하여 보(補)하였다.

204) 신책: 신비로운 책. 여기서는 김생이 운영과 사랑을 기록한 책, 즉 이 〈운영전(雲英傳)〉을 말한다.

최현전

崔灝傳

구 년 공 쌓아 이 강가에 이르렀네

(九年功績到江邊)

　　〈최현전〉은 1673년 어름에 창작되었을 것으로 추정되는 작자미상 (作者未詳)의 한문단편애정전기소설(漢文短篇愛情傳奇小說)이다. 이 소설은 기존의 애정전기소설과는 코드가 다르다. 〈최현전〉은 전기소설의 세트는 분명한데 벌어지는 양상은 설화적(說話的)이기 때문이다. 여타 애정전기소설의 미학을 훑은 감식안이라면 그 치졸함과 황당함에 실망할지도 모르겠다. 그래서 문자 속깨나 있는 독서자들이 촌것이라고 야박하게 대하려든다면, 이것은 〈최현전〉의 '재미'를 간과한 소치이다. 어디 옛날이야기를 들으며 작품미학(作品美學)을 재미보다 선행시키던가.

　　최현(崔灦)은 홍장(洪莊)의 아버지 대신 부역을 간다. 어느 날, 이별할 때 홍장이 준 거울을 보니 흐려졌다. 홍장의 집에 와보니 이미 파문괴장(破門壞墻)된 뒤였다. 최현은 홍장을 찾아 길을 떠나 절, 원, 다리 조성하는 데서 3년씩 신고(辛苦)를 거친다. 견우의 도움을 받아 유사강을 건너 홍장을 만나고 천제가 지상에서 살도록 하여 80세까지 행복을 누리며 살았다.

　　"구 년 공 쌓아 이 강가에 이르렀네(九年功績到江邊)." 최현이 이승과 저승을 가로지르는 유사강에서 건너지 못하는 애타는 심정을 목

놓은 구절이다. 부역을 하는 데서 보낸 3년까지 친다면 물경(勿驚) 12년! 나른한 애정에 비한다면 정말 심지 굳은 남정네다. 그동안 여성(女性)은 남성(男性)의 파트너였다면, 이 애정전기에서는 최현이 홍장의 파트너다. 〈최현전〉에서는 남성적 틀이 거세(去勢), 전복(顚覆)되었다.

독서자들은 조금도 지루한 줄 모른다. 어릴 때 할머니 무릎을 베고 누워서 들었던 구수함이 그 속에 있기 때문이다. 설화(說話)의 순기능(順機能)인 재미가 돋을 새김 되었다. 그리고 이야기를 따라가며 보는 풍광(風光)이 제법 쏠쏠한 재미를 준다. 부역현장에서, 송암사를 거쳐 유사강에서 멈칫하고는 다시 서방(西方)세계로 들어간다. 그리고 거기서 만나는 홍수와 아귀. 마치 보통의 애정전기소설이 평면(平面)이라면, 〈최현전〉은 입면(立面)에 적힌 이야기다. 어릴 때 시골길에서 달구지 끝자락에 엉덩이 흔들며 앉아 느릿하게 멀어지던 조촐한 뒤태의 풍경이다. 한 번 보고는 절대 〈최현전〉의 미감(味感)을 느낄 수 없다. 읽을수록 감각반응(感覺反應)의 시차(時差)를 느낀다. 지금까지 애정전기는 반드시 읽어야만 하는 것이었다. 이 소설은 읽으면 안 된다. 이야기하듯 들어야 한다.

또 여기저기에서 취하였을 몇 편의 시들은 또한 다소 빡빡한 문장을 놓친다. 철성금황(鐵成金黃). 전인(前人)의 시구를 적절히 살려낸 것이 일품이다. 소설 속에 켜켜이 쌓여 있는 갈래의 층위를 염두에 둔 읽기는 더욱 좋다.

이미 도식화한 17세기 애정전기소설의 관성(慣性)이 〈최현전〉에서 이렇게 부서졌다.

최현전

오래전에 진시황秦始皇[1]이 육국六國[2]을 멸망시키고 온 세상을 합하여 천하를 통일했다. 그런 뒤에 '진나라를 망하게 할 자는 호胡[3]'라는 말에 현혹되어 장성長城[4]을 쌓으려 군민軍民 중에서 정장자丁壯者[5]를 뽑았다.

---

1) 진시황: 중국 최초의 중앙집권적 통일제국인 진(秦)나라를 건설한 전제군주(재위 B.C.246~B.C.210)인 시황제(始皇帝, B.C.259~B.C.210). 성(姓)은 영(嬴). 이름은 정 (政). 조(趙)나라의 대상인 여불위(呂不韋)의 공작으로 즉위한 장양왕의 아들로서 13세에 즉위하였다. B.C.221년 시황제(始皇帝)는 천하를 통일하자, B.C.214년에 그때까지 연·조 등이 북변에 구축했던 성을 증축·개축하여, 서쪽의 간쑤성[甘肅省] 남부 민현(岷縣)에서 요동(遼東)의 요양(遼陽)에 이르는 장성을 구축함으로써 흉노(匈奴)에 대한 방어선을 이룩하였다.
2) 육국: 중국 춘추전국시대(春秋戰國時代)의 제(齊)·초(楚)·연(燕)·한(韓)·위(魏)·조 (趙)의 여섯 나라를 말한다.
3) 호: 예전에, '오랑캐'를 이르던 말. 우리나라에서는 주로 여진족(女眞族)을 일컬었고 중국에서는 진(秦)·한(漢)시대에는 흉노(匈奴)를, 당(唐)나라 때는 서역(西域)의 여러 민족을 일컬었다.
4) 장성: 만리장성(萬里長城)을 말한다.
5) 정장자: 정(丁)은 20대, 장(壯)은 30대의 건장한 남자를 이른다.

홍농洪濃이라는 자는 황주黃州6) 사람이다. 나이는 거의 칠순으로 처음 벼슬이 대장隊長이었는데, 그도 선발된 사람들 중에 끼게 되었다. 그러나 농濃은 그 일을 감당할 수 없었기 때문에 걱정하여 숟가락만 꽂아 둔 채 밥도 먹지 못하며 밤낮으로 서럽게 울었다.

그에게는 아들은 없고 딸이 하나 있었으니 이름이 장莊이다.

나이는 겨우 15세였으나 고운 얼굴이나 모습이 아주 뛰어났으며 효성과 절개까지 모두 갖추었다. 뿐만 아니라 또 시부詩賦7)에도 능했다. 아비가 애통하는 것을 보고 노심勞心으로 몸이 상하실까 걱정되어 부드러운 음성으로 위로의 말씀을 드렸다.

"제가 여자이기는 하지만 지아비를 찾아 아버님의 역역力役을 대신하게 할 수 있으니 근심하지 마세요."

아비가 말했다.

"네 말을 믿을 수 있겠느냐?"

장이 말했다.

"제가 방법을 찾아볼게요."

즉시 노복奴僕8)에게 명하고는 재촉하여 분단장하고 수레에 올라탔다.

또 절구絶句9)를 지어 수레 앞에 붙였는데, 이렇다.

얼굴은 복사꽃처럼 어여쁘고,

지금 제 나이는 열다섯이지요.

---

6) 황주: 지금의 후베이성[湖北省] 황강현(黃岡縣) 인근이다.
7) 시부: 시(詩)와 부(賦)를 아울러 이르는 말이다.
8) 노복: 사내종이다.
9) 절구: 한시(漢詩)의 근체시(近體詩) 형식의 하나. 기(起)·승(承)·전(轉)·결(結)의 네 구(句)로 이루어진 정형시. 오언 절구와 칠언 절구가 있다.

나에겐 주인이 아직 없으니,10)

그대가 지아비 되어 주세요.11)

이러하고는 곧 수레를 타고 길을 나서 이리저리 동으로 서로 돌아
다녔다.

마침 동당시東堂試12)가 있었다.

관광觀光13)하는 유생 수십 명이 있었는데 수레 곁을 지나쳤지만 모
두 그 글의 의미를 알지 못했다.

그 중 한 유생이 있는데 성은 최崔요, 이름은 현灦으로 소주蘇州14)
사람이다. 최현만이 그 시의 뜻을 깨닫고 무리의 뒤에 떨어진 뒤 문
에 기대어 시를 읊었다.

마음은 단장한 여인을 좇아가건만,

몸은 부질없이 문 기대 서있네.

---

10) 나에겐 주인이 아직 없으니: '왕(王)자' 위에 점이 있으면, '주인 주(主)자'가 된다.
한자의 자획(字畵)을 풀어 나누는 파자(破字) 놀음이다.
11) 그대 지아비가 되어 주세요: '천(天)자'에 머리를 내면, '지아비 부(夫)자'가 된다.
한자의 자획(字畵)을 풀어 나누는 파자(破字) 놀음이다.
12) 동당시: '동당(東堂)'은 황궁(皇宮)의 동쪽에 있는 전당. 과거를 보는 장소로 쓰였기
에 과거를 '동당시(東堂試)'라 한다. 조선시대에도 고급 관리를 뽑은 과거를 대과(大
科) 혹은 동당시(東堂試)라고 하였다. 정기시는 3년에 1번, 즉 자(子)·묘(卯)·오(午)·유
(酉)년에 시행한 식년시(式年試) 하나뿐이다. 식년문과에는 초시(初試)·복시(覆試)·전
시(殿試)의 3단계 시험이 있으며, 이 중 전시는 하루 만에 끝났으나, 초시·복시는 중
(中)·종장(終場)으로 나누어보았고 이를 동당3장(東堂三場)이라 하여 하루걸러 실시
하였다.
13) 관광: 과거를 보러 가는 것이다.
14) 소주: 중국 장쑤성[江蘇省] 남부의 양자강(揚子江) 삼각주 평원 위에 자리한 고도
(古都)다. 기원전 5세기 춘추전국시대에 오(吳)나라의 도읍이었다.

장이 곧바로 이렇게 답했다.

갑자기 수레 뒤가 무거워졌으니,
한 사람의 마음을 더 실은 것이겠지.15)

두 사람은 서로 만나 이야기를 나눈 뒤, 장이 마침내 문 곁의 작은 방으로 이끌고 와서 편안히 안돈시켰다.

그리고 장은 아비 앞에 가 말했다.

"소녀가 원하는 것을 이루었어요."

아비가 말했다.

"어떻게 그럴 수 있겠니?"

장이 말했다.

"불러서 만나 보시지요.

농濃이 즉시 노복에게 영을 내려 중당中堂16)을 깨끗하게 쓸고 닦아 자리를 마련하고는 현을 맞이했다.

현의 사람됨을 보니 극히 담대膽大하고 호걸豪傑스런 기상이 있었으며 말폼새가 점잖고 무게 있는 것이 정말 대장부였다.

---

15) 마음은…기대 서 있네. 갑자기…것이겠지: 최현과 홍랑이 주고받은 두 시는 유몽인(柳夢寅, 1559~1623)의 『어유야담(於于野談)』에도 보이는 것으로 미루어 당시 널리 유전(流轉)하였던 듯하다. 『어유야담』에 시가 나오는 부분은 다음과 같다.

"또 우리나라에 글을 하는 어떤 선비가 중국에 가서 아름다운 여인이 길가에서 나귀를 타고 동쪽으로 가는 것을 보았다. 선비는 문에 기대어 눈길로 좇다가 두 구의 시를 지어 미인에게 주었는데, 시는 이랬다. '마음은 미인을 좇아가건만, 몸은 부질없이 문 기대 서 있네.' 여인이 나귀를 멈추고 시를 읽고는 가면서 두 구를 읊었다. '나귀는 짐 무겁다 투덜대니, 한 사람의 마음을 더 실어서겠지.'(又有我國一文士, 如中原, 見路上美妹, 坐驢東而往. 士倚門而望貼, 以兩句詩索美人, 聯句曰: 心逐紅粧去, 身空獨倚門. 美人駐驢續之而去, 其兩句曰: 驢嗔車載重, 添却一人魂)."

16) 중당: 당상(堂上) 남북의 중간이다.

농은 탐탐하여 근심이 점점 풀어졌다.

장이 현에게 말했다.

"낭군께서 아내로 삼고자 하신다면 늙은 아비를 대신하여 장성長城을 쌓는 부역에 가야 하는데 어떠신지요?"

현이 말했다.

"부역을 대신하는 것은 실제로 어려운 일이 아니오. 구환講歡[17]한 뒤에 갔으면 합니다만."

장이 말했다.

"비록 부부의 도리를 행하지 않더라도 인연이 이미 정해졌으니 제가 다시 어디로 시집을 가겠어요? 만약 낭군과 오늘 밤 함께 잠자리에 들면 제가 절개를 온전히 지켰는지 알기 어려울 것이에요. 가득 찬 술병에서 술을 덜면 알 수 있으나 반쯤 찬 술 병에서 술을 덜면 알기 어렵잖습니까."

장이 또 말했다.

"소나무와 측백나무의 절조는 날씨가 추워진 뒤에 나타나고 열부烈婦의 정은 몸을 온전히 지키는데서 드러나지요. 낭군과 비록 견권지정繾綣之情[18]을 맺지는 않았지만, 양쪽의 땅에서 신의를 지킬 약속만 바랄뿐이에요. 이제 제가 가지고 있던 거울을 드릴 게요. 주머니 속에 잘 간수하여 때로 보시다가, 색이 변했으면 말미를 얻어 돌아와서 서로 만나 본다면 다행이겠습니다."

마침내 거울을 주니 받아서는 떠났다.

이별할 때에 눈물을 흘리며 구슬프게 말했다.

---

17) 구환: 합환(合歡)을 말한다.
18) 견권지정: 정의(情意)가 살뜰하여 마음속에 굳게 맺혀 잊혀지지 않는다는 뜻으로 여기서는 부부의 합환을 말한다.

문밖에서 그대 보내며 말 한 마디 못하니,

정情이 없어서도 못 믿어서도 아니랍니다.

안녕을 비는 말은 다 마치지 못하였는데,

눈물이 먼저 떨어져 붉은 적삼 적십니다.

생生19)이 차운次韻20)하여 읊었다.

심규深閨21)에 잘 계시며 원망의 말 마오,

내가 떠나 간 뒤에 편안할까 걱정이구려.

긴 여정 만 리 길에 돌아올 기약 없어,

눈물이 먼저 떨어져 얇은 옷 적시는구려.

읊기를 마치자 이별을 하고 채찍을 휘둘러 멀리 말을 몰아가니 마치 나는 듯했다.

마침내 성을 쌓는 곳에 도착했다.

어느새 삼 년이 되었다.

어느 날 거울을 꺼내 보니 먼지가 덮여 색이 없어졌다. 놀랍고 슬퍼서 정장呈狀22)을 도감都監23)에게 올리고는 가려고 하였지만 허락하지 않았다. 물러 나와 가슴이 답답하여 울며 시를 지었다.

---

19) 생: 최현(崔灦)이다.

20) 차운: 남이 지은 시의 운자(韻字)를 따서 시를 지음. 또는 그런 방법이다.

21) 심규: 여자가 거처하는 깊이 들어앉은 집이나 방이다.

22) 정장: 소장(訴狀) 따위를 관청에 올리는 것이다.

23) 도감: 고려·조선시대 국장(國葬)·국혼(國婚) 따위를 맡아보던 임시 관청이다. 여기서는 만리장성의 축성을 감독하는 관청의 부서라는 의미로 쓰였다.

해는 서산으로 져도 또 동쪽으로 떠오고,
꽃은 시들어도 반드시 꼭 봄을 만난다네,
사람이 죽은 뒤에는 서로 보기 어려우니,
병든 어미 만나보게 은혜 베풀어주소서.

도감에게 글을 올려 다시 청하니 허락하여, 비로소 집으로 돌아갈 수 있었다.

곧 밤낮을 가리지 않고 집에 돌아와 보니 담장은 무너지고 자물쇠는 부러졌으며 사람은 보이지 않고 사물도 바뀌었다.

마침내 사람의 모습은 간데없어 휘휘한데, 참새만 뒤뜰에서 조잘대니 슬픈 마음을 이기지 못했다. 홀로 서서 탄식만 하다 다만 뜰 가득한 나무에 꽃이 핀 것을 보니 눈물이 흘러 울며 시를 읊었다.[24)]

지난해 오늘 이 문간에는,
사랑하는 임과 복사꽃이 서로 붉게 비쳐.
사랑하는 임의 얼굴 간 곳을 알 수 없고,
복사꽃만 예전처럼 봄바람에 웃고 있네.[25)]

읊기를 마치고 머뭇거리며 오랫동안 어정쩡하게 서성대니 심사가 낙막落寞했다.

그러다 우연히 비단적삼 한 자락이 돌층계 사이에 낀 것을 보았다.

---

24) 울며 시를 읊었다: 소실(燒失)되어 알 수 없는 것을 앞뒤 내용으로 미루어 추정하여 보(補)하였다.
25) 봄바람에 웃고 있네: 소실(燒失)되어 알 수 없는 것을 민간에 이 시(詩)가 유전되므로 이를 취하여 보(補)하였다.

빼내어보니 옷자락에 절구 한 수가 적혀 있었다.[26]

한 번 잠깐 인연을 맺은 뒤,
인연 다하기 전 내가 먼저 돌아왔네.
서방정토西方淨土[27]는 내가 돌아갈 곳,
그대가 만약……[28]

더욱 마음이 몹시 구슬프고 아무 생각 없이 멍하여 갈 곳을 알지
못했다.
날은 또 저물고 달은 동쪽에서 떠오르려 했다.
곧 시를 읊었다.

저물녘 홀로 앉아 누구와 함께 말하나,
달은 밝은데 두견이 소리만 들려오누나.
안개 낀 산은 첩첩하고 물은 차기만 한데,
사람 발길 끊긴 외진 곳 갈 길 아득하네.

산은 높고 물은 깊은데 돌길이 황량하였다.
잠깐 돌산에서 쉬며 한숨짓고는 읊었다.

---

26) 옷자락에…있었다: 소실(燒失)되어 알 수 없는 것을 앞뒤 내용으로 미루어 추정하
여 보(補)하였다.

27) 서방정토: 불교에서 멀리 서쪽에 있다고 말하는 하나의 이상향(理想鄕)으로 아미
타불(阿彌陀佛)의 정토. 극락정토(極樂淨土)라고도 한다. 『아미타경』에 "여기서 서쪽
으로 10만 억 국토를 지나서 하나의 세계가 있으니, 이름을 극락이라고 한다."고 한
데서 나온 말로, 곧 극락세계를 말한다. 이곳을 또 동거토(同居土)라고도 하는데, 그곳
에서는 부처와 중생이 동거한다는 뜻이다. 서방(西方). 서방세계(西方世界).

28) ……: 소실(燒失)되어 알 수 없다.

한 번 소식 끊어져 임 간 곳 물을 곳조차 없어,

오로지 밝은 달만 옛 임의 넋 있는 곳 아네.

그리워하는 이 마음 천 갈래 만 갈래인데,

푸른 멧부리에 흰구름만 유유히 떠가네.

읊기를 마치자 풀 섶에 누워 잠깐 동안 꿈을 꾸었다가 문득 깨니, 진방震方29)이 희번하게 밝아 오는데 좁은 길이 희미하게 가로질러 있었다.

마침내 등나무를 휘어잡고 가니 송암사松庵寺가 있었다. 비로소 서방정토로 가는 길을 물으니 화주化主30)가 대답했다.

"이 절 짓는 것을 도와주면 가르쳐 주겠네."

마침내 머물러서 일을 도와준 지 3년이 되니 화주가 말했다.

"이 고개를 넘어가서 물어보게."

현이 고개를 넘어서 이르니 또 원院을 조성하고 있었다. 서방으로 가는 길을 물으니 화주가 말했다.

"이 원 짓는 일을 도와준다면 가르쳐 주겠소."

또 머물러서 일을 도와준 지 3년이 되니 화주가 말했다.

"이 고개를 넘어가서 물어보시오."

고개를 넘어서 도착하니 또 다리를 조성하고 있었다. 마침내 서방 가는 길을 물으니 화주가 대답했다.

"이 다리 만드는 일을 도와준 뒤에 가르쳐 드리지요."

마침내 머물러서 일을 도와준 지 3년 뒤에 화주가 알려주었다.

---

29) 진방: 8방의 하나. 정동(正東) 방향이다.
30) 화주: '부처'의 다른 이름. 중생을 교화하는 주인이라는 뜻. 화주승(化主僧). 화사 (化士)라고도 한다.

"이 산을 지나 한 큰 고개를 넘어 이십 리쯤 가면 유사강流沙江[31]이 있는데, 그 강을 건너면 곧 서방西方의 땅이지요."

생이 그 말을 듣고는 기뻐하며 날듯이 달려가 도착하니 정말 유사 강이 있었다. 그런데 사방을 둘러봐도 배도 노도 없었다. 날아서 가고자 하나 날개도 없고 뛰어 넘고자 하나 재주도 없었다. 그러므로 푸른 하늘을 우러러 일심一心으로 속으로 기원했다.

정의情意가 두터운 옛 임을 보려하여,
구 년 공 쌓아 이 강가에 이르렀으니.
제생諸生은 이 마음 가긍히 여기시어,
마하반야摩何般若[32]의 배를 빌려 주소서.

잠깐 있으려니 선옹仙翁이 배를 타고서는 어느 곳으로부터 저어 왔는지 모르게 갑자기 생의 앞에 이르러 말했다.

"그대는 무슨 일로 이곳에 서 있는가?

현이 대답했다.

"저는 홍장의 남편으로 최현崔灝이라고 하지요. 장莊이 서방정토에 있다는 말을 들었기에 이곳에 왔습니다. 그러나 배가 없어서 이 강변에 서 있는 것입니다. 그런데 홀연히 하늘 배가 공중에서 내려왔으니 어떻게 하늘의 도우신 것이 아니겠습니까? 천수天燧께서 저를 건네주시어 제발 한 번만 장을 만나 볼 수 있게 해주십시오."

---

31) 유사강: ① 극락과 이승을 가로지르는 강. ② 중국 서방에 있는 큰 사막, 즉 고비사막을 말함. 여기서는 ①의 뜻이다.

32) 마하반야: '마하'란 크다는 뜻이니 심량의 광대함이 허공과 같이 끝이 없다는 말이요, '반야'는 지혜이니 언제 어디에서나 생각이 어리석지 않아, 항상 지혜롭게 행동하라는 것이다. 여기서 마하반야는 '큰 지혜' 정도로 해석할 수 있다.

곧 천옹天翁33)이 배를 돌리고 노를 옮겨서는 태워서 함께 물을 건너고는 말했다.

"나는 직녀織女의 남편 견우牽牛34)라네. 은하수가 간격이 있으니 일년에 한 번 만나는 고통이 어떻겠는가? 필부匹夫의 마음은 하늘이나 땅이나 한 가지인 것 같네. 이제 들어보니 그대가 오랫동안 강가에서 있었다고 하는데, 그 정의情意가 어찌 다르겠는가. 이 때문에 노를 저어 감히 강을 건네 준 것일세."

말을 마치자 잠깐 옆을 본 사이에 간 곳을 알 수 없었다.

마침내 생이 서방에 도착하였다.

멀리 바라보니 시오 리쯤에 나무가 하늘을 가리고 있었다. 이르러서 보니 곧 보리수菩提樹35)였다. 나무 아래에는 신령한 우물[靈井]이 있었다. 우물의 북쪽 몇 리쯤에는 임궁琳宮36)과 범궐梵闕37)이 있는데 극히 장엄하고 화려했다.

---

33) 천옹: 하늘의 신이다.

34) 견우: 견우와 직녀는 은하(銀河)를 사이에 두고 동서로 자리 잡고 있는 견우성과 직녀성의 준말. 음력 7월 7일, 즉 칠석(七夕)날과 관련된 전설로 더 유명하다. 견우성과 직녀성은 서로 사랑하지만, 은하에 다리가 없기 때문에 만날 수가 없어 회포를 풀 길이 없다. 견우와 직녀의 이 딱한 사정을 알고 해마다 칠석날이 되면 지상에 있는 까마귀와 까치가 하늘로 올라가 몸을 잇대어 은하수에 다리를 놓아준다. 이 다리를 오작교(烏鵲橋)라고 하는데, 견우와 직녀는 오작교를 건너와 1년 만의 회포를 풀게 된다. 칠석날 저녁에 비가 내리면 견우와 직녀가 상봉한 기쁨의 눈물이고 이튿날 새벽에 비가 오면 이별의 눈물이라 전한다.

35) 보리수: 석가모니가 그 아래에서 변함없이 진리를 깨달아 불도(佛道)를 이루었다고 하는 나무. 부처는 서른다섯 살 되던 해의 어느 날 저녁, 붓다가야(Buddha-Gaya: 오늘날 인도의 비하르 주 가야 근처)의 네란 자라 강둑의 보리수 아래에서 깨달음을 얻었다. 그 이후부터 보리수는 부처, 즉 '깨달은 지혜의 상징'으로 알려지게 되었다.

36) 임궁: 도교(道敎)의 사원(寺院)이다.

37) 범궐: 제석천(帝釋天)과 함께 부처를 좌우에서 모시는 불법 수호의 신인 범천왕(梵天王)의 궁궐. '절'과 '불당(佛堂)'의 총칭. 범각(梵閣).

생이 그 나무 위에 올라가 잠깐 있으려니 궁중에서 물을 긷는 선녀 여러 명이 나왔다. 그 중 한 사람이 장妝이었다. 장이 몸을 구부리고 우물 밑을 보니 현의 그림자가 있었다. 놀라고 탄식하며 머뭇거리면서 돌아가지 못하다가, 두 선녀가 물을 길어서 먼저 간 뒤에 장이 읊조렸다.

이것은 내 지아비인 현인데,
어떻게 이 우물 속에 있을까?

생이 잇대어 읊었다.

그대와 인연이 너무도 소중하기에,
이 때문에 우물 속에 있는 것이오.

장이 나무 위를 보니 그 정성이 담뿍 느껴졌다. 오게 된 사연을 묻자 생은 성城을 쌓은 고통과 상사相思의 애통함과 절을 창건하고 다리를 만들고 원을 조성한 노고를 낱낱이 말해주었다.

장이 말했다.

"낭군의 적선지공積善之功이 이와 같았기 때문에 이곳에 올 수 있었던 것이에요. 그렇지 않았다면 어떻게 이곳에 오실 수 있겠어요? 함께 가고 싶지만 의논할 일이 있기 때문에 함께 갈 수가 없어요. 오늘밤은 우선 나무 위에 계시는 것이 좋겠어요."

그날 밤에 근원을 알 수 없는 물이 허리를 넘쳤다.

다음 날 아침, 장이 또 나타나 말했다.

"오늘밤에도 나무 위에서 계시는 것이 좋겠어요."

줄달아 그 나무 위에서 잤다.

또 다음 날, 장이 나타나서 이끌고 갔다.

"오늘밤에도 나무 위에서 계시는 것이 좋겠어요."[38]

그날 밤에 조수潮水가 또 생의 허리까지 넘쳤다. 생은 나뭇가지를 굳게 잡고 그 밤을 무사히 넘겼다.

다음 날 아침, 장이 또 와서 말했다.[39]

"지난밤의 물에 대해서 낭군께서는 아시나요 모르시나요?"

생이 "모르겠소." 하니, 장이 말했다.

"첫 날 밤의 물은 병으로 비영비영 괴로워할 때에 낭군을 보고 싶어 흘린 눈물이요, 마지막 날 밤의 물은[40] 임종臨終할 때에 낭군을 보지 못해서 통곡한 눈물이랍니다."

장과 현이 정을 흠뻑 나눈 후에 함께……[41]

한 아혼餓魂[42]이 현이 이곳으로 온다는 것을 알고는 그날 밤 오경五更[43]에 잡아먹으려고 하였다. 장이 이 일을 미리 알았기 때문에, 그 밤 오경五更에 종을 쳤다.[44]

그래서 잡아먹지 못하고서 물러갔다.

---

38) 와서 말했다: 소실(燒失)되어 알 수 없는 것을 앞뒤 내용으로 미루어 추정하여 보(補)하였다.

39) "오늘밤에도 … 좋겠어요.": 앞뒤 내용으로 미루어 추정하여 보(補)하였다.

40) 보고 싶어…밤의 물은: 소실(燒失)되어 알 수 없는 것을 앞뒤 내용으로 미루어 추정하여 보(補)하였다.

41) ……: 소실(燒失)되어 알 수 없다.

42) 아혼: 불교에서 파율(破律)의 악업(惡業)을 저질러 아귀도(餓鬼道)에 떨어진 귀신. 목구멍이 바늘구멍 같아서 음식을 먹을 수 없어 늘 굶주린다고 한다.

43) 오경: 하룻밤을 다섯으로 나누었을 때의 다섯째 부분. 지금의 오전 3시에서 5시까지이다. 무야(戊夜).

44) 종을 쳤다: 소실(燒失)되어 알 수 없는 것을 앞뒤 내용으로 미루어 추정하여 보(補)하였다.

다음 날 아침 천제天帝가 크게 노하여 말하였다.

"지난 밤 오경에 종을 친 자를 차인差人45)을 시켜 잡아오도록 하라."

장을 잡아 황제 앞에 끌어다 놓으니 황제가 말했다.

"무엇 때문에 종을 쳤느냐?"

장이 고개를 조아리고는 말했다.

"지난 번 제가 죄를 지어 인간 세상에 귀양 갔을 때, 요행히도 최현을 잠깐 배필로 삼았습니다. 그러나 전생의 인연이 다하지 않은 까닭에 옛 정을 버리지 못하고 끝내 찾아 이 먼 곳까지 저를 찾아 왔습니다. 그런데 마침 아귀가 하늘로부터 내려 와서 잡아먹으려고 하였기 때문에 금고金鼓46)를 친 것입니다. 첩이 죄를 지었으니 진실로 용서받지 못할 것이니 비록 만 번 죽어도 원망치 않겠습니다.

상제께서는 이를 보시고 가련하게 여기시어 다시 깨어진 거울을 합쳐주시고 이지러진 달을 다시 둥글게 해주시기를 엎드려 바랍니다. 그러면 어찌 제가 행복이라 여기지 않겠습니까?"

황제가 말을 듣고 정상을 슬피 여겨 말했다.

"어떻게 그러한 까닭이 있는 줄 알았겠느냐? 참으로 이들은 하늘이 정한 배필이로다. 그러나 이곳은 정계淨界47)의 세계이니, 속세의 사람들이 살거나 편히 있을 곳이 아니다. 너희는 인간 세상으로 돌아가 잘 살도록 해라."

두 사람이 마침내 인간 세계로 돌아와서 각 80세 가까이 일생을

---

45) 차인: 시중드는 자이다.
46) 금고: 절에서 쓰는 북 모양의 종으로 여러 사람을 모을 때 쓴다.
47) 정계: 부처나 보살이 사는, 번뇌의 굴레를 벗어난 아주 깨끗한 세상. 각원(覺苑), 불계(佛界)라고도 한다.

함께하며 늙었다.

후세에 이 기이한 이야기가 끝없이 전해졌다고 한다.

강산변
江山辨

산도 물도 아니라네

(非山非水)

〈강산변〉은 17세기 어름에 지어졌을 것으로 추정하는 작자 미상의 '어·초류계열(漁·樵類系列) 우언(寓言)'이다. '漁·樵'는 17세기 문화접변(文化接變)을 담보(擔保)하고 있는 용어이다.

이 우언의 내용은 간명하다. 어자(漁者)는 물가가 좋다 하고 초자(樵者)는 산기슭이 좋다고 다툼을 한다. 그리고는 결론을 못내 낙도선생을 찾아갔다. 그랬더니 낙도선생(樂道先生) 일갈(一喝). "산도 물도 아니라니까(非山非水)." 희떠운 말이 아니다.

'나무 그득한 산봉우리 비취빛으로 푸르든', '시원스럽게 바람 탄 돛단배를 타든' 두런두런 사람 소리 없다면 무슨 재미가 있겠는가? 그래서 사람들은 산자락 아랫도리와 물가를 끼고는 살지만 그 속으로 들어가지는 못하는 것이다. 그러나 이 뜻도 아닌지 모른다.

엄우(嚴羽)의 『창랑시화(滄浪詩話)』에 '영양이 뿔을 걸 듯'이라는 말이 있다. 영양을 보고 쫓다보면 영양은 간 곳이 없다. 영양은 뿔을 나뭇가지에 걸고 잠이 들었는데 독서자(讀書者)는 발자국만 훑고 있는 꼴이다. 〈강산변〉의 속내를 보려면 언어의 통발에 떨어져선 안 된다. 문자적 의미와 비유적 의미 사이의 긴장(tension), 독서자의 텍스트에 대한 이해의 범주 및 한계에 관한 기대지평(期待地平, erwartungshorizont)

을 한껏 고려해야 한다.

이런 그림이 어초도(漁樵圖)이다. 17세기 중엽 이후 꽤나 유행하였던 듯하다. 이 시기 화가 이명욱(李明旭)의 〈어초문답도(漁樵問答圖)〉에는 길가에서 낚싯대를 든 어부와 도끼를 바지춤에 찬 초부가 담소를 하고 있다. 무슨 이야기인 지는 감상자의 몫이다. 〈강산변〉은 단순하게 읽힐 작품이 아니다. 언간의진(言簡意盡). 말은 간단하지만 의미는 곡진하다. 짧지만 결코 짧지 않다. 필사자가 고심하고 필사하였을 이 『선현유음』에 〈강산변〉이 우연찮게 들어간 것이 결코 아니기 때문이다.

기교는 없지만 중세의 건강성(健康性)을 볼 수 있는 지식인의 우언(寓言)이다.

강산변

어자漁者는 강의 동쪽에서 살고 초자樵者는 산의 남쪽에서 살았다. 이들은 모두 산수山水를 즐기는 사람들이었다.

어느 날 두 사람이 길에서 마주치자, 어자가 초자에게 말했다.

"그대는 어찌하여 강가에 살지 않소?"

초자가 말했다.

"강의 즐거움이 산만 못하기 때문이지요. 그러는 그대는 왜 산에 살지 않소?"

어자가 말했다.

"산의 즐거움이 강의 즐거움만 못하기 때문이지요."

그러고는 어자가 초자에게 으쓱거리며 말했다.

"그대가 어떻게 강의 즐거움을 알리요?

봄날의 화창한 경치가 상쾌하고 고우며 강 물결도 놀라 일지 않으면 속세의 생각을 깨끗이 씻어주고, 특별히 맑은 바람이라도 불어 옷깃을 풀어 젖히면 욕기浴沂[1]의 기상이 있지요.

찌는 듯한 더위가 사람에게 바짝 다가들고 소우疎雨[2]가 숲이 우거
진 푸른 산기슭에 내리면, 시원스럽게 바람 탄 돛단배에 타고서는
흰 갈매기를 좇아 자유롭게 이리저리 슬슬 거니니 바람을 타고 나는
큰 뜻도 있소이다.

장마가 막 그쳐 농어가 살이 오르면, 가벼운 노와 짧은 삿대를 가
지고 통발을 삼아 쏘가리를 잡고 옥을 쪼개니 송강松江[3]의 고상한 정
서도 쓸쓸히 일어나지요.

온 산에는 새의 자취가 끊기고 추운 강에 눈이 덮이면, 외로운 배[孤
舟][4]에 도롱이 삿갓 쓰고 긴 낚싯대를 드리워 홀로 낚시질을 하니[5]

---

1) 욕기: 명리(名利)를 잊고 유유자적함을 이르는 말. 『논어(論語)』 「선진편(先進篇)」
   에 나오는 말이다. 공자가 하루는 가까운 제자들을 앉혀 놓고 평소의 포부를 물었더
   니, 자로를 비롯한 좌중의 제자들이 모두 정치적 야심을 토로하였는데 오직 증점(曾
   點) 만이 "늦은 봄 호시절에 봄옷을 갈아입고, 젊은 사람 대여섯, 동자 녀석 예닐곱
   명을 데리고 교외로 나가, 기(淇)의 온천에서 목욕하고, 기우제 터인 무우(舞雩)에 올
   라 바람을 쐬고 노래를 읊으면서 돌아오겠습니다(曰: 莫春者, 春服旣成, 冠者五六人,
   童子六七人, 浴乎沂, 風乎舞雩, 詠而歸)."라고 대답하였더니, "공자가 크게 탄식하여
   말하기를 나도 점과 함께 가고 싶다!(夫子喟然歎曰: 吾與點也!)"라고 했다는 데서 나
   온 말이다.
2) 소우: 뚝뚝 성기게 내리는 비를 말한다.
3) 송강: 중국의 장쑤성[江蘇省] 송강부(松江府). 이곳 화정현(華亭縣)에 있는 강에서
   나는 농어가 유명하여 '송강로(松江鱸)'라 한다. 소식(蘇軾)의 〈후적벽부(後赤壁賦)〉
   에 '손(客)'이 말하기를 "오늘 저녁 무렵에 그물을 들어 고기를 잡았는데, 입이 크고
   비늘이 가늘어 모양이 송강(松江)의 송어와 같습니다(客曰, 今者薄暮, 舉網得魚, 巨口
   細鱗, 狀如松江之鱸)."라는 구절이 있다.
4) 외로운 배[孤舟]: 외로움을 표현하는 대표적인 시어. 중국 동진(東晋)·송대(宋代)의
   시인 도연명(陶淵明, 365~427)이 〈귀거래사(歸去來辭)〉에서 사용하였다. 외로운 배가
   보이는 구절은 다음과 같다.
   "혹은 포장 친 수레 몰기도 하고, 혹은 외로운 배 노 젓기도 하며, 깊숙이 골짜기 찾아가
   기도 하고, 또 울퉁불퉁한 언덕 오르기도 하네(或命巾車, 惑棹孤舟, 旣窈窕以尋壑, 亦崎嶇
   而經丘)."
5) 도롱이 삿갓…낚시질을 하니: 유종원(柳宗元, 773~819)의 〈강설(江雪)〉이란 시에
   보이는 시구의 차용(借用). 유종원의 자는 자후(子厚). 장안(長安) 출생. 유하동(柳河
   東)·유유주(柳柳州)라고도 부른다. 혁신적 진보주의자로서 왕숙문(王叔文)의 신정(新
   政)에 참획하였으나 실패하여 변경지방으로 좌천되었다. 이러한 좌절과 13년간에 걸

세상사 잊는 참다운 풍취를 상쾌하게 품을 수 있다오.

그대가 사는 곳에는 이러한 즐거움이 있소?"

초자도 어자에게 자랑하였다.

"그대가 또한 어찌 산의 즐거움을 알리요?

나무 그득 찬 산봉우리 비취빛으로 우뚝 솟아 있고 단비가 내렸다 하늘이 활짝 개어 맑으면, 생심生心[6]이 활발히 일어나 사람의 올바른 도리에 응답하지요.

기이한 봉우리는 우뚝 솟아 높고 험한데 흰눈이 모두 녹아 없어지면, 산에 올라 눈을 들어 멀리 보니 눈 아래 펼쳐진 천하가 적다오.

서리 내린 단풍 숲에 수꿩이 살이 오르면, 창응蒼鷹[7]과 맹견猛犬[8]을 풀어놓고 흰말을 몰아 서로 뜻을 맞추지요.

눈이 온 산을 덮고 밝은 달이 동쪽 하늘에 뜨면, 일어나 창문을 활짝 열어젖뜨리면 호연浩然[9]의 썩 좋은 흥취가 솟구친답니다.

그대가 사는 곳에 이러한 즐거움이 있는지요?"

외려 어자가 초자를 나무라며 말했다.

"숲이 퍽이나 깊어 골짜기가 텅 비면, 속세의 발자취는 닿지 않고

친 변경에서의 생활이 그의 사상과 문학을 더욱 심화시켰다. 한유가 전통주의인 데 반하여, 유종원은 유·도·불(儒道佛)을 참작하고 신비주의를 배격한 자유·합리주의의 입장을 취하였다. 우언(寓言) 형식을 취한 풍자문(諷刺文)과 산수(山水)를 묘사한 산문에 능했다. 그는 이러한 작품을 통해 관료를 비판하고 현실을 반영하는 한편, 자신의 우울과 고민을 술회하였는데, 그 자구(字句)의 완숙미와 표현의 간결·정채함은 특히 뛰어났다. 〈강설(江雪)〉 전문은 아래와 같다.

"산에는 새도 날지 않고, 길에는 사람 자취도 끊어졌네. 외론 배 위에 도롱이와 삿갓 쓴 늙은이, 홀로 눈 내리는 차가운 강에서 낚시질하네(千山鳥飛絶, 萬逕人蹤滅. 孤舟蓑笠翁, 獨釣寒江雪)."

6) 생심: 어떤 일을 하려는 마음이다.
7) 창응: 털색이 푸르고 흰 큰 매이다.
8) 맹견: 몹시 사나운 개이다.
9) 호연: 넓고 큰. 물이 그침 없이 흐르는 모양이다.

첩첩이 겹쳐진 깊고 큰 골짜기와 수많은 산봉우리들, 누가 녹시鹿豕[10]와 함께 살며 호표虎豹[11]가 이르는 곳이라 하겠소?

그대는 왜 이곳에서 사는 즐거움을 얻으려 하오?"

초자가 어자를 나무라며 말했다.

"폭우가 쏟아져 물결이 미친 듯이 넘쳐 불어나게 되면, 크게는 담장이 무너지고 돛대가 부러지며 작게는 논에 물이 넘치고 언덕배기까지 물이 차올라 부지런히 헤엄치지 않으면 고기 배만 불리게 될까 두렵소.

그대 또한 어찌 이곳에서 사는 즐거움을 얻을 수 있겠소?"

둘이 서로 왕배덕배 옳고 그름을 가리지 못하였는데, 강산 밖에 낙도선생樂道先生이라는 어질고 지혜로운 자가 있다는 말을 들었다.

마침내 직접 그 집을 찾아가 뵙고는 물었다.

"강과 산 중 어느 곳이 더 좋습니까?"

선생이 빙그레 웃으며 말했다.

"군자가 어떻게 강산을 두고서 이러저러하겠는가? 만약 사람의 우열優劣이 강산에 달려 있다면 집이 위수渭水[12]가에 있는 자는 누구라도 태려太呂[13]가 되지 않을 것이며, 집이 기산箕山[14] 기슭에 있는 자는

---

10) 녹시: 사슴과 돼지로 연약(軟弱)한 것의 형용이다.

11) 호표: 호랑이와 표범으로 강포(强暴)한 것의 형용이다.

12) 위수: 중국 간쑤성[甘肅省] 동부의 산지에서 시작하여 산시성[陝西省]을 관류하는 황하(黃河)의 큰 지류. 위수(渭水)의 강가에서 매일 낚시질을 하며 세상을 경영하려 하였던 강태공이 은거하던 곳으로 유명하다.

13) 태려: 강상(姜尙)이다. 그의 선조가 여(呂)나라에 봉하여졌으므로 여상(呂尙)이라 불렸고 속칭 강태공으로 알려져 있다. 주나라 문왕(文王)의 초빙을 받아 그의 스승이 되었고 무왕(武王)을 도와 은(殷)나라 주왕(紂王)을 멸망시켜 천하를 평정하였으며, 그 공으로 제(齊)나라에 봉함을 받아 그 시조가 되었다. 동해(東海)에서 사는 가난한 사람이었으나, 위수(渭水)에서 낚시질을 하다가 문왕(文王)을 만나게 되었다는 등 그

누구라도 어보漁父15)가 되지 않겠나? 그대들이 어떻게 천하의 즐거움을 안다고 하겠는가?"

천하의 즐거움이 강산에 있다고 하였던 두 사람은 마침내 일어나서 가르침을 청하였다.

낙도선생은 대답하지 아니하고 다만 '누항陋巷' 두 글자를 써서 주니, 어자와 초자가 물러나와 이 일을 노래로 불렀다.

구름 낀 산은 멀고도 아득하고 강물은 깊고도 넓지만,
선생의 사는 즐거움은 산도 아니요, 물도 아니라네.
모두 돌아가 구하려무나! 우리 당의 소자小子16)들이여!

에 대한 전기는 대부분이 전설적이지만, 전국시대부터 한(漢)나라 시대에는 경제적 수완과 병법가(兵法家)로서의 그의 재주가 회자되기도 하였다. 뒷날 그의 고사를 바탕으로 하여 낚시질하는 사람을 태공망 혹은 태공이라 하는 속어가 생겼다.

14) 기산: 중국 허난성[河南省] 등봉현(登封縣) 남동쪽에 있는 산이다. 요(堯)임금 때의 전설상 은사(隱士)인 소부(巢父), 허유(許由)가 은거하던 곳으로 유명하다.

15) '보(父)'는 남자의 미칭. 정약용(丁若鏞)은 『아언각비(雅言覺非)』 '보(父)' 항에서 아비 부(父)로 읽는 것이 잘못이라며 '전보(田父)', '초보(樵父)'로 읽어야 한다고 하였다.

16) 소자: 스승이 제자나 손아랫사람을 친근하게 부르는 말이다.

상사동기
相思洞記

안고 싶어 괴론 마음 시름은 비처럼

(心努要抱愁如雨)

17세기 초, 작자 미상의 애정을 소재로 한 한문전기소설이다. 〈운영전〉과 비슷한 서사적 얼개를 갖추었으나 결말은 정 반대인 중편소설이다.

김생(金生)이 상사동(相思洞)에서 회산군(檜山君)의 시녀인 영영(英英)을 만나 사랑에 빠진다. 노비 특의 도움으로 영영과 사랑의 물꼬를 트고 궁중에 들어가 하룻밤을 지낸다. 그 뒤, 3년 동안 만나지 못하였다. 김생은 과거에 급제하여 유가(遊街)하다 영영을 보고는 상사병으로 앓아눕는다. 어느 날 문병 온 친구의 주선으로 다시 만나 백년해로(百年偕老)하였다.

사랑에 관한한 김생과 영영은 보통내기들이 아니다. 깍쟁이들의 애정놀음에서 도회적(都會的) 내음이 물씬 피어오른다.

이 소설의 뛰어난 점은 생생한 현실감(description), 거침없이 전개되는 애정표현이다. 17세기 정통 한문전기애정소설에서 이와 같은 애정은 읽기 쉽지 않다. 그것은 묘사를 통해 나타난다. 특히나 김생의 사랑 표현이 노골적이라 독서자의 감상안에 따라 눈 맛이 여간 아니다. 문장여화(文章如畵). 잘 그려진 춘화첩(春畵帖)이다. "안고 싶어 괴론 마음 시름은 비처럼(心努要抱愁如雨)." 짭조름히 간이 잘 밴, 김생의 설레는 춘정(春情)이다.

색깔이 있다면 '짙은 빨강'이다. 〈상사동기〉는 제목부터가 육욕적(肉慾的)인 상징성을 지니고 있다. 상사동(相思洞)이란 현재의 종로 1가 인근이다. 궁중에서 기르던 말이 암내를 맡고 뛰면 이 골목으로 몰아넣고 잡았으므로 붙여진 동명(洞名)이었다.

그렇다고 농탕(弄蕩)만 보는 것은 아니다. 이 소설은 〈운영전〉과 여하한 관련이 분명하다. 〈운영전〉의 안평대군, 김 진사, 운영은 〈상사동기〉에서 그대로 회산군, 김 진사, 영영으로 치환되었다. 안평대군은 세종의 셋째 아들이며, 회산군은 성종의 다섯째 왕자이다. 모두 일세를 풍미하였던 한 때의 세력가들을 작품에 끌어 들였다. 여기서 반 집권층에 대한 의식을 덤으로 엿볼 수 있다.

상사동기

　홍치弘治1) 연간에 성균관成均館2) 진사進士3)로 성姓이 김씨金氏인
사람이 있었는데, 그의 이름은 잊었다. 사람됨이 용모가 준수하여 아
름답고 풍채와 태도가 빼어났으며, 글을 잘 짓고 우스갯소리를 잘
했다. 참으로 세상의 기남자奇男子4)였다. 그래서 마을 사람들이 풍류
랑風流郎5)이라 불렀다. 약관弱冠6)의 나이에 진사進士 제1과第一科7)에 급

---

1) 홍치: 명(明)나라 효종(孝宗, 재위 1487~1505)의 연호이다.
2) 성균관: 조선시대 유학의 교육을 맡아보던 관아. 공자를 제사하는 문묘와 유학을
　강론하는 명륜당 따위로 이루어지며, 태조 7년(1398)에 설치하여 융희 4년(1910)에
　없앴다.
3) 진사: 과거의 예비 시험인 소과(小科)의 복시에 합격한 사람에게 준 칭호. 또는
　그런 사람이다.
4) 기남자: 재주와 슬기가 남달리 뛰어난 남자이다.
5) 풍류랑: 풍치가 있고 멋진 젊은 남자이다.
6) 약관: 남자 나이 20세이다.
7) 진사 제일과: 향시(鄕試). 과거(科擧)의 제1차 시험. 고려·조선시대에는 문과·무
　과·생원진사시(生員進士試)에서 8도에서 처음 보는 시험으로 매 식년(式年) 8월 보름
　이후에 실시하였다. 이 가운데 경기 향시는 1417년(태종 17)에 폐지되었다가 1443년
　(세종 25) 부활되었으나, 다시 1603년(선조 36) 한성시(漢城試)에 편입됨으로서 폐지

제하여 이름이 서울에 널리 알려지니 공경公卿[8]과 대가大家[9] 들이 사랑하는 딸을 시집보내고자 하였으면서도 그 재산은 굳이 따지려 하지 않았다.

하루는 반궁泮宮[10]에서 집으로 돌아오는 길이었다. 말 위에서 저 멀리 보니, 주점에 걸린 파란깃발이 푸른 버드나무와 붉은 살구나무 사이로 은은히 비쳤다. 김생金生은 봄날의 정취를 이기지 못하여 술 생각이 갈증 나듯 했다. 그래서 마침내는 흰 모시 적삼을 전당잡히고 진주홍주眞珠紅酒[11]를 사서 화자잔花磁盞[12]에 따라 마셨다. 취해서 술 화로 곁에 누워 있으니 꽃향기가 옷에 스미고 대나무 이슬이 얼굴을 적셨다.

잠시 후에 석양이 산등성마루에 가로 걸치니 하인이 돌아가자고 재촉했다. 생이 일어나 말에 올라타서 채찍을 휘두르며 길에 오르니, 백사장이 원근에 펼쳐져 있고 가는 버드나무 가지가 냇가에 드리워져 하늘하늘 거렸다. 노닐던 사람들은 다 돌아가 길에는 사람들이 시나브로 드물어졌다.

생生은 흥에 겨워 낮게 시를 읊조려 마침내 절구 한 수를 지으니 이렇다.

동쪽 두렁에 꽃과 버드나무 보이니,

되었다.

8) 공경: 삼공(三公)과 구경(九卿)을 아울러 이르던 말이다.
9) 대가: 대대로 부귀를 누리며 번창하는 집안이다.
10) 반궁: 주대(周代)에 제후의 도읍에 설립한 대학. 동서의 문 남쪽이 물로 둘러싸여 있었다. 여기서는 성균관을 일컫는다.
11) 진주홍주: 진주같이 붉은 빛이 나는 술이다.
12) 화자잔: 꽃무늬가 그려진 자기(磁器) 술잔이다.

자류마紫騮馬13)도 가려하지 않는구나.

아름다운 임은 어느 곳에 계시는가?

요염한 복사꽃은 그지없는 정 주네.

　김생이 읊기를 마치고 취한 눈을 반쯤 들어 올렸을 때였다. 나이가 겨우 16살 정도의 아리따운 아가씨가 보였다. 고운 걸음으로 해깝게 걸으니 길가의 먼지도 일지 않았고 허리와 팔다리는 가냘픈데 선드러진 태도가 퍽 아름답고 예뻤다. 혹 가다가 멈추고 혹 동쪽으로 향하다가는 서쪽으로 걷기도 했다. 때로는 기와조각을 주워 꾀꼬리 새끼에게 돌팔매질도 하고 버드나무 가지를 붙잡고 오도카니 서서 말끄러미 석양을 바라보기도 하며 옥비녀를 뽑아 검은 머릿결을 가벼이 쓸어 넘겼다. 푸른 소매는 봄바람에 나부끼고 붉은 치마는 맑은 시냇물에 어리어 빛을 내었다.

　생은 그녀를 바라보고 정신이 흔들려서 억제할 수가 없었다. 급히 말채찍을 휘둘러 달려가서 바라보니 고운 이와 아름다운 얼굴이 참으로 뛰어난 미인이었다. 생이 말을 빙빙 돌리거나 머뭇거리기도 하고 혹 앞서거니 뒤서거니 하면서 정신을 가다듬고 주시하여 끝까지 놓치지 않았다.

　여인도 생이 마음을 억제치 못하고 있음을 알았는지 부끄러워 눈썹을 내리 깐 채 감히 바라보지 못했다. 여인이 점점 멀리 가자, 김생도 계속 뒤따랐다. 그녀가 마침내 도착하기까지 발맘발맘 뒤좇아 따라 붙으니 상사동相思洞14) 길가에 있는 몇 칸짜리 작은 집 앞에서 멈

---

13) 자류마: 털이 밤빛인 말이다.
14) 상사동: 현재 서울특별시 종로구 청진동과 종로1가 인근. 이곳은 골목이 좁아서 궁중의 수레와 말을 맡아보던 관청인 사복시(司僕寺)에서 기르는 상사마(相思馬)가

추었다.

생이 어쩔 줄 몰라 서성거리다가 한참을 우두커니 서서 쓸쓸한 마음을 이기지 못했다. 그러나 이미 날이 저물었기에 어떻게 할 수 없음을 알고 우울한 마음으로 도서오는데 멍하니 정신이 나가 어칠비칠하는 것이 술에 담뿍 취했거나 바보가 된 듯했다.

밤이 이슥하도록 베개를 어루만지며 잠자리에 들었으나 잠은 오지 않고 밥상머리에 앉아도 먹을 생각이 나지 않았으며, 먹더라도 삼킬 수가 없었다. 몸은 마른나무처럼 초췌해지고 안색은 다 타버린 재처럼 괴롭고 슬펐다. 암암黯黯15)히 시름에 싸여 묵묵默默히 말을 하지 않으니 비록 집안사람이나 부모조차 그 까닭을 알 수 없었다.

이렇게 열흘 쯤 지났다.

늙은 하인 막동莫同이 틈을 내 찾아뵙고는 눈물을 흘리면서 생에게 물었다.

"도련님께서 평소에는 농담을 잘하시고 호방하시며, 탁월하시어 얽매이는 데가 없으셨습니다. 그런데 지금은 쓸쓸해보이는 것이 남모르는 근심이 있는 듯합니다. 무엇 때문에 이렇듯 초췌하시고 번민하시는 것이 이와 같으십니까? 혹 생각하시는 것이 있어서 그러한 것은 아닌지요?"

생이 이 말을 듣고 처연悽然16)히 깨달은 바가 있어 곧 막동에게 사

암내를 맡고 뛰면 이 골목으로 몰아넣고 붙잡았으므로 상삿골 또는 상사동(相思洞), 줄여서 상동(相洞)이라 하였다. 상삿골의 안쪽에 있는 마을은 안상삿골 혹은 내상사동(內相思洞)으로 불렸다. 바깥상삿골은 청진동과 종로1가에 걸쳐 있던 마을로 상삿골의 바깥이 되므로 붙여진 이름으로 외상사동(外相思洞)이라고도 불렸다.

15) 암암: 슬퍼하는 모양이다.

16) 처연: 쓸쓸하고 구슬픈 모양이다.

실대로 말했다. 막동이 속으로 한참 생각한 뒤에 말했다.

"제가 도련님을 위하여 마륵지계磨勒之計[17)를 하나 생각했으니, 낭군께서는 애태우지 마세요."

김생이 말했다.

"그러면 어떻게 하려고?"

막동이 말했다.

"도련님은 급히 좋은 술과 안주를 구하셔서 그것을 매우 사치스럽게 꾸며 곧바로 미인의 집으로 가서 마치 손님을 전송하려는 사람처럼 행세하십시오. 방 한 칸을 빌리신 다음 상을 벌려 놓고 저를 불러 손님을 청하시면, 제가 명을 받들어 갔다가 조금 뒤에 돌아와, '곧 오신답니다! 오신대요!'라고 대답할게요. 도련님이 또 저에게 명령하시어 다시 손님을 청하시면, 제가 또 명을 받들고 갔다가 날이 저문 뒤에 돌아와 '오늘은 전송하는 사람이 많아서 술에 취해 오실 수 없답니다. 내일은 꼭 오시겠답니다.'라고 말하겠습니다. 이때 도련님이 주인을 불러 앉히신 다음 준비해 간 술과 안주로 취하도록 마시게 하고는 기색氣色을 보이지 말고 물러 나오세요. 다음 날도 또 그렇게 하시고 그 다음 날도 그와 같이 하세요. 그러면 처음에는 주인이 고맙게 여기다가 두 번째는 은혜에 감격할 것이며, 세 번째는 필히 의심하게 될 것입니다. 고맙게 여기면 보답할 것을 생각하고 은혜에 감격하면 죽어서라도 그 은혜를 갚을 것을 생각하며, 의심을 품으면

---

17) 마륵지계: 흑인 노예인 마륵(磨勒)의 꾀. 마륵은 『태평광기(太平廣記)』 卷194편, '검협전(劍俠傳)'에 보이는 〈곤륜노(崑(昆)崙奴)〉에 나오는 흑인노예이다. 이 고사는 배형(裵鉶)의 『전기(傳奇)』에도 포함되어 있으며, 후세에 끼친 영향이 대단하여 많은 원명(元明) 희곡 작가들이 이 고사를 작품의 제재로 삼았다.
　　내용은 마륵(磨勒)이라는 곤륜노가 지혜와 무예로써 주인인 최생(崔生)이 사모하는 여인을 만나게 도와준다는 이야기다.

반드시 그 까닭을 물을 것이지요. 이때 도련님이 흉금을 털어놓아 정성을 다해 말씀하신다면 뜻을 이룰 수 있을 것입니다."

김생이 충분히 그럴 것이라고 생각하여 기쁜 마음에 흐뭇이 웃으면서 말했다.

"내 일이 잘 될 것 같은데."

김생은 그 계획을 좇아 즉시 안주와 술을 갖추어 곧바로 그 집으로 가서 거짓으로 전송餞送을 위한 자리를 마련하고 손님을 맞이하기 위한 것을 한결같이 하인의 말대로 행했다. 노비 역시 되돌아오거나 두세 번 명령하는 것도 약속대로 하였다.

김생이 거짓으로 나무랐다.

"허참! 그 사람이 이렇듯이 좋은 시절을 그르치게 하는군. 무릇 춘양春釀18)을 가지고 왔는데 헛되이 돌아갈 수는 없느니. 여기서 주인을 위해 한 번 술잔을 주고받는 것도 나쁜 일은 아닐 것이야."

이어 주인을 불러 나오게 하니, 곧 이른 살쯤 된 할미가 나왔다.

생이 따듯하게 대하여 말했다.

"할머니께서는 편히 여기세요. 마침 전송할 손님이 있어 이곳에 와 머물렀는데 할머니께서 반갑게 맞아주셨으니 후의厚意에 깊이 감사드립니다."

막동을 불러서 술과 안주를 내오게 하여 할미와 더불어 서로 술잔을 주고받기를 정성껏 하였다. 마치 평생의 동무처럼 대하였으나 한 마디 말도 하지 않고 물러 나왔다.

김생이 집으로 돌아와 홀로 생각해보니 전에 보았던 어린 낭자가 실로 이 할미의 딸인지 아닌지 알 수가 없었다. 우울하고 마음이 편

---

18) 춘양: 좋은 술이다.

치 않아 고민을 품고 있으니 살 수가 없을 것 같았지만, 그 할미가 깊이 감격하고 또 제풀에 의아하게 생각하기를 기다린 후에 자기의 속을 털어놓으리라 마음먹었다.

다음 날도 게으름을 피우지 않고 갔다. 이와 같이 하기를 거듭하니, 할미가 과연 스스로 의아하게 생각하여 옷매무새를 가다듬고 피석避席[19]하고는 말했다.

"늙은 이 몸이 도련님께 간절히 청할 것이 있습니다. 길가에 인가가 빽빽이 들어차서 마치 물고기의 비늘처럼 즐비하니, 술자리를 마련하여 행인을 전송하는 것을 어느 집에선들 못하겠습니까? 그런데 유독 변변치 못한 작고 누추한 집으로 찾아오셨지요? 게다가 도련님은 서울의 지체 높은 집안이요, 사림士林[20]의 종장宗匠[21]이며, 늙은이는 궁벽한 거리에 사는 과부요, 띠 집에 사는 미천한 인생이랍니다. 만나기 전에는 귀천의 꺼림이 있고 만난 뒤에도 평생의 친분을 쌓을 수는 없는 것이지요. 그런데도 외람되이 이렇듯 아주 두터운 은혜를 입었으니, 이 늙은이에게 무엇 때문에 이러한 것이지요? 참으로 거듭 그러시는 까닭을 알 수가 없군요."

김생이 싱그레 웃으면서 말했다.

"내가 전송할 손님과 작별하러 왔던 것이니 다른 뜻은 없습니다. 또 내가 할머니에게 서먹서먹하게 대하지 않는 것은 손님과 주인 사이에 갖추어야 할 예절이기에 당연한 것이지요."

술을 다 마신 다음에 김생이 갑자기 자줏빛 저고리를 벗어 나환羅歡 적삼과 합쳐서 할미에게 던져 주면서 말했다.

---

19) 피석: 공경의 뜻을 나타내기 위하여 웃어른을 모시던 자리에서 일어나는 행위이다.
20) 사림: 유교를 닦는 선비들이다.
21) 종장: 유교의 경서에 밝고 글을 잘 짓는 사람이다.

"여러 번 할머니를 번거롭게 하고서도 갚을 길이 없군요. 이것으로 예물을 삼아 훗날 서로 잊지 않기 위한 밑천으로 삼았으면 합니다. 할머니께서는 물리치지 마시기 바랍니다."

할미는 감격이 깊어지는 만큼 의심도 깊어져 일어나서 거듭 절하고 말했다.

"도련님께서 이런 것까지 주시니 늙은이의 감격이 매우 큽니다. 생각해보니, 혹 그러하실 만한 까닭이 있는 것은 아닌지요? 정녕 늙은 이 몸은 홀몸이 되어 산 지 오래 되었으나 무릇 이웃이라도 늘 너그럽게 돌보아주는 사람이 없는데 하물며 도련님께서 돌보아주시다니요? 만약 도련님께서 이 늙은이에게 바라는 것이 있다면, 비록 죽음이라도 사양하지 않겠습니다."

김생은 웃으면서 대답을 하지 않았다.

할미가 억지로 요청한 뒤에야 김생이 빙그레 웃으면서 말했다.

"이 동네 이름을 무엇이라 하지요?"

할미가 말했다.

"상사동相思洞이지요."

김생이 말했다.

"내가 이 동네 이름 때문에 번뇌하는 것일 뿐이랍니다."

할미가 소리 죽여 웃으면서 말했다.

"도련님께서는 아마도 저에게 변구지임辨口之任[22]을 바라는 것이 아닙니까? 그러나 이 동네에는 운화雲華[23]같은 요조窈窕[24]가 없으니, 그

---

22) 변구지임: 중매(仲媒)를 말하는 듯하다.
23) 운화: 명(明)나라 작가 이정(李禎, 1376~1452)이 쓴 전기소설집(傳奇小說集)인 『전등여화(剪燈餘話)』 소재 〈가운화환혼지기(賈雲華還魂之記)〉의 여자 주인공. 시를 잘 짓고 아름다운 여인이다.
24) 요조: 군자의 좋은 짝. 이 말의 출전(出典)은 『시경(詩經)』「주남(周南)」'관저(關

위랑魏郎25)의 풍류를 어쩌지요?

김생은 자기가 생각하는 아름답고 예쁜 여인이 반드시 이곳에 없다는 것을 알고는 얼굴빛이 변하여 실망하며 말했다.

"제가 이미 할머니께 두터운 은혜를 입었으니, 어떻게 사실대로 말하지 않겠습니까? 아무 달 아무 일, 아무 곳에서 길을 가다가 애동대동한 젊은 낭자를 보았지요. 나이는 겨우 열대여섯 정도였고 비취 저고리에 붉은 치마를 입었으며, 흰 비단 버선에 자작혜紫酌鞋를 신었더군요. 그리고 진주비녀로 머리를 서리서리 묶고 눈처럼 흰 옥가락지를 손가락에 끼고서 홍화문弘化門26) 앞길을 따라 회똘회똘 돌아서 나왔지요. 제가 어린 나이의 협기俠氣로 춘정春情이 끓어오르는 것을 참지 못하여 뒤를 밟아 좇아갔는데, 그 낭자가 도착한 곳이 바로 할머니의 집이랍니다. 이때부터 제 마음이 취한 것이 진흙에 빠진 듯하여 만사가 망연하였으며, 오로지 그 낭자만을 생각하게 되었습니다. 아름다운 미인의 모습을 자나 깨나 잊지 못하였으며, 마음이 답답하고 창자가 끊어지듯 한 것이 하루아침, 저녁이 아닙니다. 할머니께서는 제 꼴을 어떻게 보시는지요? 이 때문에 할미의 집에서 손님을 전송한답시고 부득불 번거롭게 한 것이랍니다."

할미가 그 말을 듣고는 김생의 마음을 자못 애처롭게 여겼으나 김생이 생각하는 사람이 누구인지를 알 수 없었다.

睢)'에 보이는, "요조숙녀야말로, 군자의 배필이다(窈窕淑女, 君子之逑)."에서 비롯되었다. 군자의 짝(逑)으로서 요조숙녀란 깊고 아름답고 그윽한 심성을 가지고 전쟁과 정사에 지친 남자의 마음을 헤아릴 줄 아는 여자를 말한다.

25) 위랑: 〈가운화환혼지기(賈雲華還魂之記)〉의 남자 주인공. 시를 잘 짓는 풍류남이다.

26) 홍화문: 서울 종로구 와룡동에 있는 창경궁의 정문. 현재 보물 제384호로 지정되어 있다. 1484년(성종 15)에 건립되었고 임진왜란 때 불탔으며, 1616년(광해군 8)에 재건되었다.

반나절을 생각한 후에야, 석연釋然27)하게 불현듯이 깨달아 말했다.

"과연 있군요. 그 아이는 내 죽은 언니의 딸입니다. 이름은 영영英英이고 자字는 난향蘭香28)이라하지요. 만약 그렇다면, 참으로 어렵게 되었습니다! 참으로 어렵게 되었어요!"

김생이 말했다.

"왜 그렇습니까?"

할미가 대답했다.

"그 아이는 회산군檜山君29)댁의 시녀이지요. 궁중에서 낳아 궁중에서 자랐으며, 궁궐 문 앞도 밟지 않은 지 오래 되었습니다. 자색姿色과 미모는 도련님께서 이미 보셨기 때문에 굳이 낭군을 위해 말할 필요는 없을 줄 압니다. 그 아이는 말이 곱고 마음씨가 온순하여 양반 집안의 처녀와 다를 바가 없지요. 게다가 음률을 헤아리고 문자를 해독할 수 있기에 진사進賜30)께서 사랑하고 어여삐 여겨 녹의綠衣31)를 입히려고 했답니다. 그러나 부인이 투기하는 습속을 버리지 못하고 하동지후河東之吼32)보다도 사나워 아직 시녀로 있습니다. 접때 그 아

---

27) 석연: 어떤 일에 대한 의문이나 의심이 깨끗이 풀려 시원스럽다.

28) 난향: 난초(蘭草)의 향기. 여기서는 영영을 지칭한다.

29) 회산군: 성종(成宗)의 왕자(王子). 어머니는 숙용 홍씨(洪氏). 이름은 이염(李恬)으로 봉사(奉事) 안방언(安邦彦)의 딸에게 장가들었다. 『조선왕조실록』에는 회산군에 대한 몇 차례의 기록이 보이는데, 다소 부정적으로 나타난다. 연산군(燕山君 재위 1497~1506) 1년 11월 19일의 기록을 보면 다음과 같다.

　　"사헌부가 아뢰기를, '회산군 이염(檜山君李恬)의 집 종이 시장(柴場)을 널리 차지하려고 주민들을 때려서 상해하고 또 백성의 시목(柴木)을 빼앗아 방자함이 심한데, 양주(楊州)의 관리가 위세를 겁내서 제어하지 못하고 있으며, 감사 이육(李陸)은 또 회산군의 척족으로서 준례에 의당 피혐(避嫌)하여야 하오니, 조관(朝官)을 보내어 국문하소서.' 하였다."

30) 진사: 서민 또는 아래 계급의 사람이 당하관(堂下官)의 벼슬아치를 높여서 부르던 말이다.

31) 녹의: 연두저고리. 여기서는 첩으로 삼는 것을 말함인 듯하다.

32) 하동지후: 기운 센 여자가 남자에게 앙칼스럽게 대드는 소리. 이 이야기는 중국에서 대표적인 공처가(恐妻家), 송(宋)의 진조(陳慥, 字는 季常)의 이야기에 나온다. 진조

이가 이곳에 오기를 꺼리 지 않았던 것은 그때가 한식절寒食節33)로 이곳에서 죽은 부모님께 제사를 올린 때문이었지요. 그래서 부인께 말미를 청하여 이곳에 왔던 것입니다. 그것도 때마침 진사나리께서 외출한 터였기에 여기에 올 수 있었던 것이지, 그렇지 않았다면 도련 님께서 어떻게 그 아이의 얼굴을 볼 수 있었겠습니까? 생각해보니 도련님께서 다시 한 번 그 아이를 만난다는 것은 참으로 어렵습니다! 어려워!"

김생이 하늘을 우러르면서 크게 탄식했다.

"그만하세요. 나는 이미 죽은 몸이요."

할미가 매우 근심스러워서 몹시 놀라 위로하며 말했다.

"그만두지 말라면 한 가지 방법이 있습니다만. 단오端午34)가 꼭 한

는 황주(黃州)의 기정(岐亭)에 살면서 자칭 용구선생(龍丘先生)이라고 하였는데, 타고 난 품성이 착했으며 사람들과 어울리기를 좋아하고 술을 즐겼지만 지독한 공처가였 다. 그의 아내는 유씨(柳氏)인데 여간 표독스럽지 않아 주위 사람들도 슬슬 피할 정도 였기 때문이다.

후에 이곳에 귀양 온 대문호 소동파(蘇東坡)가 이 이야기를 듣고 진수를 안타깝게 여기는 마음에서 시를 한 수 지었다. 그런데 진수가 독실한 불교(佛敎) 신자였으므로 소동파가 일부러 사자후(獅子吼)에 빗대었던 것이다. '사자후'란 불가(佛家)에서 나온 말로 '부처님의 위엄스런 설법(說法)'을 뜻한다. 그리고 이야기의 발원지가 황주(黃 州)로 현재 후베이성[湖北省] 마성현(麻城縣)임에도 산시성[山西省]을 지칭하는 하동 (河東)이라고 한 것은 이태백(李太白)의 시에 나오는 '하동(河東)의 유씨(柳氏)'라는 여자를 떠올리고 진수의 아내와 같은 성씨(姓氏)였으므로 그렇게 비유한 것이다.

소동파의 시 원문은 다음과 같다.

"용구거사(龍丘居士)는 가련도 하지, 불문(佛門)에 심취하여 밤을 지새우건만, 문득 들 려오는 앙칼진 사자후(獅子吼)에, 지팡이 손을 놓고 망연자실 한다네(龍丘居士亦可憐, 談 空說有夜不眠, 忽聞河東獅子吼, 柱杖落手心茫然)."

33) 한식절: 동지가 지난 지 105일이 되는 날. 한식(寒食)은 2월에도 오고 혹은 3월에도 온다. 이날의 유래는 춘추시대에서부터 내려왔다. 진(晋)의 문공(文公)이 처음에 개자 추(介子推)와 같이 고생하다가 나중에 진의 문공이 나라를 차지하였다. 여기서 문공 은 개자추를 생각하고 나오라 하였다. 그러나 개자추는 산속에 숨어 있으며 나오지 않았다. 문공은 그를 나오도록 하기 위하여 산 아래에 불을 질렀다. 불을 피하여 내려 오라는 신호이다. 그래도 개자추는 내려오지 않고 그대로 나무를 껴안고 죽어 갔다. 문공은 이것을 기념하기 위하여 불을 금하고 그의 넋을 위로케 하였다고 한다.

달 남았는데, 그때가 되면 제가 마땅히 죽은 언니를 위해 조금 제물을 마련하고 이 사연을 부인께 말씀드려 아영阿英35)에게 반나절만이라도 말미를 달라고 청한다면, 거의 만에 하나 낭군의 뜻을 이룰 수 있을 듯도 하군요. 도련님께서는 이제 돌아가시어 만날 날을 기다려 보세요."

김생이 기뻐서 말했다.

"정말 할머니의 말씀대로 된다면 인간 세상의 5월 5일은 천상의 7월 7일36)이 될 것입니다."

김생이 할미와 이별하면서 서로 만복이 깃들기를 빌고 물러났다. 집으로 돌아와 해가 지기를 우러러 바라보며 조급히 밤이 오기를 기다렸다. 하루를 보내는 것이 삼 년 같았으며, 고대하고 있는 아름다운 기약의 날이 오지 않을 것 같았다. 자주 붓과 먹에 의지하여 막힌 가슴을 풀곤 하다 곧 〈억진아憶秦娥〉37) 한 수를 지었다.

---

34) 단오: 음력 5월 5일. 단(端)이 첫 번째를 뜻하는 데다 오(午)는 다섯 오와 통하는 만큼 초닷새를 의미한다고 보며 수릿날(戌衣日), 천중절(天中節), 중오절(重五節), 단양(端陽)이라고도 불렸다. 유래에 관해선 설이 여러 가지다.

전국시대 초나라 충신 굴원(屈原)이 멱라수에 몸을 던진 날을 기린 데서 비롯됐다고도 하고 일 년 중 양기(陽氣)가 가장 센 날을 택한 것이라고도 한다. 수릿날이란 이름 또한 수리취(狗舌草)떡 혹은 수레바퀴 모양 떡을 만든 데서 생겼다는 얘기도 있고 수리가 수레(車)의 우리말로 '높다(高)', '신(神)'이란 뜻을 지닌 만큼 "높은 날" "신을 모시는 날"을 의미한다고도 전한다.

이날 궁중과 민간 모두 문 앞에 부적을 붙이거나 양기 왕성한 오시에 뜯은 약쑥 다발을 대문 옆에 세워 액을 막고 부녀자들은 수(壽)나 복(福)자를 새긴 창포뿌리 비녀 끝에 붉은 연지를 바른 단오장(端午粧)을 머리에 꽂아 안녕을 기원했다.

35) 아영: 영영이다. '아(阿)'는 남을 부를 때 친근감을 나타내기 위하여 성(姓)·이름 따위의 위에 붙이는 말이다.

36) 7월 7일: 음력으로 7월 7일 밤. 이때에 은하의 서쪽에 있는 직녀(織女)와 동쪽에 있는 견우(牽牛)가 오작교(烏鵲橋)에서 1년에 한 번 만난다는 전설이 있다.

37) 억진아: 당(唐)대에 시작한 악부(樂府)의 한 체(體). 진루월(秦樓月)이라고도 하며, '진아(秦娥)를 그리워 함.'으로도 풀이할 수 있다. 진아는 고대 진나라의 여자 농옥(弄玉)을 말하는데 전설에 의하면 그는 진목공(秦 穆公)의 딸로서 퉁소를 불기 좋아했고

그 사詞는 이렇다.

쓸쓸한 봄날,

뜰 가득히 배꽃 흩뿌리고,

저녁엔 비바람 몰아치네.

비바람 몰아치는 저녁에,

서로 그리워하나 보지 못하네.

목소리도 얼굴도 볼 수 없으니,

되레 그때 경국傾國38)을 만난 게 후회스럽네.

내 마음 어떻게 미련한 돌 같으리?

헛되이 임만 그리워, 그리워하니,

꽃을 대하면 애간장 다 녹고,

바람 맞으니 눈물만 드네.

김생이 약속한 날짜에 가니 할미가 나와서 맞았다.

신선인 소사(蕭史)에게 시집을 갔다고 한다. 그는 피리를 무척 잘 불었는데 능히 봉의 울음소리를 내었다고 한다. 진목공의 여식 농옥을 아내로 얻어 봉루를 지어 농옥에게 피리 부는 법을 가르쳐 주었는데, 그들이 부는 피리소리에 끌려 봉과 학이 모여들면 농옥은 봉을 탔으며 소사는 용을 타기도 하였다. 그 뒤 부부는 함께 선인이 되어 날아 갔다고 전한다.

이 이야기는 널리 회자되어 이백(李白), 이청조(李淸照) 등이 〈억진아(憶秦娥)〉를 지었으며, 우리나라에서도 임제(林悌), 허난설헌(許蘭雪軒) 등의 많은 시인묵객들이 소사와 농옥에 대하여 읊었다. 여기서는 영영을 그리워하는 노래로 차용되었다.

38) 경국: 한 나라를 기울게 할 만큼 용모가 빼어난 미인. 경국지색(傾國之色). 경성지미(傾城之美). '경국(傾國)'이 '경성(傾城)'과 아울러 미인(美人)을 일컫는 말로 쓰여 지게 된 것은 이연년(李延年)의 다음과 같은 詩에서 유래한다.

"북방에 아름다운 사람이 있어, 세상을 끊고 홀로 서 있네. 한 번 돌아보면 성을 기울이고, 두 번 돌아보면 나라를 기울게 하네. 어떻게 성을 기울이고 나라를 기울임을 알지 못하랴. 아름다운 사람은 두 번 얻기 어렵네(北方有佳人, 絶世而獨立. 一顧傾人城, 再顧傾人國. 寧不知傾城與傾國. 佳人難再得)."

김생은 '무양(無恙)하셨지요?'라고 묻는 것 외에는 다른 말할 틈도 없이 물었다.

"일이 어떻게 되었습니까?"

할미가 대답했다.

"어제 도련님을 위하여 부인을 찾아뵙고 매우 깊이 간청하였답니다. 부인은 '진사께서 평소에 영아英兒의 출입을 엄하게 금하신 까닭에 내가 감히 자네가 말한 것을 들어줄 수가 없네. 그러나 만약 내일 진사나리께서 공경公卿에게 초대되어 좋은 절기를 즐기는 모꼬지에 나가셔서 짬이 난다면 내가 어떻게 영아에게 잠시 말미 주는 것을 아까워하겠소?'라고 말씀하셨으니, 부인께서 허락하신 것은 틀림없습니다. 다만 진사나리께서 외출을 하실 지 안 하실 지는 아직 모르겠군요."

김생은 그 말이 미덥기도 의심스럽기도 하고 또 한편으로는 기쁘면서도 두려웠다. 그래서 마음을 안정치 못하고 초초하게 책상에 기대어 앉아 문을 열어놓고 기다렸다. 시간이 거의 정오가 기울었는데도 끝내 그림자 하나 얼씬하지 않았다. 김생은 가슴이 답답하고 불이 나는 듯하며 마음이 꺾이고 정신이 끊어졌으니, 정말 '서리 맞은 파리'39) 같았다. 김생은 마음이 번드쳐 벌떡 일어나 부채로 대들보를 치면서 할미를 불러 하소연했다.

"수심에 쌓여 애간장이 끊어지는구려. 바라보는 눈은 마르려 하고 적지 않은 행인이 지나가버렸소. 내 희망은 무너진 것이 아닌가요?"

할미가 위로하였다.

"'지성至誠이면 감천感天'이라 했습니다. 도련님께서는 조금만 더 참

---

39) 서리 맞은 파리: 생기를 잃고 축 처진 모양을 비유적으로 이르는 말이다.

아보세요."

잠시 후에 창 밖에서 신발 끄는 소리가 먼발치에서부터 점차 가까이 들렸다. 김생이 놀라서 돌아보니 바로 영영 낭자였다.

김생이 손뼉을 치면서 말했다.

"이것이 어떻게 하늘의 뜻이 아니겠는가. 하늘의 뜻이."

할미도 마치 어린 꼬마가 제 어미를 본 것 같이 기뻐했다.

영영이 보니 대문 앞 버드나무 아래에서 자류마紫騮馬가 길게 울고 녹음 우거진 정원에는 하인들이 늘어서 있으니, 이상히 여겨 놀라 머뭇거리고 감히 빨리 들어가지 못했다.

할미가 아영阿英을 속여 말했다.

"너는 의심치 말고 빨리 들어오너라. 너는 이 도령을 알지 못하겠니? 이 분은 곧 내 죽은 남편의 친척이란다. 마침 누추한 우리 집에 오셨다가 손님을 전송하기 위해 머물러 있으신 것뿐이란다. 그런데 너는 어째서 이렇게 저물어서야 왔니? 나는 네가 끝내 오지 않는다는 소식을 들을까 봐 걱정이 되어 네 어머니 제사를 벌써 지냈단다. 너는 안으로 들어와 어서 술상을 차려서 낭군께 한 잔 올리도록 해라."

영영이 그 말대로 술상을 받들고 들어오니, 할미와 김생이 서로 술잔을 권하였다. 술이 한창 취할 쯤에 김생이 영영에게 말했다.

"낭자는 편안히 여기시오. 나는 지나가는 길입니다."

영영은 부끄러움을 감추지 못했다.

할미가 말했다.

"너는 깊은 궁중에서 자라서 민간의 인정이 이와 같은 것인지 모를 것이지만, 네가 문자는 아니 술잔을 주고받는 예의 정도는 알지 않겠니?"

영영이 이에 술잔을 받긴 했지만 뜨악하니 어렵사리 금 술잔을 잡고서 잠깐 감쳐문 붉은 입술에 대기만 할 뿐이었다.

잠시 뒤에 할미가 짐짓 취한 듯 하면서 몸을 구부리고 앉아 있다가 하품을 하고 기지개를 켜며 졸린 듯 영영을 돌아보며 말했다.

"내가 술이 알큰하니 주렴이 들고 노곤하고 기운이 없어 날연하구나. 조금 쉬려 하니 네가 잠시 도련님을 모시고 있어라."

할미가 곧 일어나 안방으로 들어가서 평상에 누워 구드러지니, 코 고는 소리가 천둥치는 것 같았다.

김생이 영영에게 말했다.

"지난 번 공자님 사당에서 오다가 홍화문弘化門40) 앞길에서 서로 마주쳤었지요. 3월 초하루가 바로 그날이었는데, 당신은 기억이 나지 않나요?"

영영이 말했다.

"말은 기억하지만, 사람은 기억나지 않습니다."

김생이 말했다.

"사람이 말보다 못하단 말이요?"

영영이 말했다.

"말은 보고 사람은 보지 못했습니다."

김생이 말했다.

"당신이 어떻게 다만 말만 기억하시는 것이겠소? 내가 얼굴이 초췌해지고 몸이 말라서 지난번과 얼굴이 다르기 때문이지, 어떻게 까닭이 없기 때문에 그러하겠소? 그대는 내가 아니니 어떻게 내 마음을 알겠소?"

---

40) 홍화문: 창경궁(昌慶宮)의 정문. 창경궁 창건 때인 성종(成宗) 15년(1484)에 처음 지어졌고 임진왜란(壬辰倭亂)으로 불탄 뒤 광해군(光海君) 8년(1616)에 재건되었다.

영영이 말했다.

"당신은 제가 아닌데, 어떻게 제가 그대의 마음을 알 수 없다는 것을 아시지요?"

김생이 자리를 가까이 옮겨 앉으며 사실대로 말했다.

"아, 그대 난향蘭香이여! 당신은 어떻게 이리도 무정하시오? 서로 만나긴 했으나 말을 나누지 못한 그때부터 그대를 그리워하면서도 보지 못한 지 그 몇 날 며칠인지. 아, 그대 난향이여! 그대는 왜 슬퍼하지 않는 것이오? 내가 낭자를 기다렸는데, 낭자께서 왔으니 그 때문에 죽다가 다시 살았소."

영영은 방긋이 웃고 대답하지 않았다.

김생은 영영에게 이곳에 밤새도록 머물며 동침하자고 졸라댔다.

영영이 그렇게 할 수 없다고 했다.

"우리 진사나리께서 아침에 외출하셨으니, 저녁이 되면 당연히 돌아오실 것이에요. 지금은 진사나리께서 외출하셨기 때문에 제가 이곳에 올 수 있었던 거예요. 나리께서 돌아오시면 반드시 저를 불러 의관衣冠을 벗기시기에, 나약하고 가냘픈 저는 만 번 죽임을 당할 지경에 빠지기에 안 됩니다. 이 때문에 다만 낮에는 함께 할 수 있어도 밤은 생각할 수 없어요."41)

김생은 영영을 이곳에 머물게 할 수 없음을 알고 속내를 은근히 드러내어 말했다.

"진실로 그대의 말과 같다면, 나의 이 마음을 어떻게 감당해야 하오? 해는 이미 저물고, 헤어질 시간이 다가왔는데. 후일을 기약하기

---

41) 낮에는…생각할 수 없어요: 날짜를 받는데, 주간(晝間)의 좋은 것은 점쳐서 알았지만 야간(夜間)은 아직 점치지 않았다는 뜻. 〈운영전〉의 주 17) 참조.

도 쉽지 않고 진실로 다시 만나는 것도 어렵잖소. 그대가 가엾게 여긴다면, 나에게 잠깐 동안의 즐거움만이라도 인색하지 마시오."

김생이 마침내 끌어안으려 하니, 영영이 옷깃을 여미고 정색하며 말했다.

"제가 어떻게 목석같은 사람이겠습니까? 낭군의 속마음을 왜 알지 못하겠어요? 다만 나리께서 저를 어리석다 않으시고 당신 앞에서 떠나가지 못하게 하고 믿고서 시키시지만, 중문 밖은 나가지도 못하게 잡도리 하신답니다. 오늘 제가 이곳에 왔으니, 이미 진사나리의 엄명을 어긴 것이지요. 만약 멋대로 행동해서 법을 따르지 않아 추악한 소문을 분명히 듣게 된다면 죽더라도 죄가 남을 것이에요. 설령 당신의 명을 따르고자 한들, 그것이 가능한 일이겠습니까?"

김생이 허벅다리를 두드리면서 탄식하였다.

"나는 이제 어떻게 살지? 정말 죽은 사람이 되었어!"

마침내 영영의 흰 손을 잡고 부드러운 젖가슴을 어루만지며 옥처럼 어여쁜 다리를 휘감았다. 오직 마음이 하려는 대로라면 못할 짓이 없을 것 같았으나 강환講歡[42]에는 함께 이를 수 없었다. 그래서 김생은 감정을 부추기고 정성을 다하는 등, 야릇하고 잡스럽게 는실난실 영영을 유혹하며 꾀를 내어 번드르르하게 말했는데 대략 이러했다.

"새는 급히 날아가고, 토끼는 빨리 달리며, 세월은 흐르는 물과 같지요. 붉은 빛이 다해 꽃이 시들어 향기마저 나지 않으면 벌과 나비들도 그리워하는 생각을 하지 않는 것이오. 사람이라고 어떻게 다르겠소? 얼굴은 잠깐 머리를 돌리는 사이에 붉은 빛을 잃어버리고, 머리털은 손가락을 한 번 튀기는 사이에 하얗게 세어 버린다오. 아침엔

---

42) 강환: 남녀가 육체적으로 서로 어울려 노는 것을 말한다.

구름이 되고 저녁이면 비가 되는 신녀神女43)도 본래부터 일정한 따를 사람을 정하지 않았으며, 푸른 바다 높고 먼 하늘의 월아月娥44)도 응당 불사약 훔친 것을 후회했을 것이오. 새와 같은 미물微物 가운데도 비익조比翼鳥45)가 있고 나무 같은 무딘 본성 가운데도 연리지連理枝46)가 있지요. 이렇듯 정욕이 한 데 모이는 것이니 사람이라고 해서 어떻게 사물과 다르겠소? 봄바람에 꾼 호접지몽蝴蝶之夢47)은 빈방을 몹시 괴롭히고 흐뭇한 달빛에 물살처럼 번지는 두견새의 울음소리는 외로운 잠자리를 더욱 두렵게 하니, 어떻게 두목지杜牧之48)로 하여금 봄꽃 찾는 것을 늦출 수 있겠소? 위魏나라 우언寓言49)에 '항아를 늦게 만나 청춘을 헛되이 보내니 죽음의 한만 부질없이 남아 있네. 서릉西陵의 푸른 나무는 황량한 언덕배기에서 천 년 동안이나 적막하게 서 있고 장신궁長信宮50)의 문빗장은 몇 날 밤이나 이 비에 쓸쓸히 젖었던

---

43) 신녀: 무산(巫山)의 신녀이다. 〈운영전〉의 주 21) 참조.
44) 월아: 월궁(月宮)의 항아(姮娥)이다. 항아는 달 속에 있다는 선녀(仙女). 상아라고도 한다. 〈운영전〉의 주 157) 참조.
45) 비익조: 한쪽 눈과 외 날개인 채 태어나 나머지 반쪽을 가진 짝을 만나 결합해야만 비로소 완벽한 창조물이 된다는 전설 속의 새. 부부(夫婦)의 금슬지락(琴瑟之樂)이 좋음을 비유하는 표현이다.
46) 연리지: 뿌리가 다른 두 그루의 나무가 사이좋게 합쳐진 가지이다. 이 말은 후한말(後漢末)의 대학자 채옹(蔡邕)의 고사에서 유래했다. 〈운영전〉의 주 132) 참조.
47) 호접지몽: 인생무상(人生無常). 『장자(莊子)』 「제물론(齊物論)」에 보인다. 장자(莊子)가 꿈에 나비가 되어 즐겁게 놀았다는 고사에서 유래되었다. 〈운영전〉의 주 118) 참조.
48) 두목지: 중국 만당전기(晚唐前期)의 시인. 호는 번천(樊川). 자는 목지(牧之). 이상은(李商隱)과 더불어 이두(李杜)로 불린다. 또 작품이 두보(杜甫)와 비슷하다 하여 소두(小杜)로도 불렀다. 여기서 인용한 것은 양자강의 남쪽지방인 강남의 봄을 노래한 〈강남춘(江南春)〉이다. 〈강남춘〉 전문은 아래와 같다.
　"강남 천리에 꾀꼬리 울고 꽃 화사하게 피었는데, 강촌 산골주막엔 깃발 펄럭이네. 남조 때 지은 사백 팔십 사찰엔, 수많은 누대들이 가랑비에 젖는구나(千里鶯啼綠映紅, 水村山郭酒旗風. 南朝四百八十寺, 多少樓臺烟雨中)."
49) 우언: 다른 사물에 비겨 의견이나 교훈을 은연중에 나타내는 말. 이야기, 소설(小說)따위를 지칭하기도 하였다.

가.'라는 구절이 있소. 아! 나의 마음이 애석하고 낭자의 무정함이
한스러우니, 살아서 무엇 하겠소? 죽어서야 그칠 것이오."

그러나 영영은 끝내 달갑게 따르지 않고 말했다.

"낭군께서 진실로 천첩에게 마음을 두고 계신다면 다른 날 서로
만날 수 있을 것이에요."

김생이 옳지 않다고 말했다.

"한 번 그대의 고운 목소리와 얼굴을 이별한다면, 궁궐 문이 몇
겹이나 되니 편지를 보내고자 한들 전달할 길도 없을 것이오. 다시
맑은 두 눈동자에 기쁜 빛이 돌기를 바랄 수 있겠소?"

영영이 말했다.

"이러고서도 낭군이 저를 아는 사람이라고 할 수 있는지요? 이 달
보름날 밤에 진사나리께서 왕자제군王子諸君[51]들과 함께 달구경하는
모임을 갖기로 약속했으니, 반드시 밤에 나가셨다가 늦게 돌아오실
겁니다. 게다가 궁궐의 담장이 마침 비바람 때문에 무너진 곳이 있는
데, 진사나리께서 궁가宮家[52]에 늦게 알리는 바람에 아직 수리하지
않았지요. 도련님께서 이날, 어둠을 타 오셔서 무너진 담장을 따라서
깊이 들어오시면 가운데 낮은 담장 문이 하나 있을 거예요. 그 문을
열어놓고 기다릴게요. 그 문으로 들어와서 담장을 따라 내려오면 곧
동쪽 계단에서 열 걸음쯤 떨어진 곳에 별실이 있어요. 낭군께서는
거기에 몸을 숨기고 기다리시고 첩이 나가 맞이한다면, 우리의 아름
다운 기약이 어떻게 어렵겠어요?"

---

50) 장신궁: 궁전의 이름으로 한(漢)의 태후(太后)가 거처하던 곳이다.
51) 왕자제군: 왕자 및 여러 대군들이다.
52) 궁가: 조선시대 왕실의 일부인 궁실(宮室)과 왕실에서 분가하여 독립한 대원군,
    왕자군, 공주, 옹주가 살던 집을 통틀어 이르던 말. 궁방(宮房)이라고도 한다.

김생은 매우 그럴 듯하게 생각하여 굳게 약속하고 헤어져 돌아섰다. 그러고는 길을 따라 점점 남·북으로 향해 가다가 말을 세우고 고개를 돌리니, 슬프고 우울하여 정신이 가물가물할 뿐이었다.

김생은 이때부터 임 생각이 더욱 간절했다. 그래서 사운시四韻詩 한 수를 지어 스스로 슬픔을 달래 보았다.

> 궁중 어느 곳에 사랑하는 임이 갇혀 있나,
> 한 번 이별하니 임의 모습이 가물거리네.
> 오늘도 정녕 그 모습을 잊을 수 없으니,
> 전생에 응당 아름다운 인연 맺었나 보네.
> 안고 싶어서 괴로운 마음 시름은 비처럼,
> 사랑 맺게 될 날 기다리니 하루가 일 년.
> 정녕코 보름날엔 꽃 같은 임 만나 보고파,
> 언제 둥글려나 누각 올라 달만 바라보네.

김생이 약속한 날짜가 되어 갔다.

과연 담이 무너져 어금니 빠진 듯 문처럼 구멍이 나 있어, 이곳으로 들어가니 구멍이 좁고도 깊었다. 이내 조그만 담에 이르러 밀어보니 정말 잠겨 있지 않았다. 그 문으로 들어가 동쪽으로 내려가니 과연 별침別寢53)이 있었다. 김생은 속으로 기쁘게 여기며 '난향이 나를 속이지는 않았구나.'라고 중얼거렸다.

이러하여서 곧 김생은 그 가운데로 들어가서 영영이 나오기를 기다렸다.

---

53) 별침: 대궐 안에서 임금과 왕비가 거처하던 곳이다.

이때 밝은 달이 막 솟아오르고 서늘한 바람이 갑자기 불어오자 계단 위의 뭇 꽃들은 그윽한 향기를 뿜어내고 뜰 앞의 푸른 대나무는 소소蕭蕭히 쓸쓸한 소리를 내었다. 갑자기 문 여는 소리가 들리더니 안에서 누군가가 나왔다. 김생은 두렵고 걱정이 되기도 하는 한편 또 기쁘면서도 의심스러웠다. 숨을 죽이고 가만히 들으니 발자국 소리가 점점 가까워지고는 옷 향기가 밀려들었다. 눈을 뜨고 바라보니 곧 영영 낭자였다.

김생이 어둠 속에서 나와 영영의 등을 어루만지며 말했다.

"정인情人54) 김金아무개가 여기에 와 있소."

영영이 말했다.

"낭군은 정말 신사信士55)네요."

손을 이끌어 가까이 앉히고 김생의 안부를 물었다.

김생이 대답했다.

"만 번 죽음을 참아내며 겨우 꺼져 가는 목숨을 보존하였다오."

영영이 말했다.

"무엇 때문에 그러셨어요?"

김생이 말했다.

"거리는 가까운데 사람은 멀기 때문이오."

서로 기쁘게 즐기니 밤이 이슥해진 줄도 몰랐다.

김생이 밝은 달을 우러러 보더니 놀라서 말했다.

"내가 처음 올 때는 저 달이 동쪽에 있더니 이제는 하늘 한 가운데 떠 있소. 밤이 절반쯤 지나가 버렸으니 이 시간에 동침을 할 수 없다

---

54) 정인: 남몰래 정을 통하는 남녀 사이에서 서로를 이르는 말이다.
55) 신사: 신의(信義)가 있는 사람이다.

면, 장차 어떻게 기다리겠소?"

김생이 곧바로 영영의 옷깃을 붙들고 벗기려 하니, 영영이 말리면서 말했다.

"낭군은 어떻게 첩을 뽕나무 밭에서 노는 여자56)처럼 대하십니까? 저에게 별도로 침실이 한 곳 있으니 그곳에서 좋은 밤을 안온히 보내는 것이 좋겠어요."

김생이 머리를 흔들면서 사례했다.

"내가 이미 법을 어기고 죽기를 무릅쓰고 어렵사리 오늘 왔소. 한 번 기다리는 것도 너무 힘든 일이었는데, 그 노릇을 또 하란 말이요? 무릇 일을 처리할 때는 삼가 만전萬全을 기해야만 하는 것이오. 만약 또 당돌하게 행동하다가 다만 일만 누설될 빌미가 될까 두렵소."

영영이 말했다.

"일이 누설되고 안 되고는 나에게 달려 있으니, 낭군은 쓸데없이 애태우지 마세요."

그러고 나서 김생의 손을 끌어 감싸 안고 들어가니, 김생도 어쩔 수 없이 따라 들어갔다. 몸을 구부리고 두려워하며 문안으로 들어가니 마치 깊은 연못에 다다른 듯, 살얼음판 위를 걷는 듯했다. 한 걸음을 옮길 때마다 번번이 아홉 번이나 종종걸음 치니 식은땀이 발뒤꿈치까지 흘러내려도 깨닫지 못했다. 얼마 안 되어 굽은 섬돌을 에두르고 회랑回廊57)을 따라 두 세 번이나 문을 지난 뒤에야 커다란 안채에 이르렀다. 궁인들은 깊이 잠들었고 문가는 고요하였다. 깁을 바른 창에 푸른 등불이 깜빡이는 것이 보이니 부인의 침소임을 알 수 있었

---

56) 뽕나무 밭에서 노는 여자: 남녀의 밀회(密會)를 즐기는 음란한 여자이다.
57) 회랑: 정당(正堂)의 좌우에 있는 긴 집채이다.

다. 영영이 김생을 한 방안으로 끌어들이면서 말했다.

"낭군은 조금만 앉아 계세요."

영영이 일어나 안으로 들어간 지 오래되었으나 나오지 않았다. 김생은 무료함을 견디지 못하고 혹은 앉았다 누웠다 하니 마음이 싱숭생숭하여 이상한 생각만 들 뿐이었다.

어떤 사람이 중문으로 달려 들어와 아뢰었다.

"진사나리께서 돌아오십니다."

온 뜰에 횃불이 휘황하게 빛나고 시녀들이 이리저리 분주하게 좌우에서 부축했다. 진사는 아직도 깨닫지 못하고는 코고는 소리만 점차 깊어 갔다. 영영이 부인의 명을 받들고 자주 나와서, "차가운 땅 바닥에 오래 누워 계시면 풍상風傷58) 드실까 두렵습니다."라고 말했다.

왕자王子59)를 일으켜 세우고 부축하여 안으로 들어간 지 오래되었다. 사람들 소리도 시나브로 잦아들고 불빛도 꺼졌다.

영영은 오른손에 옥촉玉燭을 잡고 왼손에는 은병銀瓶을 들고 나와 숨어 있는 방문을 열어보니, 김생이 벽에 붙어서 두 발을 포개고 서 있으면서 속으로 '이제는 죽을 뿐이로구나.'라고 소마소마하고 있었다.

영영이 생그레 웃으면서 말했다.

"낭군께서 너무 놀라시는 것 아니에요? 첩이 위로하려 따뜻한 술을 가지고 왔어요."

영영이 이윽고 연꽃잎을 그린 금술잔에 술을 따라 김생에게 권하니, 김생이 받아 마셨다. 영영이 또 한 잔을 권하자, 김생이 사양하며 말했다.

---

58) 풍상: 신경(神經)의 이상으로 생기는 병이다.
59) 왕자: 진사이다.

"정분만 있으면 술은 없어도 된다오."

이어 술상을 치우게 했다.

김생이 방안을 둘러보니, 다른 물건은 없고 오직 붉은 책상 위에 두초당杜草堂의 시집60) 한 권을 백옥白玉 서진書鎭61)으로 눌러 놓았고 낭평琅玶62)으로 된 탁상 위에는 자그마한 거문고 하나가 가로 놓여 있었다.

김생이 즉시 먼저 한 구를 읊조려 노래했다.

거문고와 책 맑고 깨끗해 티끌조차 없어,
정녕 방 가운데 옥 같은 여인을 일컬음이네.

영영이 이어서 읊었다.

오늘 밤은 어떠한 밤인지 알 수 없어,
비단 이불 옥 자리에 반가운 임 마주했네.

이윽고 서로 이끌고 눈길을 주고받으며 잠자리에 들어 비로소 견권지정繾綣之情63)을 마음껏 나누었다.

밤이 다할 무렵에 여러 닭들이 '악악喔喔'64)대고 멀리서 파루罷漏65)

---

60) 두초당의 시집: 두보의 시집. 당대(唐代)시인 두보가 성도에 있을 때 사용했던 옛 저택인 두초당(杜草堂)의 이름을 따서 지은 것이다.
61) 서진: 책장이나 종이쪽이 바람에 날리지 않도록 누르는 물건이다.
62) 낭평: 푸른 구슬이다.
63) 견권지정: 마음속에 굳게 맺혀 잊혀지지 않는 정이다.
64) 악악: 닭이나 새가 우는 소리. 여기서는 닭이 '꼬끼오' 하고 우는 소리이다.
65) 파루: 조선시대 서울에서 통행금지를 해제하기 위하여 종각의 종을 서른 세 번 치던 일. 오경삼점(五更三點)에 쳤다.

를 알리는 종소리가 우레처럼 뎅뎅 울렸다. 김생이 옷가지를 챙겨 단정히 입고 흐느껴 울며 되풀이 말했다.

"좋은 밤은 괴로울 만큼 짧고 사랑하는 두 마음은 끝이 없는데 이 별을 어떻게 하겠소? 궁궐 문을 한 번 나가면 다시 만나기 어려우니 이 마음을 어떻게 하오?"

영영이 이 말을 듣더니 울음을 삼키고 옥 같은 손으로 눈물을 훔치 며 말했다.

"홍안박명紅顔薄命은 옛날부터 모두 같은 것이에요. 지금처럼 유독 미천한 저에게만 있는 것은 아니지요. 살아서 이렇듯이 이별을 하였 으니, 죽어서도 이와 같이 원통할 것이에요. 죽고 사는 것은 꽃이 시 들고 나뭇잎이 떨어지는 것과 같으니, 날씨가 추워지기를 기다릴 필 요도 없는 것이지요. 어떻게 말로 족하겠어요? 낭군은 철석鐵石같은 마음을 가진 남자입니다. 어떻게 잗달게 아녀자를 그리워하다가 성 정性情을 상하게 할 수 있겠습니까? 낭군은 이제 저를 이별한 뒤에는 제 얼굴을 가슴속에 품어 두어 생각을 하지 말기를 바랍니다. 천금 같은 귀중한 몸을 잘 보존하시어 학업을 중단하지 말고 과거에 급제 하여 청운의 길에 오르신다면 평생의 소원을 모두 이룬 것이에요. 간절히 바라고 또 바라겠어요."

이어서 영영은 토호관兔毫管66)을 뽑아 들고 용견연龍肩硯67)에 먹을 갈아 난봉전鸞鳳牋68)을 펼쳐 놓고 칠언 율시七言律詩69)를 한 수 지어 생 에게 주어 이별을 고하니 이렇다.

---

66) 토호관: 토끼털로 만든 붓이다.
67) 용견연: 용을 새긴 벼루이다.
68) 난봉전: 난새와 봉황이 그려진 종이이다.
69) 칠언 율시: 7언 8구로 된 한시이다.

몇 날을 그리던 임 오늘은 서로 만나 보아,
그림 같은 집에서 손을 잡고 마주하였지요.
등불 앞에서는 마음 다 털어놓지 못했는데,
베갯맡 새벽 종소리에 깜짝 놀라 일어났네.
까막까치 흩어지는 것은 은하수도 못 막아,
언제 다시 무산巫山[70]엔 비구름 짙어지려나?
이별한 뒤 소식이 없을 것을 정녕 알겠기에,
겹겹이 잠긴 궁궐 문만 되돌아볼 뿐이네요.

김생이 시를 보고 슬픔을 이기지 못하여 눈물이 흐르는 것도 깨닫지 못한 채 즉시 붓을 적셔 화답했다.

불 꺼진 깁 바른 창에 달 빛 비껴 흐르고,
견우와 직녀는 은하수를 사이에 두고 섰네.
좋은 밤 일각一刻[71]은 정녕 천금도 싸거늘,
두 줄기 이별 눈물에 온갖 한이 사무쳤네.
이날부터 아름다운 기약 용이치 않으리니,
참으로 좋은 일에는 방해되는 일이 많구나.
훗날 어느 해에 다시 만날 날이 있겠지만,
막힌 정은 무한하나 늙은걸 어쩌리.

---

70) 무산: 신녀가 산다는 산. 흔히 고당(高唐), 운우(雲雨), 무산(巫山), 무양(巫陽), 양대
(陽臺) 등과 더불어 문학에서는 성교를 우회적으로 표현하는 용어로 자주 사용된다.
〈운영전〉의 주 21) 참조.
71) 일각: 각(刻)은 지난날의 시간 단위로 15분 정도. 아주 짧은 동안을 이르는 말이다.

영영이 김생의 시를 펼쳐 놓고 보려고 하니 눈물이 글자를 적셔 다 볼 수가 없었다. 말아서 품속에 넣은 다음, 계속 아무 말도 못하고 서로 손만 잡고 물끄러미 바라볼 뿐이었다.

이때 새벽 등불은 희미해지고 안개 자욱하니 동창東窓이 희번했다. 곧 영영이 김생의 손을 잡고 나와 궁의 담장 밖에서 전송했다. 서로 이별하여 목메도 소리 내 울지도 못하니, 죽어서 이별하는 것보다 더 처참했다.

김생은 집으로 돌아왔으나 충격으로 정신을 잃어 맥이 풀리고 마음이 산란하여 물건을 보아도 보이지 않고 소리를 들어도 들리지 않았다. 세상일은 하나도 마음에 두지 않고 오로지 한 통의 편지를 써서 사랑하는 마음을 전달하고 싶을 뿐이었다. 그러나 상사동의 할미도 이미 세상을 떠나서 다시 편지를 부칠 길이 없었다. 다만 멍하니 먼발치만 시름없이 바라보거나 헛된 생각에 젖어 있기만 했다.

그러나 세월은 흐르고 사물은 변했다. 잠깐 사이에 온갖 근심 속에서도 3년이 훌쩍 지나버렸다. 시절이 흘러 사물도 변하니 마음 속에 품은 임 생각도 시나브로 느즈러졌다. 김생은 다시 학업에 전념하여 경사經史[72]에 마음을 가라앉히고 깊이 생각해 문장에 힘쓰며 괴황지절槐黃之節[73]을 기다렸다. 김생은 과거 시험장에서 나라 안의 모든 선비들과 더불어 갈고 닦은 실력을 다투어 재진재첩再進再捷[74]하여 여러 사람들 가운데서 장원壯元[75]으로 뽑혔으니, 한 세대에 빛나 견줄

---

72) 경사: 경서(經書)와 『사기(史記)』이다.
73) 괴황지절: 과거를 보는 시기이다. 〈운영전〉 주 191) 참조.
74) 재진재첩: 시험을 치를 때마다 연이어 합격하는 것을 말한다.
75) 장원: 과거에서, 갑과에 첫째로 급제함. 장원(狀元)이다. 정약용(丁若鏞)은 『아언각

만한 사람이 없었다.

사흘 동안 김생은 머리에 계수나무 꽃을 꽂고 손에는 상아象牙로
된 홀笏76)을 잡고 유가遊街77)했다. 앞에서는 두 개의 일산日傘78)이 인
도하고 뒤에서는 천동天童들이 에워쌌으며 좌우에서는 화려한 옷으
로 치장한 창부倡夫79)들이 재주를 부리고 악기를 든 악공들이 함께
연주를 하였다. 길에 가득 찬 구경꾼들이 김생을 천상의 신선처럼
우러러 보았다.

김생은 얼큰하게 취하자 마음과 기운이 호탕해져 채찍을 잡고 말
위에 걸터앉아 하루에 수많은 집들을 지났다. 언뜻 길가의 한 집이
눈에 띄었다. 높고 긴 담장이 백 걸음 정도 빙빙 둘러 있었으며, 푸른
가옥과 붉은 난간이 사방에서 빛났다. 섬돌과 뜰은 온갖 꽃과 초목들
로 향기로운 숲을 이루고 희롱하는 나비와 노니는 벌들이 아름다운
숲에서 소란스러웠다.

김생이 누구의 집이냐고 물으니, 곧 회산군檜山君 댁이라고 했다. 김
생은 갑자기 옛날 일이 생각나 마음속으로 남몰래 기뻐하고는, 짐짓
취한 듯 말에서 떨어져 땅에 누워 일어나지 않았다. 궁인들이 놀라서
궁문을 우둥우둥 나와서는 보는 것이 장거리 같았다.

비(雅言覺非)』 '장원(狀元)' 항에서 "본래 장원(狀元)이란 주장(奏狀, 상소하는 글)의
첫머리에 쓰인 사람을 말한다. 과거에 급제한 진사(進士)의 방(榜)을 써 내 붙일 때는
반드시 주장을 만들어 천자에게 올렸던 까닭으로 그 첫째 번 사람을 장원이라고 말하
였다."라고 하며, 따라서 장원도 잘못이라 하였다.

76) 홀: 벼슬아치가 임금을 만날 때 쥐던 조복(朝服)을 갖추어 입고 쥐던 물건으로
    얇고 길쭉하다.

77) 유가: 과거의 급제자가 거리를 돌며 좌주(座主)나 선진자(先進者)·친척 등을 찾아
    보는 일이다.

78) 일산: 햇볕을 가리기 위하여 세우는 큰 양산. 우산보다 크며 놀이할 때 한데에다
    세운다.

79) 창부: 남자 광대이다.

이때 회산군은 이미 죽은 지 3년이 되어 부인이 소복을 처음 벗은 때였다. 그동안 부인은 마음 붙일 곳 없이 홀로 적적하게 살아온 터라 배우俳優들의 재주가 보고 싶었다. 그래서 시녀들에게 김생을 부축해서 서쪽 가옥으로 들게 한 다음 비단 무늬 자리에 누이고 죽부인竹夫人[80]을 베어 놓게 하였다.

김생은 어질어질 하여 눈을 감고는 정신을 차리지 못한 듯했다.

이윽고 창부倡夫[81]와 공인工人[82]들이 뜰 가운데 나열하여 일제히 음악을 연주하고 또 온갖 놀이를 다 펼쳐 보였다. 궁중 시녀들은 예쁜 얼굴에 하얗게 분을 바르고 검은 귀밑머리와 머릿결을 구름처럼 쪽 찌어 올리고 발을 걷고 보는 자가 수십 명은 되었으나, 그 가운데 영영만 홀로 보이지 않았다. 김생은 속으로 이상하게 생각했다. 그녀가 살아 있는지 아니면 죽었는지 알 수가 없었다.

흘깃 옆을 보니, 한 아가씨가 김생을 보고는 다시 들어가서 눈물을 훔치며 들락날락거리며 안절부절못했다. 영영이 김생을 차마 보지 못하고는 흐르는 눈물을 참지 못하여 남이 알까 봐 두려워하고 있었다.

김생이 바라보고 있자니 마음이 매우 슬펐다. 그러나 날이 이미 어두워져 이곳에 더 이상 오래 머물러 있을 수 없다는 것을 알았다. 이러하여서 곧 하품을 하고 기지개를 켜면서 일어나 주위를 돌아보고는 놀라는 척 말했다.

"여기가 어디지요?"

---

80) 죽부인: 대오리로 길고 둥글게 얼기설기 엮어 만든 기구. 여름밤에 서늘한 기운이 돌게 하기 위하여 끼고 잔다.

81) 창부: 남자 소리꾼이다.

82) 공인: 조선시대에, 악기를 연주하는 일을 맡아 하던 사람. 악생(樂生)과 악공(樂工)이 있었다.

궁중의 늙은이 장획臧獲[83])이 달려와 말했다.

"회산군 댁입니다."

김생이 더욱 놀라워하며 말했다.

"내가 어떻게 해서 이곳에 왔지요?"

장획이 이에 사실대로 대답하니, 김생이 곧 일어나서 나가려고 했다. 이때 부인이 김생이 술에 취한 것을 염려하여 영영에게 차를 가지고 오라고 하여 바쳤다. 두 사람이 서로 가까이 하게 되었으나 한마디 말도 못하고 단지 눈길만 주고받을 뿐이었다. 영영이 차 올리기를 마치고 막 일어나 안으로 들어가면서 품 안에서 한 통의 편지를 떨어뜨렸다. 김생이 정신없이 주위 소매 속에 숨기고 나와 말을 타고 집으로 돌아와 뜯어보니, 그 글은 이렇다.

박명薄命한 첩 영영은 재배하고 낭군께 말씀 올립니다.

저 영영은 살아서는 낭군을 따를 수 없고 그렇다고 죽을 수도 없기에, 산송장이 되어 남은 숨을 헐떡이며 아직까지 살아 있습니다. 어떻게 제가 하찮은 정성으로나마 낭군을 그리워하지 않았겠습니까? 하늘은 얼마나 아득하고 땅은 얼마나 막막하던지. 복숭아와 자두 꽃에 부는 봄바람은 저를 깊은 궁중에 가두고 오동나무에 내리는 밤비는 저를 공규空閨[84])에 묶어 놓았습니다. 오래도록 거문고를 타지 않으니 거문고 갑에는 거미줄이 생기고 화장 거울은 공연히 놔두니 경대에는 먼지만 가득합니다. 지는 해와 저녁 하늘은 저의 한을 더욱 깊게 하고 새벽녘의 달과 별은 제 마음을 알지 못합니다. 누대에 올라 먼 곳을 바라보면 구름이 제 눈을 가리고

83) 장획: 노비(奴婢). '장(臧)'은 사내종으로 노(奴), '획(獲)'은 계집종으로 비(婢)이다.
84) 공규: 오랫동안 남편이 없이 아내 혼자서 사는 방이다.

창가에 기대어 생각에 잠기면 수심이 제 꿈을 깨웠습니다.

아아, 낭군이여! 어떻게 제가 슬프지 않았겠습니까? 첩은 또 불행하게
도 그 사이에 할머니께서 돌아가시었습니다. 그래서 편지를 부치고자 하
여도 전달할 길이 없었기에, 헛되이 낭군의 얼굴 그릴 때마다 창자가 끊
어지는 듯 했습니다. 설령 이 몸이 다시 한 번 더 낭군을 뵙는다 해도,
얼굴이 이미 변하였으니 낭군께서 어여삐 여기시기는 어려울 것입니다.
낭군께서도 저를 생각하시는지 모르겠습니다. 하늘과 땅이 다 없어진다
해도 이 한은 끝나지 않을 것입니다. 아아, 어찌하리오! 죽어야만 그칠
것입니다. 편지를 마치려 하니 너무 슬퍼 어떻게 할 바를 모르겠습니다.

편지 끝에 다시 칠언 절구 다섯 수를 썼으니 이렇다.

좋은 인연이 외려 나쁜 인연 되었다지만,
원망스러운 건 낭군이 아니라 하늘이에요.
만일 옛 정이 아직 끊어지지 않았다 하면,
먼 훗날 황천으로 저를 찾아오세요.

하루는 정녕 열두 때로 나뉜다고 하지만,
어느 땐들 임 생각 않는 날이 없었답니다.
사랑하는 임 만날 날 언제쯤 알 수 있나?
깊은 한 가슴에 안고 이 세상 이별합니다.

버드나무 초췌한 것은 이 내 마음 같으니,
누구를 생각하여 거울 속엔 백발 자라나.
이제 사랑홉는 임에게 기쁜 일 없으리니,

담장 머리에 새벽까치는 누굴 위해 울지?

헤어진 뒤 억지로 자리방석 먼지를 털어내니,
낭군이 앉고 누운 자취가 애틋합니다.
적막한 깊은 궁宮에 소식이 끊어졌으니,
봄비에 낙화落花는 닫힌 궁 문 가리네요.

편지를 부치려는데 누구에게 줘야 하나,
몇 번씩 녹창綠窓[85]에서 언 붓 녹였어요.
쓸쓸히 이별한 뒤 임 그리워 흘린 눈물,
점점이 꽃 편지에 쓴 글자마다 얼룩졌네.

　김생은 읽어보고 깊이 신음하며 차마 손에서 놓지를 못하였다. 영영에 대한 그리움이 예전보다 두 배는 더했다. 그러나 청조青鳥[86]가오지 않으니 소식 전하기 어렵고 백안白鴈[87]은 오래도록 끊기어 편지전할 길이 없었다. 끊어진 거문고 줄은 다시 맬 수 없고 깨어진 거울을 다시 둥글게 할 수 없었다. 근심스런 마음은 초초하기만 한데 뒤척이며 잠 못 이룬들 무슨 소용이 있겠는가?
　김생은 몸이 파리하게 야위고 겅더리되어 병이 들어 몇 해를 자리에 눕게 되었다.

　친구인 이정자李正字가 문병을 와 김생에게 병에 대해 물었다. 김

---

85) 녹창: 가난한 여자가 사는 곳이다.
86) 청조: 고지새·파랑새로 편지를 전한다는 새이다.
87) 백안: 흰 기러기로 편지를 전한다는 새이다.

생이 정자의 손을 잡고 속마음을 털어놓으며 병이 깊어진 까닭을 말하자 정자가 말했다.

"자네의 병은 낫게 되었네! 그 회산군 부인은 나의 고모일세. 나와는 겨레붙이로 정의가 각별하니 자네가 하고 싶은 말을 전달할 수 있을 거야. 게다가 부인은 소천所天[88]을 잃은 이후로 극락이나 인과응보와 같은 설을 믿어 가산과 귀한 보배를 아끼지 않고 남을 위하여 베풀길 좋아하시니 좋은 기회일세."

김생이 기뻐하며 말했다.

"뜻하지 않게 오늘 모산도사茅山道士[89]를 다시 만났어."

곧 거듭거듭 약속을 정하고 두 번 절한 뒤 정자를 전송했다.

정자는 당일로 부인께 찾아가 말했다.

"아무 달 아무 일, 과거에 장원으로 급제한 사람이 취한 채 궁문 앞을 지나가다가 말에서 떨어져 인사불성이 되었는데, 고모님께서 시녀들에게 부축하여 서쪽 가옥으로 들게 한 일이 있었지요?"

부인이 대답했다.

"그랬지."

정자가 말했다.

"영영에게 차를 올려 갈증을 풀어주라고 시키신 일도 있나요?"

부인이 대답했다.

"그랬지."

정자가 말했다.

---

88) 소천: 아내가 남편을 이르는 말이다.
89) 모산도사: 모영(茅盈)과 모충(茅衷). 모산(茅山)은 장쑤성[江蘇省] 구용현(句容縣) 동남쪽에 있는 산. 구곡산(句曲山)이라고도 한다. 한(漢)나라 때 모영(茅盈)과 그의 동생인 모충(茅衷)이 이곳에서 도를 닦아 신선(神仙)이 되었는데, 이들이 갖고 있는 비약(秘藥)은 죽은 사람도 살릴 수 있었다고 한다.

"그 사람은 곧 제 친구로 장원한 김 아무갭니다. 사람됨은 재주와 기량이 누구보다 뛰어나고 품위 있는 기상은 속세의 태를 벗어나 장차 아주 큰일을 할 사람이지요. 그런데 불행하게도 병이 들어 문을 닫은 채 앓아누워 비영비영한 지 몇 해나 되었습니다. 제가 아침저녁으로 가 병이 든 까닭을 물으니, 영영을 사모하기 때문이라고 하는데. 그를 살릴 수 있을지 모르겠군요."

부인이 감격하여 목메 울며 말했다.

"내가 어떻게 영영 한 아이를 아끼다가 네 동무를 원한이 맺혀 죽게 할 수 있겠니?"

부인은 즉시 영영에게 김생의 집으로 가라고 하였다.

두 사람이 다시 만나게 되니, 김생과 영영은 서로 두 손을 움켜쥐고는 기뻐하였다. 앓던 김생은 기운이 갑자기 솟아나 며칠 만에 곧 일어났다.

이후로 김생은 영영 공명功名을 사양하고 끝내 장가를 들어 아내를 얻지 않은 채 영영과 시종始終을 함께 했다.

평생토록 영영과 주고받은 시문詩文이 아주 많이 쌓여서 권축卷軸90) 이 되었으나 생은 자손이 없었다. 이 때문에 세상에 전하지 못하였으니, 아! 애석하고 안타까운 일이다.

---

90) 권축: 표구(表具)하여 말아 놓은 글씨나 그림의 두루마리이다.

왕경룡전
王慶龍傳

꽃 찾는 길손에게 부탁하오니,
부디 화류계엘랑 비기지 마오

(寄語尋芳客, 莫比花柳場)

17세기 초, 작자를 알 수 없는 기녀(妓女)를 소재로 한 한문전기소설(漢文傳奇小說)이다. 〈옥단전(玉檀傳)〉, 〈왕어사경룡전(王御史慶龍傳)〉이라고도 한다.

경룡(慶龍)은 기생 옥단(玉檀)에게 빠져 백년가약을 맺지만, 돈이 떨어지자 기생어미의 간계로 내쫓긴다. 갖은 고생 끝에 결심을 새로이 한 경룡은 과거에 장원급제하고 암행어사가 되어 위급한 처지에 빠진 옥단을 구출해 행복하게 살았다.

〈왕경룡전〉은 중편소설이며 어떠한 형태로건 중국 소설의 영향을 받았다는 것만 확실하지만 우리 소설임에 틀림없다. 그런데 같은 애정소설인 〈운영전〉이나 〈상사동기〉에 비하면 밋밋하기 짝이 없다. 소설 구성은 치밀(緻密)하고 시도 상당히 정제(精製)되었지만 맥없이 전개된다. 작품을 흐르는 것은 꾀와 자본주의적(資本主義的) 맹아(萌芽)인 장사꾼들이 확실히 보인다는 점이 새롭다. 그런데 〈왕경룡전〉의 작품성은 바로 여기서 찾을 수 있다.

옥단은 자본주의의 표지(標識)인 돈으로 살 수 있는 여인이다. 그러나 옥단이 "꽃 찾는 길손에게 부탁하오니 부디 화류계엘랑 비기지 마오(寄語尋芳客, 莫比花柳場)."라는 말처럼 그녀도 진정한 사랑을 원한다. 〈왕경룡전〉은 지독한 남성주의가 판치던 조선 중기에 여인의 목소리를 처음으로 낸 소설이다. 기우뚱해져 버린 남성의 사회에서 사랑만큼은 좌우대칭(左右對稱)을 취하려는 의도가 선연하다.

창기는 음란하고 사특한 여인으로 곱지 않은 시선을 받는다. 〈왕경룡전〉에서 옥단은 기생(妓生)이다. 꿀물을 마신 뒤 갈증. 조건부 사랑이다. 하지만 이 소설에서 옥단은 신실(信實)한 정절(貞節)을 지닌 여인으로 격상되었다. 비기자면 기생인 '해어화(解語花)'를 군자의 꽃인 '국화(菊花)'처럼 만들었다. 옥단을 따라 경룡을 따라 줄달음 치다보면 주인공들의 내면 심리를 못 본다. 영 재미없는 소설이 돼버린다. 천천히 각설(却說)마다 숨을 돌리며 읽는 여유가 필요하다. 그래야 기생어미가 화류계(花柳界)에서 손님 호리는 청루전환법(靑樓轉換法), 경룡이 화류계 여인 후리는 청루농주법(靑樓弄珠法)도 볼 수 있다. 속고 속이는 농익은 꼼수는 오늘의 이야기 아닌가. 영원할 조선인의 환원주의(還元主義) 표지(標識)인 품종과 계보 업데이트 작전은 또 어떤가. 찬찬히 보면 여간 재미있는 게 아니다.

후일 우리나라를 대표하는 애정소설의 대명사, 〈춘향전〉의 한 연원(淵源)으로 부족함이 없다.

왕경룡전

경룡慶龍의 성은 왕王이요, 자字는 시현時見현으로 절강浙江[1] 소흥
부紹興府 사람이다. 어려서부터 총명하고 슬기로웠으며 재기가 다른
사람보다 뛰어났다. 아버지 위공魏公은 가정嘉靖[2] 말년에 벼슬이 각로
閣老[3]였다. 이때 경룡의 나이는 18세였는데, 부지런히 배우면서 장가
들 생각은 하지 않고 문 밖에 나가지 않으면서 종일토록 글을 읽는
것이 나날이었다. 그때 위공은 윗사람의 뜻을 거슬러 관직을 그만
두고 고향으로 돌아가게 되었다.

위공은 동시東市의 부자 상인에게 은자 수만 냥을 빌려준 적이 있었
다. 부자 상인이 그때 마침 장사가 잘 되어 강남江南[4]을 왕래하였는데

---

1) 절강: 중국 화중(華中)지역 동부 연해에 있는 성(省). 약칭은 절(浙)이고 성도(省都)
는 항저우[杭州]이다.
2) 가정: 명(明)나라 세종(世宗, 1522~1566)의 연호(年號)이다.
3) 각로: 명(明)·청(靑) 대 한림학사(翰林學士)의 별칭. 당(唐) 대에는 중서성(中書省)·
문하성(門下省) 소속 관리들의 경칭으로 쓰여 졌고 송(宋) 대 이후에는 재상의 호칭으
로도 썼다.

돌아오지 않았다.

그러므로 위공은 길을 떠나려 할 적에 경룡을 그곳에 머물게 하면서 말했다.

"은자 수만 냥은 집안의 귀중한 재물이다. 한낱 창두蒼頭를 시켜 그 돈을 받아 오는 일을 맡길 수는 없구나. 네가 그것을 받아 가지고 오도록 해라."

경룡이 명을 받고 뒤에 처져서 늙은 하인 한 명을 데리고 서울에서 달 포를 머물렀다.

상인은 곧 돌아와서 이자까지 모두 갚았다. 경룡은 곧 여행 짐을 꾸려 절강浙江으로 향했다. 길이 서주徐州5)에서 머물게 되자, 문득 이 곳이 본디 번화한 곳으로 이름났다는 것을 생각하고 한 번 구경해보고 싶었다.

곧바로 늙은 하인에게 말했다.

"내가 지난날에는 아버님의 가르침이 엄격하여, 책에 얽매이느라 나이가 이미 어른이 되었는데도 집안에만 굳게 갇혀 지냈소. 세상 사람들이 말하는 술집과 창루娼樓의 사치스럽고 아름답다는 것이 과연 어떠한지 알지 못하니, 이제 조금 말을 멈추고 잠깐만 유람을 하려오."

늙은 하인은 무릎을 꿇고 나아가 말했다.

"도련님! 도련님! 삼가 그리 마시오. 술이란 바로 미치게 하는 약으로 입에 대면 마음이 방탕해지고 여색女色이란 요사스런 여우로 눈앞에 어른거리면 넋이 나가게 된답니다. 도련님은 애동대동한 책상물

---

4) 강남: 중국 양쯔 강(揚子江)의 남쪽 지역이다.
5) 서주: 중국 강소성(江蘇省) 북서부에 있는 도시. 서주(徐州)는 이 지역 경제, 문화, 교통의 중심을 이루고 있다.

림이라 뜻과 생각이 아직 안정되지 않았소. 만약 이 두 가지 것이 한 번 마음과 눈에 들어오면, 저것들을 받들게 되어 마음이 흔들리지 않는 이가 거의 드물 것이니, 차라리 보지 않는 것이 나아요."

경룡은 비록 그 말이 옳다고 여겼으나 속으로 '한 번 놀고 감상한 다고 어떻게 상심喪心하는 데까지 이르기야 하겠어.' 하고는 끝내 듣 지 않았다.

마침내 서관西觀으로부터 동관東觀까지를 두루 살펴보았다. 푸른 깃 발과 금빛 간판은 꽃과 버들 사이로 은은히 비치고 연두저고리에 다 홍치마를 입은 젊은 여인들은 누대樓臺와 정자 사이에서 오락가락하 며, 노래를 부르고 피리를 갈마들어 연주하였고 술잔과 쟁반이 이리 저리 섞여 있었다.

경룡은 길을 따라 두루 구경하면서도 마음에 두지 않았다.

남쪽 주루酒樓에 이르러 잠시 쉬려고 누각에 올라 난간에 기대어 차를 사서 마셨다. 마침 수십 보쯤에 유달리 높은 누각이 있고 누각 아래로는 숫돌처럼 평평한 큰 길과 명주 같은 잔잔한 강물이 보였다. 곧 멀고 가까운 곳에서 온 채색한 배들이 꽃이 만발한 물가에 정박해 있는데, 비단 돛과 목란 상앗대6)가 물결에 따라 가벼이 흔들리고 있 었다. 또 두세 마리 흰 말이 수양버들에 매어 있었는데, 금 안장에 옥 굴레를 하고는 발을 구르며 울었다.

누각 위에는 화려한 비단 옷을 입은 젊은이들이 한창 잔치를 베풀 고 즐기는 것이 보였다. 붉은 주렴은 반쯤 걷혀 있고 푸른 창문은 활짝 열렸는데 옥 향로에서 향이 타는 푸른 연기가 안개를 이루어

---

6) 상앗대: 배질을 할 때 쓰는 긴 막대. 배를 댈 때나 띄울 때, 또는 물이 얕은 곳에서 배를 밀어 나갈 때 쓴다.

자욱하고 금빛 잔으로 술을 드니 비취색 술거품이 물결을 일으켰다. 단장한 아가씨들이 모여 앉아 비단 옷이 줄을 이루었고 애절한 비파 소리와 호탕한 피리 소리가 아득히 하늘에 울렸다. 아름다운 춤과 맑은 노래 소리는 하루 종일 어지러이 드날렸다.

그 가운데 젊은 아가씨 한 명이 손에 푸른 부용꽃 한 송이를 쥐고 열을 벗어나 혼자 서 있는데 맑고 빛나 눈부시니 신선과도 같았다. 경룡은 자신도 모르게 눈길을 주면서 한 번 만나 보려고 하였으나 인연을 만들 방도가 없음이 한스러웠다.

우연히 누각 아래를 보니 표주박을 파는 할미가 있기에 할미를 앞으로 불러 손으로 가리키면서 말했다.

"저 누각 속에 이러이러한 모양을 하고 있는 사람이 누구요?"

할미가 말했다.

"동관의 양한적養漢的[7]으로 이름은 조운朝雲이라 하지요. 마침 노는 사람들이 이곳에 와서 잔치를 베푸는지라 나와서 기다리고 있는 것이지요."

말이 끝나기도 전에, 뭇 손님과 여러 기생들이 각자 흩어져 돌아갔다. 경룡은 곧 은자 20냥을 할미에게 주면서 말했다.

"이 돈이 비록 적으나 정으로 드리는 것이니, 할미는 나를 위해 이 고운 아이를 불러 줄 수 없겠소?"

할미는 그 돈을 사양하고 웃으면서 말했다.

"저 아가씨는 다른 사람을 기쁘게 하는 것이 생업이니 부르면 곧

---

7) 양한적: 기생(妓生). 그러나 중국에서는 지아비가 있는 아내가 다른 남자와 사통하는 것을 가리킨다. 〈금병매(金瓶梅)〉·〈수호전(水滸傳)〉·〈홍루몽(紅樓夢)〉 등의 소설에 드러난다. 우리나라의 한문소설작가가 중국의 한어 어휘(漢語語彙)를 정확하게 이해하지 못한 표현이다.

올 것입니다. 다만 공자公子8)께서 저 아가씨를 보고자 하는 것이 미모 때문이라면, 저 아가씨보다 더 예쁜 아가씨가 있지요. 곧 저 아가씨의 누이동생으로 이름은 옥단玉檀이고 나이는 지금 14세이며, 자색姿色이 다른 사람보다 빼어나 동서 양관兩觀을 다 찾아보아도 그보다 나은 사람이 없을 겁니다. 다만 나이가 어려 지금까지 팔리지 않은 것이니 만약에 많은 재물을 줄 것 같으면 반드시 좋은 인연이 될 수 있을 것이에요."

경룡이 말했다.

"내가 한 번 보고자 하는 것은 다만 뛰어난 자색을 구경하려 하는 것일 뿐, 합환合歡9)에 마음이 있는 것은 아니라오."

할미가 말했다.

"나와 그 아가씨는 평소에 서로 가깝게 지내고 있지요. 더구나 그대의 은혜를 입었으니 감히 명을 어기겠습니까?"

곧 그 집으로 들어가더니 오래도록 나오지 않았다.

경룡이 혹 할미에게 속았는가 걱정이 되어, 얼마쯤 믿으면서도 한편으로는 의심스러워 앉았다 일어섰다 하면서 고대하고 있을 때였다.

할미가 한 아환Y鬟10)의 손을 이끌고 느릿느릿 걸어왔다. 얼굴을 가다듬고 문으로 들어오는데, 광채가 사람의 마음을 흔들었다. 하늘로부터 타고난 선녀 같은 자태가 조운보다 백 배나 나았다. 참으로 세상에 다시없는 나라 안에서 으뜸가는 미인이었다.

자리에 앉아 채 말도 붙이지 않았는데 뜨악한 듯 몸을 돌이켜 일어

---

8) 공자: 귀한 가문의 어린 자제이다.
9) 합환: 남녀가 함께 자며 즐기는 것이다.
10) 아환: 옛날, 아이들의 머리를 두 가닥으로 빗어 올려 귀 뒤에서 두 개의 뿔처럼 둥글게 묶던 것으로 소녀, 또는 계집종을 이른다.

나 누樓로 가려했다. 할미가 만류하여 잡았으나 끝내 머무르려고 하지 않았다.

아마도 할미에게 속아서 공자의 부름에 잘못 나온 것을 부끄럽게 여기는 듯했다.

경룡은 이 뛰어난 미인을 보고 마음이 설레어 솟는 정을 진정시키지 못했다. 곧 은자 3000냥을 세어서 그 집에 보내고 할미를 시켜 그녀의 어미에게, "선물이 비록 많지는 않으나 감히 한 번 만나 본 예물로 준비했습니다."라는 말을 전하게 했다.

그 어미는 돈을 탐내어 경룡을 집으로 맞아 들였다.

술자리를 성대하게 차려 놓았는데 금빛 병풍이 엇갈려 빙 둘러 있으며, 수놓은 장막이 높이 쳐 있었다. 좋은 술은 가득 채워져 있고 향기로운 음식이 이리저리 놓여 있었으며, 곱게 화장한 여자들이 음악을 연주했다. 아름다운 여인들이 술을 바치고 자리를 장식한 물건과 즐거움을 북돋는 도구가 지극히 사치스러워 한낮의 잔치보다 갑절이나 더했다. 또한 옥단을 자리에 나와 앉도록 하였는데, 옥단은 난초 같은 자태에 부끄러움을 띠고 옥 같은 얼굴에 교태를 머금었으며, 구름 같은 머리채를 단정하게 빗어 꽃비녀로 가다듬었다. 비취새의 깃털과 금빛으로 수놓은 저고리에 천축天竺11)의 가는 비단 적삼을 걸쳤으며, 붉은 깃털에 구슬 그물을 장식한 저고리에, 천촉川蜀12)의 조가비 무늬가 그려진 고운 비단 치마를 겹쳐 입었다. 모두 울금향鬱金香13)을 뿌리고 용뇌향龍腦香14)으로 향기를 내었으니, 빼어난 미모는

---

11) 천축: 인도(印度)의 옛 이름이다.
12) 천촉: 사천(四川省). 옛 촉국(蜀國)의 땅이라서 붙여진 이름이다.
13) 울금향: 울금초를 원료로 만든 진하고 귀한 향. 욱금초(郁金草)라고도 한다.
14) 용뇌향: 인도에서 나는 용뇌수(龍腦樹) 줄기에서 덩어리로 흘러나오는 무색 투명

자리를 비추고 기이한 향기가 집안에 가득했다.

경룡은 옥단의 아리따운 얼굴과 화려한 치장을 보고 이 세상 사람이 아닌 듯하여 저도 모르게 너무 놀라고 당황스러워 허둥허둥했다.

술이 얼큰해지자 경룡이 술 한 잔을 특별히 들어 조운과 옥단에게 들기를 청하며 말했다.

"멀리서 온 나그네가 이처럼 좋은 잔치를 만나 경액瓊液[15])에 취하고 신선의 음악까지 갖추어 듣게 될 줄 누가 생각이나 했겠소? 평생의 큰 행운이라 할 만하군요. 그러나 아쉬운 것은 두 낭자의 아름다운 시와 운장雲章[16])이 빠진 것이요."

조운이 자리를 옮겨 앉아서 마침내 천악天樂[17]) 한 곡을 지으며 술을 권했다.

사詞[18])는 이렇다.

> 화양동華陽洞[19]) 안의 짝 잃은 동선童仙,
> 남국으로 귀향 온 지 몇 해이런가.
> 붉은 누각엔 옥 같은 모습이,
> 푸른 창가엔 꽃 같은 얼굴이,
> 공자와 좋은 인연 맺었으니,

의 결정체로 된 귀한 향. 서뇌(瑞腦)라고도 한다.

15) 경액: 좋은 술을 말한다.

16) 운장: 문장(文章). 『시경(詩經)』「대아(大雅)」 '운한(雲漢)'에 나온다. 본래 이 장은 하늘에 기우제(祈雨祭)를 지내는 내용이다. 내용은 아래와 같다.
　"저 높은 은하수처럼, 하늘 가운데서 맑게 빛난다(倬彼雲漢, 爲章于天)."

17) 천악: 하늘의 음악, 또는 궁중의 음악이다.

18) 사: 중당(中唐) 때 시작하여, 송대(宋代)에 성행한 운문체의 한 가지이다.

19) 화양동: 화산(華山)의 남쪽 골짜기. 예로부터 신선의 고사가 많이 깃든 곳으로 지금의 산시성[陝西省] 상현(商縣)이라 한다.

즐기지 않고 어떻게 보기만 하리.

향기로운 요리와 옥 녹여 빚은 술에,

격조 높은 음악도 곁들였네.

밤은 늦고 봄날은 따뜻하니,

높은 누각에서 담뿍 취해 잠드누나.

높은 누각에서 처음 여는 화려한 잔치,

두어 동이 술 노래 춤 음악이 질탕 잇네.

멋스럽고 풍치가 있는 공자公子와,

얌전하고 정숙한 고운 여인은,

백로白鷺 곁의 붉은 연꽃과 흡사하구나.

오늘 밤이 어인 밤인가,

불꽃 새긴 은촉銀燭은 불 켜길 재촉하고,

금 장식한 화로엔 연기가 스러지네.

봄 꿈에 취해,

옥비녀와 금빛 모자가 베갯가에 어지럽네요.

경룡이 곧 화답했다.

예전에 요급瑤笈을 펴 신선을 배워,

금단金檀을20) 다린 지 십 년이 되었네.

동정洞庭21)의 난향蘭香22)과 종릉鍾陵23)의 채란彩鸞24)이,

---

20) 금단: 고대 방술사(方術士)가 연금술(鍊金術)로 만든 단약(檀藥). 복용하면 장생불
사한다고 여겼다.
21) 동정: 지금의 악양(岳陽). 후난성[湖南省] 북쪽에 있다.
22) 난향: 『수신기(搜神記)』에 나오는 선녀 두난향(杜蘭香)을 말하는 듯. 두난향은 동
정호(洞庭湖) 부근에서 도를 닦고 있던 장석(張碩)에게 시집을 가 선술(仙術)을 가르

달 속에 인연25) 있음을 어이 알았으리.

오늘 밤은 어떤 밤이기에 서로 만나,

백옥소白玉簫26)를 불고

녹기금綠綺琴27)을 타네.

얼큰한 술 다시 다하고 한 베개에 누우면,

의당 남교藍橋를 향해 잠들리라.28)

한 번 호화로운 궁전의 아름다운 잔치에 올라,

가인佳人과 미인美人을 보았네.

난초蘭草와 혜초蕙草가 서로 어울렸으니,29)

타고 난 자태 아리땁고,

선녀의 태도 완연하니,

아마도 붉은 연꽃 곁에 흰 연꽃이라.

노랫말은 아름답고 곡조는 맑아,

쳐 부부가 함께 신선이 되었다.

23) 종릉: 지금의 장쑤성[江蘇省] 남경(南京)이다.

24) 채란: 당(唐) 배형(裵鉶)의 『전기(傳奇)』속에 나오는 인물 오채란(吳彩鸞)을 말하는
   듯. 오맹(吳猛)의 딸로 숭원관(崇元觀)에서 도술을 익히고 당(唐)의 서생(書生) 문소
   (文簫)에게 시집갔다.

25) 달 속에 인연: 달 속에 있으면서 남녀의 인연을 맺어주는 월하노인(月下老人)을
   말한다. 〈운영전〉의 주 109) 참조.

26) 백옥소: 흰 옥퉁소이다.

27) 녹기금: 가야금의 한 종류. 한 나라의 사마 상여(司馬相如)가 녹기금(綠綺琴)으로
   써 '봉구황곡(鳳求凰曲)'을 타서 과부가 된 탁왕손의 딸, 탁문군(卓文君)을 꾀어냈다는
   고사가 있다.

28) 의당 남교를 향해 잠들리라: 남교(藍橋)는 중국 산시성[陝西省] 남전현(藍田縣) 동
   남쪽에 있는 땅 이름. 세상에 전하기를 그곳에 신선이 사는 굴이 있다고 함. 당(唐)
   전기(傳奇) 〈배항(裵航)〉의 "藍橋便是神仙窟"이라는 시 구절에서 나온 말. 소설의 주
   인공 배항은 남교(藍橋) 근처의 오두막에 사는 선녀 운영(雲英)을 만나 부부가 되는데
   이러한 운명을 운영의 언니 번부인(樊夫人)이 미리 시구로서 알려주었다.

29) 난초와 혜초가 서로 어울렸으니: 전기(傳奇) 소설집 『전등신화(剪燈新話)』속 〈연
   방루기(聯芳樓記)〉의 두 여주인공 난영(蘭英)과 혜영(蕙英)의 이름을 인용해 썼다.

붉은 구슬 바다에 달같이 밝고,

구슬은 남전藍田30)안개에 윤택하네.

아마도 이 몸이 신선 되어 날아올라,

곧바로 봉래산蓬萊山31) 자락에 이르렀나봐."

노래가 끝나자마자 옥단에게 줄달아 화답하게 했다. 옥단은 교태를 짓다간 잠깐 부끄러워하면서 고개를 숙이고 응하지 않았다. 그 어미와 조운이 힘을 합쳐 서로 권하였으나 옥단은 잘하지 못한다고 사양했다.

조운이 옥단의 소매를 잡고 상글상글 웃으면서 간절히 권했다.

"이미 경성지모傾城之貌32)를 팔았는데 사람을 놀래게 하는 노래에는 왜 인색하니? 속히 새로운 노래를 지어 아름다운 손님을 즐겁게 해주렴."

옥단이 억지로 명에 따라 자리에서 일어나 자리를 옮겨 옷깃을 여미고서 〈모우곡暮雨曲〉 한 곡조를 지어 노래하니, 그 사는 이렇다.

강에는 매화가 있다면,

산에는 대나무가 있으니,

맑은 격조 어떻게 보통 꽃과 같으리.

봄에는 피지 않고,

가을엔 떨어지지 않아,

곧은 자태 거짓으로 거친 이끼에 의탁했네.

---

30) 남전: 중국 산시성[陝西省]에 있는 산, 또는 현(縣)의 이름. 옥이 많이 난다고 한다.
31) 봉래산: 신선이 산다는 전설 속의 산이다.
32) 경성지모: '이미 성을 기울일 얼굴'이라는 뜻으로 미인의 얼굴을 말한다.

성긴 가지는 서리 내린 뒤에 새파랗고,

차가운 잎 파리는 눈 속에서 향기로워라.

꽃을 찾는 나그네에게 말하노니,

부디 화류장花柳場33)엘랑 비기지 마오.

　노래 소리가 자못 청청하여 맑고 심원했으며, 곡조 또한 슬프고도
한탄스러웠다. 게다가 사詞 속에는 은미한 뜻이 많았다.
　경룡은 혹시나 옥단과 합환合歡하기 어려울까 속으로 의심스럽고
걱정되어 마침내 노래에 화답하여 옥단의 뜻을 떠보기로 했다.
　그 사는 이렇다.

아침에는 꽃을 찾고,

저녁에는 봄을 찾아,

온 성의 꽃들을 모두 헤쳐 보았지.

동쪽에서 대나무를 묻고,

서쪽에서 매화를 물으며,

온 산의 이끼를 모두 밟고 지났다오.

기원淇園34)에서 신선의 격조를 감상하고,

유령庾嶺35)에선 국향國香36)을 맡았소.

이미 두루 알게 되었으니,

---

33) 화류장: 기생 따위의 노는계집의 사회이다.
34) 기원: 중국 허난성[河南省] 기현(淇縣)에 있는 원(園). 예전부터 대나무가 유명하다.
35) 유령: 중국 장시성[江西省] 대유현(大庾縣) 남쪽에 있는 산. 대유령이라고도 하며,
　매화가 유명하여 매령(梅嶺)이라고도 한다.
36) 국향: 온 나라에서 제일가는 향. 그 향기가 지극함을 이르는데, 흔히 난초를 이르기
　도 하나, 여기서와 같이 매화를 이르는 말로도 쓰인다.

한 마당에 옮겨심기를 바라오.

옥단은 그 노래를 다 듣고 나서야 비로소 청아靑峨[37]를 열고 가만히 눈길을 보내었다.

때는 한밤중이 되어 즐거운 놀이도 끝나니, 그 집에서는 옥단에게 경룡을 모시고 자게 하였다. 경룡이 잠자리에 들어 상압相狎하려 하자 옥단은 완강하게 거절하면서 말했다.

"제가 명을 어기는 것은 뜻이 있어서이지요. 만약에 강제로 희롱한다면 죽음이 있을 따름입니다."

경룡이 의심하여 그 까닭을 묻자 옥단은 크게 한숨을 쉬면서 대답했다.

"저는 본래 양가집 자식으로 어려서 부모를 잃었답니다. 또 의탁할 만한 친척도 없어서 어린 여종 하나를 데리고 이웃집으로 구걸하러 다녔지요. 이 집의 창모娼母가 나의 재주와 얼굴을 살펴보고 딸로 데려다가 길렀으니, 바로 오늘의 몸값을 취하는 이익을 위해서였지요. 때문에 제가 이 지경에 이르게 된 것이에요.

그러나 늘 여분汝墳의 정조를[38] 흠모하였고 하간河間의 음란한 행실을[39] 미워해 왔지요. 이제 만약 공자를 한 번 사랑하면 맹세코 다시는

---

37) 청아: 푸른 눈썹. 미인의 눈썹을 말한다.

38) 여분의 정조를: 여분(汝墳)지방 여인들의 지조. 여수(汝水)의 제방(堤防) 기슭의 땅. 『시경(詩經)』「주남(周南)」 '여분(汝墳)'에 나온다. '부인이 전쟁에 나갔던 남편이 돌아온 것을 기뻐하여 그가 돌아오지 않을 때의 사모하는 정을 노래한 시'이다. 그 모서(毛序)에는 " '여분'은 도와 교화가 행해짐을 읊은 시이다. 문왕(文王)의 교화가 여분 땅까지 행해지니 부인이 부역 간 군자를 걱정하면서도 오히려 정도(正道)로써 권면한 것이다(汝墳, 道化行也. 文王之化行乎汝墳之國, 婦人能閔其君子猶勉之以正也)."라고 하였다. '여분'의 첫 장은 아래와 같다.

"저 여수(汝水)의 제방을 따라, 가지의 줄기를 베노라. 군자를 보지 못한지라, 허전하여 거듭 굶주린 듯 하노라(遵彼汝墳, 伐其條枚. 未見君子, 惄如調飢)."

다른 사람을 섬기지 않을 터인데, 공자께서 저를 노류장화路柳墻花[40]로 여겨 한 번 꺾고 난 뒤 영영 버릴까 걱정됩니다. 이런 까닭에 감히 명을 따르지 못하는 것이지요. 아까 술자리의 말에서 제 천한 뜻을 은근히 의탁하였으니, 공자께서는 이미 이해하셨을 것이에요. 공자를 보니 풍채가 매우 빼어나고 재주는 맑고 높으니 건즐巾櫛을 받들고[41] 싶지 않은 것은 아니에요. 그러나 첩의 마음속에 품은 것이 이와 같으니 공자께서는 그것을 헤아려 주세요."

경룡은 놀라 기뻐하며 일어나 절을 하면서 말했다.

"삼가 지당한 말을 들으니 기쁜 마음으로 공경하며 위안되는 것을 억누를 수 없소이다. 만약 타고난 성품이 곧고 정숙하지 않았다면 어떻게 이럴 수 있겠소? 내가 비록 초삼醮三의 예[42]는 없을지라도 낭자가 한 지아비만을 따르는 의리를 지키지 못 하게야 하겠소? 내 낭자와 더불어 끝까지 해로할 것을 맹세하오."

옥단이 방그레 웃으면서 대답했다.

"만약에 이와 같을 수만 있다면 주신 은혜가 얕지 않을 것입니다."

경룡이 마침내 옥단과 함께 잠자리에 들었으니 그 즐거워함을 알 수 있을 것이다.

경룡은 이러한 일이 있고 난 후, 사랑의 정에 취해 떠나고자 하나

---

39) 하간의 음란한 행실을: 하간부(河間婦)는 음탕한 여인을 일컫는 말. 당(唐) 나라 유종원(柳宗元, 773~819)이 지은 글. 『사문유취(事文類聚)』 후집 권15 「음부(淫婦)」에 수록된 〈하간전(河間傳)〉에 "하간은 음탕한 부인이다(河間淫婦人也)."라고 하였다. 하간(河間)은 본래 땅 이름이며, 하간의 음부(淫婦)들은 코의 크고 작음으로 정부(情夫)를 골랐다고 한다.
40) 노류장화: 길가의 버들과 담 밑의 꽃. 창부(娼婦)를 가리키는 말이다.
41) 건즐을 받들고: 건즐(巾櫛)은 수건과 빗. 남편의 뒷바라지를 하는 아내의 길을 일컫는 말이다.
42) 초삼의 예: 정식의 혼례를 말한다.

떠나지 못하고 환락만 탐하고 즐거움만을 취하여 낮도 밤도 없었다.

늙은 하인이 틈을 타 말했다.

"도련님께서는 제가 전일에 도련님께 경계했던 말을 생각하지 않으십니까?"

경룡은 사실대로 말했다.

"새로운 정이 아직 흡족하지 못하여 끊어버리고 가기 어려우니 할아범은 잠깐 물러가 계세요."

늙은 하인은 다른 날 간절히 간諫했다.

"지난번 은자를 줄 때에 제가 말리고 싶지 않은 것은 아니었답니다. 그러나 도련님께서 마음을 기울이고 뜻을 쏟는 것을 보고는 간할 수 없음을 알았지요. 그렇기 때문에 다만 도련님께서 제 스스로 깨닫기를 바랐습니다. 그런데 한 번이 어떻게 이토록 오래 머물러 이 지경까지 이른단 말입니까?"

경룡은 불쾌해 하면서 말했다.

"내 나이가 열다섯[志學]을 넘었으나 아직 아내가 없소. 이 여자는 비록 창기로 불리지만 일찍이 다른 사람에게 시집 간 적이 없으며, 난초 같은 마음과 혜초蕙草43) 같은 바탕은 군자의 배필이 될 만해요. 더구나 함께 해로偕老하기를 원하여 다른 사람에게 시집가지 않기로 맹세까지 하였소. 설령 좋은 중매쟁이를 시켜 처를 구하더라도 어떻게 이 같은 사람을 얻을 수 있겠소!"

늙은 하인이 말했다.

---

43) 혜초: 콩과의 두해살이풀. 줄기는 높이가 70cm 정도이며, 잎은 어긋나고 겹잎이다. 여름에 잎겨드랑이에서 꽃줄기가 나와서 작은 나비 모양의 꽃이 피며 약제로 쓴다. 영릉향(零陵香)이라고 할 정도로 향기가 좋다. 난초와 함께 향기로운 풀이라는 뜻으로, 현인과 군자를 이르는 비유적인 말이다.

"도련님 일은 결단이 났소. 당장 돌아가게 해주시오."

경룡은 갑자기 화를 내며, "저 늙은이! 저 늙은이! 왜 빨리 돌아가지 않는 거야?" 하고는 사람을 시켜 마침내 쫓아내도록 했다.

늙은 하인은 문을 나서며 탄식했다.

"나와 도련님이 함께 각로 나리의 간곡한 명을 받고 은자 수만 냥을 거두어 돌아가다가, 뜻밖에 중도에서 요사스런 여우를 받들어 갑자기 이런 막다른 지경에 이르게 되었구나. 은자는 아까울 게 없으나 저 사람이 옳지 못한 일에 빠진 것이 애석하다."

늙은 하인은 끝내 길을 떠났다.

걸음이 절강에 못 미쳐 마침 같은 마을에 사는 상인을 만나자 울면서 하소연했다.

"자네가 돌아가거든 우리 각로께 알려주게. 내가 못난 도련님을 모시고 뒤에 떨어졌으나 바른 도리로 이끌어 깨우쳐드리지 못하여, 끝내 도련님이 요물妖物에 미혹되어 중도에서 돌아올 것을 잊게 하였다네. 이제 은자도 손까불고 도련님도 잃어 버렸으니 내 죄는 죽어도 남음이 있어. 무슨 면목으로 돌아가 각로 나리를 뵙겠는가?"

마침내 칼을 뽑아 스스로 목을 찔렀다.

상인이 구하려고 했지만 하인은 이미 죽어 버렸다.

상인은 돌아가 각로를 뵙고 그 사유를 갖추어 아뢰었다. 각로가 듣고는 분하고 원통함이 그치지 않아 끝까지 찾으려고 하였지만 경룡이 있는 곳을 알지 못하였기에 화를 내며 꾸짖을 뿐이었다.

각설却說44)하고, 경룡은 늙은 하인을 쫓아보낸 후, 늙어 죽을 때까

---

44) 각설: 화제(話題)를 돌려 다른 말을 꺼낼 때, 말머리에 쓰는 말. 고소설에서 흔히

지 이곳에 머물러 살기로 마음을 굳혔다. 그러나 창루의 번잡하고 시끄러운 것이 싫고 유객遊客들이 시끄럽게 떠드는 것을 꺼려서, 많은 은자를 들여 따로 서루書樓를 지으려 했다.

옥단이 하루는 그가 혼자 있는 틈을 타서 일러주었다.

"저는 창가娼家의 천한 신분으로 군자께서 버리지 않고 저를 위하여 집 한 채를 지으려 하시니 무엇보다 큰 은혜라 너무나 감격스럽습니다. 제가 낭군과 함께 부부가 되기로 맹세하였으니, 그대와 함께 즐겁게 살고 싶지 않은 것은 아니에요. 공자께서 첩 때문에 부모님께 죄를 짓고 사림士林에게 허물을 끼치는 것은 어쩌시려는지요? 모름지기 장부의 큰 뜻을 펼치고 아녀자의 깊은 정에 기울지 마세요. 첩도 낭군을 따라 몰래 가고자 하나 일이 누설될까 두렵네요. 그리고 우리 집의 주모도 낭군을 책망을 할 것이에요.

설령 그 목적을 이룬다 해도 공자의 집안에는 법도가 있어 예절과 몸가짐이 엄숙하니, 대인께서 천한 첩을 보시고 어떻게 함께 살 만하다고 하시겠어요? 공자께서 첩과 함께 오래 머무르시면 또한 일을 그르칠 것이며, 공자의 대인께서는 첩에게 많은 노여움을 쌓으실까 걱정이에요.

다만 근심이 여기에만 있는 게 아니에요. 더군다나 창모는 욕심이 많아 잇속이 다하면 정 따윈 멀리할 거예요. 주모主母45)가 공자를 대하는 것도 어떻게 처음과 같을 것이라고 보장하겠어요?

공자를 위한 계책을 내자면, 아직 다 쓰지 않은 재물을 갈무리하여 그 반쯤 어지러운 길에서 헤맨 잘못을 깨닫고 고향으로 돌아가 부모

쓰던 말이다.
45) 주모: 창모(娼母)이다.

님을 뵙는 것만 같지 못하지요. 글을 읽으면서 부지런히 학업을 닦아, 속히 나아가 소년으로 과거에 급제하여 일찌감치 요직에 올라 임금을 섬기면 공자에게는 입신양명立身揚名의 명예가 있을 것이요, 첩도 단원團圓46)의 약속을 이룰 수 있을 겁니다.

공자께서 떠난 뒤에 저는 마땅히 그대를 위해 죽음으로 절개를 지켜 훗날의 기약을 기다리겠어요. 첩의 어리석은 계책은 이와 같답니다. 높고 밝게 헤아려보시니 어떠한지요?"

경룡도 그의 높은 견해에 감복하여 절하고 또 감사를 표했다.

그러나 경룡이 생각해보니 만약 데리고 간다면 어려운 일이 많아 옥단이 말한 것과 같을 것이요, 떼어 놓고 가자니 다른 사람이 옥단의 뜻을 빼앗아 옥단이 죽을까 걱정되었다.

마침내 그 말을 따르지 않고 그 공사를 설비하여 높은 누각을 크게 짓고 옥단과 함께 항상 머물렀다. 누각이 집의 북쪽에 있기 때문에 사람들이 '북루北樓'라고 불렀다.

누각이 세워진 뒤로 창모는 경룡이 오래 머물 계획을 가지고 있음을 꿰뚫어보고는 쫓아내려는 꾀를 내었다. 그리하여 물건을 대 주는 칭탈로 날마다 금은을 요구하였는데 그 수를 헤아릴 수가 없었다.

이렇게 5~6년이 지나자 경룡의 돈주머니는 헤실바실 바닥이 나서 어느 물건이고 댈 수가 없더니 급기야 그 집에서 밥을 얻어먹게 되었다.

창모가 하루는 옥단에게 은밀히 말했다.

"왕 공자의 재산은 이미 다하였기에 더 이로울 것이 없단다. 네가 만약 잠시 피해 있으면 왕 공자는 반드시 떠날 것이야. 왜 너는 가난한 사내만을 지키면서 빈 것을 지고는 높은 가치를 두려하니?"

---

46) 단원: 가족이나 부부를 일컫는 말이다.

옥단이 말했다.

"왕 공자는 저 때문에 겨우 몇 해를 살면서 이미 만금을 바쳤어요. 재물이 바닥나자 버리고 배반하는 것은 인정상 차마 할 수 없는 일이지요. 어떻게 두려움 없이 그렇게 할 수 있겠습니까?"

창모가 옥단을 피신시킬 수 없음을 알고 먼저 경룡을 없앨 방도를 생각하고는 마침내 조운朝雲과 함께 으밀아밀 모의하였다.

"옥단을 거두어 기른 것은 다만 한 번 합환合歡하는 값만을 받으려는 것이 아니잖니. 오히려 값으로 치자면 천금도 많지 않음을 걱정해야 하는데, 지금 어떻게 옥단을 한낱 왕가의 물건이 되게 할 수 있겠니?"

서로 계교를 꾸미고 옥단과 경룡을 속여 말했다.

"아무 날, 서관西館의 기생 아무개가 상복을 벗게 되었다오. 우리 집 늙은이와 젊은이들도 모두 당연히 가봐야 되고 옥단도 가지 않을 수 없소."

경룡이 어렵게 여기자 창모가 말했다.

"공자가 만약 그 아이만 보내기가 어렵다면 함께 갈 수는 있겠소?"

경룡은 기뻐하면서 허락했다.

다음 날, 온 집안사람들이 길을 떠나 수십 리쯤 가서 노림蘆林의 입구에 닿았다.

창모가 거짓 놀라는 체하며 너스레를 떨며 말했다.

"내가 떠나 올 때에 길 떠날 채비를 너무 바쁘게 했나봐. 재물을 저장한 방에 자물쇠 잠그는 것을 잊어버렸으니 다소의 재물이나 누가 도둑맞지 않게 지켜 주나."

그리고는 경룡에게 청하여 말했다.

"내가 돌아가 자물쇠를 잠그고 다시 오고 싶지만 늙은 몸의 근력筋

ㄲ으로는 감히 달려갈 수가 없군요. 공자께서 수고 좀 해주시지 않겠소?"

경룡이 그 말을 의심하지 않은 채 마침내 가겠다고 하니, 창모는 쇠 자물쇠를 주면서 말했다.

"속히 가서 자물쇠를 잠그고 돌아오세요. 우리는 여기에 머무르면서 기다리겠소."

경룡은 마침내 홀로 말을 타고 채찍질을 하며 되돌아 달려갔다.

몇 마장쯤이나 갔을 것이라고 생각되었을 때, 창모는 옥단을 윽박질러 다른 길을 잡아 도망쳐버렸다.

옥단이 울면서 그 창모에게 말했다.

"만약 왕 공자를 쫓아보내고자 했다면, 마땅히 제 스스로 떠나가도록 해야지 이곳에 와서 속이는 것은 너무나 어질지 못한 일이오."

마침내 수레에서 스스로 떨어지자 하인들이 겨드랑이를 껴안아서 구해냈다. 옥단은 또 정신을 잃을 정도로 슬프게 통곡하면서 말했다.

"평소 듣기로 노림은 도적들의 소굴이라고 하던데, 왕 공자가 저녁 무렵에 돌아오면 반드시 호랑이 입에 던져지게 될 것이야. 내가 비록 왕랑王郞을 죽이지는 않았으나 왕랑은 꼭 나 때문에 죽게 되는군요."

하인들도 몹시 슬퍼하는 말을 듣고는 또한 그를 위하여 눈물을 흘렸다.

경룡이 그 집에 도착하여 보니, 집은 다만 네 벽만 있을 뿐 물건은 보이지도 않고 또 집 지키는 하인들도 없었다.

밖으로 나와 이웃 사람들에게 물었다.

"온 집안의 여기 저기 물건들이 싹 쓸어버린 듯이 남아 있는 것이 없구만. 비록 집안 하인들이 한 짓이라지만 이웃 사람들이 그걸 어떻게 알지들 못했소?"

이웃 사람들이 서로 눈짓하며 비웃었다.

"어리석소! 공자는 당당한 장부로서, 아녀자에게 속임을 당하는 것이 이와 같단 말이오? 저들은 먼저 재보財寶를 다른 곳으로 몰래 옮긴 다음 뒤따라갔소. 또 공자를 중도에 헛되이 되돌려보내서 그 발자취를 찾을 수 없게 하였는데, 그 계략에 속았나 보구려. 공자는 어떻게 깨닫지 못 하오?"

경룡은 너무 놀라서 어떻게 할 바를 모르다가, 다만 "어느 곳으로 재보를 몰래 옮겼지요?" 하고 물을 뿐이었다.

이웃 사람이 말했다.

"저들이 몰래 숨어 버렸는데, 그곳을 일러주었겠소?"

경룡이 애성이 나서 다만 옥단을 뒤쫓아가 잡아서 따져 물으려 했다.

즉시 노림으로 달려 돌아왔지만 옥단 일행이 간 곳을 알 수 없었다. 갈래 길에서 서성이는데, 날은 저물어 어두워지고 사방에 인가 불빛은 없는데 갈대숲은 하늘을 뒤덮었다.

경룡은 옥단이 멀리 가지는 않았을 것이라고 생각하고 마침내 노림으로 들어가 앞으로 나아갔다.

노림은 사람이 살지 않는 강가에 있었다. 주위가 수십 리이고 마을과는 뚝 떨어져 있어서, 도적들이 모여 밝은 대낮이 아닌 때 지나는 사람은 약탈과 살육을 당하기 예사였다. 하물며 창모는 먼저 도적과 만나 경룡의 옷과 말을 빼앗고 반드시 그를 죽이라고 약속까지 했다.

경룡이 노림에 이르러 절반도 채 지나지 못했는데 과연 도적의 무리가 경룡을 붙잡아 그 안장과 말을 뺏고 홑바지를 벗기고 죽이려고 했다. 경룡이 두 손을 싹싹 빌며 구슬프게 호소하여 한 번만 목숨을 살려달라고 애걸하니, 도적 가운데 한 사람이 애처롭게 여겨 구해주었다. 다만 손과 발을 묶고 벗긴 옷으로 입을 틀어막아서 소리를 내지 못하게 하고는 노림 가운데 던져두고 가버렸다.

다음 날 아침, 마침 어떤 노인이 지나가다가 언뜻 풀숲에서 숨이 막혀 '컥컥'거리는 숨소리를 들었다. 소리 나는 곳을 찾아 들어와 그의 묶인 것을 풀어주고 입을 틀어막은 것을 떼 내자 한참 만에 살아났다.

노인이 이렇게 된 까닭을 물었다. 경룡이 일의 앞뒤를 갖추어 말해 주니 노인이 말했다.

"허어! 공이 스스로 불러들인 화인데 누구를 탓하겠는가? 인생이 이 지경까지 이르다니 불쌍하구먼."

곧 해어진 옷을 벗어 입혀 주면서 말했다.

"이곳은 흉년이 들어 입에 풀칠하기가 퍽 어렵네. 앞으로 수십 리쯤 가면 마을이 있는데 구걸하는 무리들이 경점更點47)을 쳐서 마을 사람들에게 음식을 얻어먹고 있지. 자네도 그곳에 가면 어쩌면 살 수 있을 것이나 그렇지 않으면 죽을 게야."

경룡이 고생 고생하면서 겨우 걸어 그 마을에 당도하니, 걸인들이 큰 소리로 말했다.

"너는 뒤에 들어왔으니 편안하게 끼일 수는 없어. 반드시 삼경三更을 혼자 치고 난 뒤에야 비로소 참가할 것을 허락하겠다."

경룡이 그날 밤 피곤에 지쳐 깊이 잠드는 바람에 경점更點을 잘못 치자, 걸인들은 맡긴 일을 게을리 했다고 여럿이 쳐서 내쫓아버렸다.

경룡은 굶주림에 울며 기다시피 하며 가는 곳마다 먹을 것을 구걸하면서 양주楊州48)로 굴러 들어가 저자에서 비렁뱅이 노릇을 하며 구

---

47) 경점: 종을 쳐서 시간을 알리는 것. 조선시대에는 경에는 북, 점에는 꽹과리를 쳤다.
48) 양주: 중국 장쑤성[江蘇省]의 중서부에 있는 상업 도시. 양자강(揚子江) 서쪽 기슭에 있어 수륙 교통이 편리하며, 쌀, 소금 따위의 유통이 발달하였다. 명승지로 수서호

차스럽게 목숨을 유지하여 세월을 보냈다.

마침 그 해 섣달 그믐날, 관아에서 나례(儺禮[49])를 행했다.

경룡은 사람들에게 품을 팔며 맹인 배우의 종이 되어 한창 뜰에서 연희했다.

당상堂上의 한 관원이 호상胡床에 기대어 앉아 있다가 목을 늘이고 자세하게 들여다보며 물었다.

"너는 어느 지방 사람이지? 네 이름이 뭐냐?"

경룡이 이상하게 여기면서 이름과 성, 지방을 사실대로 대답했다.

그 관원은 놀라며 일어나서 뜰로 내려와 손을 잡고 경룡에게 말했다.

"도련님께서 무슨 연유로 천대받고 욕을 당함이 이 지경에 이르게 되셨는지 모르겠군요?"

울면서 그 연유를 묻고는 자기 집으로 데리고 돌아가 의식을 함께 나누며 돌봐 주는 정이 무던히 지극했다.

관원은 바로 옛날 왕 각로의 서리胥吏[50]였다. 성은 한씨韓氏요, 이름은 안鷗이었는데, 지금은 조운 낭중漕運郎中[51]으로 뽑혀 이 관아에 와서 살고 있는 사람이었다.

경룡이 한안韓鷗의 집에서 여러 달을 머무르자, 한안의 아내와 아들이 한안에게 여러 차례 하소연하였다.

"당신께서 옛 은혜를 잊지 않고 왕랑을 대접하는 것은 후덕합니다. 하지만 이와 같은 흉년에는 살림은 가난하고 녹봉이 박해 처자식도

(瘦西湖), 평산당(平山堂) 따위가 있다.

49) 나례: 민가와 궁중에서, 음력 섣달 그믐날에 묵은해의 마귀와 사신을 쫓아내려고 베풀던 의식. 본디 중국에서 시작한 것으로, 새해의 악귀를 쫓을 목적으로 행하다가 차츰 중국 칙사의 영접, 왕의 행행(行幸), 인산(因山) 때 따위에도 행하였다.

50) 서리: 관아에 속하여 말단 행정 실무에 종사하던 구실아치이다.

51) 조운 낭중: 현물로 받아들인 각 지방의 조세를 서울까지 운반을 책임지는 관리이다.

오히려 춥고 굶주려서 내 몸조차 돌볼 겨를이 없어요. 그런데 하물며 다른 사람을 구휼할 수 있겠습니까?"

싫어하는 말이 꽤나 자주 귀에 들리니, 경룡은 곧 한안에게 작별인사를 했다.

"부모를 떠난 지 여러 해가 되었기에 온통 집으로 돌아가고 싶은 생각뿐이군요. 설령 전전하면서 구걸을 하더라도 절강으로 돌아가 부모를 뵈어야겠소."

한안도 만류하지 않고 약간의 노자를 주었다.

경룡이 마침내 길을 떠나 먼저 관왕묘關王廟52)로 가서 길흉吉凶을 점치려고 가다, 길에서 한 할미를 만났다. 이 이는 곧 지난날 누각 아래에서 표주박을 팔던 할미였다.

할미는 놀라 울며 말했다.

"왕 공자는 귀신이요? 사람이요? 나는 죽었을 것이라고만 생각하였지 살아 있을 것이라고는 생각 못했소. 어떤 연고로 이곳에 오시게 되셨소? 나는 그대에게 받은 은혜가 많아 매일 저절로 생각이 미칠 때마다 나도 모르게 눈물을 흘렸다오. 어떻게 오늘 아침에 이곳에서 서로 만나게 될 줄을 생각이나 했겠어요?

괴이하다! 괴이해! 옥단 일가는 거짓으로 서관에 간 후, 다른 객점에서 여러 달을 머물다가, 곧 집으로 돌아와서 예전처럼 살고 있지요. 다만 옥단은 애초부터 그 모의에 참여하지 않았지요. 그렇기 때문에 지금도 원통함을 호소하며 슬피 울면서, 공자께서는 반드시 죽었을 것이나 훼절毀節하지 않으리라 맹세하고는 항상 북루에 머물면서 땅

---

52) 관왕묘: 중국 민간 신앙에서 유래한 것으로, 촉국(蜀國)의 장수 관우(關羽)를 신장(神將)으로 숭배하며 모시는 사당이다.

을 밟지 않은 지가 오래 되었답니다.

만약 공자께서 이곳에 계시다는 소식을 들으면 반드시 천리를 멀다 않고 달려올 겁니다.”

경룡은 “아아!” 하며, 노림에서 욕을 보던 일과 춥고 굶주리면서 떠돈 고초를 자세히 말했다.

할미가 말했다.

“저는 술을 팔기 위해 배를 타고 이곳에 왔답니다. 지금 배를 돌려 갔다가 머잖아 다시 돌아올 것이지요. 공자께서 다행히도 미리 노정을 요량하여 잠시만 머물러 계세요. 꼭 소식을 가지고 옥단에게 갔다가 돌아오리다.”

또 은자 몇 냥을 경룡에게 주면서 말했다.

“공자께서는 이 돈으로 우선 머무시면서 기다리는 동안의 비용으로 쓰세요.”

경룡이 말했다.

“나도 노자를 지니고 있어 몇 개월은 버틸 수 있다오.”

사양하면서 받지 않고 다만 종이와 붓을 찾아 잠깐 동안 옥단에게 편지를 썼다.

편지는 이렇다.

노림에서 살아남은 몸이 떠돌면서 양주楊州에 이르기까지 슬피 울며 걸식하여 아직껏 모진 목숨을 보전하며, 늘 낭자의 박정함이 너무나도 심함을 원망하였습니다. 뜻밖에도 이웃 사람을 길에서 만나, ‘낭자가 북루에 살면서 다시는 다른 사람에게 웃음을 팔지 않는다.’는 말을 들었는데 그러한지요? 어떻게 그럴 수가 있겠습니까? 그렇다면 나를 죽인 사람은 낭자가 아님을 알겠습니다. 서로 천리 밖에서 바라보면서 돌아갈 길이 없으매,

스스로 생각을 해보니 한 평생 동안 어느 날에야 다시 만날는지요? 돌아가는 배가 떠나려고 하여 편지를 부치기도 너무 바쁘니, 눈물이 벼루와 먹을 적시고 떨리는 손으로 편지를 봉합니다.

가슴에 가득한 깊은 슬픔을 어떻게 말로 다할 수 있겠습니까?

아무 달 아무 날,

경룡 배.

쓰기를 마친 후 할미에게 부쳤다.

할미는 그 편지를 받고 경룡과 서로 헤어져, 마침내 배를 타고 서주徐州로 돌아갔다. 그리고 몰래 옥단에게 가서 왕랑의 일을 모두 이야기하며 그 편지를 전하고 아울러 다시 가겠다는 뜻을 말했다.

각설하고, 옥단은 한 번 노림에서 나뉘어 흩어진 뒤로 애달프게 부르고 서럽게 울면서 죽음으로 절개를 지켰다.

집에 돌아온 날로 곧 북루에 올라 늘 왕랑이 잠자고 식사하던 곳임을 생각하고 왕랑이 입고 쓰던 물건을 어루만지다간 갑자기 통곡하니, 시간이 흐를수록 더욱 절절했다. 한 번도 누각을 내려가지 않으며 참담하게 하루하루를 보내고 화장과 빗질을 모두 그만두니 얼굴이 고요하면서도 쓸쓸했다.

이웃 사람들이 찾아와 보고는 눈물을 흘리지 않는 이가 없었고 그곳을 찾는 건달들도 감히 묻지 못했다.

이럴 즈음에 옥단이 왕랑의 수찰手札[53]을 받고 왕랑이 죽지 않았음을 알게 되니 서러움을 이길 수가 없어 머리를 감싸고는 오열하면서

---

53) 수찰: 편지이다.

할미에게 사례했다.

"할머니께서 편지를 가져오지 않았다면 어떻게 하늘 위의 기이한 일을 땅에 사는 사람에게 전할 수 있겠어요? 내일 저녁에 마땅히 시비를 시켜 편지를 전할 것이니, 할머니는 돌아가 왕 공자에게 전해주세요. 혹시라도 할미로 인연하여 왕 공자를 다시 만날 수 있게 된다면 모두 할머니가 주신 은혜가 아닐 수 없어요. 뼈가 가루가 되도록 은혜에 보답하겠어요."

또 말했다.

"몰래 서로 출입하면 의심하는 사람이 있을까 염려되니 할머니는 다시 오지 마세요."

이때 마침 창모가 사람이 와 있는 것을 알고 북루로 와 창 밖에서 몰래 엿보았다.

옥단이 알아채고 짐짓 할미에게 눈짓을 주면서 거짓으로 나무랐다.

"할미가 애초에 왕 공자를 나에게 중매하였으나 불행하게도 왕랑은 노림에서 속임을 당하여 이미 까마귀와 솔개의 뱃속에 장사지내었소. 나는 스스로 절개를 지킬 것을 깊이 맹세하여 죽음으로 기약하였으니 할미도 마땅히 불쌍히 여기고 슬퍼해야 할 것이오. 그런데 다시 교묘한 말로 어느 사내에게 중매하려고 합니까? 어떻게 할미의 어질지 못함이 이 지경에까지 이를 줄 알았겠소?"

할미 역시 거짓으로 대답했다.

"나는 낭자가 청춘으로 헛되이 늙어 가는 것을 가련하게 여겨 화장하고 빗질하여 새 기쁨을 보게 하려는 것이오. 그런데 왜 아가씨는 나를 심하게 꾸짖는 거요?"

창모가 말을 듣고 창문을 밀치고 들어와, "할미의 말이 옳다. 너는 어떻게 생각도 않고 도리어 사람을 나무라기만 하느냐?" 하면서, 그 말에 꼬리를 달아 반복하여 설득시키려 했다.

옥단이 대답을 하지 않고 쓰러져 누워버리자, 잠시 후 창모와 이웃집 할미가 모두 누각을 내려가 가버렸다.

다음 날 정오에 옥단이 돌연 누각을 내려와 그 어미에게 말했다.

"한밤중에 잠들지 못하고 베갯맡에서 생각해보니 어제 한 말이 매우 이치에 맞는 것 같네요. 제가 본래 창가娼家에서 길러졌으니 어떻게 정조를 생각하겠습니까? 장대章臺54)에 있는 버들은 수많은 사람들이 다투어 꺾는 것이 제 분수요, 현도玄都55)에 핀 꽃이 수많은 말들에 의해 오솔길이 이루어지는 것을 어떻게 싫어하겠습니까? 화려한 안장의 준마는 오직 부르는 곳으로 달려가고 비단 옷과 구슬 자리는 그들이 끌어당기는 것을 따라서 머무는 것입니다. 비록 한 번 웃음으로 천금을 얻지는 못하더라도, 역시 오릉五陵의 전두纏頭를 내기할 만합니다.56) 한편으로는 내 몸을 영화롭게 하고 한편으로는 우리 집안을 부유하게 하면 이는 바로 부모님이 기뻐하는 바입니다.

그런데 불행하게도 지난번에는 왕 도령을 만나 여러 해 동안 정을 두었지요. 때문에 하루아침에 헤어져 떨어져 있자니, 마음이 자못 사나워 혹시라도 살아 돌아와 예전의 기쁨이 이어지기를 바랐습니다.

이제는 시간이 지나 세월도 변하고 소식도 영영 끊어졌으니 왕랑

---

54) 장대: 기루(妓樓)들이 모여 있는 거리이다.

55) 현도: 기루(妓樓). 전설 속의 신선이 사는 곳, 즉 선향(仙鄕)을 이르는 말이나 여기서는 기루를 말한다.

56) 오릉의…만합니다: 화려한 생활을 하겠다는 말. 오릉(五陵)은 장안(長安) 부근에 있는 한대(漢代) 다섯 황제의 능. 경도(京都)의 부귀(富貴)한 집안이 모여 살던 곳으로, 화려한 생활을 하는 부호의 자제들을 '오릉 소년(五陵少年)'이라고 한다. 전두(纏頭)는 광대, 기생, 악공들에게 관람하는 사람이 그 재주를 칭찬하여 사례로 주는 비단 따위를 이르는 말이다. 백거이(白居易)의 〈비파행(琵琶行)〉에 "오릉의 젊은이들 다투어 선물을 주어, 한 곡에 붉은 비단 수없이 받았네(五陵年少爭纏頭, 一曲紅綃不知數)."라는 구절이 있다.

이 죽은 게 확실합니다. 세월은 흐르는 물과 같아서 아름다운 얼굴을 오래 간직할 수 없으니, 뒷날에 백발이 되면 후회가 막급할 것입니다. 설령 왕랑이 다시 살아난다 해도 어떻게 다시 저를 좋아하겠어요? 아직 젊음이 다하지 않았으니, 홍루紅樓[57]에서 비싼 값을 받아보고 싶군요."

창모가 크게 기뻐하면서, "네가 미혹에 빠졌다가 제 스스로 되돌아 왔으니 우리 집안의 복이로다."라고 말하면서 기뻐하고 즐거워하는 것을 그치지 못했다.

옥단은 북루로 돌아와 몰래 편지를 쓰고 은밀히 감추어둔 은자 백 냥을 세어 시비를 시켜 칠흑 같은 밤을 틈타 이웃 할미에게 보내면서 말했다.

"할미께서 힘을 써서 이 만금을 전해주세요. 지금 보내는 은자 중에서 그 반은 할미가 갖고 나머지 반은 왕랑에게 주세요."

며칠 지나, 이웃 할미는 편지와 물건을 지니고 돌아갈 배를 사서 양주에 도착했다.

경룡은 굶주림을 참으면서 강가의 나루 근처에서 머물러 기다린 지가 이미 반 달이 넘었다.

할미가 편지와 물건을 전하자, 경룡은 옥단이 손수 쓴 글씨를 보더니 얼굴을 가리고 울고는 편지 봉투를 열었다.

그 편지는 이렇다.

남편을 배반한 옥단은 재배하고 아룁니다.

---

57) 홍루: 붉은 칠을 한 높은 누각이라는 뜻으로, 창기(娼妓)를 두고 영업하는 집. 청루(靑樓)를 말한다.

저는 애초 천한 신분으로 기루에서 공자를 그르치더니, 뒤에는 교묘한 계획으로 노림에서 공자를 속였습니다. 제가 비록 그 사이에 무정하였지만, 그 동안의 일은 실로 제가 사리에 어두워서 입니다.

가만히 생각해보니 누가 이 화를 일으킬 빌미를 제공하였는지요? 한 번 죽어 거듭된 허물을 갚는 것이 마땅하지만, 다만 단심丹心을 간직하고 있음은 대낮의 해를 향해 물을 수 있습니다. 혹시라도 공자께서 만에 하나라도 화에서 벗어날 수 있다면, 어쩌면 제가 뒷날에 사실을 말씀드릴 수 있을 것이라 생각했습니다. 그러므로 자결하지 못하고 이제껏 구차하게 살아 온 것입니다.

이웃 할머니가 이 편지를 전할 줄이야 어떻게 생각이나 했겠습니까? 공자께서 노림에서 죽임을 당하지 않으셨으며 청루靑樓에서의 일을 후회하신다는 것을 알고 있습니다. 한편으로는 기쁘고 한편으로는 슬퍼서 서러움만 더 합니다.

제게 옛 은혜를 갚을 수 있는 어리석은 꾀가 있습니다.

공자께서는 아무 달 아무 날, 몰래 서주徐州에 도착해 관왕묘에 들어가 탁자 아래 엎드려 계시면서 제가 오기를 기다리십시오. 한 마디 말이 천리를 가는 법이라, 기틀이 샐까 두려우니 부디 비밀스럽고 비밀스럽게 하시어 일이 틀어져 잘못되지 않게 하세요.

공자의 처지가 딱하고 급하다는 소식을 듣고 우선 급한 데 쓰실 비용을 보내드립니다.

아무 날, 옥단 배.

경룡은 편지를 다 보고 나서 은을 팔아 행장을 꾸리고 날짜를 헤아려 길에 올라 몰래 서주徐州에 도착했다.

약속한 날짜가 되자 비밀히 관왕묘關王廟58)에 들어가 옥단이 한 말과 똑 같이 하였다.

각설하고, 옥단은 할미를 보낸 뒤로부터 화장을 하고 치장을 하며 평상시와 같이 이야기하고 웃기도 하며, 혹은 이웃 마을에 놀러 나가기도 하여 북루에 있는 날이 드물었다.

같은 고을에 성이 조씨趙氏인 큰 장사치가 있었는데, 나이는 비록 늙었으나 일찍부터 옥단의 재주와 아름다운 용모를 사모했다. 이제 옥단이 절개를 버렸다는 소문을 듣고 한 번 합환合歡하려고 천금千金을 창모에게 주었다.

창모가 돈을 받고서 옥단에게 권유하니, 옥단은 마침내 허락하고 그와 기약을 정했다. 그러나 딱 반 달 뒤로 약속 날짜를 잡으니, 그 어미가 까닭을 물었다.

옥단이 웃으면서 대답했다.

"내가 지난날에 왕 공자와 정이 깊어 함께 맹세를 하고 이를 하늘 신과 땅 신[神祇]에게 고했어요. 당장 맹약을 깨지 않은 채 다른 사람에게 간다면 마음에 부끄러움이 있게 되잖아요. 관왕묘에 가서 길일을 점쳐 맹약을 깨고자 하기 때문에 이와 같이 기일을 늦추었을 뿐이에요."

---

58) 관왕묘(關王廟): 중국 삼국시대 촉한(蜀漢)의 장수 관우의 영(靈)을 모시는 사당. 관제묘(關帝廟)·무묘(武廟)라고도 한다. 관우는 관성제군(關聖帝君)·관보살(關菩薩) 이라고도 하며, 무운(武運)과 재운(財運)의 수호신으로서 한(漢)민족의 신앙 대상이 다. 당(唐)나라 중기부터 무신(武神)으로서 관제(官祭)의 하나가 되었다. 명(明)나라 영락제(永樂帝)가 타타르를 정벌하였을 때, 청(淸)나라 강희제(康熙帝)가 타이완[臺灣]에 있던 명나라 유신(遺臣)의 폭동을 진압하려 하였을 때, 영검이 있었기 때문에 왕조의 존경과 숭상이 더욱 두터워졌고 관우는 신성불가침의 우상이 되어 각지에 무묘(武廟)를 세웠다. 우리나라에서는 임란이후에 설립되었는데, 기록으로 보면 1598 년(선조 31) 남묘를 세우고 소상을 설치했다. 『대동야승』, 『연려실기술』 등에서 관련 기록을 볼 수 있다.

어미도 그 말에 따랐다.

옥단이 드디어 목욕재계하고 관왕묘에 갈 때에 몰래 금은 수백 냥을 품고 갔다.

관왕묘 밖에 이르자 종자에게 말했다.

"내가 맹약을 깨는 말을 고할 때는 숨길 말이 많으므로 너희들에게 듣게 해서는 안 되겠다. 너희는 여기에 남아 같이 기다리면서 또 반드시 사람을 오지 못하게 하라."

그리고는 곧 사당에 들어가 관왕묘에 절을 하고 탁자로 다가가면서 왕 공자를 불렀다.

경룡이 탁자 아래에서 나오니 옥단은 벌써 탁자 앞에 와 있었다. 오래 떨어져 있어 서로 소식이 끊어져 품었던 한을 억제할 수가 없어 자신도 모르게 부여안고 통곡했다. 옥단이 다급히 말리면서 말했다.

"만약 나를 따라온 사람들이 듣기라도 한다면, 오늘의 화는 노림에서 겪은 것보다 더 심할 것이니 조심, 조심하세요."

그리고 옛날의 원통했던 일을 털어 놓았다.

"당시 서관으로 갈 때에 저와 공자는 함께 간사한 꾀에 빠졌던 것이에요. 그러나 첩도 공자를 속인 것도 있답니다."

경룡이 말했다.

"무엇이지?"

옥단이 말했다.

"노림으로 가기 며칠 전에 제 어미가 나에게 잠시 피해 있도록 하고 공자를 억지로 쫓아내려 했답니다. 저는 매우 완고하게 거절하였지요. 그러나 그때에 공자께 알리지 않은 것은 공자의 마음이 번뇌에 빠질까 두려웠기 때문이었지요. 그래서 저는 혼자 알고 있으면서 금석金石 같은 뜻만 굳게 지키면 될 뿐이라고 여겼어요. 어떻게 흉악한 꾀가 노림에서처럼 심한 지경에 이를 것이라고 생각이나 했겠어요? 공자께 알리지 않고 먼저 처리하였으니, 이것이 제가 공자를 속인 죄예요. 만 번 죽은들 어떻게 속죄를 할 수 있겠습니까마는 일은 이미 지나갔으니 말한들 이익이 없군요. 기묘한 계책으로 앞길이나 열어보았으면 해요."

즉시 금은을 주고는 서로 비밀히 계획하여 "이리이리 하세요." 했다.

곧바로 경룡에게 도로 탁자 밑에 숨도록 하였다.

곧 종자를 불러 관왕에게 나란히 절을 하고 동시에 밖으로 나와서 갔다.

경룡은 당장 이웃 고을의 시장으로 가서 금은을 팔아 비단 옷을 입고 준마를 탔다. 또 빈 가죽 상자 200개를 사서 모래와 돌로 채우고 황동 자물쇠로 잠가 금은보화가 들어 있는 것처럼 꾸몄다. 마부와 말 100필도 세내어 물건을 싣고는 그들을 시켜 앞서 가게 하고 경룡은 뒤에 따라 서주의 살피로 들어갔다. 옥단의 집을 향하는데, 남쪽으로부터 서쪽으로 가니 마치 서울을 향해 가는 것처럼 꾸몄다.

옥단의 집이 있는 거리에 도착하였다. 이웃 사람들이 경룡을 보고는 모두 놀라고 괴이하게 여겨 길을 둘러싸고 절을 하면서 말했다.

"공자께서 한 번 가시고는 소문이 뚝 끊어졌었는데, 오늘 어느 곳에서 오셨으며, 어떻게 아직도 수많은 재물을 누리시는지 모르겠군요."

경룡은 웃으면서 말했다.

"그대들은 이백李白의 시를 듣지 못하였소? '하늘이 큰 재주를 낸 것은 꼭 쓸 데가 있어서이고 흩어 쓴 천금도 모두 다시 돌아온다.'[59]

---

59) 하늘이⋯돌아온다: 중국 성당기(盛唐期)의 시인인 이백(李白, 701~762)의 〈장진주

하지 않았소. 오늘은 마침 북경北京에 정혼하러 가느라 방금 절강浙江
으로부터 오는 길이오."

많은 사람들이 모두 칭찬하고 감탄하였다. 창모 집의 종들도 서로
다투어 바라보고는, 집으로 달려가서 이를 알렸다.

옥단은 그 말을 듣고 거짓으로 놀라는 체하며 말했다.

"아아! 왕 공자가 죽지 않았으니, 어떻게 맹세를 깨고 다른 사람에
게 다시 시집갈 수 있단 말인가?"

이내 북루로 달려가 스스로 목을 매니, 시비들이 창모를 불러 구원
하여 그치게 했다.

경룡은 옥단의 집을 지나면서 돌아보지도 않고 가버렸다.

창모와 조운은 갖옷과 말과 재물의 성대함을 몰래 보고는 감빨리
어 서로 은밀히 의논했다.

"옥단은 왕랑이 죽지 않은 것을 알고 맹세를 깨트린 것을 한하여
자결하려고까지 하였으니, 이 후로는 반드시 재가再嫁하지 않을 것이
다. 만약 이번에 재물을 놓치면 다시는 이익 되는 바가 없어. 저이는
곧 속없는 공자라 따뜻한 말로 잘 녹여만 놓으면 반드시 옥단을 잊지
않고 돌아올 것이니, 이때 그 재물을 도모하는 것이 낫겠다."

마침내 쫓아가 말고삐를 끌어당기면서 말했다.

"공자님! 공자님! 어떻게도 이와 같이 무정하시오? 노림에서 한 번
헤어진 후로 공자가 어디에 계신지 알지 못하여 날마다 돌아오기를
기다렸는데, 끝내 소식이 없어 온 집안의 노소가 목 놓아 큰 소리로

(將進酒)〉에 나오는 구절. 원문은 "하늘이 반드시 쓸 곳이 있어 나를 내었고 천금의
돈도 다 쓰고 나면 다시 돌아오게 마련이다(天生我材必有用, 千金散盡還復來)."로 되
어 있다. 〈장진주〉는 인생의 무상(無常)함을 개탄(慨歎)하고 술을 마셔 이 우수(憂愁)
를 잊고자 한 악부시(樂府詩)이다.

울며 나날을 보냈습니다. 그런데 오늘 생각지도 않게 공자를 다시 보게 되었으나 집 문 앞을 지나면서도 들어오지 않으니 어떻게된 일입니까?"

경룡이 고삐를 당기고 대답했다.

"이것이 참으로 무슨 말이냐? 처음에 내가 창가娼家에 미혹되어 재물을 다 없애고도 집으로 돌아가지 않았기 때문에 너희들은 노림에서 나를 속여 꼭 없애 버리려고 하였지. 그러나 내 복이 다하지 않아서인지 하늘의 보살핌을 받아 도적을 만났으나 죽지 않았어. 고향으로 돌아가 재산을 늘려 좋은 아내를 찾는데 마침 마땅한 자리가 있어서 길을 잡아 나선 것이니 이것을 놓칠 수 없는 일이지. 아직도 네 집에서 불행을 겪었음을 한스럽게 생각하는데, 어떻게 자네 딸을 찾아가 다시 욕을 보라고 해?"

창모는 소리를 지르며 눈비음으로 웃음 치며 말했다.

"지난번 노림의 입구에서 방자房子가 자물쇠를 잠그지 않은 것을 깨닫고 공자께 청하니 가시어서, 우리들이 기다리고 있는데 날이 이미 저물었습니다. 공자께서는 틀림없이 돌아오지 않을 것이라고 여겼고 그곳은 마을과 멀리 떨어져 있어 사방에 의지하여 묵을 곳이 없었답니다. 부득이 노림을 버리고 가까운 객점으로 가서 투숙하고서는 다음 날 공자께서 오시기를 기다렸습니다. 어떻게 공자께서 밤을 무릅쓰고 말을 달려 돌아와, 곧바로 노림으로 들어가서 도적의 수중에 떨어졌을 줄 알았겠습니까? 그 다음 날에도 공자가 오시지 않으셨기 때문에, 공자의 발꿈치를 찾아서 수색하지 않은 곳이 없었답니다.

몇 달을 배회하다가 어떻게 할 도리가 없어 비참한 마음으로 집에 돌아와 보니 집안에 있던 물건들이 방나버려 남아 있는 것이 없었지요. 이는 반드시 이웃 사람들과 집을 지키던 노비들이 한 짓이라고 여기면서도, 재물을 도둑맞는 것은 원망하지 않고 오직 공자님의 생사만 걱정했답니다.

비록 어질지 못한 이 늙은이도 울부짖었으니, 하물며 옥단은 죽기를 맹세하고 절개를 지키면서 밤낮으로 소리 높여 울면서 북루에서 내려오지 않은 지가 2년이나 됩니다. 공자께서 만약 이웃에 물어보시면 또한 사실을 확인할 수 있을 것입니다.

우리 집안이 공자를 그리워한 것은 그야말로 간절했다고 할 수 있는데. 그런데 공자께서는 어떻게 핑계하는 말씀이 이와 같으십니까? 만약 옥단과의 정과 인연이 이미 다해서 다시 돌아볼 것도 없다고 말을 하시면 괜찮지만, 어떻게 이처럼 뜻밖의 말을 고대하던 사람에게 할 수 있습니까?"

경룡이 거짓으로 승낙하였다.

"어미의 말이 이와 같다면 당연히 옥단을 만나 다시 물어보겠네."

이러하여서 곧 말을 돌려 그 집으로 향했다.

창모와 조운은 자신들의 계책이 어슷그러했다 여겼고 마을 사람들은 모두 경룡의 어리석음을 비웃었다.

경룡이 문 앞에 당도하니 창모가 맞이하여 대청에 오르게 하고 옥단을 불러 나와 보라고 하였으나, 옥단은 나오지 않으면서 말했다.

"누가 왕 공자를 오라고 불렀지요? 저 분이 비록 억지로 왔으나 어떻게 노림에서의 원한을 잊었겠습니까? 만나지 않고 가시는 것만 못합니다."

창모가 안으로 들어와서 몸소 밖으로 나오기를 권하니, 옥단이 말했다.

"저 분은 각로의 아들로 창모娼母에게 잘못 떨어져, 겨우 몇 해를 살면서 만금을 방나 버렸으니 후했다고 할 수 있습니다. 그런데 그 많은 은혜를 갚을 궁리는 하지 않고 도리어 사지死地에 빠뜨렸으나, 저 공자는 다행히 생명을 보전하고 다시 큰 부를 누리고 있습니다. 그가 비록 말은 하지 않으나 제가 어떻게 무안스럽게 마주 대하겠어요."

창모가 말했다.

"내가 에둘러대는 말로 해명하자 저이도 섞 삭았기 때문에 여기서 만나게 된 것이야. 너는 어떻게 이처럼 지나치게 생각하니?"

옥단이 말했다.

"사람이 목석이 아닐진댄 모두 이러한 마음을 가지고 있을 겁니다. 어떻게 노림에서 속임을 당하여 목숨이 위태로웠는데도, 갑자기 이러한 원한을 잊을 수 있겠어요?"

경룡도 옥단이 오래도록 나오지 않자 일어나 가려는 것처럼 하니, 창모는 옥단에게 더욱 간절히 권했다.

옥단이 말했다.

"어미가 나를 억지로 나가게 하려 한다면, 반드시 한 가지 계책을 써서 공자를 속인 후에 나갈 게요."

창모가 말했다.

"무엇이냐?"

옥단이 말했다.

"마땅히 공자가 전 날에 선물로 가지고 왔던 금은과 공자가 장만했던 진기한 물건과 기물器物들을 모두 갖다 앞에 늘어놓으세요. 그리고 또 큰 잔치를 베풀어 축수하면서 말하기를, '집안의 재물은 전에 이미 잃어버렸으나, 오직 공자가 주신 금은과 진기한 기물들은 마침 옥단이 북루 아래에 감추어 두었기 때문에 남아 있는 것이니 다 공자의 복입니다. 집안이 망한 후에도 항상 이 물건들을 남겨 놓고 차마 팔지 않은 것은 뒷날 공자께서 찾아오실 것을 기다린 것일 뿐이랍니다. 우리 집에서 공자를 기다린 정분이 이 정도인데도 공자께서는 노림에서의 실상이 아닌 일로 의심을 하시다니요? 청컨대 이것들을 가지고 축수를 올리겠습니다.'라고 하면, 저 이도 반드시 감정을 풀고 도리어 재물을 내놓을 것이에요. 그렇게 된다면 옛날의 재물로써 새로운 재물을 낚는 좋은 미끼가 될 것입니다."

창모가 아주 그럴싸하다고 여기고는 잔치를 차리고 늘어놓기를 한결같이 옥단의 말대로 했다.

옥단이 곧 밖으로 나와 공자에게 절을 하였으나 얼굴을 돌리고 앉아 감히 마주 대하지 않았다.

경룡이 그 까닭을 물으니, 옥단이 말했다.

"공자께서는 노림 일이 실상이 아닌 줄 알지 못하고 내가 속였다고 의심하시어 문 앞을 지나면서도 돌아보지 않았는데, 제가 무슨 면목으로 공자를 대하겠습니까?"

경룡은 술잔을 들고 성글성글 웃으며 말했다.

"지난번 화를 당했을 때에는 의심과 원한이 없지 않았으나, 오늘 주모主母의 정성이 매우 지극함을 보니 어떻게 묵은 원한이 모두 섰삭지 않겠소?"

곧 창모와 조운에게 축수하고 권하는 것이 아주 진실했다.

창모 모녀는 그가 꾐에 빠졌다고 지레짐작하여 기뻐하면서, 마침내 저녁이 다 가도록 잔치에 참석하여 마음껏 즐기고서야 파했다.

옥단은 이보다 먼저 몰래 시비를 시켜 경룡에게 술을 따를 때에는 물을 섞어 올리게 했다. 게다가 경룡의 주량은 헤아릴 수 없었기에 마셔도 취하지 않았다. 그러나 창모와 조운은 마음 놓고 술에 취해 부축을 받아 안으로 들어갔다.

경룡과 옥단이 그 재보財寶,[60) 기완器玩[61)들을 모두 거두어서 북루로 돌아가서 잠자리에 드니 기쁜 정과 막혔던 감회가 하루 밤으로는 다 풀 수가 없었다. 시간이 흘러도 잠들지 못하고 황홀하여 꿈을 꾸는 것만 같았다.

경룡이 마침 병풍에 있는 옥단이 지은 절구 한 수를 보니 이랬다.

북루의 봄 날은 또 하루 해가 저무는데,
붉은 수건 다 젖도록 눈물 자국 훔치네.
고개 돌리니 노림엔 까막까치 자꾸 우니,
어느 곳에 가 혼을 부를 지 알 수 없네.

경룡은 시의 말뜻이 애처롭고 한스러운 것을 보고 자신도 모르게 눈물을 흘리고 곧 붓을 뽑아 화답하는 시를 지어 병풍에 썼다.

옛 손이 당堂에 오르니 날은 이미 저물어,
등불 밝히고 마주 앉아 눈물 자국 훔치네.
노림의 비바람은 지금은 어디쯤에 있는지,
못 돌아온 혼 거기 남아 있어 서글프구나.

밤이 이슥하여 사방을 둘러보아도 사람은 없었다.
옥단이 크게 한숨을 쉬면서 경룡에게 말했다.

---

60) 재보: 보배롭고 귀중한 재물. 재화와 보물을 아울러 이르는 말이다.
61) 기완: 감상하며 즐기기 위하여 모아 두는 기구나 골동품 따위를 이르는 말이다.

"공자는 재상 집안의 천금 같은 자식으로서 선대의 가업을 잇는 것이 당연합니다. 그런데 한 번 창루의 여자를 만나 빠져서 돌아가지 못 하고 혼자 여러 해를 머무르면서 만금을 손까불어 버리셨어요. 끝내는 한없이 귀중하신 몸으로 예측할 수 없는 화에 떨어졌으니, 비록 '죽지는 않았다.'고 하나 그 재앙은 몹시 참혹합니다. 그러니 이 은밀한 기회를 틈타 저 재물을 거두어 집으로 돌아가면 부모님의 노여움도 거의 풀어질 거예요. 그리고 종내는 경박한 행동을 했다는 이름도 면할 수 있게 될 것이고요."

이어 부축해 일으키니 눈물을 흘리며 마주 보고는 이윽고 슬픈 노래를 지어 이별했다. 그 곡조는 만정방滿庭芳이었는데, 사詞는 이렇다.

> 깊은 정을 채 펴지도 못하였는데,
> 맑은 밤은 벌써 반나마 밝았으니,
> 이 생애에 어느 날 다시 즐기려나.
> 노림에서 액 면한 게 엊그제인데,
> 어떻게 좋은 기회를 다시 잃으랴.
> 아아, 낭군께서 한 번 떠나간다면,
> 거울을 대해 외론 난鸞새62)되리니.
> 좋이 안녕히 집으로 돌아가시어서,
> 오로지 황권黃券63)에 마음 두시어,
> 삼가 제 얼굴일랑은 생각 마세요.

---

62) 난새: 중국 전설에 나오는 상상의 새. 모양은 닭과 비슷하나 깃은 붉은빛에 다섯 가지 색채가 섞여 있으며, 소리는 오음(五音)과 같다고 한다. 여기서는 옥단 자신을 비유한 표현이다.

63) 황권: '책'을 달리 이르는 말. 예전에, 책이 좀먹는 것을 막기 위하여 종이를 황벽나무 잎으로 물들인 데서 나온 말이다.

경룡이 곧 화답하였다.

천리 길을 살아서 돌아왔건만,
한밤중에 이별을 해야만 하니,
슬프고 기쁜 마음이 어지럽네.
말에 안장 없고선 떠나려 하니,
흰 구름만 초관楚關64)에 뿌여네.
한 쌍의 옥퉁소만 헛되이 불며,
저 멀리 진대秦臺를 바라다보니,
어느 제나 난鸞새 타고 가려나?65)
그대의 옷깃을 꼭 부여잡고선,
차마 서로 서로 놓지를 못하니,
장사의 굳은 마음 얼굴만 붉네.
비록 금석 같은 약속 하였으나,
다시 만날 방법이 영영 없으니,
언제쯤에 다시 돌아올 것인지?
아마도 석장石腸66)은 재로 되고,
아름다운 여인도 배를 타고 가.
세월은 빨라서 어디쯤 흐르나?

---

64) 관: 국경이나 요지의 통로에 두어 드나드는 사람이나 화물을 조사하던 곳이다.
65) 어느 제나 난새 타고 가려나: '언제쯤 옥단을 만나려나?' 정도의 의미. 『후한서(後漢書)』「교진전주(矯愼傳注)」, 『수경(水經)』「위수주(渭水注)」에 나오는 고사. 춘추(春秋)시대 진(秦) 목공(穆公)의 딸 농옥(弄玉)은 퉁소를 좋아하여 퉁소의 명수 소사(蕭史)에게 시집가서 퉁소를 배웠는데, 그녀가 퉁소를 불면 봉란(鳳鸞)이 날아와 앉으니, 이로 인해 목공이 대(臺)를 지어주었으며, 뒷날 봉황(난새)을 타고 신선이 되어 하늘로 올라갔다는 고사가 있다.
66) 석장: 굳센 의지나 지조가 있는 마음이다.

슬퍼서 난간에 기대 울음 우네.

혹시라도 아직은 끊이지 않아서,

옛 인연을 다시 한 번 이으려면,

바닷물 돌리고 산도 옮겨야 하리.67)

이윽고 이웃집의 닭이 울고 푸른 등불 빛이 희미해졌다. 옥단은 급히 시비를 시켜 공자를 따라다니는 사람을 몰래 불러 빈 가죽 상자를 모두 가져오게 하였다. 그 속의 모래와 돌을 빼내었다. 그 대신에 창모가 축수한 금은과 기물들과 아울러 자기가 간수했던 패물, 보석 노리개들을 함께 그 속에 넣고 자물쇠를 채우고는 경룡을 돌아보면서 말했다.

"제가 간수했던 이 물건을 강남江南에서 팔면 허비한 금액을 채울 수 있을 거예요."

그리고는 급히 물건을 싣고 도망가라고 했다.

경룡은 헤어짐을 슬프게 여겨 가슴 아프게 목 놓아 큰 소리로 울며, 옥단을 부둥켜안고 차마 버리고 떠나지를 못했다. 옥단이 손으로 떠밀어서야 문을 나섰다.

경룡이 애써 이별하며 말했다.

"어느 때에 다시 만날 기약을 하겠소?"

옥단이 말했다.

"공자께서 집으로 돌아가 부모님을 뵌 후에 오로지 글 읽기에 전념하여 후일 과거에 급제하시고 이 고을의 자사刺史68)가 되시면 이날이

---

67) 바닷물을…옮겨야 하리: 도저히 불가능한 일을 비유하는 말. 어려운 형국을 타개하는 큰 역량을 이르는 말로 쓰인다.

68) 자사: 중국 한나라 때에, 군(郡), 국(國)을 감독하기 위하여 각 주에 둔 감찰관.

바로 저를 만나는 날이 될 것입니다. 그렇지 않으면 저를 보기가 어려울 것이에요. 저는 마땅히 죽음으로써 절개를 지켜서 맹세코 다시는 다른 사람에게 아양을 떨지 않을 것입니다."

경룡이 생각해보니, 창모가 반드시 옥단의 지조를 빼앗을 것이고 옥단은 죽음으로써 약속을 지킬 것이니, 그러면 평생 다시는 옥단을 만날 수 없을 것이 두려웠다. 그래서 옥단을 끌어 잡고 울면서 일렀다.

"낭자가 맹세코 다시는 다른 사람에게 교태를 짓지 않겠다는 것은 지극하다고 말할 수 있소. 그러나 주모가 강제로 위협하면 어떻게 하겠소? 그러면 반드시 죽은 뒤에야 끝이 날 것이니, 인생이 한 번 죽으면 어떻게 다시 볼 수 있겠소? 뜻을 꺾고 절개를 굽혀 후일 다시 만날 약속을 이루는 것만 같지 못해요. 낭자는 내 말을 소홀히 여기지 말고 내가 원하는 것을 이룰 수 있도록 하시오."

옥단이 말했다.

"충신은 두 임금을 섬기지 않는데 열녀만 어떻게 유독 다르겠어요? 만약에 임시 방도가 있다면 죽음을 지킬 필요가 없으나, 몸을 더럽히려는 지경에 이른다면 곧 죽음만이 있을 뿐이지요."

경룡이 마침내 이별을 하고 몰래 길에 올라 절강으로 향했다.

옥단은 경룡을 보낸 뒤 눈물을 훔치고 침실로 돌아와 시비와 함께 서로 약속하고 각각 옷의 솜을 꺼내 입을 틀어막고 끈으로 손과 발을 등 뒤로 묶은 다음 침상 아래 함께 쓰러져 있었다.

다음 날, 창모네 노비奴婢들이 경룡 일행인 마부와 말이 간 곳 없이 사라진 것을 보고 창모에게 와서 말했다.

창모가 곧바로 술이 안 깨어 욱신거리는 머리를 부여잡고 급히 옥

당나라, 송나라를 거쳐 명나라 때 없었다.

단의 침소에 가서 보니 옥단과 시비가 모두 '윽윽' 하면서 거의 숨이 끊어질 듯한 형상을 하고 있었다. 창모가 놀라 소리치면서 구해 놓으니, 옥단이 한참 만에 거짓으로 깨어나는 체하면서 말했다.

"내가 어제 왕랑을 만나려고 하지 않은 것은 이 때문이었습니다. 어미가 스스로 불러 맞이하게 하였으니 누구를 탓하겠어요? 왕 공자가 비록 '속이 없다.'고 하나 어떻게 노림에서의 원한을 다 잊어버린 채 흙 인형처럼 될 리가 있겠습니까? 밤에 잠자리에 들어서도 합환하지 않아 저 혼자 괴이하게 여겼지요. 한밤중이 되자 그 종자들을 몰래 불러 별안간 우리를 에워싸고 금과 보물을 모두 찾아내고는 저와 시비를 죽이려고 하였어요. 공자가 그나마 말려 이만하게 그친 것입니다. 제가 욕을 본 것은 한스럽지 않으나 다만 재보財寶가 따라서 없어지게 된 것이 한스러우니 뒤쫓아 가 그 재물을 빼앗지 않을 수가 없어요. 제가 결박을 당할 때에 그들이 약속하는 말을 몰래 들으니, 우리가 뒤를 쫓을 것이 두려워 '본부本府에 들어가 머물다가 도망가자.'고 하였으니, 속히 달려가 잡으세요."

창모는 마침내 이웃 사람들을 불러 모으고 온 집안사람이 말을 타고 급히 달려 추격했다.

서주徐州의 공문公門69) 밖에 이르렀다.

옥단이 갑자기 말에서 내리더니 창모를 붙잡아 끌어내리며 큰소리로 관아의 서리胥吏70)와 이웃 사람들을 불러서는 하소연했다.

"저는 본래 양갓집의 딸입니다. 어려서 부모님을 잃었는데, 이 할미가 나의 자색姿色을 보고 데려다 길렀지요. 다른 사람들을 기쁘게

---

69) 공문: 임금이 드나드는 문·대궐문이다.
70) 서리: 관아에 속하여 말단 행정 실무에 종사하던 구실아치이다.

만들게 하여서는 그 값을 취해 자기 집을 이롭게 하려는 것이었습니다. 어떻게 어머니와 딸의 정의가 있겠습니까? 지난번에는 절강浙江에 사는 왕 각로 댁 도련님이 마침 우리 집을 지나다가 저를 보고 기뻐하여 만금을 다 들여 장가들어서 아내로 삼고 따로 집을 지어 해로하려고 하였답니다. 그런데 이 할미가 음모를 꾸미고 거짓말을 간교하게 하여 노림에서 죽이려고 했지요. 하지만 왕 공자께서는 다행히 그곳을 벗어나 맨몸으로 고향에 돌아갔으나 저를 그리는 정이 더욱 더해 재물을 싣고 다시 찾아온 것이에요. 어제 저녁에도 이 할미는 다시 재물을 훔치고 나서 죽이려고 하였으나 왕 공자가 기미를 알아채고 도망친 것이랍니다. 그러므로 이 할미가 그 재물을 얻지 못한 것을 한스럽게 여겨 이제 이웃 사람들을 거느리고 추격해서 죽이고 재물을 빼앗으려는 것이에요. 저는 거짓으로 이 모의를 같이하는 체하고 이곳에 와서 사실대로 관아에 알리는 것입니다. 이 일의 처음과 끝은 이웃 사람들이 모두 아는 바라 속이기 어려울 거예요."

이어서 통곡하면서 그 창모를 끌고 송사에 나가려고 했다.

이웃 사람들도 본디 노림에서의 일을 알고 있었기에 밤 사이의 음모를 믿고 모두 옥단이 옳고 할미가 그르다고 하면서 말했다.

"이 할미가 왕 공자께서 재물을 훔쳐 도망했다고 거짓말을 하기에 우리들은 그 청에 따라 이곳으로 와서 재물을 빼앗아 돌아가려고 하였소. 만약에 죽여서 빼앗으려는 사정을 알았더라면 어떻게 감히 따라 왔겠습니까?"

서리들도 노림의 소문을 일찍이 들었기에 모두들 할미를 꾸짖고 '흉악한 도적[擴賊]'이라고 했다.

할미가 비록 자신을 변명하려고 하였으나 사람들은 믿지 않고 모두들 옥단에게 고발하러 들어가도록 권하였다. 창모는 당황하고 두려워 옥단에게 애걸했다.

옥단이 말했다.

"할미가 비록 남편을 죽이려는 음모는 있었으나 나를 길러준 은혜가 있기 때문에 고발하지는 않으렵니다. 그러면 할미는 내가 수절하는데 끝까지 협박하지 않겠소?"

할미가 승낙하자 옥단은 서리들에게 청하여 한 장의 맹세하는 첩帖을 만들어 기록하게 하고 이웃 사람들이 두루 서명토록 했다.

그런 연후에 옥단은 그 서약서를 품에 넣고 집에 돌아와서는, 북루에 올라 다만 한 시비에게 쌀을 빌도록 하여 아침저녁을 조달하게 하고 창모에겐 하나도 의지하지 않았다. 그 시비도 어려움을 겪으면서 쌀을 구걸하여 주인을 받듦에 조금도 싫어하거나 괴롭게 여기지 않았다. 이 시비의 이름은 난영蘭英으로 역시 자색을 지녔으나 성품이 다른 사람과 더불어 즐기는 것을 좋아하지 않았다. 혹 가까이 하려는 사람이 있어도 응하는 일이 드물었다. 다만 옥단을 모시면서 그 곁을 떠나지 않았으니, 옥단이 양가집에서부터 데리고 온 사람이었다.

창모는 옥단을 미워하여 항상 죽이려고 하였으나, 이웃 사람들이 알까 봐 두려워서 행동으로 옮기지 못했다.

전날의 조趙 상인은 옥단을 얻을 수 없음을 알고 창모에게 주었던 돈을 돌려받으려 하니, 창모는 그 재물이 아까워 몰래 약속하여, "이리이리 하시오."라고 했다.

두서너 달이 지나자 창모는 옥단을 꾸짖으며 강다짐했다.

"너는 왕랑 때문에 내가 길러 준 은혜를 배반하고 끝내 나를 어미로 여기지 않는구나. 비록 내 집에서 살고 있으나 다시는 이익 되는 것이 없을 것이니 북루를 비워라."

조운이 마침내 구박하여 내쫓았다.

창모는 이보다 먼저 몰래 같은 마을의 장사꾼 과부 할미에게 많은 보물을 주고 비밀스런 계략을 짬짜미했었다.

옥단이 쫓겨나 시비 한 명을 거느리고 곤궁하여 돌아갈 곳이 없었다. 길을 따라 울면서 가다가 장사꾼 할미를 만났다. 할미는 그 까닭을 묻고 거짓으로 우는 체하며 말했다.

"나는 늘 낭자가 정조와 절개를 지키면서 고생스럽게 쌀을 구걸하여 입에 풀칠하는 것을 가엾게 여겼소. 이제 다시 쫓겨났으니 어느 곳에 의지할 거요? 만약에 갈 곳이 없다면 잠시 가서 누추하지만 머물도록 하오."

옥단이 머물러 있을 곳을 얻음에 그 은혜에 절을 하고 사례하면서 할미를 따라갔다.

함께 가서 한달 남짓 살았는데 할미가 말했다.

"내가 낭자를 보니 지아비를 배반하지 않고 시간이 흐를수록 더욱 그리워하니, 마음에 몹시 애처롭고 측은하오. 내 낭자를 위해 재산을 들여 사람과 말을 세내서 낭자를 데리고 절강으로 가면, 왕 공자에게 후하게 갚도록 하고 돌려보내 주지 않겠소?"

옥단은 그 말을 다행으로 여겨 곧 사례하였다.

"정말 이처럼 될 수만 있다면 감히 힘을 다하여 덕을 갚지 않을 수 있겠어요?"

할미가 허락하고는 말을 세 내고 행장을 꾸리고 좋은 날을 잡아 노정을 계획하여 함께 길을 나섰다.

아직 서주徐州의 살피를 벗어나지 못하였을 때였다. 갑자기 사람들이 떼를 지어 길을 막고서는 옥단을 에워싸고 울력다짐으로 데리고 갔다.

옥단이 돌아보면서 상인 할미를 불렀으나 상인 할미는 이미 간 곳이 없었다.

이 무리에게, "당신들은 무슨 이유로 나를 위협하여 끌고 가는 것이냐?"라고 물었다.

무리들이 말했다.

"우리는 조 대고大賈[71]가 시키는 대로 낭자를 맞이하여 데려가는 것인데, 무슨 협박을 한다고 그래?"

옥단은 본정신을 잃고 통곡하면서 말했다.

"내가 이 두 집의 늙은 과부에게 속았구나."

마침내 말에서 떨어지니 무리들이 다시 감싸 안아 윽박질러 말 위에 태우니, 옥단이 긴 한 숨을 토하며 애걸했다.

"잠시 나를 쉬게 해주시오."

무리들이 가련히 여겨 잠시 늦추어주었다.

옥단은 자결하려고 생각하였으나 자유로이 옴나위할 수 없었다. 이윽고 속으로 '내가 헛되이 죽으면 예전의 약속을 어기게 되니 짐짓 가서 기회를 살피느니만 못하겠다.' 하고 생각했다. 마침내 비단 소맷자락을 찢고 손가락을 깨물어 피를 내고는 그 비단 위에다 글을 써서는 몰래 난영을 시켜 길 왼쪽 나무숲에다 걸어 놓게 했다. 혹시라도 지나가는 사람 중에 호사가好事家[72)가 있어 걸어 놓은 것을 남쪽에 전하게 되면 오래지 않아 경룡에게 전달되리라 여긴 때문이었다.

옥단이 박해를 당하며 조 상인 집에 도착하였다.

조 상인은 막 문 밖에 나와 키 발을 하고는 기다리고 있었다. 옥단이 오자 말에서 내리는 것을 부축하고 기뻐 맞이하며 말했다.

---

71) 대고: 큰 규모로 장사하는 사람이다.
72) 호사가: 남의 일에 특별히 흥미를 가지고 말하기 좋아하는 사람이다.

"낭자는 이 늙은이에게 역시 인연이 있는가 보우. 이것은 실로 하늘이 주는 것이지 어떻게 사람이 꾸민 일이겠수?"

옥단은 거짓으로 웃으면서 대답했다.

"중도에서 길을 바꿔도 좋은 인연을 이룰 수 있지요."

조 상인은 한참 옥단이 죽음으로 절개를 지킬 것이라고 의심을 하였다가 아양 떠는 말을 듣고는 자신도 모르게 기뻐서 손뼉을 쳤다.

옥단은 조 상인과 함께 살면서 이야기하고 웃으며 서로 기뻐하여 그 친근함이 지극하였다. 다만 합환하려고 하면 곧 사양하면서 말했다.

"왕경룡이 떠나 갈 적에 첩과 말하기를 올해에 반드시 찾아오마고 약속하고 만약 이 기간이 지나면 네가 다른 데로 시집가는 것을 들어주마 하였고 첩도 허락하여 맹세가 이루어졌지요. 이제 섣달 그믐께인데 왕 공자는 오지 않고 손꼽아 헤아려보니 남은 날이 얼마 되지 않습니다. 설령 올해에 왕 공자가 다시 온다 해도 제가 이미 다른 사람의 집안에 들어왔으니 어떻게 감히 다시 나갈 수 있겠어요? 명을 따르지 않는 것은 그 약속을 마쳐서 내 마음을 속이지 않으려는 것일 뿐이에요. 새해에 새롭게 합환한다면 어떻게 즐겁지 않겠습니까?"

조 상인은 그 뜻을 거스를까 염려스러워 감히 억지로 가까이하지 못했다. 다만 조 상인 옛 처에게 돌아가 자려 하면 곧 옥단은 거짓으로 투기를 부려 만류했다. 다른 사람들은 옥단이 조 상인과 서로 합환하지 않은 것을 알지 못하였으나 조 상인이 수시로 친구에게 말하였기 때문에 사람들도 그 일을 알게 되었다.

그때에 마침 절강浙江의 상인이 그 이웃에 와서 묵으면서 향과 비단을 팔았다.

옥단이 난영에게 비단 한 필을 후한 값으로 사오게 하여 사운四韻

시 한 수를 수놓았다. 조 상인은 글을 알지 못하여 오직 아름답다고 칭찬만 할 뿐이었다. 수놓기를 마치자 몰래 그 상인에게 돌려주며 말했다.

"당신이 소흥紹興73)의 왕 각로 댁에게 돌아가 판다면 반드시 어떤 도령이 두 배 값을 주고 살 것이요."

상인은 그 말대로 소흥으로 돌아가 각로 집안에 팔았다.

옥단은 여러 달을 거처하면서 살펴보니 구처旧妻74)가 비록 자색은 지녔으나 평소에 정조가 없음을 알았다. 또 이웃집의 무당 부부가 오랫동안 이 집안과 교유하고 있었는데, 무당 남편 역시 행검行檢75)이 없고 오직 주색만 탐하는 것을 알게 되었다.

그래서 조 상인의 아내가 서로 만나자는 편지를 쓴 것처럼, 그 필적을 비슷하게 모방하여 무당 남편에게 보내고 또 무당 남편의 편지를 역시 이와 같이 써서 조 상인의 아내에게 보냈다. 두 사람은 서로 믿고서 은밀히 보쟁였으나 모두 깨닫지 못하였다. 이런 후로는 새벽에 가고 저녁에 오는 일이 금방 일상사가 되었다.

옥단이 하루는 그들이 와 만나는 기회를 틈타 창 밖에서 몰래 살피다가, 손가락으로 구멍을 뚫어 엿보고 있다는 형상을 드러내 보였다. 두 사람은 옥단이 그 남편에게 알릴 것을 두려워하여 함께 계교를 꾸며 그 흔적을 없애버리려 했다.

때마침 그 남편이 밖으로 나가 이웃집에서 자고 다음 날 아침에 돌아왔다.

조 상인의 아내는 아주 맛있는 죽을 쑤고 죽 속에 독을 넣어 남편

---

73) 소흥: 중국 저장성[浙江省] 북동부 항주만(杭州灣)의 남쪽 연안에 있는 도시이다.
74) 구처: 조 상인의 아내이다.
75) 행검: 품행이 점잖고 바름. 또는 그 품행이다.

과 옥단에게 주었다. 옥단이 막 머리를 빗다가 죽을 보고 독이 들었나 의심이 되고 또 자기에게만 독을 풀었는지 염려가 되기도 하여 말했다.

"그 죽이 매우 맛있게 보이니 내가 많은 것을 먹겠어요."

자기 앞에 놓인 것을 바꾸어 상인 앞에 놓았다. 그리고 화장하고 머리를 빗질하는 것을 핑계로 꾸물거리며 먹지 않고 조 상인이 다 먹은 후에야 거짓으로 손을 대는 척하다 엎질렀다.

잠깐 있으니 조 상인은 땅에 거꾸러져 피를 토하고 죽어 버렸다.

옥단은 밖으로 뛰어나가 동네 사람들 불러 말했다.

"조 상인의 아내와 무당 남편이 모략을 꾸며 그 남편을 짐살鴆殺[76] 하였소."

동네 사람들이 고꾸라질 듯이 모여 가서는 조 상인의 아내 및 무당 남편과 옥단을 포박했다.

옥단이 구멍을 뚫어 몰래 엿본 일을 말하고 또 남은 죽을 개에게 먹이니 개가 곧 죽었다.

조 상인의 아내가 말했다.

"옥단이 절개를 빼앗긴 원한 때문에 죽에 독을 넣은 것이요."

동네 사람들이 이 세 사람과 무녀를 붙잡고 그 집 노복과 가까운 이웃 사람들과 함께 관아에 고발했다.

조 상인 아내와 옥단은 서로 왕배덕배 가리려 꾸짖었으나 모두 명백한 증거를 댈 수 없었다. 마을 사람들 가운데 어떤 사람은 무당 남편과 조 상인의 아내는 평소에 간통하였다고 하고 어떤 사람은 조

---

76) 짐살: 독살(毒殺). 짐(鴆)새는 중국 남방에서 있는 올빼미와 비슷한 독조(毒鳥). 『국어(國語)』 卷八 「晉語二」에 보면 짐새의 깃털로 담가 만든 짐주(鴆酒)를 먹여 사람을 죽였다 한다.

상인과 옥단이 아직 합환하지 않았다고 진술하니, 마침내 의옥疑獄[77] 이 되어 관아에서 결정을 내리지 못했다.

각설하고, 경룡은 서주에서 한밤중에 옥단과 이별한 뒤로 그 재물을 싣고 절강浙江을 건너 소흥紹興으로 돌아왔다.[78]

그러자 각로는 그가 왔다는 소식을 듣고 크게 노하여 잡아들여 두들겨 때리며 말했다.

"너는 아비를 배반하고 돌아오기를 잊었으니 첫 번째 죽일 일이고 여자에 빠져 몸을 망쳤으니 두 번째 죽일 일이며, 재물을 깝살리고 가업을 엎어 버렸으니 세 번째 죽일 일이다."

경룡이 울면서 대답했다.

"돌아오기를 잊고 몸을 그르친 것은 참으로 변명하기가 어려우나, 재물을 없앴다 하신 것에 있어서는 하찮은 것조차도 잃어버리지 않고 지금 모두 싣고 왔습니다."

각로의 성품은 본래 엄하고 준열한지라 오히려 더욱 매질하라고 명령했다.

마침 각로의 사위 이부 원외랑吏部員外郎[79]인 조지고趙志皐[80]가 일

___

77) 의옥: 죄가 있는지 없는지 의심스러운 형사(刑事)사건이다.

78) 절강을 건너 소흥으로 돌아왔다: 절강은 실제로 존재하는 강이 아니라 성(城)이기에 '절강을 건너'는 중국의 지명을 제대로 이해하지 못한 표현이다.

79) 이부 원외랑: 이부(吏部)는 고려시대 육부 가운데 문선(文選)과 훈봉(勳封)에 관한 일을 맡아보던 관아. 원외랑(員外郎)은 고려시대로 치면 상서성에 속한 정육품 벼슬. 고려시대에 둔, 주부군현 이직(吏職)의 하나이다.

80) 조지고: 동일(同一) 인물인지 알 수는 없지만, 1597년 정유재란(丁酉再亂) 때 온 중국 사신 중에, 우리나라에 우호적인 인물로 각로(閣老)벼슬을 한 조지고(趙志皐)란 사람이 있다. 이 사람에 대한 기록은 선조 30년, 31년, 32년에 걸쳐 보인다. 『선조실록』 30년 4월 9일 기사에는 "각로(閣老) 장위(張位)·조지고(趙志皐)가 '조선은 2백 년 동안 사대(事大)를 흠이 없게 하였으니 이번에도 구원하지 않을 수 없다.'고 하였습니다.

때문에 이곳에 와 있었다. 이 사람은 각로가 매우 공경하여 사랑하였고 경룡과도 서로 친애親愛하는 사람이었다. 막 각로를 모시고 앉았다가 황급히 일어나 뜰로 내려와 경룡을 부축하면서 각로에게 울며 말했다.

"이 아이는 나이가 어려 여색에 미혹되어 스스로 속히 돌아오지 못하였지만, 왜 어버이를 사랑하는 마음이 없겠습니까? 오늘 돌아온 것을 보면 그 진실한 마음을 알 수 있습니다. 하물며 그 재물을 이제 모두 싣고 돌아왔으니 주색으로 몸을 망치지 않은 것도 분명합니다."

각로가 곧 매질을 그만두게 하고 뜰에서 재보財寶를 헤아려 맞추어 보니 그 액수가 모자라지 않고 남음이 있었다. 각로가 속으로 괴이하게 여겼다.

경룡이 안으로 들어가 어머니에게 절을 하자, 어머니는 경룡의 등을 쓰다듬으며 울면서 그 연유를 물었다. 경룡이 사실대로 옥단과의 일을 모두 말하니 어머니가 탄식하였다.

"그 옥단이란 아이가 양가집에서 길러지지 않은 것이 한스럽구나. 비록 며느리로 삼고 싶지만 그것이 될 일이겠니?"

여러 달이 지나자, 각로는 경룡을 책망하였다.

"너는 여러 해 동안 창피스럽게 예업藝業81)을 폐하였으니 공명功名을 다시 바랄 수는 없게 되었다. 너는 어떠한 일을 하기를 원하느냐. 앞으로 농사를 지을 것이냐? 장사를 하려느냐?"

경룡이 오히려 글 읽기를 원하니, 각로는 곧 곁의 책을 뽑아서 가르칠 수 있는가를 시험했다.

그렇기 때문에 이번에 재차 구원하러 나온 것입니다."라는 기록이 보인다.

81) 예업: 육예(六藝)를 닦는 것을 말한다. 육예는 예(禮, 생활 의례)·악(樂, 음악)·사(射, 활쏘기)·어(御, 수레 몰기)·서(書, 글쓰기)·수(數, 셈하기)이다.

경룡이 서주에 5~6년 동안 있으면서 옥단과 함께 오로지 시문을 짓거나 서화를 그리는 일을 일삼았기 때문에 시험받는 글 뜻을 닿는 대로 완전히 풀이했다. 각로는 평일에 익힌 게 아닌가 의심하여 여러 책을 돌려가며 뽑아 시험하였으나 시험하거나 강講82)을 하는 대로 꿰뚫어 통하지 못함이 없었다.

각로는 비록 인정하지는 않았으나 속으로 기뻐하며 기이하게 여기고 또 시나 글 짓는 것을 시험해보려 했다. 막 문제를 내려 하는데, 때마침 기러기가 처음으로 왔기에, 곧 이것을 제목으로 시를 짓도록 했다.

경룡은 즉시 시를 지었다.

어젯밤 서풍 불어 기러기 떼를 움직였는지,
허공에 일천점이 흩어져 어지러이 나는구나.
달빛 그림자 삼경에 청총靑冢83)을 지나가고,
소리는 만 리 밖 창오산蒼梧山84)에 떨어지네.
바둑 끝난 영릉零陵85)엔 백발노인 슬피 울고,
등불 가물거리는 장신궁엔 홍군紅裙 흐느끼네.86)
아득히 남쪽으로 급한 편지 누가 부쳤는지,
어서 솜옷 빨리지어 북군北軍으로 보내라네.

---

82) 강: 예전에, 서당이나 글방 같은 데서 배운 글을 선생이나 시관(試官) 또는 웃어른 앞에서 외던 일을 말한다.
83) 청총: 푸른 무덤. 왕소군(王昭君)의 무덤이다. 이 무덤은 내몽고(內蒙古)에 있는데 그 지역의 풀은 모두 흰 색이나 왕소군의 무덤만은 청초(靑草)하다 한다.
84) 창오산: 순(舜) 임금이 남순(南巡)하다가 죽었다는 산이다.
85) 영릉: 중국 후난성[湖南省] 남부에 위치한 영주시(永州市)의 옛 이름이다.
86) 장신궁엔 홍군(紅裙)이 흐느끼네: 장신궁(長信宮)은 장락궁(長樂宮)으로 한(漢)의 궁전. 홍군은 반첩여이다. 〈운영전〉의 주 122) 참조.

각로가 읽어보고 매우 기뻐하면서 말했다.

"네가 지은 이 시가 돌아오기를 잊은 잘못을 갚을 만 하구나."

들어가서 부인에게 말했다.

"부인의 아들이 오랫동안 돌아오지 않은 것은 반드시 중도에서 글을 읽는 데 빠졌기 때문이지 여색을 좋아했기 때문은 아니었구려."

마침내 서루書樓를 지어 그곳에 머물게 했다.

경룡은 서루에 머물면서 옥단이 경계한 바를 길이 마음에 두고 글읽기를 업으로 삼아 낮과 밤을 가리지 않았다.

우연히 하루는, 마을 사람이 나그네가 전하는 옥단의 비단 편지를 받아 전해주었다.

경룡이 편지를 보니 편지는 이렇다.

서주의 옥단은 소흥부의 왕 수재王秀才[87] 경룡에게 편지 올립니다.

저는 낭군을 보낸 후에 항상 북루에서 살았는데, 주모가 구박하여 내쫓을 줄을 어떻게 생각이나 했겠습니까? 우연히 이웃 할미를 따라 한 달여를 머물다가 다시 할미의 말만 믿고 남쪽으로 길을 떠나서는 뜻지 않게 중도에서 남의 협박을 받았습니다. 이 역시 제가 스스로 일찍 자결을 하지 못하고 다만 옛 약속을 지키려다 잘못 생각하여 두 할미의 간사한 꾀에 빠진 때문입니다. 어떻게 미천한 몸이 모름지기 개천과 수렁에 버려지는 것을 아끼겠습니까마는, 다만 이별할 때 조심하라던 말씀이 귀에 쟁쟁할 뿐입니다. 만약 좁게 생각하여 신의를 지키다가 전날의 맹세를 다시 한할 것 같아, 이제 그 집으로 임시 가서 기미를 살펴보겠습니다. 형편이 만약 속일 수 있다면 헛되이 죽지는 않을 것이지만, 몸을 더럽히려는 지

---

87) 수재: 예전에, 미혼 남자를 높여 이르던 말이다.

경에 이르게 되면 어떻게 구차히 살기를 바라겠습니까.

시 한 수를 지어 작은 정성을 부쳐 봅니다.

시는 이렇다.

헤어진 난새 천 리 남쪽을 향하여 나는데,

구름 밖에 올가미 놓았을 줄 어이 알리요.

살아 조롱 속에 든 건 도리어 뜻이 있으니,

새 깃촉 다는 날엔 얽은 것 떨고 돌아가리.[88]

아무 달 아무 날, 옥단 재배.

경룡이 그 편지를 보고 옥단은 다른 사람이 차지했음을 알고 이미 죽었을 것이라고 여겼다. 저도 모르게 길게 서럽게 울며 침식을 모두 폐한 것이 여러 날이었다.

이러하다 그 시에 화운和韻[89]하여 스스로 시름을 달랬다.

거울 속의 외로운 난새 그림자와 마주 날더니,

춤 끝에 피울음 울며 매운 올가미에 떨어졌네.

기이한 비단에 스스로 상사곡相思曲을 지었으니,

노래는 강남江南[90]인데 몸은 아직 오지 못했네.

---

88) 새 깃촉…돌아가리: '새 깃촉[新翮]을 단다.' 함은 『전등여화(剪燈餘話)』 〈연리수기 (連理樹記)〉의 구절을 인용한 것이다.

89) 화운: 남이 지은 시의 운자(韻字)를 써서 화답하는 시를 지음. 차운(次韻).

90) 강남: 중국 양자강(揚子江)의 남쪽 지역. 흔히, 남쪽의 먼 곳이라는 비유적 뜻으로 쓴다.

짝을 잃은 원앙새 한 마리가 높이 날아가더니,

북을 좇아 모함 엮어내는 베틀에 걸렸나보네.[91]

원한을 품고 죽어 서천의 넋이 되어 버렸으니,[92]

시든 꽃에 피를 뿌리며 죽어서도 못 돌아오네.[93]

이 이후로 한 해가 저물도록 소식은 영영 끊기어서 살았는지 죽었는지 알 수가 없었다.

마침 한 상인이 그 집에서 향과 수놓은 비단을 팔고 있었다.

집안사람들이 보았으나 그 귀함을 알지 못하고 다만 글자를 수놓았기 때문에 경룡에게 가지고 와서 보였다. 경룡이 그 시를 생각해보고 그 글씨를 자세히 본 다음 이것이 옥단이 지은 것이 아닌가 의심하여 직접 상인에게 물으니, 상인이 사실대로 "이러이러 하였습니다."라고 대답했다.

그런 연후에야 경룡은 정말 옥단이 부친 것이라는 것을 알고 두 배의 재물을 주고 샀다. 그리고 그 시에 차운次韻하여 다시 부쳐 주려 하였으나 상인이 돌아가지 않는다고 말하여 그럴 수가 없었다.

옥단이 수놓은 시는 다음과 같았다.

천척千尺의 구름 통발에 외로운 난새 얽혔으니,

---

91) 북을 좇아…걸렸나보네: 남을 모함하여 죄를 엮어내는 참소의 비유. 『시경(詩經)』 「소민(小旻)」 '항백(巷伯)'에 보인다. 첫 장은 아래와 같다.
　"조금 문채(紋彩)가 있는 것으로, 이 자개무늬 비단을 이루도다. 저 남을 참소하는 자여, 또한 너무 심하도다(萋兮斐兮, 成是貝錦. 彼譖人者, 亦已大甚)."
92) 원한을…되어 버렸으니: 서천(西川)은 촉(蜀) 땅을 가리키며, 서촉혼(西蜀魂)은 촉혼(蜀魂), 즉 두견(杜鵑)을 말한다.
93) 시든 꽃에…돌아오네: 시든 꽃은 두견화(杜鵑花). 즉 진달래이다.

한 번 세상에 떨어졌는데 해는 벌써 저무누나.
푸른 깃은 모름지기 선학과 짝을 해야만 하지,
금빛 깃털이 어떻게 들오리와 즐거워하겠는가?
비록 안개 낀 물가에서 아침엔 함께 놀다가도,
문득 바람 부는 가지에 가 밤이면 홀로 잔다네.
가만히 얽은 끈을 끊고 교핵矯翮[94)]을 다는 날엔,
응당 나쁜 새는 쇠 탄환에 맞고선 떨어지리라.

경룡이 화답한 시는 이렇다.

쇠울짱으로 새장 만들어 채란彩鸞을 가두니,[95)]
진대秦臺에 돌아가는 꿈 몇 번이나 깨었던고.[96)]
높은 가지 둥지 깃들이니 연리지連理枝[97)] 생각,
둥근 부채 그림 보니 합환하던 일이 떠오르네.
천리 밖 맑고 깨끗한 소리 구름너머 아득하고,
긴긴 가을 쓸쓸한 그림자 달빛 속에 외로워라.
변방의 기러기 어느 날에나 소식 전하려는지,
모산茅山[98)]의 환약 한 알만 부쳐 보내고자 하네.

---

94) 교핵: 강한 날개. 『전등여화(剪燈餘話)』〈연리수기(連理樹記)〉의 "강한 날개를 펴
   고 춤추듯 나란히 깃든다(矯翮翩躚擬並棲)."에서 나온 말이다.
95) 쇠울짱으로…채란을 가두니: 주 24) 참조.
96) 진대에…깨었던고: 주 65) 참조.
97) 연리지: 전국시대 한풍(韓馮) 부부의 무덤 위에 났다는 두 그루의 가래나무로, 두
   나무의 가지가 서로 맞닿아서 결이 서로 통한 것. 화목한 부부나 남녀 사이를 비유적
   으로 이르는 말이다.
98) 모산: 장쑤성[江蘇省]에 있는 산 이름. 한(漢)의 모영(茅盈)과 그 동생 충(衷)이 이
   곳에서 득도하고 신선이 되었다고 한다.

경룡은 이 수놓은 시를 보고 난 후, 옥단이 조가 상인의 집에 머물러 있음을 알게 되었다. 창모의 간사한 술책을 분히 여기고 옥단의 원통한 심정을 가련하게 여겨 더욱더 근심하고 대근하더니 마음의 병이 되었다. 혹 글을 읽을 때에도 옥단 모습이 불길처럼 여울져 그녀의 이름을 미친 듯이 불러댔다.

그러다가 스스로 후회하며 말했다.

"내가 만약 병이라도 나면 아마도 꼭 죽을 것이니, 어떻게 다시 옥단을 볼 수 있겠는가?"

드디어 칼을 움켜잡고 마음을 안정시키고는 단정히 앉아 억지로 글을 읽었다. 옥단이 눈앞에 어른거릴 것 같으면 곧 칼을 휘두르면서 꾸짖었다.

"당신이 과거에 급제하라는 경계로 나와 이별하고 또 다시 만나자는 맹세로써 나와 기약했잖소. 그런데 왜 오늘 이처럼 나를 흔드는 게요?"

여러 달이 지나 그 병이 곧 나았다.

경룡은 3년을 한무릎공부에 힘써 해원解元[99]에서 으뜸으로 뽑히고 또 회원會元[100]에서도 1등으로 합격하더니, 마침내 장원壯元 급제하여 한림 수찬翰林修撰[101]이 되었다.

이때에 조정에서는 서주에서 발생한 남편 살해 의혹 옥사獄事가 오래도록 판결되지 못하므로, 어사御使[102]를 파견하여 조사하기를

99) 해원: 향시(鄕試)에서 장원하는 것을 말한다.

100) 회원: 향시(鄕試)에 급제한 사람에게 보이는 과거로 회시(會試)라고도 한다.

101) 한림 수찬: 한림(翰林)은 임금의 말과 명령을 글로 짓는 일을 맡아 하던 벼슬. 수찬 (修撰)은 서책(書冊)을 편집하여 펴내는 벼슬아치이다.

102) 어사: 왕명으로 특별한 사명을 띠고 지방에 파견되던 임시 벼슬이다.

청했다.

임금이 윤허하자, 경룡이 그 소임을 맡기를 청하여 마침내 서주에 도착했다.

옥단은 어사가 바로 왕경룡이라는 소문을 듣고 난영을 시켜 경룡의 고향과 집안을 자세히 물어보고는 어사가 과연 경룡임을 알았다.

그런 뒤에 몰래 글을 써서 그 원통함을 진술하고 봉투에 경룡의 친구가 쓴 편지인 양 속여 작성하여 난영을 장사꾼 여자로 꾸며 경룡의 가정家丁[103]을 통해 전하게 했다.

경룡은 처음에 옥사를 살피려 공사供辭[104]를 열람하고는 죄인들을 불러 말했다.

"옥단은 납치되어 온 이후로 합환을 한 적은 없으나, 독을 넣었다는 말에 대해서는 스스로 혐의를 피할 수가 없다. 비록 명백한 증거는 없다 하나 반드시 사면하기 어렵다."

특별히 명하여 별옥別獄에서 엄하게 가두도록 하고 뜰 아래에 조상인의 아내와 무당 남편 등 여러 사람을 두고는 말했다.

"옥단은 마땅히 먼저 죽일 것이기에 물을 필요도 없다. 이 무리들도 형벌을 늦추어주었기 때문에 그 실정을 알아내지 못한 것이다. 오늘은 반드시 엄하게 국문鞫問하여 이 자들을 모두 죽이고 내일 바로 서울로 돌아가야겠다."

급히 공부公府[105]에 명하여 형벌을 가하거나 고문을 하는 데에 쓰는 여러 가지 기구를 성대히 갖추도록 하니, 지극히 엄하고도 숙연했

---

103) 가정: 집에서 부리던 남자 일꾼이다.
104) 공사: 공술서(供述書)로 죄인이나 피의자가 신문에 대해 진술한 말이나 또는 이를 기록한 글이다.
105) 공부: 관아(官衙)이다.

다. 그리고 여행하는 짐꾸러미들을 방에서 밖으로 옮겨 내와 뜰 가운데 갖다 놓도록 명하였다.

"먼 길을 가려면 의복과 여러 짐들이 비와 이슬에 많이 젖을 것이니, 해가 중천에 뜨기를 기다려 볕에 말리도록 해라."

이어서 뜰에 함께 있던 아전들을 밖으로 물리치고 문을 닫아, 다만 그 뜰에는 죄인들만 남겨 두었다.

어사가 방에 들어가 점심을 먹느라 오래도록 나오지 않자, 죄인들은 아래 뜰에 있으면서 사람이 없다는 것을 알고는 서로 의논하였다.

"옥단은 죄가 있건 없건 간에 죽이기로 이미 판결났소. 다만 우리들을 전보다 곱절이나 더 엄하게 국문한다 하니 어떻게 살아날 수 있겠소? 조 상인의 아내와 무당 남편의 모의를 정직하게 아뢰어 우리들이 풀려나는 것이 차라리 낫겠소."

조 상인의 아내와 무당 남편은 애걸을 하면서 말했다.

"우리가 만약 살아난다면, 꼭 후하게 보답을 할 것이요."

여러 사람들은 혹 승낙도 하고 혹은 거절도 했다.

한참이 지나, 어사가 자리에 나와서 국문鞫問을 명하며 말했다.

"너희들은 그 실정을 속이지 마라. 나는 이미 너희들이 으밀아밀 의논한 것을 알고 있다."

여러 사람이 서로 돌아보며 놀라 의아하게 여길 때, 어사가 하리에게 명을 내려 짐짝 중, 두 옷상자의 자물쇠를 열게 하니, 두 사람이 상자 속에서 일어나 앉았다. 그 한 사람은 본부本府의 주부主簿[106]였고 다른 한 사람은 어사 집안의 가정家丁이었다. 두 사람이 죄인들을 향하여 그들이 의논한 바를 모두 말하여, "이러이러한 말을 하였습니

---

106) 주부: 관아(官衙)의 벼슬아치이다.

다."라고 했다.

죄인들은 당황하고 두려워하며 말문이 막혀 각각 그 죄를 자복했다.

마침내 조 상인의 아내와 무당 남편을 베어 죽이고 옥단과 여러 사람을 풀어주면서 말했다.

"너희들은 죄가 없으니 석방하노라."

온 부府의 사람마다 모두 그 지혜에 존경하고 감복했다.

경룡은 옥사 처리를 마치고 서울로 돌아갈 때, 몰래 집안 일꾼을 시켜 말을 주고 옥단을 태워가게 했다.

마당 한 가운데에 잔치를 베풀고 술을 들면서 서로 위로하다가, 서로 이별하던 일을 이야기하자 슬픔과 기쁨을 견딜 수가 없었다.

경룡이 먼저 율시律詩107) 한 수를 지었다.

바닷물 돌리고 산 옮겼으니 모두 신령스럽고,108)

칼 되돌리고 거울 합치니 어떻게 인연 없겠나.109)

노림蘆林에서 쇠해진 몸 총마驄馬110)를 타고서,

---

107) 율시: 여덟 구로 되어 있는 한시체(漢詩體)이다.
108) 바닷물 돌리고…신령스럽고: 도저히 불가능한 일을 비유하는 말이다. 주 67) 참조.
109) 칼 되돌리고…인연 없겠나: 남녀가 헤어지더라도 끝내는 재결합될 것을 비유하는 의미. 『진서(晉書)』〈장화전(張華傳)〉에 나오는 전설. 오(吳)나라 때 북두성과 견우성 사이에 항상 보랏빛 기운이 감돌고 있었다. 이에 장화가 예장(豫章)의 유명한 점성가 인 뇌환(雷煥)이라는 자에게 물어보았더니 그는 보검(寶劍)의 빛이 하늘을 꿰뚫는 것 이라고 대답했다. 다시 보검의 장소를 물으니 뇌환은 예장의 풍성(豊城)에 있을 것이 라고 말했다. 이에 풍성령(豊城令)을 시켜 찾게 하니 과연 땅속에서 용천(龍泉)과 태 아(太阿)라는 보검이 들은 두 상자가 나왔다. 풍성령은 한 자루는 장화에게 바치고 한 자루는 자기가 차고 다녔다. 장화가 뇌환에게 "음양을 상징하여 만든 간장(干將)과 막야(莫耶)는 왜 오지 않느냐? 그러나 끝내는 꼭 합쳐질 것이다." 했다. 그 뒤 장화는 참형을 당하여 검의 소재를 잃었다. 뇌환도 죽고 아들 뇌화(雷華)가 칼을 가지고 연평 진(延平津)을 지날 때 허리에 찬 칼이 갑자기 뛰쳐나가 물에 빠졌다. 찾아보니 칼은 보이지 않고 두 마리 용이 얽혀 있었다. 뇌화가 감탄하여 "장공이 꼭 합쳐질 것이다.' 라고 한 말이 여기서 증명되었다." 했다.

초옥楚獄에서 남은 혼은 비단 자리에 올랐네.

황권黃券은 능히 백발白髮을 도망치게 하였고,

홍연紅鉛111)은 외려 꽃다운 청춘을 띠었구나.

상봉하니 바로 이날이 깊은 맹서 다지는 날,

술잔 잡으니 수건 적신 눈물을 어이 할거나.

옥단이 눈물을 닦고 붓을 적셔 즉시 그 율시에 화답하니 이렇다.

꽃다운 혼 원래가 매신梅神에 의탁 않았으니,

오랜 약속이 옛 인연의 결과인지 어이 알리.

지난 날 슬픈 외침은 목삭木索112)에 얽혔더니,

오늘 아침 맑은 잔치 구슬 자리에 취하였네.

누구 지혜로 형벽荊璧이 온전히 돌아왔는지,113)

장미화薔薇花가 늙어서야 봄을 차지하곤 웃네.

푸른 옷자락 끌며 물을 긷고 절구질도 하니,114)

금루곡金縷曲115)은 듣지 마오, 공연히 수건 젖느니.

---

110) 총마: 갈기와 꼬리가 파르스름한 흰말. 〈삼국지연의(三國志演義)〉에서 조운이 타고 싸웠다고도 전해지는 말로 유명하다.

111) 홍연: 대략 12세에서 15세 사이의 여성이 처음으로 시작하는 월경. 초조(初潮). 월경(月經). 여기서는 젊은 여인의 비유로 쓰였다.

112) 목삭: 죄인을 얽어 묶는 형구이다.

113) 누구 지혜로…돌아왔는지: 여인의 정조를 지킴을 일컫는 비유. 『사기(史記)』〈인상여 열전(藺相如列傳)〉에 나오는 고사를 인용했다. 형벽(荊璧)은 형(荊) 땅에서 화씨(和氏)가 캔 보옥(寶玉)인데, 전국시대 조(趙)나라의 인상여(藺相如)가 진(秦)나라에 가지고 갔다가 뺏기지 않고 온전히 되찾아 온 고사가 있다.

114) 푸른 옷자락…절구질도 하니: 우물에서 물을 긷고 절구로는 쌀을 빻으니, 살림살이에 애씀을 말한다.

115) 금루곡: 노래 곡조 이름. 청춘이 덧없이 흘러감을 애석히 여기는 내용으로 되어 있다.

경룡은 과거에 오른 후에 각로의 명에 쫓겨 합씨蓋氏의 딸을 아내로 삼았다. 그러나 옥단을 그리는 마음 때문에 한 번도 동침하지 않아 타인처럼 끊고 지내 왔었다.

이때에 이르러 그 아내를 보내고 옥단을 부인으로 삼으려 하자, 옥단이 옷깃을 여미고 일어나 절을 하며 말했다.

"창가娼家의 천한 신분으로 돈을 받고 낭군을 유혹했으니 몸은 비루해졌고 교묘한 말과 얼굴빛을 꾸며 사람을 속여 약속을 지켰으니 절개는 이미 끝났어요. 살아 돌아오려고 계략으로 사람을 죽였으니 선하다고 할 수 있겠습니까? 오래도록 죄인의 몸으로 있어 세상에서 더럽다고 여기니 길하다고 하겠습니까? 제가 차마 죽지 않고 오늘에 이른 까닭은 다만 군자를 다시 모시어서 남편으로 받들면서 평생의 약속을 이루고자 했을 뿐이에요. 이것이 천한 첩에게는 행운이요, 공자에게는 즐거움이에요. 어떻게 봉비葑菲116)의 미천한 몸으로 갑자기 빈번蘋蘩117) 받드는 데에 들 수 있겠어요?

하물며 부인을 보니 지조가 곧고 우아한 자태를 지녔기에 집안의 어머니로 썩 어렵무던합니다. 공자가 만약 다시 갈라서 내쫓으면 저집안의 부모는 반드시 그 지조를 빼앗으려 할 것이에요. 그러면 부인이 다른 사람을 섬기지 않으려고 할 것이니, 이는 마치 옥단이 조상인에게 아양을 떨지 않으려는 것과 같은 것이지요. 저를 견주어보니 정말 가엾고 불쌍합니다. 만약 부인과 헤어지면 저도 마땅히 물러날 겁니다."

경룡이 그 말에 감동하여 마침내 내쫓지 않았고 그 부인도 옥단의

---

116) 봉비: '순무'와 '무'. 못나고 천하다는 뜻으로 자신의 겸칭이다.
117) 빈번: '마름'이나 '다북쑥'. 천초(賤草)이긴 하나 제물로 쓰인다. 귀한 집에 며느리됨을 겸사하는 말이다.

은혜에 감격하여 자매처럼 대했다.

그러나 경룡은 그 부인을 멀리하고 옥단에게 방을 독차지하도록 하였다. 옥단은 이치로써 깨우쳐 멀리 내치지 못하게 하여, 마침내 아들 둘을 낳았고 옥단은 아들 셋을 낳았다.

경룡과 부인은 죽고 옥단은 아직 살아 있다.

옥단의 아들 두 명과 본처의 아들 한 명은 모두 문과에 합격하여 청현(淸顯)118)을 두루 거쳤다. 옥단의 한 아들은 이름이 아무개인데, 안찰사按察使119)가 되어 만력萬曆120) 1599년에 조선의 동방 왜란 정벌 전쟁 감독을 했다. 본처의 한 아들은 이름이 아무개인데, 하남도河南道121)의 포정사布政使122)가 되었고 옥단의 한 아들은 이름이 또 아무개인데, 국자 사업國子司業123)이 되었다.

아아! 경룡의 총명하고 지혜로움과 옥단의 수절, 헤어지고 만남의 기이한 이야기이다. 후일 이것을 보는 자들이 누군들 마음이 흔들리지 않겠는가.

대략 이와 같은데 지금 다 기록하지 못했다.

---

118) 청현: 청환(淸宦)과 현직(顯職)을 아울러 이르는 말. 청환은 학식과 문벌이 높은 사람에게 시키던 규장각, 홍문관 따위의 벼슬. 지위와 봉록은 높지 않으나 뒷날에 높이 될 자리였다. 현직(顯職)은 높고 중요한 직위이다.

119) 안찰사: 명나라는 행정 업무를 관할하던 지방 장관이다.

120) 만력: 명나라 신종(神宗, 1573~1619)의 치세 연호(治世年號)이다.

121) 하남도: 허난[河南]은 중국(中國) 화북지구(華北地區) 남부에 위치하는 지명(地名)으로, 북쪽은 허베이[河北], 북동쪽은 산둥[山東], 동쪽은 안후이[安徽], 남서쪽은 후베이[湖北], 서쪽은 산시[陝西], 북쪽은 산시[山西]의 각 성(省)과 접한다.

122) 포정사: 명나라 때 감사(監司)의 집무를 보던 지방 장관이다.

123) 국자 사업: 중국 수(隋)나라에서 창시 교육기관인 국자감(國子監)에서 유학의 강의를 맡아보던 벼슬이다.

최척전

崔陟傳

봉도 가는 길 안개놀이 가득하여 찾을 수 없네

(蓬島烟霞路不迷)

1621년 조위한(趙緯韓)이 임란을 소재로 하여 창작한 한문애정전기 소설로 〈기우록(奇遇錄)〉이라고도 한다.

임진왜란(壬辰倭亂)과 정유재란(丁酉再亂), 그리고 호족(胡族)의 명(明)나라 침입이라는 사실(史實)이 배경이다.

전쟁으로 남원에 피난을 온 옥영이 가난하지만 성실한 최척에게 구혼(求婚) 편지(便紙)를 보낸다. 최척 집이 가난하다는 이유로 반대하지만 옥영은 죽음을 무릅쓰고 혼인을 감행한다. 그 후 이들 부부는 28년간 두 아들을 낳고 두 번의 헤어짐과 만남을 겪는 우여곡절 끝에 행복하게 살았다.

두 부부의 삶속에 전쟁, 죽음, 피난, 따위가 깊숙이 들어 있다. 이 소설에는 16세기 말에서 17세기 전반의 현실이 밀도 있게 그려져 있다. 인정물태론(人情物態論). 사람 살아가는 이야기의 천착이다. 그러나 같은 전란을 다룬 전기소설들과 분명히 다른 점이 있다. 그것은 문학적 상상력(想像力)으로 다듬어진 시간과 인물이 있기 때문이다. 옥영과 최척이 살았던 시간은 전쟁이 지배하였다. 시간은 경험(經驗)과 함께 흐른다. 그들이 산 세월은 전쟁의 경험이 온 몸을 적실 때다. 옥영의 "봉도 가는 길 안개놀이 가득하여 찾을 수 없네(蓬島烟霞路不

迷)."라는 시구처럼 행복은 요원(遙遠)한 일이다. 그러나 옥영은 이 시간으로부터 끊임없이 벗어나 봉도라는 행복을 찾으려 한다.

거개의 애정전기소설이 그의 역사(history)라면 〈최척전〉은 그녀의 역사(hertory)이다. 애정전기소설에서 여성은 몸이 표지(標識)였다. 그런데 〈최척전〉에서는 이러한 것이 싹 사라졌다. 소설을 거듭 읽으며 다가오는 것은 한 집안의 고단한 삶과 옥영이란 여인의 능동성이다. 확실한 신념, 흔들림 없는 의지는 어느새 옥영이라는 평범한 여인이 우리들의 영웅으로 다가온다. 당시를 살던 여인들의 존재증명(存在證明)인지도 모른다. 중세 조선의 새로운 여인상의 출현이다. 남편 최척과의 만남을 주도한 것도 옥영이다. 중국 땅에서 아들과 며느리를 돛단배에 태우고 머나먼 고국을 향해 항해(航海)를 감행할 정도로 배짱도 두둑하다.

소설을 읽으면서 문학적 카타르시스(catharsis)를 느꼈다면 그것은 바로 이러한 옥영의 행동을 통해서다. 순종(順從)과 조순(調馴)함이 미덕인 중세였기에 더욱 그렇다. 따라서 뚱딴지같이 나타나는 신의 계시와 우연도 눈에 걸리지 않는다. 〈최척전〉에 보이는 우연이란 파편화된 옥영 가족의 서사적(敍事的) 대응일 뿐이다.

사람 사는 이야기가 치밀하게 계산된 허구의 세계로 잘 다듬어진 작품이다.

최척전

    최척崔陟의 자字는 백승伯昇이며, 남원南原[1] 사람이다. 어려서 어머니를 여의고 외롭게 아버지 숙淑과 함께 부府 서쪽 문 밖에 있는 만복사萬福寺[2]의 동쪽에서 살았다. 최척은 어려서부터 뜻이 크고 기개가 있어 친구와 어울려 놀기를 좋아하고 사소한 예절에는 구애받지 않았다.

    그의 아버지가 미리 조심하라고 타일렀다.

---

1) 남원: 전라북도의 동남단에 위치한 고도(古都). 1895년 남원부가 되어 관찰사(觀察使)를 두었다가 이듬해 부가 폐지되어 남원군이 되었다. 이후 인접한 장수·구례·순창·임실 등의 군과 서로 분할·편입을 거듭하고 1981년 7월 남원읍이 시로 승격, 남원군에서 분리되었다. 광한루(廣寒樓), 오작교(烏鵲橋) 등의 명승고적으로 유명하다.
2) 만복사: 전라북도 남원시 왕정동 기린산에 있는 사찰. 일설에는 신라 말 도선국사가 지었다는 설이 있으나, 기록에 의하면 고려 문종 때 세운 것으로 되어 있다. 남원의 8경 중 하나이다. 시주를 마치고 저녁나절에 만복사로 돌아오는 승려들의 행렬이 실로 장관을 이뤄, '만복사 귀승(歸僧)'을 아름다운 경치로 꼽았다 하니 그 크기를 짐작할 수 있다. 만복사는 정유재란 남원성 싸움 시 소실된 후, 1679년(숙종 4) 남원부사가 복원을 꾀하였으나 뜻을 이루지 못하였다. 김시습(金時習, 1435~1493)의 〈만복사저포기(萬福寺樗蒲記)〉란 한문소설의 배경이기도 하다.

"네가 배우지 않으면 반드시 무뢰한無賴漢이 될 것이다. 너는 어떤 사람이 되려 하느냐? 더욱이 지금 나라에 전쟁이 일어나 주州와 현縣마다 무사武士를 징집하고 있는데, 너는 활쏘기와 사냥을 일로 삼아 늙은 아비에게 근심만 끼치는구나. 머리를 숙이고 글을 하여 거자擧子3)의 업業을 따른다면, 비록 과거에 급제하여 벼슬길에 오르지는 못할지라도 등에 화살을 지고 종군하는 일은 면할 수 있을 것이다. 성남城南에 사는 정 상사鄭上舍4)는 나와 어릴 때부터 친구란다. 그는 힘써 배워서 학문이 뛰어나 처음 배우는 사람을 잘 깨우쳐 인도하니, 너는 가서 스승으로 섬기도록 해라."

최척이 그날로 즉시 책을 옆구리에 끼고 가 문하에서 배우기를 청하니 거절하지 못했다. 두루 학업을 닦은 지 여러 달 만에 시문의 문채나 말의 꾸밈이 날로 발전하여 물이 불어 강을 넘치는 듯하니, 마을 사람들은 모두 그의 총명하고 민첩함에 감복感服했다.

최척이 공부를 할 때마다 번번이 아환丫鬟5)이 보이곤 하였는데, 나이는 17~18세 정도였다. 눈썹은 그린 듯하고 머릿결은 칠흑 같은데 창가의 벽에 은밀하게 숨어서 몰래 엿듣곤 했다.

하루는 정 상사가 식사를 하기 위해 나오시지 않아 최척이 홀로 앉아서 글을 암송하고 있었다. 갑자기 창틈으로 조그만 종이쪽지 하나가 들어와 주어서 읽어보니, 곧 '표유매摽有梅'6)의 마지막 장이 쓰여

---

3) 거자: 과거를 보는 선비. 거인(擧人)이라고도 한다.
4) 상사: 소과(小科) 종장에 합격한 사람. 생원(生員), 진사(進士)라고도 한다.
5) 아환: 주인 가까이서 잔심부름을 하는, 머리를 얹은 여자 종이다.
6) 표유매: 『시경(詩經)』「소남(召南)」 '표유매(摽有梅)'에 있는 시. 혼인 적령기의 아가씨가 혼기를 놓칠까 아쉬워하는 노래이다. 이 시에서 매화는 아름다운 여인으로 비유되고 있다. '표유매' 마지막 장은 다음과 같다.
  "떨어지는 매실, 광주리에 주워 담네. 나를 찾는 낭군이여, 지금 말만 하세요(摽有梅, 頃筐墍之. 求我庶士, 迨其謂之)."

있었다. 최척은 정 신이 들뜨고 마음이 솟구쳐 가라앉힐 수가 없었다. 그래서 어두운 밤을 틈타 당돌하게 훔치려고 마음을 먹었으나, 곧 김태현金台鉉의 일[7]을 생각하면서 후회했다. 스스로 경계하였지만 곰곰이 생각하고 있자니, 흥분 하는 마음이 서로 치고 받았다.

잠시 후에 상사가 나오는 것을 보고 급히 그 시를 소매 속에 감추었다.

최척이 공부를 마치고 돌아오는데, 청의青衣[8]가 문 밖에 서 있다가 최척의 뒤를 따라오며 말했다.

"저 드릴 말씀이 있어요."

최척은 이미 쪽지에 적힌 시를 보고 지은 사람의 마음을 읽고는 정신이 여울지고 있던 차였다. 곧 청의의 말을 듣고는 자못 이상하다는 생각이 들었다. 그래서 고개를 끄덕이고는 오라하여 집으로 데리고 가 자세하게 물으니, 대답했다.

---

7) 김태현의 일: 김태현(金台鉉, 1261~1330)이 아닌가 한다. 그는 고려 후기의 문신. 본관은 광주(光州). 자는 불기(不器). 10세 때에 아버지 수가 삼별초난의 토벌에 나섰다가 전사하였다. 고아가 되었으나, 학문에 힘써 1275년(충렬왕 1) 국자감시에 장원급제하고 이듬해 문과에 급제하여 여러 관직을 두루 거치다 참의정승(參議政丞)으로 벼슬에서 물러났다.

그는 성품이 강직하고 언동이 예에 어긋나지 않았으며, 사람을 접대할 때에는 온화하였고 어머니를 모심에는 효를 극진히 하였다 한다. 일찍이 우리나라 사람들의 시문을 모아 『동국문감(東國文鑑)』을 편찬하였다. 시호는 문정(文正)이다.

이덕무(李德懋, 1741~1793)의 『청장관전서(靑莊館全書)』 34권, 「청비록(淸脾錄)」 3권에는 김태현의 고사가 다음과 같이 기록되어 있다.

"젊었을 때에 선진(先進)의 문하(門下)에서 수업(受業)하였는데, 그때 선진에게 새로 과부(寡婦)가 된 딸이 있었다. 그녀가 김태현의 풍채와 품위가 단아(端雅)하고 눈썹과 눈이 그림처럼 아름다움을 보고 마음이 끌려 창문으로 시를 들여보냈는데, 그 시에, '말 타고 온 백면서생은 누구이던가, 석 달이 되도록 이름조차 몰랐었네. 지금에야 비로소 김태현임을 알았는데, 가는 눈 긴 눈썹이 나도 몰래 맘에 들어(馬上誰家白面生, 週來三月不知明. 如今始識金台鉉, 細眼長眉暗入情).'라 하였다. 공은 그런 일이 있은 후 다시는 그 집에 가지 않았다."

8) 청의: 천한 사람을 이르는 말. 예전에 천한 사람이 푸른 옷을 입었던 데서 유래한다. 여기서는 '계집종'이다.

"저는 이낭자李娘子의 계집종인 춘생春生이라 합니다. 낭자가 저에게 낭군의 화답시和答詩를 청해 오라고 하였어요."

최척이 의아해서 말했다.

"너는 정 상사 집의 아이가 아니냐? 어째서 '이낭자'라고 하는 거지?"

춘생이 말했다.

"우리 주인댁은 본래 경성京城9) 숭례문崇禮門10) 밖 청파리青坡里11)에 있었답니다. 주인어른은 이경신李景新이신데 일찍 돌아가시어 과부인 심씨沈氏가 딸과 외롭게 살고 있어요. 그 처녀의 이름은 옥영玉英인데, 시를 던지신 분이 바로 이 아가씨지요. 지난 해 피난을 나와 강화도江華島에서 배를 타고 밤중에 나주羅州 땅 회진會津12)에 와서 머물러 있다가, 가을에 또 다시 회진에서 이곳으로 오게 되었답니다.

이 집의 주인은 우리 마님과 친척이라서 매우 잘 대해주시지요. 낭자를 위해 혼처婚處를 구하려고 하는데, 아직 좋은 사윗감을 얻지 못하였지요."

최척이 말했다.

"너의 아가씨는 과부의 딸로서 어떻게 문자文字를 알게 되었지? 하늘로부터 타고난 재주가 아니고서야 어떻게 이럴 수 있지?"

춘생이 대답했다.

---

9) 경성: 지금의 서울이다.

10) 숭례문: 남대문(南大門)이라고 불리며 국보 1호. 서울성의 남문(南門)으로 1396년 10월 6일에 상량(上樑)하여 1398년 2월에 준공하였다.

11) 청파리: 한성부(漢城府) 서부(西部) 용산방(龍山坊) 청파1계(青坡1界). 『동국여지승람(東國與地勝覽)』에 보면 "숭례문 밖 3리 되는 곳에 있다(青波驛在崇禮門, 外三里)."고 하였다. 현재 서울시 용산구 청파1가 언저리이다.

12) 회진: 전라남도 나주시 문평면 지역 일대. 백제 때 두힐현(豆肹縣)으로 불렸으며, 757년(신라 경덕왕 16), 회진으로 개칭하여, 금산(지금의 나주)에 귀속시켰다.

"아가씨에게 득영得英이라는 언니가 있었어요. 아주 문장에 능했는데 열아홉 살에 시집도 못 가고 요절夭折하였지요. 아가씨는 일찍이 언니 곁에서 입과 귀로 글을 주워들었기 때문에 거칠게나마 이름을 쓸 수 있게 된 것뿐이에요."

최척은 춘생에게 술과 음식을 대접하고 곧이어 공경하는 말을 비유譬喩하여 답서答書를 썼으니 이렇다.

아침에 받은 옥음玉音[13]은 실로 제 마음을 사로잡았고 곧이어 청조青鳥[14]를 만나게 되니 제 기쁨을 이기기 어렵습니다. 늘 창 속의 그림자에만 의지하고 그림 속의 참모습으로 바꾸기는 어려웠지요. 금심琴心[15]으로 북돋우고 상자 속의 향기로 훔칠 수 있다는 것을 모르는 것은 아닙니다. 그러나 봉산蓬山[16]은 몇 겹이며, 약수弱水[17]는 몇 리나 되는지 모두 잴 수는 없는 것이지요. 궁리하여 일을 마련해 나가고 서로 견주어 살펴보는 사이에 얼굴은 누렇게 뜨고 목덜미는 말라 버렸습니다.

그런데 뜻밖에도 오늘 양대陽臺의 비[18]가 홀연히 꿈속에 들어오고 서왕모西王母의 편지가 문득 전해져, 갑자기 진진秦晉[19]의 즐거움을 이루고 월

---

13) 옥음: 남의 편지나 말을 높여 이르는 말이다.
14) 청조: 편지를 전해준 춘생. 청조는 편지를 뜻한다.
15) 금심: 거문고 소리에 부치는 탄주자(彈奏者)의 마음. 마음을 거문고 소리에 부쳐 여자의 마음을 유인(誘引)함을 말한다.
16) 봉산: 봉래산(蓬萊山)이다.
17) 약수: 옛날 중국에 신선이 살던 고장에 있었다는 물 이름. 길이가 삼천리가 되며 부력(浮力)이 약해서 기러기 털도 가라앉는다고 한다. 이별하고 있는 두 사람 사이에 가로 막고 있는 장애물로 많이 등장한다.
18) 양대의 비: 무산(巫山)의 신녀(神女)를 지칭한다.
19) 진진: 우의가 두터운 관계를 비유적으로 이르던 말. 중국 춘추시대의 진(秦)나라와 진(晉)나라 두 나라가 대대로 혼인을 하였다는 사실에 연유한다. '진진의 인연을[의를] 맺다'는 '혼인을 맺다'이다.

노월老[20]의 끈을 맺게 되었으니 제 삼생三生[21]의 소원이 거의 다 이루어졌습니다. 동혈지맹同穴之盟[22]을 번복하지 마십시오. 글로 말을 다 표현하지 못하였으니, 말인들 어떻게 마음을 다 표현할 수 있겠습니까.

옥영은 편지를 받고 매우 기뻤다.
다음 날 또 답장을 춘생에게 주었는데, 그 글은 이렇다.

저는 깊은 규방閨房에서 생장하였기에, 거칠게나마 맑고 깨끗한 행실을 알고 있으나 불행하게도 아버지를 일찍 여의었습니다. 난리를 당하여 혼자서 홀어머니를 봉양하였습니다만, 끝내 형제도 없이 이리저리 떠돌다 남쪽 땅까지 이르러 임시로 친척집에 잠시 머물게 되었습니다. 나이는 이미 시집 갈 때가 되었으나 아직 한 지아비의 아내가 되지 못한 것이 늘 한이었지요.

하루아침에 전쟁 속에 던져졌으니 도적이 횡행하여 주옥珠玉 같은 마음이 매우 깨뜨려지기 쉽고 강포强暴한 무리에게 더럽혀지지 않기가 어려운 일입니다. 이 때문에 늙으신 어머니께서는 근심 하시고 저만 생각하십니다. 그러나 오히려 제가 한하는 것은 사라絲蘿는 반드시 교목喬木에 의탁하듯이,[23] 여자의 백년고락百年苦樂은 실로 남자에게 달려 있다[24]는 것이지

---

20) 월노: 남녀의 연분을 맺어주는 노인이다.
21) 삼생: 불교에서 전생(前生)·현생(現生)·후생(後生)이다.
22) 동혈지맹: 부부가 죽어 한 무덤에 묻히자는 굳은 약속. '동혈'은 같은 구멍. 또는 같은 구덩이를 말한다.
23) 사라는…의탁하듯이: 사라(絲蘿)는 토사(免絲)와 송라(松蘿)라는 뜻으로 '혼인'을 비유하여 이르는 말. 교목(喬木)은 줄기가 곧고 굵으며, 높이 자라는 나무. 소나무·향나무·큰키나무 따위로, 여기서는 여자가 훌륭한 남자에게 의탁한다는 뜻이다.
24) 여자의…달려 있다: 당(唐)나라 때 시인인 백거이(白居易)의 〈태행로(太行路)〉에 "사람은 여자로 태어나지 말아야 하니, 한평생의 고락이 타인에게 달려 있으니까요 (人生莫作婦人身, 百年苦樂由他人)."라는 구절이 있다.

요. 진실로 그러한 사람이 아니라면 어떻게 제가 바라서 끝내 몸을 맡기겠습니까?

가까운 곳에서 낭군을 뵈오니, 말씀이 온화하고 행동하시는 것이 한가로우면서도 단아하며, 성실하고 진솔한 빛이 있으며, 얼굴에는 호탕함이 넘쳐흘렀습니다. 만약 제가 어진 남편을 구하려 한다면 낭군을 버리고서 어떤 사람의 아내가 되겠습니까? 차라리 부자夫子[25)의 첩妾이 되는 것이 낫다고 생각합니다. 그러나 운수가 박하고 기구嶇崎하기에 마땅한 신랑감에게 시집을 가지 못할까 두렵기만 합니다.

어제 제가 시를 던진 것은 음란함을 가르쳐 인도하려는 것만은 아니었습니다. 단지 낭군께서 세상을 굽어보고 우러러봄을 알고 싶어서가 아니겠는지요. 제가 비록 용모는 없으나 원래 사족士族으로서 애초에 저자에서 노니는 무리가 아닌데, 어떻게 담벼락에 구멍을 뚫고 몰래 만나려는 방법을 쓸 수 있겠습니까? 반드시 부모님께 알리어 마침내 혼례의 예禮에 따라 이루어진다면, 정절을 믿고 행동이나 말을 스스로 조심하고 지키어 거안지경擧案之敬[26)을 다하겠습니다. 비록 먼저 시를 던져 스스로 중매하는 추태를 범했고 은밀히 편지를 주고받았으니 우선 그윽한 정조貞操를 잃어버렸습니다. 이제 간담상조肝膽相照[27)하듯 서로의 마음을 잘 알게 되었으니, 다시 함부로 서찰書札을 보내지 않겠습니다. 이후로 당신께서 파를 두어

---

25) 부자: 스승처럼 남의 존경을 받을 만한 사람을 일컫는 말이다.

26) 거안지경: 부부의 도리를 다하여 남편을 지극히 공경한다는 뜻이다.

27) 간담상조: 서로가 마음속을 툭 털어놓고 숨김없이 친하게 사귄다는 뜻. 간담(肝膽)은 간과 담낭(膽囊)으로, 마음속 깊숙한 곳을 가리킨다. 『고사경림(故事瓊林)』에 보면 "간담을 상조(相照)하니, 이런 것을 복심지우(腹心之友)라고 한다. 의기(意氣)가 서로 불평(不平)을 하니 이것을 구두지교(口頭之交)라 한다."고 하였다. 당대(唐代) 유종원(柳宗元)과 한유(韓愈)의 친한 사이에서 비롯되었다. 한유(韓愈)의 〈유자후묘지명(柳子厚墓誌銘)〉에는 "서로 간과 쓸개를 꺼내 보이며 해를 가리켜 눈물짓고 살든 죽든 서로 배신하지 말자고 맹세한다(以相取下, 握手出肝肺相示, 指天日涕泣, 誓生死不相背負)."라는 구절이 보인다.

서로 소통해서 제가 처음에 행로行露28)했다는 비난을 받지 않도록 해주신다면 천만다행입니다.

최척이 편지를 읽고는 너무 기뻐하면서 아버지에게 "말씀을 여쭙겠습니다." 하고 말했다.

"들어보니, 과부 심씨가 서울에서 내려와 정가鄭家의 집에 산다고 합니다. 딸이 한 명 있는데, 나이가 스무 살 안팎이랍니다. 대인大人29)께서 진심으로 못난 저를 위하여 상사上舍에게 구혼해보세요. 반드시 그러하지 않으시면 발 빠른 자가 먼저 얻을 것입니다."

아버지가 말했다.

"저 사람들은 화족華族30)으로 천리 타향으로 떠돌아 몸을 의탁하고 있기에, 반드시 부유한 자를 구하려는 뜻이 있을 것이다. 우리 집은 본디 가난하니 저들이 들어주지 않을 것 같구나."

최척이 거듭거듭 말했다.

"먼저 가셔서 말씀해보세요. 성사 여부야 하늘에 달려 있잖아요."

다음 날 아버지가 가서 물어보니 정상서가 말했다.

"나에게 표매表妹31)가 있는데, 서울에서 피난을 와서 궁박하게 내 집에 머물고 있지요. 그녀의 딸이 자색과 행실이 뛰어나기에 내가 혼처를 구하여 문미門楣32)를 이루게 하려고 하오. 당신의 아들이 재주

---

28) 행로: 남녀가 사사로이 밀회를 즐긴다는 뜻이다.
29) 대인: 문어체에서, '아버지'를 높여 이르는 말이다.
30) 화족: 공경(公卿)이나 나라에 공훈이 있는 사람의 집이다.
31) 표매: 부모의 자매 및 모친의 형제 등과 친척관계인 종매(從妹)이다.
32) 문미: 기둥과 기둥 사이, 또는 문이나 창의 아래나 위로 가로지르는 나무. 문짝의 아래위 틀과 나란하게 놓는다. 여기서는 가정을 꾸며주는 정도의 뜻으로 쓰였다. 액방(額枋). 인방(引枋). 도리.

가 뛰어난 것을 알고 있어 동상東床의 바람33)을 저버릴 수는 없으나, 근심이 되는 것은 가난일 뿐이오. 내 마땅히 누이와 상의해보고 다음에 다시 알려드리지요."

최숙崔淑이 집에 돌아와 아들에게 말했다.

최척은 여러 날을 대근하며 기별이 오기를 고대했다.

상사가 들어가서 심씨에게 말하니, 심씨 역시 어려워하며 말했다.

"저는 온 집안이 고향을 떠나 정처 없이 떠돌아다녀, 외롭고 위태로워 의탁할 곳이 없어요. 하나 있는 딸만은 가련하기에 부유한 집에 시집을 보내고 싶습니다. 가난한 자는 비록 어질다 하더라도 원하지 않아요."

이날 밤, 옥영이 어머니에게 가서 궁싯거리면서 말을 하지 못하고 입만 달싹거리니, 어머니가 말했다.

"네가 품고 있는 생각이 있으면 나에게 숨기지 마라."

옥영이 얼굴을 붉히고 눈치를 보며 주저하다가 억지로 말했다.

"어머니께서 저를 위해 사위를 고르시는데 반드시 부유한 사람을 구하려고 하시니, 그 마음에 감격하였습니다. 다만 집안이 부유하면서 사윗감마저 어질다면 다행이지만, 혹 집안은 비록 밥술이나 먹을 만 하지만 사윗감이 너무나 어질지 못하다면, 그 가업家業은 보존하기 어려울 것이에요. 사람이 어질지 못한데 제가 그를 남편으로 섬긴다면, 비록 양식이 있다고 한들 그가 우리를 먹여 살릴 수 있겠어요?

제가 최생崔生을 은밀하게 엿보았는데, 날마다 아저씨께 와서 배우는 것이 충직, 순후淳厚하고 튼실합니다. 결코 그는 경박하거나 방탕한 사람이 아니에요. 이 사람을 배필로 삼는다면 죽어도 한이 없겠어

---

33) 동상: 사위가 되려는 바람. 동상(東床)은 남의 새 사위를 높여 이르는 말이다.

요. 하물며 가난하다는 것은 선비의 떳떳함이니 도의에 어긋나는 부를 저는 정말 원하지 않아요. 최생으로 결정하시어 시집보내 주세요. 이것은 처녀로서 마땅히 제가 말할 일은 아니지만, 관련되기에 매우 중요합니다. 어떻게 처자處子의 부끄러움 때문에 꺼려하여 말을 하지 않고 침묵하고 있다가, 마침내 용렬한 사내에게 시집가서 일생을 그르쳐 버릴 수 있겠어요?

깨어진 시루는 다시 완전하게 되기 어려우며, 물을 들인 실은 다시 희게 할 수 없잖아요. 훌쩍이면서 운들 서제막급噬臍莫及34)일 것이에요. 하물며 지금 제 몸은 다른 사람들과 달라 집에는 아버지께서 계시지 않고 왜적은 가까운 곳에 있어요. 진실로 충성과 신의를 지닌 사람이 아니라면, 어떻게 우리 두 모녀의 몸을 의지할 수 있겠어요? 차라리 안씨安氏35)가 혼인을 청한 것을 좇고 서매徐媒36)가 낭군을 스스로 선택한 것을 꺼리지 말아야 합니다. 그런데 어떻게 여자의 속마음을 숨긴 채 단지 남이 중매 서주기만 바라며 서로 잊어야만 하는 곳에 그냥 내버려 두어야 하겠어요?"

옥영의 어머니는 어쩔 수 없이 다음 날 정공에게 말했다.

"제가 밤에 다시 생각해보았답니다. 최랑은 비록 가난하지만 그 사람 됨됨이를 보니 본래 품행이 단정한 선비더군요. 가난하고 부자인 것은 하늘에 달려 있기 때문에 사람의 힘으로 이루기 어렵지요. 그래서 어떠한 사람인지 알지 못하는 자를 사위로 삼는 것보다는 차라리 이 사람을 사위로 삼으려 합니다."

---

34) 서제막급: 배꼽을 물어뜯으려 해도 입이 닿지 않는다는 뜻. 후회하여도 이미 소용없다는 비유이다.
35) 안씨: 누구인지 알 수 없다.
36) 서매: 누구인지 알 수 없다.

정공이 말했다.

"누이가 그렇게 하고 싶다면, 내가 반드시 일이 성사되도록 권해보지. 최랑이 비록 한미한 선비이나 그 사람됨이 옥 같으니 서울에서 찾으려 하여도 이 또래에서는 드물지. 만약 학업에 뜻을 둘 것 같으면 끝내 연못 속의 개구리는 되지 않을 것이야."

그날로 중매쟁이를 보내어 혼인을 약속하고 오는 9월 15일에 초례醮禮를 치르기로 하였다.

최척은 너무 기뻐 손가락을 꼽아 가면서 날짜를 헤아리며 그날이 오기를 기다렸다.

얼마 안 되어 부府37) 사람으로 전에 참봉參奉38)을 지냈던 변사정邊士貞39)이 의병을 모집하여 영남으로 가려고 했다. 최척은 활쏘기와 말 타기를 잘했기 때문에 마침내 동행하게 되었다. 최척은 진중에 있으면서 옥영에 대한 근심걱정으로 병이 났다. 혼례를 치르기로 약속한 날이 다가오자 글을 올려 말미를 청하니, 의병장이 화를 내며 말했다.

"지금이 어느 때인데 감히 혼사를 치르려 해? 임금께서도 난리를 당하여 피난을 가서 풀숲을 방황하고 계시잖느냐. 신하된 자는 마땅히 창을 베고 잘 겨를도 없어야 할 것이야. 그러니 혼인 할 나이지만

---

37) 부: 조선시대의 관청이다.
38) 참봉: 조선시대 여러 관아에 둔 종구품 벼슬이다.
39) 변사정: 선조 때, 조선의 의병장(義兵將). 자는 중간(仲幹), 호는 도탄(桃灘), 이항(李恒)의 문인이었다. 변사정(邊士貞: 1529~1596)은 음보(蔭補)로 경기전 참봉(慶基殿參奉)이 되고 1592년(선조 25) 임진왜란이 일어나자 순천(順天)에서 의병을 모집, 의병장으로 왜병 2천 명을 사살했다. 장령(掌令)에 추증(追贈), 운봉(雲峰)의 용암서원(龍巖書院)에 제향(祭享)되었다.

도적을 모두 물리치고 난 뒤에 혼례를 올려도 늦지 않을 것이다."라며 끝내 허락하지 않았다.

옥영 역시 최생이 종군從軍하여 돌아오지 않자 혼례 날을 하릴없이 보냈다. 밥을 먹지도 못하고 잠도 자지 못했으며, 날이 갈수록 근심만 깊어 갔다. 이웃에 양씨梁氏 성을 가진 사람이 있었는데 집안이 아주 부유하였다. 그는 옥영이 어질고 똑똑하다는 소문을 들었으며 최척이 돌아오지 않는다는 것도 알았다. 이 틈을 타서 옥영에게 구혼하기 위해 몰래 뇌물을 정가에게 주니, 정가의 아내는 마침내 날마다 혼인을 성사시키라고 말했다.

"최생은 너무 가난해 조불모석朝不謀夕[40]이니 한 아비도 봉양하기 어렵답니다. 일찍이 남에게 빌려서 어떻게 이 가족을 먹여 살리고 어김없이 보호하겠소? 하물며 지금은 최생이 종군해서 돌아오지 못하고 있으니 그의 생사를 기약하기도 어렵잖아요. 그러나 양씨는 매우 부유하여 본디 재물이 많기로 소문이 났으며, 그 아들의 현명함도 최생에게 뒤지지 않는다오."

정공 부부가 말을 합하여 번갈아 가며 권하자, 심씨는 유혹에 넘어가 10월로 날짜를 잡아 혼례를 치르기로 약속하니 '뇌불가파牢不可破'[41]이었다.

옥영은 밤에 어머니에게 눈물로 호소했다.

"최생이 의병부대를 따르기에 가고 오는 것이 의병장에게 달려 있

---

40) 조불모석: 형세가 절박하여 아침에 저녁 일을 헤아리지 못한다는 뜻. 당장을 걱정할 뿐이고 앞일을 생각할 겨를이 없음을 이르는 말이다.

41) 뇌불가파: 견고하여 좀처럼 깨지 못함. 한유(韓愈)의 〈평준서비(平準西碑)〉에 보이는, "대관이 억측으로 결단하여 선창을 하자, 모든 사람들이 부화뇌동하여 한결같이 말하니 그들의 주장이 하도 견고해서 깨뜨리지 못하였다(大官, 臆決唱聲, 萬口和附, 幷爲一談, 牢不可破)."에서 비롯된 말이다.

는 것이에요. 아무런 까닭 없이 약속을 어기는 것이 아니잖아요. 그런데 최생의 말은 기다리지도 않고 곧바로 언약을 저버리시니, 정리에 어긋남이 너무 심하잖아요. 만약 제 뜻을 꺾으려 하신다면, 죽어서라도 다른 가문으로는 시집가지 않을 것이에요. 하늘도 몰라주고 사람도 몰라주는군요.42)"

어머니가 말했다.

"너는 어떻게 이렇듯 심하게 고집을 부리느냐? 너는 마땅히 가장家長의 처분을 따라야 할 뿐이다. 어린 여자아이가 무엇을 안다는 것이냐? 어서 잠이나 자거라."

밤이 이슥하였는데 꿈결에 문득 숨이 막혀서 '골골'하는 소리가 들렸다. 잠에서 깨어나 딸이 자던 자리를 어루만져 보니 딸이 자리에 없었다. 놀라 자리에서 일어나 다급히 찾아보니 옥영이 비단 수건으로 목을 매고 창 바람벽 아래 엎드려 있었다. 손발이 모두 차고 숨소리가 점차 희미해졌으며, 목구멍 속에서 '골골'하는 소리만 오락가락하더니, 이것마저 점차 희미해지더니 마침내 끊어졌다. 심씨는 놀라 소리를 치며 목을 맨 수건을 풀었다. 춘생이 등불을 밝히고 달려와서는 부둥켜안고 통곡하며 구기로 물을 입에 몇 모금 흘려 넣자 조금 후에 소생했다. 집안사람들도 놀라 우둥우둥 달려 와서는 병구완을

---

42) 하늘도 몰라주고 사람도 몰라주는군요: 굳은 의지의 표현. 본래 "어머니는 하늘이 시거늘, 이처럼 사람 마음 몰라주시는가(母也天只, 不諒人只)."로『시경(詩經)』「용풍(鄘風)」'백주(柏舟)'에 있는 구절의 차용이다. '백주'의 내용은 구설(舊說)에 "위(衛)나라의 세자 홍백(共伯)이 일찍 죽으니, 그의 처 홍강(共姜)이 의를 지키거늘, 부모가 그의 뜻을 빼앗아서 개가시키려 하였다. 그러므로 홍강이 이것을 지어서 스스로 맹세한 것이다."라 하였다. '백주' 첫 장은 다음과 같다.
"둥둥 떠 있는 저 측백나무 배여, 저 황하(黃河)가에 있도다. 너풀거리는 저 양모(兩髦)한 분이, 실로 나의 짝이니, 죽을지언정 맹세코 나쁜 마음 품지 않으리라. 어머니는 하늘이시거늘, 이처럼 사람 마음 몰라주시는가(汎彼柏舟, 在彼中河, 髧彼兩髦, 實維我儀, 之死矢靡慝, 母也天只, 不諒人只)."

했다.

이 사단 이후로는 어느 누구도 양씨 집안과의 혼사 이야기를 꺼내지 않았다.

최숙은 아들에게 편지를 보내어 모든 사실을 다 알려주었다. 최척은 마침 병이 들어 있었는데, 이 소식을 듣고는 놀라서 병이 시난고난 급해졌다.

의병장은 이 이야기를 듣고 즉시 명령을 내려 집으로 보내주었다.

최척이 집으로 돌아온 지 여러 날이 되었다. 깊었던 병도 씻은 듯이 나으니, 마침내 11월 1일 정 상사 집에서 혼례를 치렀다. 아름다운 두 남녀가 서로 합치게 되니 그 기쁨을 알만 하였다.

최척이 아내와 장모를 모시고 집으로 돌아와 문안으로 들어서니 종 녀석들이 아주 기뻐 맞이했다. 대청에 오르자 친척들이 칭찬하고 축하하여 온 집안에 기쁨이 넘쳐흘렀으며, 이들을 기리는 소리가 사방의 이웃으로 퍼져 나갔다.

옥영은 소매를 걷어 붙이고 몸소 물을 긷고 절구질을 하였으며, 시아버지를 봉양하고 남편을 섬길 때는 효도와 정성을 다하였다. 윗사람을 받들고 아랫사람을 부릴 때는 정과 예의를 두루 갖추었다. 멀고 가까운 곳에 사는 사람들이 이야기를 듣고는 모두 양홍梁鴻의 처43)나 포선鮑宣의 부인44)도 이보다 더할 수는 없을 것이라 했다.

---

43) 양홍의 처: 후한(後漢) 때, 양홍(梁鴻)이라는 사람의 처 맹광(孟光). 황보밀(皇甫謐)의 『열녀전(烈女傳)』에 의거하면 맹광은 뚱보인데다 게다가 얼굴빛이 새까맸고 추하였다. 하지만 미녀에게는 없는 것을 가지고 있었다. 그녀는 손쉽게 돌절구를 들어올릴 정도로 힘이 세었으며 더욱이 마음이 상냥하고 그 언행에 조금도 나무랄 데가 없었다. 당시 중국은 왕망(王莽)이 정권을 빼앗아 국호를 신(新)이라 칭한 때로, 그의 악정을 피하여 맹광 부부는 오(吳)나라에 가서 이름을 숨긴 채 어느 집의 작은 방 하나를 빌려 살았다. 양홍은 매일 삯방아를 찧으러 나가, 그 적은 수입으로 겨우 목구멍에 풀칠했다. 그런데도 맹광은 "매일 가시나무 비녀를 꽂고 무명 치마를 입고서

최척은 아내를 얻은 이후, 모든 것이 뜻대로 되어 재산이 시나브로 불어났으나 늘 자식이 없는 것이 걱정이었다. 매달 1일이 되면 부부는 만복사萬福寺에 올라가 기도드렸다.

다음 해인 1594년 정월 초하루에도 가서 기도를 드렸는데, 이날 밤 장육금신丈六金身[45]이 옥영의 꿈에 나타나 말했다.

"나는 만복사의 부처이다. 내가 너희 정성이 가상하여 기남아奇男兒를 점지해주니, 태어나면 반드시 보통사람과는 다를 것이다."

달이 차 과연 사내아이를 낳았는데, 등 위에 어린아이 손바닥만한 붉은 사마귀가 있었다. 이름을 몽석夢釋이라고 지었다.

최척은 피리를 잘 불었다. 늘 달뜨는 저녁이나 꽃피는 아침이 되면 피리를 불곤 했다.

어느 늦은 봄 맑은 밤이 거의 반나마 지나갈 무렵이었다. 미풍이 잠깐 일더니 밝은 달이 환하게 비추고 바람에 날리던 꽃잎이 옷에 떨어져 그윽한 향기가 코끝에 스며들었다. 최척과 옥영은 술항아리를 열고 술을 걸러서 가득 따라 마신 후, 상에 기대어 피리를 세 곡조 부니 그 여음이 낭창낭창 이어졌다.

남편을 따뜻이 맞았으며, 밥상을 눈썹 높이 들어 공손히 남편에게 식사를 권했다(常荊釵布裙每進食 擧案齊眉)."고 한다.

　이 맹광의 고사에서 허술한 옷차림을 가리켜 형차포군(荊釵布裙)이라 하고 부인이 예절을 다해 남편을 섬기는 것을 거안제미(擧案齊眉)라 하게 되었다. 그리고 형처(荊妻)라는 말도 생겼다.
44) 포선의 부인: 진한 때, 포선(鮑宣)의 아내인 환소군(桓少君). 포선은 일찍이 환소군의 아버지에게서 배웠는데, 청빈을 견디어내는 포선의 지조를 칭찬하여 그를 사위로 삼았다고 한다. 환소군이 시집 올 때는 가지고 오는 물건이 너무 많으므로 포선이 이를 거절하였고 환소군도 그의 뜻을 받아들여 물품을 모두 돌려보냈다. 포선은 검소한 차림으로 시집으로 와서 부도(婦道)를 잘 지켰다고 한다.
45) 장육금신: 대불(大佛). 장육(丈六)이란 16자 높이로 약 5m 정도 높이를 말한다. 불상의 높이가 장육을 넘으면 대불(大佛)이라고 한다. 장육존상(丈六尊像)은 이상세계 건설을 담고 있는 부처이다.

옥영이 한동안 침묵에 잠겨 있다가 말했다.

"저는 본래부터 아녀자가 시 읊는 것을 싫어했습니다만, 이와 같은 흥취와 경치를 대하니 도저히 참을 수가 없네요."

옥영은 마침내 절구絶句 한 수를 읊었다.

왕자진王子晉46)이 피리를 부니 달도 와 들으려는데,

푸른 하늘엔 바다 이슬처럼 냉기가 돌아 쓸쓸하네.

때마침 나는 청란青鸞47)을 함께 타고 날아올랐지만,

봉도蓬島48)가는 길은 안개 놀이 가득하여 찾을 수 없네.

최척은 애초에 자기 아내가 이렇듯 시문詩文에 재주가 있는 줄 알지 못했다가 시를 듣고는 크게 놀랐다. 시문을 한 번 읽고 여러 번 감탄하고는 즉시 절구 한 수를 읊었다.

요대瑤臺49)는 아득히 넓은데 새벽 구름 붉게 물들어,

난소鸞簫를 불어 젖히니 굽이치는 곡조 끊이지 않네.

남은 피리 소리 빈 공산에 가득하니 달은 떨어지고,

---

46) 왕자진: 중국 주(周)나라 영(靈)왕의 태자. 생황을 잘 불고 봉황(鳳凰)의 소리 내는 것을 좋아했다 한다. 본래는 희씨(姬氏)였으나 안에게 직간한 죄로 서인(庶人)이 되었다. 후에 도사(道士) 부구생(浮丘生)을 만나 백학을 타고 후씨산으로 들어가 신선이 되었다 한다.

47) 청란: 꿩과의 새. 공작을 닮았는데 수컷은 머리가 검은색, 얼굴과 목은 털이 없는 푸른 회색, 깃털은 갈색이며 날개에는 둥근 고리 무늬가 있어 아름답고 암컷은 수컷보다 작다.

48) 봉도: 중국 전설에서 나타나는 가상적 영산(靈山)인 삼신산(三神山) 가운데 하나. 동쪽 바다의 가운데에 있으며 신선이 살고 불로초와 불사약이 있다고 한다. 봉구(蓬丘). 봉래(蓬萊).

49) 요대: 신선이 살고 있다는 집이다.

뜰에 드리운 꽃 그림자 향기로운 바람에 흔들린다네.

　옥영은 마냥 기뻐함을 그치지 못하였으나 즐거움이 다하면 슬픔이 생기는 것을 알기에 남편의 손을 잡고 눈물을 흘리면서 초연悄然히 말했다.

　"인간 세상에는 변고가 많기 때문에 좋은 일에는 반드시 마魔가 끼기 마련이지요. 한 평생 동안에 헤어지고 만남이 늘 어려운 일이니 이 때문에 뜬금없이 슬퍼지네요."

　최척이 소매를 끌어 눈물을 닦아주며 위로했다.

　"굽었다가 펴지고 가득 찼다가 텅 비게 되는 것이 천도天道의 정당한 이치요, 좋고 나쁘고 후회하고 인색한 것은 사람이 살아가는 동안 당연히 겪는 일이오. 설혹 불행히 하늘에서 부여한 운명을 맞이하게 되더라도, 어떻게 갑자기 허망하게 스스로 슬픔에 빠져야만 하겠소? 근심하거나 괴로워하지 마시오. 옛 사람의 경계하는 말에 '길吉한 말만 하고 흉凶한 말은 하지 마라'는 속담도 있잖소. 부질없이 걱정하고 번뇌하여 이 좋은 기분을 막지 마오."

　이 이후로 최척과 옥영의 애정은 더욱 도타워졌으며, 서로들 지음知音50)으로 부르면서 하루도 떨어지는 일이 없었다.

---

50) 지음: 마음까지도 통할 수 있는 절친한 친구. 이 성어는 유백아(兪伯牙)와 종자기(種子期)의 고사에서 비롯되었다. 춘추시대 진(晉)나라의 유백아는 본디 초(楚)나라 사람으로 거문고의 달인이었다. 한 번은 조국 초나라에 사신으로 가게 되어 오랜만에 고향을 찾았는데, 때마침 추석 무렵 이어서 휘영청 밝은 달을 배경으로 구성지게 거문고를 뜯었다고 한다. 그때 몰래 그의 연주를 듣는 이가 있었는데, 옷차림이 허름한 나무꾼이었다. 놀랍게도 그는 그 음악을 꿰뚫어 듣고 있었다. 백아는 "당신이야말로 진정 소리를 아는(知音) 분이군요."라 하며 의형제를 맺었다. 그가 종자기(種子期)였다.
　이듬해 만나자고 약속한 백아가 종자기의 집을 찾았을 때 그는 이미 죽고 없었기에 너무도 슬픈 나머지, "이제 나의 거문고 소리를 들을 사람이 없구나." 하며 줄을 끊어버렸다 한다. 이때부터 '지음'이 절친한 친구를 뜻하게 되었다.

1597년 8월에 이르러 왜구가 남원을 함락하자 사람들이 모두 피난 가 숨었다.

최척의 가족들도 지리산智異山 연곡燕谷51)으로 피난을 갔다. 최척은 옥영에게 오랑캐 복장을 만들어 입게 하니, 여러 사람들 속에 있어도 보는 사람들마다 모두 옥영이 여자인 줄 몰랐다. 지리산으로 들어온 지 여러 날이 지나자 양식이 다 떨어져 거의 굶주리게 되었다. 최척은 두서너 사람과 함께 양식도 구하고 왜적의 형세도 살펴볼 겸 산에서 내려왔다. 길을 가다가 중도에서 갑자기 적병을 만나게 되어 모두 바위 있는 수풀에 몸을 숨겨 피했다.

이날, 왜적들은 연곡으로 쳐들어가 아무 것도 계곡에 남기지 않고 다 약탈해 갔다.

그러나 최척은 길이 막혀 오도 가도 못했다. 3일이 지나고서야 왜적들이 물러간 뒤 연곡으로 들어가 보니 다만 시체가 쌓여 길에 가로 놓여 있고 흐르는 피가 내를 이루었다.

나무 우거진 풀숲 사이에서 희미하게 울부짖는 소리가 들려왔다. 최척이 가보니 노약자 몇 사람이 온 몸이 병기兵器에 다친 상처투성이로 최척을 보자 통곡하며 말했다.

"적병이 산에 들어와서 사흘 동안 재물을 약탈하였다네. 늙은이들을 잡아 베어 죽였으며 아이들과 여자들은 모두 끌고 어제 겨우 섬강蟾江52)으로 물러나서 진을 쳤어. 가족들을 찾고 싶으면 물가에 가서

---

51) 연곡: 전남 구례군 토지면 내동리 지리산에 있는 계곡. 이 골짜기에 연곡사(燕谷寺) 라는 절이 있다.

52) 섬강: 전라남북도의 동부지역을 관류(貫流)하는 섬진강(蟾津江). 진안 마이산에서 발원한 섬진강은 임실·순창·남원·지리산·구례를 지나며 전라도와 경상도를 수 없이 넘나든다. 장터로 이름난 화개에 이르러 비로소 강의 모습을 드러냈다가 평사리 하얀 모래사장을 적시고 하동포구에서 오백 리 물줄기를 마감하고는 남해로 흘러든다.

물어보게나."

　최척은 하늘을 우러러 부르짖으며 통곡하고 땅을 치며 피를 토하며 곧바로 섬진강으로 허위허위 달려갔다. 몇 리도 채 못 갔는데, 어지럽게 널려진 시신들이 보이고 그 속에서 신음소리가 끊겼다 이어졌다 하는데, 살아 있는 것 같기도 하고 아닌 것 같기도 했다. 그리고 피가 흘러 얼굴을 덮어 그가 어떤 사람인지 알아볼 수가 없었다. 그가 입고 있는 옷을 살펴보니 춘생春生이 입고 있던 것과 너무나 비슷해 큰 소리로 불렀다.

　"너 춘생이 아니냐?"

　춘생이 눈을 크게 홉뜨고는 보더니, 목구멍 안으로 기어드는 말로 다급하게 중얼거렸다.

　"낭군님! 낭군님! 주인님의 가족들은 모두 적병에게 잡혀 끌려갔어요. 저는 어린 몽석을 업었는데 빨리 달릴 수가 없어 적병이 칼로 찌르고는 갔답니다. 저는 땅에 고꾸라져서 죽어 있다가 반나절 만에 깨어났는데, 등에 업혔던 아이는 살았는지 죽었는지 알 수가 없어요."

　춘생은 말을 마치더니 기운이 다하여 다시는 깨어나지 못했다. 최척은 주먹으로 가슴을 치고 발로 땅을 구르고는 정신을 잃고 까무러쳐 쓰러졌으나 이미 어떻게 할 도리가 없었다.

　일어나서 섬강에 가서 보니 창에 찔려 상처를 입은 수십 명의 노약자들이 서로 모여서 통곡을 하고 있었다. 가서 물으니 노인들이 말했다.

　"우리들은 산 속에 숨어 있다가 왜적에게 여기까지 끌려왔다네. 왜적들은 배가 있는 곳까지 오자 남정네만 가려 싣고 칼에 찔려 병이 들거나 늙어서 쇠약한 사람들은 이처럼 버려두었어."

　최척은 크게 통곡을 하고는 혼자만 온전하게 살아남을 수 없다고 생각하여 자살을 하려고 했으나, 주위 사람들이 구해주어 그쳤다. 강가의 나루 근처를 혼자 외롭게 거닐었지만 갈 곳도 없어 옛집을 찾아 귀로歸路에 올라 3일 밤낮을 왜틀비틀 걸어 겨우 도착했다.

고향마을의 담벼락은 무너지거나 기왓장은 깨져 있었다. 모두 불타버려 숨쉬는 것이라곤 없었으며, 해골만이 나뒹굴어 발 디딜 땅조차 없었다. 그래서 최척은 금교金橋 옆에 주저앉아 쉬었다. 최척은 여러 날을 먹지 못하고 달려 와서 힘이 빠졌기 때문에 날이 저물어도 갱신하지 못했다.

갑자기 어떤 당唐나라 장수가 수십여 명의 말 탄 병사를 거느리고 성안에서 나와 금교 아래에서 말을 씻겼다. 최척은 의병義兵으로 출전했을 때, 천병天兵53)을 대접하기 위해 그들과 함께 오랫동안 말을 주고받았기에 중국말을 조금은 알고 있었다. 그래서 최척은 온 집안이 해침을 당한 이야기를 하고 또 자기 한 몸마저 의지가지 할 곳이 없다는 것을 하소연하고는, 천조天朝54)로 함께 들어가 오래도록 살고 싶다는 계획을 말했다.

당나라 장수는 최척의 말을 듣고 측연惻然하고 또 그 뜻이 가련하여 말했다.

"나는 오吳의 총병摠兵55)의 총摠56)인 여유문余有文이라하오. 집은 절강성浙江省57) 소흥부紹興府58)에 있으며, 비록 집안은 가난하지만 먹고 살기에는 족하오. 사람의 삶이란 서로의 마음을 알아주는 것이 소중

---

53) 천병: 천자의 군사를 제후의 나라에서 이르던 말이다.
54) 천조: 천자(天子)의 조정(朝廷)을 제후의 나라에서 이르는 말이다.
55) 총병: 무직(武職). 본표(本標) 및 소속 각 협(協)이나 영(營) 그리고 진수본진(鎭守本鎭)이나 소속 지구를 관할하는 하급 관직이다.
56) 총: 하급관직의 우두머리이다.
57) 절강성: 중국 남동부의 동중국해 연안에 있는 성이다.
58) 소흥부: 중국 저장성에 있는 부(府)의 이름이다.

하니 뜻이 맞는 사람과 마음껏 즐긴다면 멀고 가까운 것은 논할 것이 못된다오. 당신은 이미 집안 생활에 관한 근심 걱정의 슬픔도 없을 것인데, 왜 꼭 한 가지 방책만 고수하여 놀라 두려워하며 갈 곳 몰라 하는 거요.59)"

마침내 최척은 말 한 필을 얻어 타고 당나라 진영으로 들어갔다.

최척은 용모가 뛰어나고 시원스럽게 잘 생겼으며 계획하고 생각하는 것이 매우 깊었다. 자주 활쏘기와 말 타기를 하는 틈틈이 학문도 익혔다.

여공余公은 그를 아껴 같은 막사에서 식사를 하고 함께 이불을 덮고 잠을 잤다.

얼마 뒤 총병摠兵이 병사들을 철수하여 중국으로 돌아갔다. 최척도 전사자들에 관한 장부帳簿를 담당하는 임무를 맡아 국경의 관문關門을 통과하여 소흥부에서 살게 되었다.

처음에, 최척의 가족들은 포로가 되어 강까지 끌려 왔는데, 적병들은 최척의 부친과 장모가 늙고 병이 들었기에 경계를 소홀히 했다. 두 사람은 적들이 방심한 기회를 노려 몰래 갈대 숲 속으로 달아나 숨었다.

왜적들이 물러가자 그들은 고을을 구걸하며 떠돌다가 마침내 연곡사燕谷寺60)로 굴러들게 되었다가 승방僧房에서 어린아이가 큰 소리로

---

59) 놀라 두려워하며…하는 거요: 갈 만한 곳이 없다는 뜻. 『시경(詩經)』 「기부(祈父)」 '절피남산(節彼南山)'의 "마음만 다급하지 갈 곳이 없네(蹙蹙靡所騁)."라는 구절을 차용하였다. '절피남산'의 내용은 나라의 어지러움을 한탄한 내용이다. 이 장은 아래와 같다.
"저 수말을 타니, 수말은 목이 굵기도 하네. 사방을 두루 보아도, 마음만 다급하지 갈 곳이 없네(駕彼四牡, 四牡項領. 我瞻四方, 蹙蹙靡所騁)."

울어대는 소리를 들었다.

심씨가 울면서 최숙에게 말했다.

"이게 웬 아이의 울음소리지요? 우리 아이의 울음소리와 똑같습니다."

최숙이 급히 문을 열어보니 바로 몽석이었다. 마침내 아이를 품에 안고 어루만지며 통곡하였다.

얼마쯤 지난 후에 스님에게 물었다.

"이 아이는 어디서 데려오셨는지요?"

스님 중에 혜정慧正이라는 이가 말했다.

"길을 가다가 길옆에 수북하게 쌓여 있는 시체더미 속에서 울음소리를 들었답니다. 불쌍하여 거두어 데리고 와 아이의 부모를 기다리고 있었지요. 지금 보니 과연 옳았군요. 어떻게 하늘의 도움이 아니겠습니까?"

최숙은 손자를 찾아 심씨와 갈마들어 업어가면서 집으로 돌아와 흩어졌던 노복들을 불러들이고 집안일을 돌보면서 살았다.

이때 옥영은 주급돈우注及頓于에게 붙들렸다. 돈우라는 늙은 사내는 본래 살생을 좋아하지 않고 부처님을 섬겨 자비로웠으며 장사를

---

60) 연곡사: 전남 구례군 토지면 내동리 지리산 계곡에 있는 절. 이 절은 통일 신라의 경덕왕(景德王, 신라 제35대 왕, 재위 742~765) 때 인도의 승려인 연기조사(緣起祖師)에 의해 창건되었다고 전해진다. 또는 544년(진흥왕 5)에 창건되었다고도 한다. 그러나 현재 남아 있는 유적들을 보면 통일 신라 말에서 고려 초기에 창건된 절로 추정된다. 임진왜란 때 소실(燒失)되었다가 인조 5년(1627)에 소요대사(逍遙大師) 태능(太能)에 의해 복구되었다가 한국동란 때 다시 소실되었다. 사찰 이름을 연곡사라고 한 것은 연기조사가 처음 이곳에 와서 풍수지리를 보고 있을 때 현재의 법당 자리에 연못이 있었는데 그 연못을 유심히 바라보던 중 가운데 부분에서 물이 소용돌이치더니 제비 한 마리가 날아간 것을 보고 그 자리의 연못을 메우고 법당을 짓고 절 이름을 연곡사(燕谷寺)라 했다고 한다.

업으로 하였는데, 배의 노를 잘 저었기 때문에 왜장倭將인 행장行長[61]
이 뱃사공의 우두머리로 삼은 것이었다.

돈우는 옥영이 재빠르고 재치 있는 것을 아꼈다. 오직 달아날까
걱정하여 좋은 옷을 입히고 맛있는 음식을 주면서 그녀의 마음을 위
로하고 안심시켰다.

옥영은 물에 빠져 죽으려고 두세 번 배에서 뛰어내리려다 문득 깨
달은 바가 있었다.

어느 날 저녁, 장육금신이 옥영의 꿈에 나타나 말했다.

"나는 만복사의 부처이다. 몸가짐을 조심하여 죽지 않는다면, 후에
반드시 기쁜 일이 있을 것이다."

옥영은 깨어나 그 꿈을 헤아려보고 만분의 일이라도 전연 희망이
없는 것은 아니라고 생각했다. 그래서 마침내 억지로라도 죽지 않고
살았다.

돈우의 집은 낭고야狼沽射[62]에 있었는데, 아내는 늙었고 딸은 어렸
다. 다른 사내는 없었지만 옥영이 집안에서만 생활하고 출입을 못하
게 하였다.

옥영은 속여서 말했다.

"저는 본래 남자다운 점이 조금도 없고 약골에 병도 많습니다. 본

---

61) 행장: 고시니 유키 나가[小西行長, ?~1600]. 약종상(藥種商) 아들로 태어나 임진왜
란(1592~1593) 때 선봉장으로 조선에 출병하여 평양까지 침공하였다. 화평공작에 실
패하여 귀국하였다가 정유재란(1597~1598) 때 재침하였으나 위세가 떨어지고 도요
토미 히데요시[豊臣秀吉]가 죽자 후퇴하여 갔다. 귀국 후 도쿠가와 이에야스[德川家
康]에 반항하여 싸우다가 패하여 참수형을 받았다. 그리스도교 신자로서 신앙심이
깊었다.

62) 낭고야: 음의 유사로 미루어 일본 아이치현[愛知縣] 이세만[伊勢灣]에 면한 현청소재
지, 나고야(名古屋)인 듯하다. 이덕무(李德懋)의 『청장관전서(靑莊館全書)』 권65, 「청령
국지(蜻蛉國志) 이(二)」에 나고야(名古屋)를 "왜음(倭音)으로 낭고야(郎古耶)"라 한다
고 하였다.

국에 있을 때에도 남자들의 일인 병역兵役 따위에 종사할 수가 없었지요. 오로지 바느질과 밥 짓는 일 외에 나머지 일은 감당할 수가 없답니다."

돈우는 가련하게 여기고 이름을 사우沙于라 불렀다.

늘 배를 타고 장사를 다닐 때마다 옥영을 배에 두고는 부엌일의 책임을 맡겼기에 민절閩浙63)의 사이를 왕래하게 되었다.

이때 최척은 소흥紹興에 살면서 여공余公과 의형제를 맺으니, 여공이 자신의 누이를 최척에게 시집보내려 했다.

최척은 완고하게 사양하였다.

"나는 온 집안이 왜적에게 함몰되어 늙으신 아버지와 허약한 아내의 생사조차 지금까지 모르고 있답니다. 더구나 발상發喪64)과 최복衰服65)도 끝내지 못했잖소. 어떻게 감히 마음 편하게 아내를 얻어서 스스로 안일한 삶을 계획하겠소?"

여공은 더 이상 이 일에 대해서 의논하는 것을 그쳤다.

그 해 겨울, 여공이 병으로 죽었다.

최척은 갑자기 갈 곳이 없었다. 쓸쓸하여 회강淮江66)가를 떠돌며 두루 명승지를 유람했다.

용문龍門67)을 살펴보고 우혈禹穴68)을 탐색하였으며 원상沅湘69)을 다

---

63) 민절: 푸젠성[福建省]과 저장성[浙江省]의 사이. 민(閩)은 지금의 푸젠성 지역에 살던 옛날의 미개 민족. 중국 오대십국 가운데 909년에 왕심지(王審知)가 복(福州)에 도읍하여 세운 나라이다.

64) 발상: 상례에서 시체를 안치하고 나서, 상주가 머리를 풀고 곡을 하여 초상을 이웃에 알리는 의례이다.

65) 최복: 상복(喪服)이다.

66) 회강: 중국 화중(華中) 지방을 흐르는 강. 허난성[河南省] 남쪽 끝 동백산(桐柏山)에서 시작하여 장쑤성[江蘇省]의 홍택호(洪澤湖)를 지나 황하로 흘러든다.

구경하고는 동정호洞廷湖[70]를 돌아 악양루岳陽樓,[71] 고소대姑蘇臺[72]에도 올랐다. 강과 산을 돌며 시를 읊조리고 구름과 물 사이를 옷자락을 날리며 돌아다녀 세상에 대한 뜻을 가볍게 여겼다.

해섬도사海蟾道士 왕명은王明隱이라는 사람이 청성산靑城山[73]에 살고 있는데, 금련단金煉丹[74]을 달여 먹고 대낮에 하늘을 날 수 있는 도술을 지녔다는 말을 듣고는 촉蜀[75] 땅으로 가 배우려고 했다.

때마침 주우朱佑라는 사람이 있었는데 호號를 학천鶴川이라고 했다. 집은 항주杭州[76] 용금문湧金門 밖에 있었는데 경전經典과 사서史書에 두

---

67) 용문: 등용문(登龍門). 잉어가 중국 황하강(黃河江) 중류에 있는 여울목을 이룬 곳 인 용문을 오르면 용이 된다는 전설에서 유래한다.

68) 우혈: 중국 저장성[浙江省] 소흥현 회계산의 한 봉우리인 완위산에 있는 동굴의 이름. 이곳에 우(禹)임금의 묘가 있다.

69) 원상: 후난성[湖南省]을 흘러 동정호로 들어가는 원수(沅水)와 상수(湘水)이다.

70) 동정호: 중국에서 두 번째로 넓은 담수호. 호수의 면적은 계절에 따라 큰 차이가 날 정도로 수량의 변화가 많다. 춘추 전국시대 이래 역대의 개간과 수리공사로 해서 오늘과 같은 호수가 되었는데, 후난성내의 농수(濃水), 상강(湘江), 원수(沅水), 자수 (資水)의 4대 하천이 흘러들었다가 양자강으로 흘러 나간다. 그러나 엄격히 이야기하 자면 한국인들이 알고 있는 의미의 호수가 아니라 장강의 줄기라고 할 수 있는데 장강이 물이 들어오고 나가고 있으며 단지 그 형태가 호수처럼 보일 뿐이다.

71) 악양루: 동정호 연안에 서 있는 높이 15m인 3층 누각. 당나라 때 이곳으로 좌천되 어 온 재상 장설(張說)이 만들었지만 정작 이곳을 유명하게 만든 것은 바로 두보의 시 〈등악양루(登岳陽樓)〉였다. 악양루는 무한의 황학루(黃鶴樓)와 남창의 등왕각(藤 王閣)과 함께 강남 3대 명루로 꼽힌다.

72) 고소대: 장쑤성[江蘇省] 소주(蘇州) 서쪽에 있는 누각. 춘추시대(春秋時代) 오(吳) 나라 부차(夫差)가 지은 궁전의 터전이기도 하다.

73) 청성산: 중국 남서부 양자강(揚子江) 상류에 있는 쓰촨성[四川省]의 성도(省都)에 있는 산. 청성산은 이름에서 알 수 있듯이 푸른 나무들이 성벽을 이루는 해발 1,600m 에 위치하고 있다. 이 산에는 70여 개의 도교 사원이 있다. 중국 도교 발상지의 하나로 동한의 말기, 도교의 창시자 장도능이 여기에서 포교를 시작했다고 전해진다.

74) 금련단: 장생불사(長生不死)한다는 약이다.

75) 촉: 중국 양자강(揚子江) 상류에 있는 산시성[山西省]. 비옥한 사천 분지가 펼쳐져 있으며, 쌀과 차(茶)를 많이 생산한다. 성도(省都)는 청두(成都). 삼국시대 유비(劉備) 의 도읍지이다.

76) 항주: 중국 저장성[浙江省] 북부 전당강(錢塘江) 어귀에 있는 도시. 남송의 도읍이

루 통했으나 공명을 달갑게 여기지 않았다. 책을 저술하는 것으로 생업을 삼았으며, 남에게 베풀기를 좋아하고 의로운 기운이 있었다. 최척과는 친구가 되기로 한 사이였다. 그는 최척이 촉으로 간다는 소식을 듣고 술을 가지고 와서는 술잔을 들고 최척의 자字를 부르며 말했다.

"백승伯升아! 사람이 이 세상을 살아가면서 누군들 오래오래 살고 싶지 않겠는가? 그러나 고금천하古今天下에 어떻게 이와 같은 이치가 있겠는가? 남은 인생이 얼마나 된다고 단약丹藥을 먹으려고 배고픔을 참고 굶주리려나. 이렇게 자신을 괴롭혀 귀신과 이웃하려는 겐가? 자네는 마땅히 나를 따라 함께 돌아가 배를 타고는 오吳77) 땅과 월越78) 땅을 오가며 비단을 팔고 차나 팔면서 여생餘生을 즐겨보세. 이 또한 널리 사물의 이치에 통달한 사람의 일이 아니겠는가?"

최척이 놀라 깨달아서 마침내 함께 되돌아왔다. 이때가 1600년 봄이었다. 최척은 주우를 따라서 상선을 타고 가서 안남安南79)에 정박했다.

그때 일본인 배 10여 소艘80)도 포구에 정박하여 10여 일을 함께 머물게 되었다. 때는 4월 사백死魄81)이어서인지 하늘에는 구름 한 점

었으며, 예로부터 무역항, 경승지로 유명한 성도(省都)이다.

77) 오: 중국 춘추전국시대에 십이 열국 가운데 주나라 문왕(文王)의 백부 태백(太白)이 세운 나라의 영토. 양자강 하류 지역을 영유하였고 황하강 중류 유역의 주민과 풍속이 달라 만이(蠻夷)로 취급받았는데 기원전 473년에 월(越)나라의 구천(句踐)에게 멸망하였다.

78) 월: 중국 춘추시대에 저장(浙江) 지방에 있던 나라의 영토. 회계(會稽)에 도읍하였으며 기원전 5세기 초기 구천(句踐)이 오나라를 멸하고 기원전 334년 초나라에 망하였다.

79) 안남: '베트남'의 다른 이름. 중국 당나라 때, 지금의 베트남 령에 안남 도호부를 둔 데서 유래한다.

80) 소: 배를 세는 말이다.

없고 물빛은 비단결 같았으며, 바람이 자 물결도 잔잔하니 물소리조차 들리지 않고 그림자도 끊어졌다. 뱃사람들은 모두 깊은 잠에 빠지고 물가의 새만이 간간이 울었다.

이때 문득 일본인 배 안에서 염불하는 소리가 은은히 들려 왔다. 그 소리는 너무도 구슬펐다. 최척은 홀로 배의 창문에 기대어 있다가 자신의 신세가 처량하게 느껴졌다. 바로 행장行裝에서 퉁소[洞簫]82)를 꺼내 계면조界面調83) 한 곡을 불어서 가슴속에 맺힌 슬픈 한을 풀었다. 때마침 바다와 하늘은 비통한 빛이었고 구름과 안개조차도 슬픈 모습이었다.

뱃사람들이 놀라 일어나 근심스럽고 두려움을 감추지 못했다.

일본 배에서 염불하는 소리가 갑자기 고요해지더니, 곧 이어 조선말로 칠언 절구七言絶句84)를 읊었다.

왕자진王子晉이 피리를 부니 달도 와 들으려는데,
푸른 하늘엔 바다 이슬처럼 냉기가 돌아 쓸쓸하네.
때마침 나는 청란靑鸞을 함께 타고 날아올랐지만,
봉도蓬島가는 길은 안개 놀이 가득하여 찾을 수 없네.

시 읊기를 마치더니, 그 사람은 '희희' 길게 한숨을 내쉬었다.

최척은 그 시를 듣고 놀라며 큰소리로 울며 슬퍼하고 당황하여 정

신 나간 사람처럼 우두망찰 서서는 피리를 땅에 떨어뜨린 것도 깨닫지 못했다. 멍한 것이 꼭 죽은 사람 같았다.

학천鶴川이 말했다.

"어떻게 해서 그러는가? 왜 그러는 것이야?"

두 번이나 물었으나 대답을 하지 않아 세 번이나 물었다.

최척은 대답을 하고 싶었으나 목이 막혔다. 퉁소를 주어들다가는 다시 떨어뜨렸다.

시간이 조금 흐른 뒤에 최척이 기운을 차리고서 말했다.

"이 시는 바로 나의 형포荊布[85]가 손수 지은 것이라네. 평상시 다른 사람들은 절대 알아내지 못할 것일세. 내 아내와 너무 비슷하네만, 어떻게 그 사람이 여기까지 와서 저 배 안에 있을 수 있겠는가? 이것은 도저히 있을 수 없는 일이야."

잇대어 지난 일을 자세하게 말하자, 한 배 안에 있던 사람들이 모두 놀라고 괴이한 일이라고 여겼다. 그 가운데는 홍두洪杜라는 사람이 있었는데, 젊고 용맹한 사나이였다. 최척의 말을 듣더니, 얼굴에 의기義氣를 띠고 주먹으로 노를 치면서 분연히 일어나서 말했다.

"내가 가서 찾아보리다."

학천이 막으며 말했다.

"이슥한 밤에 시끄럽게 하면 변이 생길까 두렵네. 내일 아침에 조용히 처리하는 것만 못하네."

주위 사람들이 모두, "그렇게 하지."라고 말했다.

최척은 앉은 채로 날밤을 새워 아침이 되기를 기다렸다.

---

85) 형포: 형차포군(荊釵布裙)의 준말로 남에게 자기의 아내를 낮추어 이르는 말. 중국 후한 때에 양홍(梁鴻)의 아내 맹광(孟光)이 가시나무 비녀를 꽂고 무명으로 만든 치마를 입었다는 데서 유래한다. 과처(寡妻). 형부(荊婦)라고도 한다. 주 44) 참조.

동방이 희번하게 밝아오자, 즉시 해안가로 내려가 일본 배로 갔다. 최척이 조선말로 물었다.

"어젯밤에 시를 읊는 것을 들었는데, 반드시 이 이는 조선 사람입니다. 저도 조선 사람이니 잠깐만이라도 한 번 만나 본다면, 나라를 떠도는 사람이 비슷하게 생긴 고국 사람을 만나는 기쁨만으로 그치겠습니까?"

옥영도 어젯밤에 배에서 그 피리 소리를 들었다. 곧 이것이 조선의 곡조曲調였고 옛날에 귀에 익었던 소리와 똑같아서, 혹시 남편이 그 배에 타고 있는 것은 아닌지 의심하여 그 시를 시험 삼아 읊어서 살핀 것이었다.

옥영이 곧 이 말을 듣고는 마음이 몹시 급하여 당황하고 허둥지둥하여 정신을 잃고는 거꾸러질 듯 배를 내려왔다. 두 사람은 서로 마주 바라보더니 놀라서 소리를 지르며 부둥켜안고 백사장을 뒹굴었다. 목이 메고 기가 막혀 말도 할 수 없었으며, 눈물이 다하자 피가 흘러내려 서로를 볼 수도 없을 지경이었다.

두 나라 사람들이 저자 거리처럼 모여들어 구경하였는데, 처음에는 알지 못하고 친척이나 친구인 줄로만 알았다. 한참 뒤에 그들이 부부 사이라는 것을 듣고는 사람마다 큰 소리로 서로 돌아보며 말했다.

"이상한 일도 다 있네! 이것은 천우신조天佑神助야. 이런 일은 옛날에도 들어보지 못한걸."

최척은 옥영에게 부모의 소식을 물었다. 옥영이 말했다.

"산에서 잡혀서부터 강가까지 부모님은 별 탈 없으셨습니다만, 날이 어두워 배를 탈 때 창황蒼黃 중에 서로 잃어버리고 말았어요."

두 사람이 마주 대하고는 통곡하니, 듣던 사람들도 크게 놀라 코가 찡하지 않는 이가 없었다.

학천이 돈우를 청하여 만나 백금白金 두 덩이를 주고 옥영을 사 오려 하니, 돈우가 얼굴을 붉히며 말했다.

"내가 이 사람을 만난 지 이제 4년 되었다오. 그의 단정하고 훌륭한 마음씨를 사랑하여 친자식과 똑같이 대하여 침식을 함께 하여 잠시도 떨어진 적이 없었지요. 그러나 그녀가 부인인 줄은 지금까지 몰랐답니다. 오늘 이런 일을 직접 보니 이는 천지의 귀신도 오히려 감동할 일이지요. 내가 비록 무디고 어리석기는 하지만 목석木石은 아닙니다. 어떻게 차마 이 여인을 팔아먹겠습니까?"

돈우는 즉시 주머니 속에서 은자銀子 열 냥을 꺼내어 신의贐儀[86]로 주면서 말했다.

"4년을 함께 살다가 하루아침에 이별하게 되니, 마음이 슬프고 가엾다는 생각이 드네. 비록 중도에 끊어졌으나 다시 만 번 죽어도 남을 상황에서 남편을 만나게 되었으니, 이것은 인간 세상에는 없었던 일일세. 내가 만약 그대를 막는다면 하늘이 반드시 나에게 재앙을 내릴 것이야. 잘 가게나, 사우沙于여! 몸조심하게! 몸조심해!

옥영이 손을 들어 감사를 드리며 말했다.

"일찍이 주인 영감님께서 보호해주신 덕분에 지금까지 죽지 않고 살아오다가 뜻밖에 낭군을 만나게 되었으니, 사랑하고 은혜를 베푸신 것이 너무 많습니다. 더구나 이렇듯이 기뻐하며 선물까지 주시니 무엇으로 갚아야 할지 막막하기만 합니다."

최척도 두 번 세 번 고마움을 표현하고는 옥영의 손을 잡고 돌아와 그 배에서 머물게 되었다. 이웃 배에서 이들을 보러 오는 사람들이 연일 끊이지 않았다. 어떤 사람들은 금은金銀과 비단을 서로 주며 전

---

86) 신의: 여행하는 사람에게 노자 또는 물품을 주는 행위이다.

별을 기뻐하고 위로하기까지 하였다. 최척은 모두 받고서 깊이 사례
했다.

학천은 집으로 돌아와 별도로 방 하나를 깨끗이 청소하고 최척 부
부를 그곳에서 편안하게 살도록 했다.

최척은 아내를 만나 서서히 사는 즐거움이 생겼으나, 머나먼 이국
땅에 의탁해 살고 있어 사방을 둘러보아도 친척하나 없었다. 항상
늙은 아버지를 생각하고 어린 아들에 대한 슬픔과 걱정으로 속을 썩
었다. 밤낮으로 애만 태우며 살아서 고국에 돌아갈 수 있기를 묵묵히
축원했다.

일 년 뒤에 또 한 사내아이를 낳았다.

아이를 낳기 전 저녁에 장육불이 또 꿈속에 나타나서 말했다.

"아이를 낳으면 또 등에 사마귀가 있을 것이니라."

부부가 함께 몽석이 다시 태어난 것이라 생각하여 마침내 이름을
몽선夢禪이라했다.

몽선이 성장하니 부모는 현숙한 며느리를 구하려 했다.

이웃에 진가陳家의 딸이 있었는데 이름은 홍도紅桃라 했다. 낳아서
첫 돌이 되기도 전에 아버지 위경偉慶은 유 총병劉摠兵을 따라서 조선
에 출전했다가 돌아오지 않았다. 성장하여서는 그 어미마저 운명하
자 홍도는 이모의 집에서 길렀다.

늘 그녀는 아버지가 이역異域에서 돌아가셨기 때문에 태어나서 아
버지의 얼굴을 알지 못하는 것을 애통히 여겼다. 그래서 아버지가
돌아가신 나라에 가서 다시 넋을 불러 원한을 풀어드리려는 것을 잊
지 못하여 마음에 새겼지만, 여자의 몸이기에 언제 갈지 알 수 없는
일이었다.

마침 몽선이 아내를 구한다는 말을 듣고 그 이모에게 중매해주기를 부탁했다.

"최가의 부인이 되어서 조선에 한 번 가기를 원합니다."

그 이모는 본래부터 그 뜻을 알고 있던 터라, 즉시 최척을 찾아 그 연유를 말했다.

최척이 아내와 함께 탄식하며 말했다.

"따님이 이와 같다니 그 뜻이 아름답군요."

마침내 장가들여 며느리로 삼았다.

다음 해인 1619년에 오랑캐 우두머리가 요양遼陽[87]으로 쳐들어와 연달아 여러 진영陣營을 함락시키고 많은 장졸들을 죽였다.

천자가 크게 성을 내어 천하의 군대를 동원하여서 토벌하게 했다.

소주蘇州[88]에 사는 오세영吳世英이 교유격喬遊擊의 백총百摠[89]이었다. 일찍이 서유문에게서 최척의 재주와 용맹을 들어 본디부터 알고 있었기에 서기書記로 삼아서 데려가 군중軍中에서 함께 하려했다.

떠나려고 하니 옥영이 손을 잡고 눈물을 흘리면서 작별하며 말했다.

"저는 타고난 운이 나빠 일찍이 불행하게도 난리를 만나, 천신만고 끝에 위태로운 지경에서 겨우 벗어났지요. 그리고 하늘의 영험에 힘입어 낭군까지 만나 끊어진 거문고 줄을 다시 잇고 깨어진 거울을 다시 둥글게 하여 완전히 끊어졌던 인연을 이었어요.[90] 다행히도 제

---

87) 요양: 중국 요령성[遼寧省] 심양(瀋陽)의 남서쪽에 있는 도시. 한나라 때부터 만주 지방의 중요한 도시였으며, 1621~1625년에는 청나라의 태조(太祖) 누르하치가 도읍으로 삼았다.

88) 소주: 중국 양자강(揚子江) 하류에 있는 장쑤성[江蘇省]성의 주도(主都)이다.

89) 백총: 조선시대 관리영의 정삼품 벼슬이다.

90) 끊어진 거문고…인연을 이었어요: '끊어진 거문고 줄(斷絃)'이나 '깨어진 거울(分鏡)'은 모두 부부가 이별한 것을 비유하는 표현이다. 단현(斷絃)은 현악기의 줄이 끊어짐, 또는 그 줄로 금슬(琴瑟)의 줄이 끊어졌다는 뜻으로 아내가 죽음을 이르는 말.

사를 의탁할 아들까지 얻어 즐겁게 함께 산 것이 24년째입니다. 옛일을 생각해보니 땅보탬을 하여도 족하다 생각해요. 늘 제가 먼저 갑자기 죽어 낭군의 은혜에 보답하려 하였는데, 뜻하지 않게도 늘그막에 이르러 또 참상參商[91]한 이별을 겪게 되는군요. 이제 요양과의 거리가 수 만 여 리고 살아 돌아오기 쉽지 않으니 훗날 다시 만날 기약을 어떻게 할 수 있겠어요? 죄를 대신할 수 없는 이 몸은 이별하는 자리에서 자결하여, 한 편으로는 낭군께서 저를 그리워하는 마음을 끊고 한 편으로는 밤낮으로 괴로워할 제 근심을 면하렵니다. 낭군과 천만 번 영원히 이별합니다!"

말을 마치자 통곡하고는 칼을 빼서는 목을 찌르려고 했다.

최척이 칼을 빼앗고는 위로하고 달랬다.

"하찮은 오랑캐 추장이 감히 씽씽매미[蟷]가 팔을 걷어붙이고 항거하듯[92] 하기에 왕의 군대가 쓸어버리려 가는 것이니 계란을 깨는 것과 똑같소. 군대를 따라 전쟁터로 갔다 오는 것은 다만 세월을 허비하고 근고勤苦[93]를 겪는 일일 뿐이오. 이와 같이 망령되게 번뇌만 하

분경(分鏡)은 본래 파경(破鏡)에서 나온 말로 깨어진 거울. 사이가 나빠서 부부가 헤어지는 것을 비유적으로 이르는 말이다. 옛날 어느 부부가 이별할 때 거울을 둘로 쪼개어 한 쪽씩 나누어 가지고 뒷날 다시 만날 증표로 삼았으나, 아내가 불의를 저질러 거울의 한쪽이 까치로 변하여 남편에게 날아와 부부의 인연이 끊어졌다는 데에서 유래하며 출전은 『신이경(神異經)』이다.

91) 참상: 참성(參星)과 상성(商星)을 통틀어 이르는 말. 참성은 서쪽에, 상성은 동쪽에서 서로 멀리 떨어져 있다는 데서, 친한 사람이 서로 멀리 떨어져 만날 수 없음을 비유적으로 이르는 말이다.

92) 씽씽매미…항거하듯: '씽씽매미[蟷]가 팔을 걷어붙이고 항거'한다는 것은 당랑거철(螳螂拒轍)과 유사한 의미. 이 말은 제 역량을 생각하지 않고 강한 상대나 되지 않을 일에 덤벼드는 무모한 행동거지를 비유적으로 이르는 말이다. 중국 제나라 장공(莊公)이 사냥을 나가는데 사마귀가 앞발을 들고 수레바퀴를 멈추려 했다는 데서 유래한다. 『장자(莊子)』의 '인간세편(人間世篇)'에 나오는 말이다.
『시경(詩經)』「大雅」'탕(蕩)' 장에서는, "매미가 우는 듯 하며, 국이 끓는 듯 하다(如蜩如螗, 如沸如羹)."라 하였다. 여기서 매미는 몹시 어지럽다는 뜻으로 쓰였다.

지 말고 내가 성공하고 돌아와 술잔을 기울여 서로 축하할 날이나 기다리시오. 하물며 아이가 건장하니 충분히 의탁할 만하고 노력하면 넉넉히 밥 먹을 만하니 길 떠나는데 근심을 주지 마시오."

마침내 행장을 차려서 떠났다.

요양에 이르러서 최척은 오랑캐 땅을 수백 리 걸어 들어가서 조선 군마軍馬와 함께 우모채牛毛寨94)에 진을 쳤다. 하지만 장수가 적을 가볍게 여겨 모든 군사가 패배하게 되었다.

오랑캐 우두머리는 중국 병사들은 부류를 남기지 않고 죽였으나 조선 병사들은 유혹하고 으름장을 놓았지만 한 명도 살상殺傷하지 않았다.

교유격이 패한 군사 10여 명을 거느리고 조선 군영에 들어가 의복을 구걸했다. 원수元帥 강홍립姜弘立95)은 여분의 옷을 주어서 죽음을 면하게 하려 하였으나 종사관從事官96) 이민환李民寏97)이 오랑캐 우두

---

93) 근고: 마음과 몸을 다하며 애씀. 또는 그런 일을 말한다.

94) 우모채: 중국의 북쪽 변방으로 허베이성(河北省)에 있다.

95) 강홍립: 조선 전기의 문신·무신. 본관은 진주(晋州), 자는 군신(君信), 호 는 내촌(耐村), 참판 신(紳)의 아들이다. 강홍립(1560~1627)은 선조 22년(1589) 진사가 되고 1597년 알성문과(謁聖文科)에 을과로 급제, 설서(說書)·검열 등을 거쳐 1605년 도원수(都元帥) 한준겸(韓浚謙)의 종사관(從事官)이 되었고 진주사(陳奏使)의 서장관(書狀官)으로 명(明)나라에 다녀왔다. 1618년 명나라가 후금(後金)을 치기 위해 조선에 원병을 했다. 이에 조선 조정은 강홍립을 5도도원수(五道都元帥)로 삼아 1만 3000명의 군사를 주어 출정하게 하였다. 1619년 명나라 제독 유정의 휘하에 들어가 부차(富車)에서 패하자 강홍립은 조선군의 출병이 부득이하여 이루어진 사실을 적진에 통고한 후 군사를 이끌고 후금에 항복했다. 투항한 이듬해인 1620년 후금에 억류된 조선 포로들은 석방되어 귀국하였으나, 강홍립은 부원수 김경서(金景瑞) 등 10여 명과 함께 계속 억류되었다. 인조 5년(1627) 정묘호란 때 후금군의 선도로 입국하여 강화에서 화의(和議)를 주선한 뒤 국내에 머물게 되었으나, 역신으로 몰려 관직을 삭탈 당하였다가 죽은 뒤 복관되었다.

96) 종사관: 조선시대 각 군영(軍營). 포도청(捕盜廳)에 딸린 종6품 벼슬. 조선시대 통신사를 수행하던 임시 벼슬. 서장관을 임진왜란 후에 고친 것으로 당하(堂下)의 문관이 맡았다.

머리에게 발각될까 두려워서 그 의복을 빼앗아버리고 잡아서는 적진으로 보내버렸다.

그러나 최척은 본래 조선 사람이었기에 어지러운 틈을 타서 몰래 행렬에서 빠져나와 홀로 죽음을 모면했다.

강홍립이 항복하자 조선의 병사들과 함께 포로를 잡아 놓은 마당에 감금되었다.

이때 몽석도 남원南原에서 무예를 익히다가 출전하여 원수의 진중에 있었다.

오랑캐 우두머리가 항복한 군사들을 나눌 때에 최척은 드디어 몽석과 함께 한 곳에 갇히게 되었다. 부자가 서로 대하였으나 누구인지 알지 못했다. 몽석은 최척이 말을 더듬거리는 것을 보고 중국 군사 중에 조선말을 할 줄 아는 사람이 죽음을 당하는 것이 두려워서 위험을 무릅쓰고 조선인 행사를 한다고 의심했다. 그래서 그가 사는 곳을 따져 물었다. 최척도 오랑캐가 실상實狀을 조사하는 것이라고 염려하여 속여서 말을 이리저리 돌려, 혹은 전라도라 칭하고 혹은 충청도라 하니 몽석은 속으로 괴이하였으나 가늠할 수 없었다.

몇 개월이 지난 후에 정의가 매우 두터워지고 동병상련同病相憐의 처지가 되니 시기하는 마음이 조금도 없었다. 최척은 평생 동안 지나온 내력을 실토하였다. 몽석이 얼굴색이 변하고 속으로 놀라워하며

---

97) 이민환: 조선 중기의 문신. 본관은 영천(永川), 호는 자암(紫巖), 시호는 충간(忠簡)이다. 이민환(李民寏, 1573~1649)은 1600년(선조 33) 별시문과에 병과로 급제, 검열(檢閱)을 거쳐 정언(正言)·병조좌랑을 지내고 1618년(광해군 10) 평안도관찰사로 있을 때 명나라의 원군(援軍) 요청이 있자 원수(元帥) 강홍립(姜弘立)의 막하로 출전, 부차(富車) 싸움에서 패하여 청군(淸軍)의 포로가 되었다. 17개월 동안 유폐되어 있으면서 항복을 거부하다가 1620년 석방되어 의주(義州)에 왔다. 1636년(인조 14) 병자호란이 일어나자 스승인 영호남 호소사(號召使) 장현광(張顯光)의 종사관이 되어 참전했다.

반신반의하다가 갑자기 물었다.

"잃어버린 아이의 나이는 어느 정도이며, 신체의 모양이 어떠한지를 자세히 말씀해보세요."

최척이 말했다.

"1594년 10월에 낳아서 1597년 8월에 잃어 버렸지. 등에는 붉은 사마귀가 있는데 마치 아이의 손바닥만해."

몽석이 정신을 잃고 놀라 비통해하며 윗옷을 벗어 그 등을 보여주며 말했다.

"그 아이가 바로 저입니다."

최척은 비로소 자신의 아들임을 확인하고는 아버지와 장모님이 살아 계신지 물었다. 붙잡고 통곡을 하는 것이 날마다 그치지 않았다.

늙은 오랑캐가 자주 왕래하며 보고는 그들의 말을 잘 알아들은 듯하더니 가엾게 여기는 기색을 보였다.

하루는 여러 오랑캐들이 모두 나간 뒤 늙은 오랑캐가 몰래 들어와서는 최척과 함께 자리에 앉아서 조선말로 물었다.

"당신들이 소리 내어 슬피 울기에 처음부터 이상하다고 생각하였는데, 무슨 이유가 있소? 듣고 싶소만."

최척과 몽석이 변란이 생길까 두려워서 곧바로 말하지 않으니, 늙은 오랑캐가 말했다.

"걱정하지 마시오. 나 역시 삭주朔州[98]의 토병土兵[99]이었소. 부사府使[100]의 학정이 심하여 그 고통을 이기지 못해 가족을 모두 데리고 오랑캐 땅에 들어온 지 이미 10년이나 되었다오. 오랑캐들은 성격이

---

98) 삭주: 평안북도(平安北道) 서부에 있는 삭주군(朔州郡)의 중심지이다.
99) 토병: 일정한 땅에 붙박이로 사는 사람들로 구성된 군사이다.
100) 부사: 대도호부사(大都護府使)와 도호부사(都護府使)의 총칭이다.

솔직하고 가혹한 학정도 없지요. 인생살이가 풀잎에 맺힌 이슬 같은데 무엇 때문에 채찍으로 때리는 고통을 겪어야만 하는 고향에서 몸을 웅크리고 살아야만 하겠소? 오랑캐 우두머리는 나에게 80명의 날랜 군사를 주어서 조선병사들을 관압管押101)하여 도망하지 못하도록 방비하게 시켰다오. 당신들의 말을 들어보니 이것은 아주 기이한 일이요. 내가 비록 오랑캐 우두머리에게 문책을 받는 한이 있어도 어떻게 잔인하게 당신들을 보내지 않을 수 있겠소?"

다음 날, 말린 밥을 준비하여 주고는 그의 아들에게 샛길을 가르쳐 주게 하여 보냈다.

이러하여서 최척이 아들을 데리고 살아서 돌아왔으니 고국을 떠난지 20년 뒤였다.

아버지를 찾는 것이 조급하여 서둘러 남쪽으로 내려가다, 마침 등에 난 종기가 세나서 근심거리가 되니 서둘러 치료하지 않으면 안되었다. 은진恩津102)에 도착하였을 때는 종기가 더욱 심하여져 객사에 쓰러져 '헐떡헐떡'거리는 것이 죽을 것 같았다.

몽석은 걱정이 되어 분주하고 황망하게 근심을 하며 돌아다녔지만 침쟁이나 약을 구할 수 없었다.

마침 신분을 숨기고 도망 다니던 중국 사람이 호서湖西103)로부터 영동嶺東104)으로 가다가 최척을 보고는 놀라서 말했다.

"위태로워! 만약 오늘을 지난다면 목숨을 구하기는 어려울 것이

---

101) 관압: 야인(野人)에게 붙잡혀 있다가 우리나라로 도망쳐 온 중국 사람을 제 나라로 데리고 가던 일이다. 여기서는 조선병사들이 도망가지 못하도록 한다는 의미로 쓰였다.
102) 은진: 충청남도 논산시에 있는 옛 읍이다.
103) 호서: '충청남도'와 '충청북도'를 아울러 이르는 말이다.
104) 영동: 강원도에서 대관령 동쪽에 있는 지역을 이르는 말이다.

야."

주머니에서 침을 뽑아 등창을 터뜨리니 그날로 나아졌다. 겨우 이틀 만에 몸을 추설 수 있어서 날 지팡이를 짚고서 집으로 돌아왔다.

모든 집안사람들이 놀라 행동하는 것이 마치 죽은 사람을 본 것같이 했다. 부자가 목을 껴안고 오열하니 마치 꿈이지 실상이 아닌 듯 했다.

심씨는 한 번 딸을 잃은 후부터는 상심하여 바보처럼 되어 다만 몽석만 의지했다. 그러나 몽석도 전쟁에 나가 죽었다는 말을 듣고는 이부자리를 깔고 누워 여러 달을 일어나지 못 했었다. 몽석과 그 아비가 함께 돌아온 것을 보고는 옥영의 생존여부를 묻고 뜻밖의 일에 놀라 미친 듯 부르짖었다. 오로지 슬프고도 기쁜 마음을 어떻게 할 줄 몰랐다.

몽석은 아버지의 죽은 목숨을 살려준 중국 사람의 은혜에 감격하여 후한 보답을 해야 되겠다고 생각하여 그를 데리고 함께 왔었다.

최척이 물었다.

"당신은 중국 사람인데 집은 어디이며 성명은 어떻게 되시는지요?"

중국 사람이 말했다.

"제 성은 진陳이고 이름은 위경偉慶이라고 하며 집은 항주杭州 용금문湧金門 안에 있지요. 1597년 유劉 제독提督에게 종군하여 순천順天[105]에 와서 진을 쳤습니다. 하루는 적진의 형세를 정탐하다가 주장主將의 뜻을 거스르게 되었지요. 주장이 군법으로 다스리려하기에 한 밤중에 몰래 도망하여 여기에 이르러 머물게 된 것이랍니다."

---

105) 순천: 전라남도 남동부에 있는 시. 전라선과 광주선 따위의 철도 교통의 요지로 농수산물의 집산지이다. 선암사, 송광사, 신성포, 장성포 따위의 명승지가 있다.

최척이 듣고는 크게 놀라며 말했다.

"당신 집에는 부모와 처자가 있소?"

중국 사람이 말했다.

"집에는 아내가 있는데, 올 때 딸을 낳은 지 겨우 두서너 달 되었지요."

최척이 또 물었다.

"딸의 이름은 무엇이라 하나요?

중국 사람이 말했다.

"아이가 태어 난 날, 마침 이웃집에서 복숭아를 보내와서 이름을 '홍도紅桃'라고 하였지요."

최척이 급히 위경의 손을 잡으며 말했다.

"괴이하군요! 괴이해! 내가 항주에서 당신의 집과 이웃하여서 살았지요. 당신 부인은 1611년 9월에 병으로 사망하셨소. 홀로 남은 홍도는 이모부인 오봉림吳鳳林 집에서 길렀는데, 내가 둘째 아들의 며느리로 삼았지요. 그런데 뜻밖에 오늘 이곳에서 당신을 만나다니요."

위경이 놀라 애통해하면서도 주저리주저리 떠들며, 기뻐하는 것을 오래도록 참지 못하다가 말했다.

"아! 저는 대구大丘[106]에서 박씨 성을 가진 이의 집에서 의탁하고 있을 때, 한 노파에게 침술을 배워 생계를 꾸려 나갔답니다. 이제 당신의 말을 들으니 고향에 있는 것과 같아 저도 이곳으로 옮겨와서 살고 싶군요."

몽석이 말했다.

---

106) 대구: 대구(大邱). 영남 지방의 중앙부에 있는 광역시. 동화사, 달성 공원, 수성 유원지, 팔공산(八公山) 따위의 명승지가 있으며 경상북도의 도청 소재지이다.

"공께서는 비단 아버지를 살려주신 은혜만 있는 것이 아니라 제 어머니와 아우까지도 따님에게 의탁하고 계시니 이미 한집안 사람인데 무슨 어려움이 있겠습니까?"

즉시 옮겨오도록 했다.

몽석은 그의 어머니가 살아 계시다는 말을 들은 뒤부터 날마다 밤이면 근심 걱정으로 애태우며, 중국으로 들어가 어머니를 모셔 오려는 계획을 세웠다. 그러나 연고가 없어 스스로는 할 수 없기에 다만 목 놓아 큰소리로 울 뿐이었다.

당시에 옥영은 항주杭州에 있었다. 관군이 모두 죽었다는 말을 들었기에, 이미 최척이 전쟁터에서 횡사橫死했을 것이라는 것을 의심하지 않았다. 밤낮으로 곡을 하는데 소리가 그치지를 않았으니, 반드시 죽음을 기약하기라도 한 듯이 물 한 모금 입에 넣지를 않았다.

갑자기 어느 날 저녁 꿈에 장육불이 정수리를 어루만지면서 말했다.

"삼가 죽지 않으면 훗날 반드시 좋은 일이 있을 것이니라."

옥영은 깨달은 것이 있어 몽선에게 말했다.

"내가 포로로 잡힌 날 물에 빠져 죽으려고 했었단다. 그런데 남원사南原寺[107]의 장육불이 내 꿈에 나타나서 '죽지 않으면 훗날 반드시 좋은 일이 있을 것이니라.'고 하셨지. 4년 뒤에 너의 아버지를 안남의

---

107) 남원사: 전라북도(全羅北道) 익산(益山) 여산면 제남리 독자천(篤子川) 옆에 있는 사찰. 절 안에 있는 사적비문에 의하면 신라 흥덕왕(興德王) 6년(831)에 진감국사(眞鑑國師) 혜소(慧昭)가 창건하였다고 한다. 창건 당시에는 법당사(法堂寺)라고 하였다. 이후의 연혁은 전하지 않고 절 이름이 법당사에서 남원사로 바뀐 유래가 전한다. 1592년(선조 25) 남원부사로 부임한 윤공(尹公)이 남원으로 가던 중 이 부근에서 잠을 잤는데, 꿈에 석불이 나타났다. 다음 날 사람을 시켜 그곳을 파 보니 미륵불상과 석조 거북·오층석탑이 출토되었다. 이에 3칸 법당을 짓고 절 이름을 남원사라 했다 한다.

바다 가운데에서 보았는데, 지금 내가 죽으려고 하니 또 이와 같은 꿈을 꾸었구나. 네 아버지께서는 혹시나 죽음을 면하신 것이 아니겠니? 네 아버지가 만약 살아 계시다면, 내가 죽어도 산 것과 같으니 곧 무슨 한이 있겠니?"

몽선이 울면서 말했다.

"근래에 오랑캐 우두머리가 중국 병사는 다 죽였으나 조선인은 모두 달아났다는 말을 들었습니다. 아버지는 본래 조선 사람이기에 잡히셨어도 반드시 살아나셨을 것입니다. 금불金佛의 꿈을 꾸신 게 어떻게 헛된 것이겠습니까? 어머니께서도 잠시만이라도 돌아갈 생각 마시고 아버지께서 돌아오시기를 기다리세요."

옥영이 번연幡然히108) 알면서도 말했다.

"오랑캐 우두머리의 소굴은 조선 땅과는 겨우 4~5일 정도면 갈 수 있는 거리이다. 네 아버지가 만약 살아 계시다면 반드시 형세로 보아 본국으로 도망하였을 거야. 어떻게 위험을 무릅쓰고 수만 리에 있는 처자를 찾아오겠니? 내가 마땅히 본국으로 가서 찾아보아야 하겠다. 만약에 죽더라도 내가 창주昌州109)의 살피에 가 떠도는 혼이라도 불러 선영의 곁에다 장사지내어 사막의 밖에서 오랫동안 굶주리는 것을 면하게 된다면 내 책임은 다하는 것이다. 하물며 '월나라 새는 남쪽에 집을 짓고 오랑캐 말은 북쪽을 향하여 의지한다越鳥巢南, 胡馬依北.'110)고

---

108) 번연: 사리 판단을 할 줄 아는 사람이 실수를 저지르는 경우를 비유적으로 이르는 말이다.

109) 창주: 평안북도(平安北道) 북서쪽에 있는 군. 군청소재지는 창성면(昌城面) 임산동(琳山洞)이다. 동쪽은 벽동군·초산군, 남쪽은 운산군·태천군, 서쪽은 삭주군에 접하고, 북쪽은 압록강을 건너 중국의 랴오닝성[遼寧省] 콴뎬현[寬甸縣]과 접한다. 『동국여지승람(東國與地勝覽)』에는 창성군도호부(昌城都護府)에 속한 창주면(昌洲面)이었다.

110) 월나라…의지한다: 월조(越鳥)는 월나라 새. 즉 남쪽에서 온 새. 월(越)은 지금의 광동성(廣東省). 북쪽으로 옮겨간 월나라 새는 남쪽 가지에 보금자리를 만들어 자신

했다. 오랑캐 땅에서 오늘 또한 죽는 날이 닥치니 더욱 고향을 그리워하는 마음을 감당하지 못하겠구나. 홀로 되신 시아버님과 혼자이신 어머니, 어린 아들마저 모두 왜적에게 함락된 날에 잃어버려 그 생사조차 들어 아는 바가 없다. 근래에 인연이 있는 본국本局상인에게 들으니 조선의 포로들을 연이어 풀어주고 있단다. 이 말이 과연 사실이라면, 또 어떻게 한 사람이라도 돌아온 이가 없겠느냐? 네 아버지와 네 할아버지께서 비록 모두 이역異域에서 돌아가셨다면 조상들의 묘소를 누가 다시 돌보겠느냐? 안팎의 친척들 또한 어떻게 난리에 모두 죽기야 했겠니? 만약에 서로 만난다면 이 또한 다행이니 너는 배를 사고 먹을 양식을 준비해라. 이곳에서 조선까지의 거리가 뱃길로 겨우 2000~3000리이니 하늘이 돌보아주셔서 잠깐만 순풍을 만난다면 10일이 못 되어 해안에 닿을 것이다. 나는 계획한 대로 결행할 것이다."

몽선이 눈물을 흘리며 간절히 하소연했다.

"어머니께서는 왜 이런 말씀을 하세요? 만약에 도착한다면 어떻게 큰 다행이 아니겠어요? 그러나 만리창파萬里滄波를 갈대 같은 배로 건널 수는 없잖습니까. 바람과 파도, 교룡蛟龍[111]의 부르짖음은 예측할 수 없는 화가 될 것이고 해적선과 도처에서 불화를 일으킬 것입니다.

의 근본을 잊지 아니한다는 뜻. 호마(胡馬)는 오랑캐 말. 즉 북쪽에서 온 말. 당시 북국(北國)에는 흉노(匈奴)들이 살고 있었음. 남쪽으로 옮겨간 오랑캐 말은 북풍을 향해 몸을 기대어 고향을 그리워 한다는 뜻이다.

이 구절은 문선(文選)에 실려 있는 고시 십구 수(古詩十九首) 중의 하나인 〈행행중행행(行行重行行)〉에 나온다. 이 시는 멀리 길 떠난 남편을 생각하여 근심하는 아내의 간절한 심정을 읊은 시인데, 인용 부분은 아래와 같다.

"호말은 바람 따라 북을 그리고, 월새는 남쪽 가지 찾아 깃드네(胡馬依北風, 越鳥巢南枝)."

111) 교룡: 상상 속에 등장하는 동물의 하나. 모양이 뱀과 같고 몸의 길이가 한 길이 넘으며 넓적한 네 발이 있고 가슴은 붉고 등에는 푸른 무늬가 있으며 옆구리와 배는 비단처럼 부드럽고 눈썹으로 교미하여 알을 낳는다고 한다.

모자가 모두 고기 뱃속에 장사 지낸다고 하여도 어떻게 아버지께서 돌아가신 것을 덮겠습니까? 제가 비록 어리석지만 마땅히 이와 같은 큰일은 다른 일을 핑계로 막아야 한다는 말씀을 감히 드리지 않을 수 없어요."

홍도가 곁에 있다가 몽선에게 말했다.

"막지 마세요! 어머니의 계획이 이미 서셨다면 다른 것에 대한 걱정을 왈가왈부 논할 틈이 없어요. 비록 졸지에 수화水火112)와 도적을 만난다 하더라도 면할 수 있지 않겠는지요?"

옥영이 또 말했다.

"물길이 몹시 힘들고 고생스럽지만 나는 이미 많은 경험을 갖고 있다. 옛날 일본에 있을 때 배를 집으로 삼아 봄에는 민광閩廣113)에서 장사를 하고 가을에는 유구琉球114)에서 물건을 팔았단다. 거대하고 무서운 고래 같은 파도가 나타나고 솟구치는 거센 물결 속에서도 조수潮水의 흐름을 살펴서 점칠 수 있을 정도로 경험이 매우 풍부하지. 바람과 큰 물결, 험난함과 평탄함도 내가 맡을 것이요, 배의 노를 젓는 안위安危도 내가 맡아서 하겠다. 불행한 일이 생기더라도 어떻게 벗어날 방도가 없겠느냐?"

옥영은 즉시 조선과 일본 두 나라의 옷을 짓고 날마다 아들과 며느리에게 두 나라 말을 익히도록 하고 자기가 가르쳤다.

그리고 몽선에게 단단히 잡도리시켰다.

"항해는 오로지 돛대와 노에 의지하는 것이니, 반드시 단단하고

---

112) 수화: 매우 어려운 환경을 비유적으로 이르는 말이다.
113) 민광: 중국의 푸젠성[福建省]과 광동(廣東), 광서(廣西)를 모두 포함한 지명이다.
114) 유구: 중국 호주(潮州), 천주(泉州)의 동쪽에 있었다고 전해지는 나라. 지금의 대만
   (臺灣) 또는 유구(琉球)라는 설이 있다.

촘촘히 기워야 한다. 그리고 더욱 없어서는 안 될 것은 지남석指南石이다. 항해할 날짜는 점占을 쳐서 좋은 날을 가릴 것이니 나의 뜻을 어기지 않도록 해라."

몽선이 번민하며 말을 하지 않은 채 물러나 홍도를 꾸짖으며 말했다.

"어머니께서 만 번 돌아가실 것을 돌보지 않으시고 중대한 계획을 세우시어, 위험을 무릅쓰고 가시려 하지만 아버지께서는 이미 돌아가셨소. 홀로 된 어머니에게 무슨 좋은 땅이 있겠소? 그런데도 당신은 그 일을 찬성을 하니 왜 깊이 생각을 하지 않는 거요."

홍도가 대답했다.

"어머님께서는 지성으로 이 큰 계획을 세우셨으니 당연히 말다툼을 할 수가 없어요. 지금 만약 그만두시게 한다면 반드시 멈추지 아니하실 것이에요. 돌이키기 어려운 후회를 할까 염려하는 것보다는 어머님 계획을 순순히 따르는 것이 나을 듯해요. 제 개인적인 마음의 황당한 근심이야 어떻게 말로 다할 수 있겠어요? 태어난 지 겨우 몇 달만에 아버지께서는 전쟁터에 나가 돌아가시어 남의 나라 땅에 뼈를 드러내 놓은 채 혼백이 들풀에 얽혀 있답니다. 얼굴을 들어 하늘을 보건대 어떻게 사람이라고 하겠어요? 근래 길에서 소문을 들으니, 싸움에서 패배한 군졸들 가운데 조선으로 달아나서 떠도는 사람들이 많다고 하는군요. 사람의 자식으로서 진심으로 요행僥倖을 바라지 않을 수가 없어요. 만약 낭군의 힘에 의지하여 조선에 당도해서 전쟁터를 이리저리 거닐어본다면 아비 잃은 원통함이 조금은 없어질 겁니다. 아침에 가서 저녁에 죽더라도 정말 기꺼이 받아들이겠어요."

그리고는 목메어 우니 눈물이 가득히 흘러 내렸다.

몽선은 어머니와 아내의 뜻을 꺾을 수 없다는 것을 알았다.

떠날 준비를 단단히 하고 1620년 2월 1일에 출항키로 했다.

옥영이 아들에게 말했다.

"조선은 동북쪽에 있기 때문에 반드시 서남풍을 기다려야만 한다. 너는 단단히 앉아서 노를 잡고 오직 내 지시를 잘 듣도록 해라."

마침내 깃대에 깃발을 달고 자석磁石을 배 가운데에 설치하니, 하나도 빠짐없이 잘 갖추어졌다.

잠깐 있으니 돌고래가 솟구치며 노닐고 깃발에 바람이 잦추러 쳐댔다. 세 사람이 힘을 다해 돛을 올리자, 배는 밤낮없이 바다를 가로질러 대단히 빠르게 달렸다. 쏜 화살같이 파도를 가르며 들어가는가 하더니 빠른 번개가 길을 호위하는 듯했다.

10일 만에 내주萊州115)에 올랐다.

반나절쯤 가니, 망망대해茫茫大海에 크고 작은 여러 섬들이 푸르게 줄을 지어 잠겨 있더니, 눈을 돌리는 순간 사라져 버렸다.

하루는 중국으로 돌아가는 배를 만나게 되었는데, 다가와서는 물었다.

"어느 지방의 배이며, 어디로 가느냐?"

옥영이 응답하였다.

"항주杭州 사람인데 차를 사기 위해 산동山東116)으로 가는 중이오."

그들이 지나쳐 갔다.

또 이틀이 지나 일본인 배가 다가오니, 옥영은 즉시 일본인 옷으로 갈아입고 기다렸다. 일본 사람이 다가와서 물었다.

"어디에서 오는 길이오?"

옥영이 일본어로 대답했다.

---

115) 내주: 중국 산동성(山東省)에 있는 지명이다.
116) 산동: 중국 허난성[河南省] 서쪽의 효산(崤山), 함곡관(函谷關) 동쪽의 땅. 전국시대 제, 초, 연, 한, 위, 조의 여섯 나라를 통틀어 이르는 이름이다.

"고기를 잡으러 바다에 나왔다가 풍랑을 만나 표류하게 되었소. 배와 노가 모두 부서져 항주에서 배를 얻어 돌아가는 중이지요."

일본 사람이 말했다.

"정말 고생이 많소! 이 길로 가면 일본과 어긋나니, 돌려서 남쪽을 향하여 가시오."

그리고 가서, 또 헤어지고 갔다.

이날 저녁 마파람이 되우 심하게 불었다. 푸른 너울은 놀쳐 하늘을 진동시켰고 구름과 안개는 사방에 자욱하여 지척도 분간하기 어려웠으며, 노는 부러지고 돛은 찢어져 배 댈 곳을 알 수가 없었다. 몽선과 홍도는 너무 놀라서 뱃바닥에 엎드리더니 이내 뱃멀미를 괴롭게 해댔다. 옥영은 홀로 앉아 하늘을 우러르며 염불念佛을 욀 뿐이었다.

한 밤이 되어 풍랑이 잦아들더니 배가 흘러서 조그만 섬에 정박하게 되었다.

배를 수선하기 위해 며칠을 떠나지 못하였는데, 바다 가운데서 배 한 척이 점차 다가왔다.

옥영은 몽선에게 배 안에 있는 장비裝備를 자루에 담아서 바위 동굴에 숨기게 했다. 잠시 후에 뱃사람들이 보였는데 시끄럽게 떠들면서 내려왔다. 말소리며 옷차림새가 모두 조선이나 일본이 아니었으며, 겉짐작으로 중국 사람과 흡사했다. 손에 병기兵器는 갖고 있지 않았지만 흰 몽둥이로 마구 때리며 화물貨物을 찾았다.

옥영이 중국말로 대답했다.

"나는 중국 사람으로 바다에 고기를 잡기 위해 나왔다가 표류하여 이곳에 정박하게 된 것이기에 본래부터 화물은 있지도 않소."

눈물을 흘리면서 슬프게 울며 살기를 구하니 죽이지는 않고 다만 옥영이 타고 왔던 배를 빼앗아 자기들 배의 후미에 묶고 가버렸다.

옥영이 말했다.

"이들은 필시 해랑적海浪賊[117]들이란다. 내가 들으니, 해적들의 섬이 중국과 조선의 사이에 있어 수시로 출몰하여 재물을 약탈하되 사람을 죽이는 것은 좋아하지 않는다고 하였는데 이들이 분명하구나. 내가 자식의 말을 듣지 않고 억지로 떠났다가 하늘이 돕지 않으셨으니, 끝내는 이런 낭패를 당하게 되었구나. 이미 배와 노를 잃어버렸으니, 다시 무엇을 하겠느냐? 어두운 하늘과 망망한 바다를 날아서 건너갈 수도 없고 마른 소나무도 띄우기 어렵고 대나무의 잎사귀에 의지할 수도 없으니, 다만 죽음만이 있구나. 나야 죽음이 꽉 찼다 하지만, 나 때문에 너희들이 죽게 되었으니 슬프구나."

곧 아들 내외와 오롯이 둘러앉아서 구슬피 우니, 그 소리가 바닷가에 울려 맺힌 한이 바닷물결에 겹겹이 쌓였다. 슬瑟[118]소리가 오므라들고 산은 마치 귀신이 얼굴을 찌푸렸다 펴는 것 같았다.

옥영이 해안가 절벽으로 올라가 바다에 몸을 던져 죽으려 했다. 그러나 아들과 며느리가 함께 만류하여 자살할 수가 없어, 몽선을 돌아보며 말했다.

"너는 내가 죽는 것을 막으니, 앞으로 어떻게 하려고 그러느냐? 자루에 남은 식량으론 겨우 사흘 밖에는 견딜 수 없잖니. 앉아서 식량이 떨어지기를 기다릴 것인데 죽지 않고 무엇을 할 수 있겠느냐?"

몽선이 말했다.

"식량이 다 떨어진 뒤에 돌아가시더라도 늦지 않아요. 그 사이에 만에 하나라도 살 길이 생긴다면 후회막급일 겁니다."

---

117) 해랑적: 해적(海賊)이다.
118) 슬: 중국 고대 아악기의 하나. 앞은 오동나무로 만들고 뒤는 밤나무로 만들어 25줄을 매었다.

몽선은 마침내 어머니를 부축해 언덕에서 내려와 밤에 바위 동굴에 의지해서 잠을 잤다.

하늘이 서서히 밝으려는데 옥영이 아들과 며느리에게 말했다.

"내가 기운이 빠지고 몸이 피곤하여 방황하는데, 장육불께서 또 꿈에 나타나셨구나. 그 분의 말씀이 전일에 영험을 보인 것과 같은 말씀을 하셨으니 꿈이 아주 이상하다."

세 사람은 서로 마주 보고 염불하며 축원하였다.

"세존世尊이시여! 저희를 어여삐 여겨 주소서!"

이틀이 지났다.

문득 바라보니 돛단배가 아득히 저 멀리 바다 한가운데서 둥둥 떠왔다.

몽선이 놀라 경계하며 말했다.

"이 배는 일찍이 보지 못했던 배인데, 아주 걱정이네."

옥영이 보고는 기뻐하며 말했다.

"우리는 이제 살았다! 이것은 분명히 조선 배이다."

곧 조선옷으로 갈아입고 몽선을 시켜 해안에 올라서 옷을 흔들라고 했다.

뱃사람들이 배를 멈추고 물었다.

"당신들은 어떤 사람들인데 이런 외딴 섬에 사시오?"

옥영이 조선말로 응대했다.

"우리들은 경성京城의 사족士族인데, 나주羅州로 내려가다가 갑자기 풍파를 만나 배가 뒤집혀 사람들은 다 죽었소. 다만 우리 세 사람만이 돛대 자루를 끌어안고 표류하다가 이곳에 이르렀다오."

뱃사람들이 듣고서 불쌍하게 여겨 닻을 내려 태우고 떠나면서 말했다.

"이 배는 통제사統制使[119]의 무역선이요. 관가官家의 일정이 정해져 있기에 가는 것을 늦출 수가 없다오."

순천에 도착했다.

물가에 배를 정박시켜 놓고 내려 주니, 이때가 1620년 4월이었다.

옥영은 아들과 며느리를 데리고 울퉁불퉁하여 걷기가 곤란한 길을 걸어 산 넘고 물 건너 5~6일 만에 남원에 도착했다.

옥영은 속으로 집안이 모두 결딴나서 없어졌을 것이라 생각했다. 다만 옛 집터만을 찾아보고 만복사를 찾아 가려 했다.

금교金橋 옆에 이르러 바라보니 성곽城郭이 완연하였으며 마을의 집들도 전과 다름이 없었다. 몽선을 돌아다보고 손가락으로 한 곳을 가리키며 눈물을 흘리며 말했다.

"저기가 너의 아버지 집이었는데, 지금은 어떤 사람이 사는지 모르겠구나. 모두 가서 하룻밤 머물자고 부탁하고는 자면서 뒷일을 생각해보자꾸나."

옥영 일행이 문 밖에 도착했다.

최척이 마침 수양버들 다리 아래에서 손님을 기다리고 있었다.

가까이 앞에 가서 자세하게 들여다보니 곧 그녀의 남편이었다. 모자母子가 일시에 통곡하니, 최척이 비로소 그의 아내와 아들을 보고는 크게 소리쳐 말했다.

"몽석이 어미가 왔소!"

몽석이 이 말을 듣고 맨발로 뛰어나와 서로 붙잡고 집으로 들어갔다.

심씨가 고질병 중에 있다가 딸이 왔다는 소식을 듣고는 너무 놀라서 기절하니 이미 사람의 얼굴빛이 아니었다. 옥영이 부둥켜안고 소

---

119) 통제사: 삼도 수군통제사이다.

생을 시켜 오랫동안 편안하게 해드렸다.

최척이 위경을 불러 말했다.

"지금 따님도 이곳에 왔습니다."

홍도를 시켜서 그동안의 일을 말하게 하니 온 집안사람들이 각자 자식을 안고는 눈물이 마르도록 우니 소리가 사방 이웃들에게 들렸다. 이웃 마을에서 와본 사람들이 모두 괴이하다고 생각하여 기괴한 놀이를 한다고 여겼다.

그러나 옥영과 홍도가 처음부터 끝까지의 일을 이야기하자 모두가 손바닥을 치며 감탄하고서는 다투어 서로 전하여 퍼뜨렸다.

옥영이 최척에게 말했다.

"우리에게 오늘이 있는 것은 참으로 장육금불이 뒤에서 도우신 은 혜에 힘입어서이지요. 그런데 이제 금불상도 모두 훼손되었다는 이야기를 들으니 의지하여 기도드릴 곳이 없군요. 그러나 신령함이 하늘에 계시어서 딱하고 가엾은 사람을 받아들이는 것이에요. 우리들이 어떻게 보답해야 할 것을 알지 못해서야 되겠어요?"

곧 크게 예물을 갖추어 폐허가 된 절을 찾아 마음을 가지런히 하고 몸을 깨끗이 하였다.

최척과 옥영은 위로는 아버님과 장모님을 잘 받들고 아래로는 자식과 며느리들을 잘 보살피며 부府의 서쪽에 있는 옛 집에서 살았다.

아! 아비와 아들, 남편과 아내, 시부모, 형제가 네 나라로 흩어져 시름없이 바라본 것이 세 번이었다. 적지에서도 궁리하여 일을 마련했고 사지死地를 나고 들었는데, 마침내 모두 모여 뜻대로 되지 않은 것이 없으니, 이것이 어떻게 사람의 힘으로 이룰 수 있는 것인가? 황천후토皇天后土[120])께서 반드시 지극한 정서에 감동하셨기에 이러한 기이하고 특이한 일이 가능한 것이었다. 여염집 여인네들에게도 정성이 있다면 하늘도 어기지 아니하니, 정성이라는 것은 이처럼 막을 수 없는 것이다.

내가 떠돌다 남원의 주포周浦[121]에서 머물렀었는데, 최척이 때때로 방문하여서는 이러한 이야기를 갖추어 하고는 그 전말顚末을 기록하여 흔적도 없이 사라지지 않도록 해주기를 청했다.

내가 그르칠 수 없기에 그 대강을 간략하게 기록했다.

천계원년天啓元年[122] 1621년 윤閏 2월 일

---

120) 황천후토: 하늘의 신과 땅의 신이다.
121) 주포: 현재의 남원시(南原市) 주생면(周生面) 일대. 본래 주포방(周浦坊)이었던 것을 1897년(고종 34)에 8도를 13개 도(道)로 개편하면서 주생면(周生面)의 중심이 되었다. 『신증동국여지승람』에 의하면 남원도호부(南原都護府)에서 "남쪽으로 15리, 끝이 25리이다."로 되어 있다.
122) 천계원년: 천계는 명(明)나라 희종(熹宗, 재위: 1621~1627)의 연호. 천계원년은 1621년이다.

최선전
崔仙傳

둥글둥글 석함 속 알

(團團石中卵)

   16세기 말, 작자 미상으로 최치원(崔致遠)의 일생을 허구적 구성을 통하여 형상화한 한문전기소설이다.

   최충의 아내가 금돼지에게 잡혀 갔다 돌아온 뒤 아이를 낳았다. 의심하여 버리니 이 아이가 최치원이다. 하늘의 도움으로 살아난 치원은 기지로 아내를 얻고 중국으로 들어가 과거에 급제하는 등 신라인의 기개를 드날리다 돌아와 가야산으로 들어갔다.

   이 작품은 금저설화(金猪說話), 기아설화(棄兒說話), 파경설화(破鏡說話) 따위의 전래의 다양한 설화적 화소(話素)들이 짜여져 있어 흥미롭다. 〈최선전〉은 사실(史實), 설화(說話), 허구(虛構)가 전기적(傳奇的) 틀 위에 촘촘히 수(繡) 놓아진 소설이다. 따라서 심드렁한 소설의 서사(敍事)를 따라가다 보면 맥 빠진다. 각각의 수(繡)를 보아야 한다. 사실, 설화, 허구의 트릭을 보아야만 이 소설의 참맛을 느낄 수 있다. 간진론(間進論). 끼워 먹는 간식 맛이 주식보다 낫다.

   이 소설을 읽는 또 하나 재미는 중국(中國)이라는 반동인물이다. 오늘날 오만(傲慢)한 미국(美國)을 우리가 경계하는 것만큼이나, 당시에는 꽤 중국을 내심 꺼려하였던 것 같다. 전기소설인 양 치장을 한 치원과 처의 느닷없는 이별의 눈물을 볼작시면 브레히트 선생의 소격효과(疏隔效果)가 떠오른다. 영 맹탕이요, 엇박자다.

"둥글둥글 석함 속 알(團團石中卵)." 중국 황제가 낸 석함 문제를 최치원이 푼 시의 첫 구절이다. 〈최선전〉은 역시 이런 곳에 읽는 맛이 있다. 무력으로 대항한 것이 아니라 글로 응수하였는데 참 통쾌(痛快)하다. 치원이란 꼬마가 여간내기 아니다. 이렇게라도 구겨진 조선인의 자존심을 지키려했다.

또한 〈최선전(崔仙傳)〉의 제명(題名)에 유의해야 한다. 현존하는 최치원 전승 고소설은 제명이 다양하지만, 대부분 최치원의 호(號)와 관직명(官職名)으로 되어 있다. 〈최선전〉만 유일하게 최치원이란 인물의 신비성, 즉 허구화(虛構化)된 인물에 초점을 두었다. '최선(崔仙)'이라 굳이 정한 까닭이 있을 것이다.

필사자의 소설선집안(小說選集眼)이 일품이다. 애정소설에서 시작하여 설화(說話), 우언(寓言)을 거치며 숨고르기를 하더니 다시 애정을 농탕치고 서릿발 같은 현실을 한바탕 휘감아 돌아 신선(神仙)의 세계로 들어간다. 『선현유음』이란 소설집은 이렇듯 '즐거운 난장(亂場)'이다.

최선전

옛날 신라 때 최충崔冲이라는 사람이 있었다. 새로 문창령文昌令[1]을 제수 받자 베개에 엎드려서는 먹지도 않으니 아내가 까닭을 물었다.

"이번에 좋은 관직을 얻었는데, 무슨 근심이세요?"

충이 말했다.

"내가 듣건대 문창령으로 부임하여 매번 귀신에게 아내를 빼앗긴 자가 수십 명이라 하오. 나는 이것을 근심하는 것이오."

아내도 그 말을 듣고 근심하고 고민하여 먹지를 못하였다.

다음 날 아내가 한참동안을 곰곰이 생각하더니 말했다.

"귀신이라는 것은 사람의 목숨을 끊는 것일 뿐이에요. 사물을 운반하지는 못하니 어떻게 다른 곳으로 빼앗아갈 이치가 있겠어요? 이

---

1) 문창령: 문창(文昌) 지방의 영(令). '영'은 신라 이래의 중앙 관부(官府)의 관직명으로 그 분야나 품계·위계 등은 다양하였다. '문창'은 구체적으로 어디인지 알 수 없다.

말은 잘못된 말일 겁니다. 만약 그러하다면 또한 한 가지 계책이 있어요. 당신이 부임하는 날에 백성들에게 명을 내려 각자 실타래를 한 묶음씩 가지고 와 붉은 염색을 하고 줄을 이어 몸에 묶어 놓게 합니다. 납치를 당하는 그와 같은 변고가 있더라도 그 실을 찾아 따라가 찾는다면 자연히 방법을 꾀할 수 있을 거예요."

최충이 그 말을 따라 가솔들을 이끌고 문창에 당도하여 곧 고을의 노인들을 불러서 말했다.

"전에 이 고을에서 아내를 잃는 변괴가 있다고 들었는데 정말인가요?"

노인들이 대답했다.

"그렇습니다."

충이 이로부터 더욱 두려워하여 늘 고을에 딸린 계집종들을 시켜 함께 그 아내를 지키게 했다. 그리고 색실을 열 번 묶는 계책을 썼다.

최충이 하루는 객관客館[2]에 앉아 일을 보고 있었는데 갑자기 검은 구름이 일어났다. 해는 중천에 있는데 땅은 컴컴해지더니 바람과 우레가 사납게 일고 번개가 치며 섬광閃光이 날랐다. 부인을 지키던 사람들이 놀라 엎드려 잠깐 동안 넋을 잃었다.

바람이 멈추고 구름이 걷히자 일어나 창과 문을 보니 모두 여전히 닫혀 있는데 관아에 최충의 아내는 간 곳이 없었다. 이에 크게 놀라 뛰쳐나가 충에게 아뢰니 충이 가슴 아파 부르짖고 놀라움을 이기지 못했다.

시간이 흘러 곧 정신을 차리고 아내를 찾으려 현리縣吏[3] 이적李積과

---

2) 객관: 고려·조선시대에 다른 곳에서 온 관원을 묵게 하던 곳이다.
3) 현리: 현(縣)의 관아에 속하여 말단 행정 실무에 종사하던 구실아치이다.

함께 강가를 수색해보니 실은 관아 뒤쪽 북쪽 큰 산 아래 바위틈으로 들어갔다. 그 바위는 너무 험하여 사람이 휘어잡고 의지하여 올라갈 수가 없었다. 최충이 아내를 부르며 통곡하니 이적이 무릎을 꿇고는 위로하며 말했다.

"이미 부인을 잃으셨는데 통곡을 하셔서 어쩝니까? 제가 고로古老4) 들께서 '이 바위틈은 한 밤이 되면 절로 열리는데 또한 밝은 달빛이 있어야 한다'라고 하시는 말씀을 들은 것 같습니다. 밤이 되기를 기다려 다시 와 보는 것이 좋을 듯합니다."

충이 그 말을 좇아 곧 돌아왔다. 바로 그날 밤 다시 그 바위 골짜기 아래 50보쯤에 이르렀다. 그리고 겁이나 소리를 내지 못하고 숨을 죽이고 있었다. 갑자기 바위 사이로 촛불이 비치는 것 같아 가서 살펴보니 정말로 바위틈이 절로 열렸다. 충이 곧 기뻐하며 마침내 바위틈을 따라 들어갔다. 그 안은 땅이 기름지며 넓었고 꽃과 나무가 무성하였으며 사람은 없었고 예사롭지 아니한 새들만이 꽃가지에 가득 늘어서 있었다.

충은 서글피 한숨을 쉬고는 칭찬하며 감탄하고는 이적을 돌아보며 말했다.

"세상에 어떻게 이와 같은 경치가 있지? 이곳은 반드시 신선이 사는 곳일 게야."

마침내 동쪽으로 거의 50보쯤 가니 큰 집이 한 채 있는데 자못 장려壯麗한 것이 마치 커다란 궁전과도 같았다. 충이 신선의 풍악 소리를 들으며 조용히 꽃 사이로 들어가 창 밖에 기대어 틈으로 엿보았다. 황금색 돼지가 아내의 무릎을 베고 용문석龍紋席에서 잠을 자고

---

4) 고로: 경험이 많고 옛일을 많이 알고 있는 늙은이이다.

있었으며 아름다운 여인 수백 명이 앞뒤로 늘어서 음악을 연주하고 있었다.

충은 일찍이 그 아내와 짬짜미하여 각기 사악하고 더러운 것을 물리치려고 약 주머니를 허리띠 안에 차고 있었다. 충이 얼른 주머니를 열어 약을 꺼내어 바람에 불려 안으로 들어가게 했다.

이때 금돼지가 잠을 깨어 물었다.

"어디에서 인간의 악취가 나는 것이지?"

그 아내가 향내를 맡고서 남편이 온 것을 알아차리고는 곧 속여서 말했다.

"제가 온 지가 오래되지 않았기 때문에 인간의 냄새가 아직 없어지지 않았나 봐요."

그리고는 눈물을 흘리며 슬피 우니 돼지가 의아하여 다시 물었다.

"그대는 무엇이 슬퍼서 울고 있지?"

아내가 말했다.

"제가 이 땅을 보니 인간 세상과는 딴판으로 다릅니다. 저는 인간 세상 사람이기 때문에 우는 것이에요."

금돼지가 말했다.

"이곳은 인간 세상이 아니라 반드시 죽어야 할 까닭이 없으니 슬퍼하여 마음 상하지 마오."

아내가 계속 물었다.

"내가 인간 세상에 있을 적에 듣기로 선계仙界의 사람은 호랑이 가죽을 보면 죽는다 하는데 정말 이런 일이 있나요?"

돼지가 말했다.

"난 알지 못하겠는 걸. 다만 사슴 가죽을 싫어하지."

아내가 말했다.

"왜 싫어하지요?"

돼지가 말했다.

"목 뒤에 붙이면 잠자는 것처럼 말 한 마디 못하고 죽으니 심한 것이야."

말을 마치고는 다시 잠이 들었다.

최충의 아내는 시험해보고 싶었지만 사슴 가죽이 없는 것이 안타까웠다. 문득 차고 있는 팔찌의 끈을 보니 바로 사슴 가죽이었다. 아내는 속으로 기뻐하고는 침에 적셔서 목에 붙이니 과연 말 한 마디 못하고 죽어 버렸다.

이리하여 최충과 그 아내는 함께 돌아왔다.

열흘이 지나 그 나머지 아름다운 여인들 20여 명도 최충 덕에 힘입어 모두 고향으로 돌아갔다.

최충의 아내는 집에 있을 때 아이를 가진 지 3개월이었다. 금돼지의 변을 입은 지 6개월 만에 아들을 낳았는데 손톱이 약간 이상했다. 최충은 그 아이가 곧 금돼지의 아들이라고 의심하여 계집종을 시켜서 큰 길의 고개에 버리라고 했다.

길 가운데서 지렁이를 보고는 갑자기 "한일 자—字."라고 말했다.

계집종이 놀라 집에 돌아와서는 보고했다.

"이 아이가 지렁이를 보고는 '한일 자'라고 말하였습니다."

충이 말했다.

"거짓말 마라! 아무 소리 말고 갔다 버려!"

계집종이 눈물을 흘리면서 아이를 안고 갔다.

아이가 또 죽은 개구리를 보더니 갑자기 "하늘천 자天字."라고 말했다.

계집종이 차마 버리지 못하고 다시 돌아와 말했다.

"죽은 개구리를 보더니 '하늘천 자'라고 말하였어요."

충이 화를 내며 말했다.

"계집종이 주인의 말을 듣지 않는구나. 만약 내다 버리지 않을 경우에는 마땅히 참형斬刑[5]으로 다스릴 것이다."

계집종이 몹시 두려워 비단 포대기 속에 여러 겹으로 싸서 큰길가에 버렸는데, 소와 말이 피하여 밟지 않았고 밤에는 하늘에서 선녀가 내려와 안아주었다.

아전과 관리와 백성들이 거두어 기르고 싶었지만 크게 죄를 입을까 두려워했다.

최충이 그 아이가 길 가운데에서 살아있다는 말을 듣고는 또 옮겨 연못에 던지라 하였더니 한 떨기의 연꽃이 갑자기 생겨 아이를 받고 백학 한 쌍이 서로 번갈아 가며 날개로 덮어주었다. 밤중에는 하늘에서 선녀가 내려와 젖을 주었다.

두서너 달이 지나니 아이 스스로 해변을 거닐며 놀았다. 큰 소리로 울며 백사장을 지나치면 문자文字가 이루어졌고 기러기 울음소리는 다 책 읽는 소리와 같았다.

최충의 아내가 이 소문을 듣고 충에게 말했다.

"당신이 애초에 이 아이를 '금돼지 자식金猪子'이라고 이름 붙이고 사지死地에 버렸는데, 정말로 금돼지의 아들이 아니잖아요. 그러므로 하늘이 깜깜하게 아둔한 속을 알고 천녀天女를 시켜서 이 아이에게 젖을 물려 기르도록 한 것이지요. 이제 속히 사람을 보내 불러서 돌아오게 하세요."

---

5) 참형: 목을 베어 죽이는 형벌이다.

최충은 깊이 마음이 움직여 말했다.

"나도 데려 오고 싶소. 그러나 애당초 아이의 이름을 '금돼지 자식'이라고 하여 버렸다가 지금 데려오게 한다면 남들은 반드시 나를 비웃을 것이니 이 때문에 어려워하는 것이오."

아내가 말했다.

"당신께서 비웃는 것 때문에 곤란하게 여기신다면, 병들었다 핑계하고 이사_{吏舍}에 피해 계세요. 그리고 제 말대로만 하시면 뭇사람들의 비웃음은 면할 거예요."

최충이 그 말대로 따랐다.

그리고는 영험하다는 무당을 불러와서, 그 아내가 금은과 비단을 주고는 꾀었다.

"우리를 위하여 여러 아전들에게 '당신네 원님이 낳은 아이를 거짓으로 금돼지 자식이라 하고 바닷가에 버린 까닭에 하늘이 죄를 더하여 벌로 병이 들게 한 것이오. 지금 만약 당신들이 급히 가 데리고 오면 당신네 원님의 병이 나을 것이오. 그러나 그렇지 않다면 비단 당신들 원님이 병으로 죽는 것만이 아니라 화가 백성들에게도 미쳐 목숨을 부지할 사람이 없을 것이오.'라고 말해주기 바라네."

무당이 곧 기꺼이 따랐다. 그리고 나아가서 최충 처의 뜻대로 갖추어 여러 아전들에게 퍼뜨렸다. 여러 아전들이 곧 깜짝 놀라 두려워하면서 모두 최충이 머물고 있는 이사_{吏舍}로 나아가 무척이나 슬프게 울었다.

최충이 시인_{侍人}[6]에게 명해 그 까닭을 물으니 여러 아전들이 나아가 무릎을 꿇고 말했다.

---

6) 시인: 귀인을 모시는 사람이다.

"저희들이 영험한 무당에게 물으니, '당신네 원님께서 낳은 아이를 버린 까닭에 하늘에 죄를 얻은 것이오. 만약 거두어 데려오지 않으면 당신네 원님은 병이 낫지 않을 것이며 하리下吏들에게까지 미친다.'고 하였습니다."

충이 즉시 "아이를 데려 오는 것을 어떻게 꺼리겠는가?" 하고는 곧 명을 내렸다.

이적 등이 해변에 들어갔으나 찾지 못하고 돌아오려고 하는데 갑자기 어린 아이의 글 읽는 소리가 들려왔다. 바다에 있는 섬을 바라보니 한 아이가 높은 바위 위에 혼자 앉아 책을 읽고 있었는데, 섬 이름이 저도猪島[7]였다. 아전들이 마침내 배를 타고 가서 바위 아래 이르러 배를 대고 올려다보며 소리쳤다.

"그대의 아버지와 어머니가 병을 얻어 고통이 심하오. 공을 보고 싶어 하기 때문에 우리들이 지금 공을 데리러 이곳에 왔소."

그 아이가 말했다.

"부모가 애초 나를 금돼지 자식이라고 하여 이곳에 버렸소. 지금은 조금도 부끄럽지 않아서인가 어떻게 보시려 하는 거요? 당신들 말은 거짓인 것이 이와 같소. 양적陽翟의 큰 상인인 여불위呂不韋[8]가 미희美

---

7) 저도: 경상남도 마산시 구산면(龜山面) 구복리(龜伏里), 사천시 남양동(南陽洞), 합포구(合浦區) 월영동(月影洞), 통영시 광도면(光道面) 안정리(安井里)에 딸린 섬 따위가 모두 동일한 이름이다. 이 중 월영대(月影臺)와 가장 인접해 있는 저도는 경남 마산시 합포구(合浦區) 월영동(月影洞)에 딸린 섬이다. 돝섬이라고도 한다.

8) 여불위: 중국 전국시대 양적(陽翟, 오늘날의 하남성 우현(禹縣)) 지방의 대상인이며 진(秦)나라의 정치가. 어느 날, 그는 한단(邯鄲)에서 조(趙)나라에 인질로 붙잡혀 있던 진(秦)나라 공자(公子) 자초(子初)를 우연히 발견하고 이른바 기화(奇貨)라고 판단하였다. 여불위는 일찍이 한단의 여자들 가운데 미모가 빼어나고 가무(歌舞)에 능한 여자들을 골라 첩으로 두고 있었는데, 그 가운데 한 명이 임신 중이었다.
   어느 날, 자초는 여불위의 집에 들렀다가, 그 여자를 발견하고 흠모의 정을 품게 되었다. 이것은 여불위의 꼼수였다. 이 미녀는 자신의 임신 사실을 숨기고 자초와

姬를 바쳤는데 그녀가 임신한 줄 알면서도 진왕秦王에게 바쳤소. 7개월 만에 아들을 낳으니 이는 실지로 여씨呂氏였으나 진왕은 버리지 않았소. 하물며 우리 어머니께서는 나를 배신 지 3개월이 되어 문창文昌에 오셨잖소. 얼마 되지 않아 금돼지에게 납치되셨으나 달을 넘기지 않아 어머니를 되찾고 6개월이 지나 나를 낳으셨소. 이로 본다면 나를 금돼지의 아들이라고 볼 수 있겠소?

만약에 내가 금돼지의 아들이라면 이목구비耳目口鼻가 어떻게 금돼지의 자식과 서로 같지 않겠소? 그런데도 아버지께서는 나를 자식으로 여기지 않으시고 곧 금돼지의 자식이라 하여 길가에 버리셨기에 하늘께서 가련하고 불쌍하게 여기시어 보호한 것이요. 예로부터 지금에 이르기까지 잔인殘忍하고 박행薄行하기가 어떻게 이와 같겠소? 이러한데 내가 무슨 면목으로 우리 부모님을 가서 뵌단 말이오? 이제 나를 찾는 것은 비단 희롱하여 시험하는 것일 뿐만 아니라, 끝내는 나를 그릇되게 할 것이오. 나를 만나려 하신다면 마땅히 죽어 버리겠소."

이때 나이가 겨우 3세였다.

이러니 이적 등이 할 말이 없어 고개를 숙이고 돌아와 그 아이의 말을 빠짐없이 최충에게 아뢰었다.

충이 이것을 부끄럽게 여겨 스스로를 책망하며 말했다.

"이 모든 것이 다 내 잘못이다."

살다가, 마침내 정(政: 始皇帝)을 낳았다. 이에 자초는 그를 정식 부인(夫人)으로 세웠다.

진나라 효문왕이 즉위 1년 만에 세상을 떠나자, 태자 자초는 그의 뒤를 이어 진나라의 새로운 군왕(莊襄王)으로 즉위하였다. 장양왕 자초는 화양왕후를 화양태후로 책봉하는 한편, 자신의 생모인 조희(趙姬)는 황태후(皇太后)로 세웠다. 효문왕은 여불위를 진나라의 승상에 임명하고 그를 문제후(文諸侯)에 봉하여 하남 낙양의 십만 호를 그의 봉지(封地)로 삼게 하였다.

고을 사람 수백 명을 데리고 바다 어귀로 나가 곧 그 아이를 위해 바닷가에 대臺를 쌓고 그 가운데에 누각樓閣을 지었다. 누대가 완성되자 아이를 부르고 누대의 이름을 지으라 하니 그 아이가 앞에 나아가 눈물을 흘리면서 말했다.

"저는 불효자가 되어서 일찌감치 멀리 버림을 당하였습니다. 이제야 부모를 뵙고 앞에서 받들어서 효도를 하려 하니 어떻게 밝은 해를 대할 면목이 있겠습니까?"

마침내 엎드려서 우니, 충이 열없어서 얼굴을 가리며 말했다.

"내 너를 보기가 매우 부끄러우니 다시는 허물을 이야기하지 말거라."

아이가 그 누대의 이름을 월영대月影臺[9]라고 했다.

최충이 "내가 너에게 줄 것이 없구나." 하고는 삼척三尺[10]이나 되는 쇠붓을 주고 돌아왔다.

그 뒤 하늘에서 보낸 선비 수십 명이 누대 위에 구름같이 모여 각자의 학문을 다투어 가르쳤다. 그 아이가 이로 말미암아 크게 문리文理를 깨쳐서 드디어 문장文章을 이루었다. 늘 쇠붓을 가지고 대 아래에서 글자를 익히니 삼척의 길이가 닳아서 반이나 무지러졌다.

그 아이의 생긴 모습은 음성이 맑고 아담하였으며 시를 읊조리면 운율에 맞지 않음이 없었다.

어느 날 밤, 달은 밝은데 물결치듯 하는 피리 소리가 멀리서부터

---

9) 월영대: 마산시 월영동 소재의 대. 신라 말기 문창후 해운 최치원이 대를 쌓고 해변을 소요하면서 제자들을 가르친 곳이다. 최치원이 죽고 그의 학문과 인격을 흠모한 고려, 조선조 때 많은 선비들이 이곳을 찾게 되니 이곳은 우리나라 선비의 순례지가 되었다. 해서체로 '月影臺'라 새겨진 입석이 있는데 최치원의 친필이다.

10) 삼척: 길이의 단위로 석 자. 한 자는 한 치의 열 배이며, 현재의 도량형으로 한 자는 약 30.3cm에 해당한다.

희미하게 들렸다. 곧 이백李白[11]과 두보杜甫[12]의 시를 읊조리는 데, 그 소리를 들은 사람치고 아름답다 칭찬하지 않는 이가 없었다.

마침 이날 밤에 중국의 황제皇帝가 후원에 나와 달을 감상하며 노닐다가 시 읊는 소리를 들었는데, 맑고도 담박하기에 시신侍臣들에게 물었다.

"어디서 시를 읊는 소리가 여기까지 들리는고?"

시신들이 대답했다.

"지난 해 이래로 달 밝은 고요한 밤이면 신라에서 들려옵니다. 그리고 근래에 하늘을 살펴보니 동국東國[13]에 문성文星[14]이 나타났습니다. 아마도 동국에 현자賢者가 있는 것 아니겠습니까?"

황제가 말했다.

"신라는 비록 작은 나라이지만 반드시 어진 선비가 있는가 보다. 만 리나 멀리 떨어진 곳에서 시 읊는 소리가 이와 같이 아름다우니, 하물며 가까이 있다면 어떻겠는가?"

오랫동안 칭찬하고는 황제가, "짐이 재주 있는 선비를 보내어 신라 선비들과 서로 재주를 겨루어보게 하려고 하니 신라국의 문사文士를 부르라."했다.

즉시 여러 학사들 가운데 글재주가 뛰어난 두 사람을 뽑아 좋은 배에 태워서 보냈다.

---

11) 이백: 중국 성당시대(盛唐時代)의 시인이다. 〈운영전〉의 주 43) 참조.
12) 두보: 중국 성당시대(盛唐時代)의 시인이다. 〈운영전〉의 주 86) 참조.
13) 동국: 신라를 말한다.
14) 문성: 문운(文運)을 주관하는 별. 문단에서 혜성처럼 명성을 떨친 문인(文人)을 비유적으로 이르는 말이다.

이러하여서 학사學士들이 배를 타고 월영대 아래에 도착하여 배를 정박하고는 흐벅진 달빛을 즐기었다. 달은 밝고 물결은 고요하니 바로 팔월 보름이었다. 파도는 고요하고 고기는 뛰어 흥을 이기지 못하여 즉석에서 시 한 구를 읊조렸다.

삿대는 물결 아래 비친 달을 뚫네.15)

누樓 아래 백사장 위에 삼척동자三尺童子가 모래를 가지고 놀며 소리를 내어 글을 읊었다.

배는 물 가운데 비친 하늘을 누르네.16)

학사들이 서로 돌아보며 말했다.
"누가 읽은 것이지?"
아이가 읊은 것을 알지 못했다. 다시 시험 삼아 연구聯句17)를 읊었다.

물새는 떴다 잠겼다 하고,

그 아이가 되채 읽었다.

산 구름은 끊겼다 잇대곤 하네.

---

15) 삿대는 물결…뚫네: 『추구(推句)』에도 보인다.
16) 배는 물…누르네: 『추구(推句)』에도 보인다.
17) 연구: 한 사람이 각각 한 구씩을 지어 이를 합하여 만든 시. 연구(連句)혹은 연시(聯詩)라고도 하며 중국 한나라 무제 때부터 시작되었다.

학사들이 경악驚愕하면서도 업신여겨 말했다.

"새와 쥐는 어떻게 '쩩쩩'거리는고?"

아이가 재게 대답했다.

"새 우는 소리는 '쩩쩩'이지만, 돼지와 개는 어떻게 하여 '멍멍' 짖
어대지요?"

학사가 말했다.

"개 짖는 것은 '멍멍'거리지만, 돼지도 '멍멍'거리는가?"

아이가 말했다.

"쥐도 '쩩쩩'거리나요?"

학사들이 묻는 것이 궁해지자 말했다.

"어느 곳에 사는 어린 녀석인데 밤에 이곳에 왔느냐?

아이가 말했다.

"나는 신라 승상丞相[18] 나청업羅清業 어른의 노비인데, 명을 받들어
이곳에 와서 바둑알을 줍고 있다가 날이 저물어 돌아가지 못했소."

학사가 말했다.

"네 나이가 몇 살인고?"

아이가 대답했다.

"여섯 살이오."

이러므로 학사들이 스스로 재능이 그 아이에게 미치지 못함을 알
고 곧 서로 상의하였다.

"나이 여섯 살밖에 안된 아이의 재능이 오히려 이와 같으니, 하물
며 신라에 문재文才가 뛰어난 사람이야 이루 다 헤아릴 수 없을 것

---

18) 승상: 옛 중국의 벼슬. 우리나라에서는 고려시대 정동행성(征東行省)의 최고 관직
으로 정승에 해당한다.

아니요. 우리들이 비록 신라에 들어가더라도 어떻게 대적하여 재능과 기예技藝를 견줄 수 있겠소. 차라리 돌아가는 것만 못하오."

마침내 노를 저어서 돌아와 황제에게 아뢰었다.

"신라의 신하들은 그 재능이 특별하여 업신여길 수가 조금도 없었습니다. 영접한 신하들의 재주를 꺾지 못해 노를 돌리어 돌아온 것입니다."

이러하니 황제가 크게 노하여 가탈을 잡아 공격하려 했다. 곧 계란을 솜으로 여러 겹 싸서 석함石函을 만들었다. 또 누런 밀랍을 끓여 그 속에 부어 움직이지 못하게 만든 다음, 다시 구리쇠를 녹여 상자 밖을 두루 입혀 열어보지 못하게 했다.

그러고는 곧 새서璽書[19]를 주어 신라로 보내었는데, "너희 나라는 후미진 한 귀퉁이에 있으나 단지 재주만을 믿고서 대국大國을 업신여겼으니 끝내 책임을 면하기 어려울 것이다. 이 상자 속의 물건을 알아내어 시를 지어 와 바친다면 그 죄를 면할 것이지만, 만약 알아내지 못할 때에는 너희 나라는 멸망의 화를 당할 것이다."라고 적혀 있었다.

천자의 사신이 새서를 받들어서 계림鷄林[20]에 왔다. 신라왕이 마중을 나가 받들어 열어보고는 놀라고 두려워 어쩔 줄을 몰라, 나라의 이름난 선비들을 불러 모아서는 백일장白日場[21]을 열어 과거를 보이었다. 그리고는 여러 유생들에게 말했다.

"이 함 속의 물건을 알아내어 시를 짓는다면 내가 특별히 벼슬을

---

19) 새서: 옥새가 찍혀 있는 문서이다.
20) 계림: '신라'의 다른 이름이다.
21) 백일장: 각 지방에서 유생들의 학업을 장려하기 위하여 글짓기 시험을 실시하던 일이다.

일품一品 올려주고 군君22)으로 봉하고 녹祿을 후하게 주어서 그 공에 보답하리라."

여러 유생들이 모두 알아내지 못하니, 그때 온 조정이 흉흉하고 세상에 떠도는 소문이 들끓었다.

이때 월영대의 아이가 이리저리 걸식하며 서울에 들어왔다. 자칭 거울 수리공[鏡賈]이라 하고 "거울 고칩니다!"라고 외치면서 나 승상羅丞相 집 앞에 도착하였다. 나 승상의 딸이 이 말을 듣고는 곧 헌거울을 찾아 그 유모에게 주어 내보내고 유모를 따라가 바깥문의 틈으로 엿보았다. 경고가 사람이 언뜻 나 승상 딸의 얼굴을 보고는 속으로 예쁘다 여기고 더디게 수선하더니, 일부러 돌 위에 거울을 떨어뜨려 두 조각을 내버렸다.

유모가 크게 놀라 이내 성을 내어 때리니 그 경고가 울면서 말했다. "거울은 이미 깨어져 합하기 어려우니 때린들 이득이 없습니다. 제가 종이 되어 이 거울 값을 갚도록 해주시지요."

유모가 들어가 승상에게 아뢰었다. 승상이 곧 허락하고는 그 이름과 사는 곳, 관향貫鄕을 물으니 경고가 말했다.

"지금 거울을 깨뜨린 저는 별명이 파경노破鏡奴이며, 부모님께서는 일찍 돌아가셨고 또 사는 곳도 없습니다."

승상이 곧 파경노에게 명하여 여러 말을 기르도록 하니, 파경노는 고개를 숙이고 명령을 따랐다. 한 말을 타고 가면 여러 말들은 머리를 나란히 하고 따랐으며 넓은 들판에서 조금도 어지럽게 싸우는 것이 없었다. 말들은 살쪄 한 마리도 여윈 놈이 없었다.

---

22) 군: 영토와 신민(臣民)이 있는 봉호(封號)이다.

마을 사람들은 파경노가 말을 능숙하게 다루는 것을 보고는 자못 의심스러워하여 몰래 말 기르는 것을 훔쳐보았다.

파경노가 아침에 한 무리의 말들을 이끌고 나가 사방 들판에 흐트러뜨려 놓고 파경노는 수풀 아래에 와서 누워서 시만 읊조렸다. 홀연 어디서 왔는지 모르는 푸른 옷을 입은 동자童子 여러 명이 혹은 꼴을 거두기도 하고 혹은 채찍으로 말을 길들였다. 그리고 날이 저물면 흩어져 있던 여러 말이 곧 모여들어 고개를 숙이고 늘어서 있었다. 이를 본 사람들이 감탄하지 않는 이가 없었다.

승상의 아내에게 알리니 이를 듣고 승상에게 말했다.

"파경노는 모습이 기이한데다 감복할 일도 많으니 반드시 평범한 사람은 아닐 것이에요. 마구간 일을 옮기시어 천하지 않은 일을 맡겨 주시지요."

승상이 그 말을 따라서 동산東山의 잡초투성이 꽃밭을 수리하고 가꾸는 동산바치로 옮겨주었다.

파경노는 또 꽃 속에 누워만 있었으나 신인神人이 밤에 신선 세계에 있는 여러 꽃들을 옮겨 심고는 거름을 주어 북돋아 기르기도 하고 혹은 풀을 뽑았다. 이때부터 동산에는 꽃들이 흐드러지게 피었고 무성하여, 봉황새와 황학黃鶴23)이 날아와 꽃가지에 둥지를 틀었다. 파경노는 봉황새가 우는 소리를 듣고는 곧 슬프고 애잔한 노래를 부르며 춤을 추었다.

승상이 마침 동산에 들어와 달을 감상하며 거닐다가 파경노에게 물었다.

"네 나이가 몇이나 되었는고?"

---

23) 황학: 전설에 나타나는 누런 빛깔의 학이다.

파경노가 대답했다.

"열한 살입니다."

또 물었다.

"네가 글은 아느냐?"

파경노가 거짓으로 모르는 체하며 말했다.

"모릅니다."

승상이 말했다.

"나는 열한 살에 벌써 글을 알았는데 너는 어떻게 하여 모르느냐?"

파경노가 대답했다.

"저는 부모님을 일찍 여의어서 비록 글을 배우고 싶어도 누구에게 배우겠습니까?"

승상이 장난삼아 말했다.

"배우려하지 않으면 그치는 것 같으니, 네가 배우고 싶다면 내가 가르쳐주마."

파경노가 대답했다.

"감히 청하지는 못하지만 진정으로 원하는 것입니다."

승상이 웃으며 말했다.

"저런! 저런!"

파경노도 웃고 물러갔다.

그런 지 10일쯤 되었다.

파경노는 나 승상 딸이 동산에 들어와 꽃구경을 하고 싶었으나 그가 항상 지키고 있어 부끄러워 과연 기이한지를 못 보고 있다는 말을 들었다.

곧 승상에게 아뢰었다.

"제가 이곳에 온 지도 이제 여러 달이 되었습니다만 아직 고향을 방문하지 못하여, 마음 깊이 울적하고 답답합니다. 두서너 날 말미를 얻었으면 합니다."

승상이 허락하니, 파경노가 가서 꽃 사이에 엎드려 숨었다.

곧 나 승상 딸이 파경노가 말미를 얻어 고향으로 돌아갔다는 말을 듣고는 동산에 달음질쳐 들어가 꽃구경을 했다. 꽃이 농염하고 눈물을 머금은 듯하며 함박꽃들은 방시레 웃는 것 같아 즉석에서 시 한 구를 지어 읊었다.

꽃은 난간 앞에서 웃음 짓지만 소리는 들리지 않네.

파경노가 꽃 사이에 숨어 있다가 잇대 읊었다.

새는 수풀 아래서 울어대지만 눈물은 볼 수 없네.[24]

나 승상 딸은 얼굴이 발갛게 되어 부끄러워하며 달아나 돌아갔다. 이 해 봄이 한창인 2월이었다.

여러 유생들이 임금에게 글을 올려, 「상자 속의 물건을 알아낼 수 없으니 거적에 엎드려 죄를 기다립니다.」라는 표表[25]를 올렸다.

국왕國王이 걱정하니 척신戚臣[26]이 아뢰었다.

---

24) "꽃은…않네." "새는…없네.": "꽃은 난간 앞에서 웃음 짓지만 소리는 들리지 않네(笑花檻前聲末聽)."와 "새는 수풀 아래서 울어대지만 눈물은 볼 수 없네(鳥啼林下淚難看)."라는 두 시구는 이인로(李仁老)의 『파한집(破閑集)』이나 『해동잡록(海東雜錄)』 권 2의 김시습(金時習)의 일화, 김인후(金麟厚)의 『백련초해(百聯抄解)』 속에도 보이는 시구이다. 『파한집』의 기록에 의하면 이 시는 옛날부터 내려오는 경구라고 하였다.
25) 표: 임금에게 올리는 글이다.
26) 척신: 임금과 성이 다르나 일가인 신하이다.

"어진 인재는 쉽게 얻을 수 없습니다. 대왕의 여러 신하 중에 문학
文學이 넉넉하고 직책도 으뜸가는 자리에 있는 자에게 전적으로 맡
기신다면 여러 가지로 꾀하는 형세가 있을 겁니다. 만약에 끝내 하
지 못한다면 그를 천조天朝27)에게 보낸다 하면 불가하지는 않을 것
입니다."

왕이 그러하다고 여겼다. 이러하여서 곧 나 승상을 불러 석함을
맡기며 말했다.

"과인이 덕이 없어 중국으로부터 이것을 받았소. 천조는 아주 어려
운 문제를 내었는데 허물을 잡아서 죽이거나 죽이지 않거나 하려하
는 것이오. 풍문風聞에 여러 신하들 가운데서 경의 글재주가 남음이
있다 하니 시를 지을 것이므로 이 함을 맡기는 것이오. 경이 모쪼록
힘써 알아내면 시를 짓지 않겠소? 경이 만약 하지 못하면 경의 부인
과 모든 가속家屬들은 궁녀로 삼을 것이고 경은 마땅히 천조의 재앙을
받을 것이오."

나청업羅淸業28)이 머리를 수그리고 명을 받아서 집에 돌아오니 모
두 놀라 통곡했다.

나 승상 딸도 눈물을 흘리고 밥을 먹지 않은 것이 여러 날이 되었다.

파경노가 알지 못하는 듯 거짓으로 사람들에게 물었다.

"주인댁의 슬픔이 아주 심한데요."

사람들이 말했다.

"이러이러한 일 때문에 주인 재상어른께서 큰 죄를 받을 것을 근심
하여 통곡하는 것이 이렇게 심한 것이란다."

---

27) 천조: 천자(天子)의 조정을 제후나라에서 일컫는 말. 여기서는 진(秦)나라이다.
28) 나청업: 나 승상(羅丞相)이다.

파경노가 겉으로는 근심하는 척하면서 내심으로는 기뻐하며 나 승상의 딸을 시험하려 꽃가지를 꺾어들고 익랑翼廊[29]의 창 앞으로 갔다. 나 승상 딸이 마침 턱을 괴고 처량하게 눈물을 흘리고 있다가 홀연 벽면의 위쪽에 걸어 놓은 거울 속에 언뜻 아름다운 선비의 모습이 비치는 것을 보고는 속으로 놀랐다. 곧 돌아서서 창틈으로 보니 파경노가 꽃가지를 받들고 서 있었다.

　　나 승상의 딸이 이상하게 여겨 물으니, 파경노가 꿇어앉아 그윽하게 말했다.

　　"낭자께서 이 꽃을 좋아하시는 것 같아 꺾어와 드립니다. 시들기 전에 받아 한 번 구경하시지요."

　　나 승상의 딸이 길게 한숨을 쉬니 파경노가 다시 위로했다.

　　"거울 속에 어른거린 사람이 반드시 낭자의 근심을 없애줄 것이니, 걱정하지 마시고 빨리 꽃을 받아 한 번 구경하세요."

　　나 승상의 딸이 그 말을 듣고 마음으로 자못 의심스러워하면서도 곧 얼굴을 가리고서 꽃을 받기는 하였으나 부끄러워 일어나 들어가서는 부모의 앞에 무릎을 꿇고 앉아서는 조용하고 나지막이 말했다.

　　"파경노가 비록 어린 아이지만 재주와 학문이 뛰어납니다. 또 신선과 호걸의 기풍이 있으니 제가 가만히 생각해보건대 아마도 함 속의 물건을 알아내어 시를 지을 수 있을 거예요."

　　승상이 말했다.

　　"네가 이 일을 쉽게 여겨 이와 같은 말을 하는 것이냐? 파경노가 할 수 있을 것이라면, 천하의 이름 난 선비들이 한결같이 짓지 못하여 마침내 나에게 맡겼겠느냐?"

---

29) 익랑: 대문의 좌우 양편에 이어서 지은 행랑이다.

나 승상의 딸이 말했다.

"속담에 이르기를 '부엉이는 낮에 보이지 않지만 밤에는 잘 보고 꾀꼬리는 밤에 보이지 않지만 낮에 잘 보는 것은 각기 소장各其所長[30]이 있기 때문입니다. 일이 어려운 것이 아니라 사람을 보는 것이 어려운 것이잖아요. 어떻게 뜻이 있다고 참새가 새매[鷳][31]를 낳을 수 있겠어요? 파경노가 비록 어리나 큰 재주를 낼 줄 어떻게 알겠습니까?"

이어서 파경노가 걱정하지 말라고 한 말을 아뢰고 꽃밭에서 화답한 시구를 말했다.

"어제 파경노가 말미를 얻은 틈을 타서 꽃밭에 갔었습니다. 파경노가 꽃 사이에 숨어 있다가 이 시에 답한 것인데, 정말 하늘이 낸 재주가 아니라면 어떻게 이와 같겠어요? 그가 만약에 할 수 없다면 어떻게 이런 말을 했겠어요? 그를 불러서 시험해보세요."

승상이 자못 그럴 듯하다고 생각하여 곧 파경노를 불러서 말했다.

"우리나라가 불행하게도 대국大國의 견책譴責[32]을 받았고 한 집안이 불행히도 국왕의 근심을 맡았다. 네 몸이 불행하여 내가 죄를 주고자 불렀단다. 조명詔命[33]으로 온 함을 너에게 주지 못하고 여러 날 동안 머뭇거리며 망설였다. 이제 너에게 주니 형편상 부득이하여 그런 것이다. 네가 시를 짓는다면 응당 원하는 벼슬을 얻어 항상 한 나라의 영화로움을 누림이 어떻게 나와 너에게만 그치겠느냐?"

---

30) 각기 소장: 저마다 지니고 있는 장기(長技)이다.
31) 새매: 수릿과의 새. 몸의 길이는 28~38cm이고 암컷이 수컷보다 훨씬 크다. 등은 회색, 아랫면은 흰색이고 온몸에 어두운 갈색의 가로무늬가 있다. 수컷을 '난추니', 암컷을 '익더귀'라 하고 길들여 작은 새 따위를 잡는 데 쓴다.
32) 견책: 허물이나 잘못을 꾸짖고 나무라는 것을 말한다.
33) 조명: 임금의 명령을 일반에게 알릴 목적으로 적은 문서. 여기서는 중국 천자의 조서이다.

파경노가 명을 듣고는 웃으면서 대답했다.

"온 나라의 능한 문장가들이 모두 짓지를 못하였는데, 어떻게 배우지도 못한 삼척三尺의 어린 아이가 하겠습니까? 이것은 한 마디의 말로 하자면 '소가 웃을 말씀'이십니다."

머리를 돌리고는 일어나니 승상이 할 말이 없었다.

나 승상의 딸이 또 아뢰었다.

"지극히 어려운 일을 평범한 마음으로 책임지라 하시니 누가 수긍하겠어요? 살기를 원하고 죽기를 싫어하는 것은 인지상정人之常情이에요. 옛날 어떤 사람이 사건에 연좌되어 형을 당하게 되었을 때 관리가 묻기를 '만약 네가 시를 짓는다면 내가 용서해주마.' 하였더니, 그 사람은 명에 따라 지어냈답니다. 하물며 파경노는 문학이 넉넉하여 시를 지을 수 있는데도 거짓으로 못 짓는 체하고 있는 것이에요. 이제 아버님께서 죽이겠다고 으름장을 놓으시면 어떻게 살기를 좋아하고 죽기를 싫어하는 마음이 없어 따르지 않겠어요?"

승상이 그러하다 싶어 곧 파경노를 협박했다.

"네 몸은 이미 내 종이 되었는데 내 말을 듣지 않으니 마땅히 목을 벨 죄이다."

그리고는 다른 종을 시켜 끌어내어 목을 베려 했다. 파경노가 정말로 죽이려하나 두려워 거짓으로 허락했다.

잠시 뒤 파경노가 곧 함을 가지고 중문中門34)의 안쪽에 앉아 혼자말로 중얼거렸다.

"이것은 그야말로 이른 바 '적병을 만나자 모사謀士를 죽이려는 격

---

34) 중문: 한옥에서, 안채·사랑채·행랑채 등과 같은 집채와 집채 사이를 드나들 수 있게 만든 문이다.

[方被敵兵, 欲殺謀堵]'이군. 나 같은 놈이야 비록 백 번 죽어도 아까울 게 없지만 승상께서 어떻게 하는 가를 알지 못하니 어쩔 수 없을 따름이지 뭐."

승상 아내가 마침 곁에서 이 같은 파경노의 말을 듣고 들어와 승상에게 말했다.

"파경노가 시를 지을 마음이 없나 봐요."

그리고 그가 한 말을 알려주었다.

승상은 유모乳母를 시켜서 꾀어보았다.

"그대의 문재文才가 넉넉하여 시를 지을 수 있을 텐데, 원하는 것이 무엇이기에 죽도록 거절하는 것이지? 하고 싶은 것이 있으면 나에게 숨기지 말고 바른대로 말해봐요. 내가 그대를 위해 방도를 구해볼게."

파경노가 한참 동안 묵묵히 있다가 말했다.

"승상께서 나를 사위로 삼으신다면 내가 반드시 시를 짓지요."

유모가 들어가 승상께 아뢰니 승상은 성난 목소리로 말했다.

"창두蒼頭35)로 사위를 삼는 법이 어디 있느냐? 네 말은 크게 잘못되었어."

또 화공畵工을 시켜서 선아(仙娥36)의 얼굴을 그려보내서 보이며, "네가 시를 지어낼 수 있다면 이와 같은 얼굴의 예쁜 아가씨에게 장가들도록 해주마." 하고 말하게 했다.

파경노가 웃으면서 말했다.

"일찍이 그림 속의 떡을 보고 배부르다는 것은 본 적이 없소. 먹은

---

35) 창두: 사내종이다.
36) 선아: 선녀(仙女)같이 아름다운 여인을 달리 이르는 말이다.

후에야 배부른 것이지. 어떻게 좋은 꾀로써 어리석은 자를 시험하려 하시오? 이러한 까닭으로 흥한 집안이었지만 끝내는 화를 면하기는 어려울 거요."

이어 발로 함을 툭 밀어 버리고 말했다.

"내가 비록 마디마디 잘려 죽더라도 짓지 못하겠소."

유모가 들어가 아뢰니 승상은 잠자코 아무 말도 하지 않았다.

이때 소녀 운영雲英37)이 눈썹을 내려 깔고 눈물을 흘리며 아뢰었다.

"이제 막대한 후환後患을 당하실 거예요. 시를 짓지 못하면 아버님 께서 책망을 받으실 것이고 어머니와 저는 천하게 될 것이어요. 아버 님께서 비록 딸을 사랑홉는 마음 때문에 그러하시지만 끝내 어쩌시 겠어요? 제 몸으로 아버님의 형벌을 속죄하고자 하니, 저를 사랑하시 는 보답을 막지 마세요. 만약에 파경노의 말을 듣지 않으신다면 서제 막급噬臍莫及38)일 게예요. 부모님께서 형통亨通하신 것이 딸자식의 영 화지요. 예로부터 지금까지 아끼는 것은 오로지 인생뿐이에요. 인생 이 다하였다면 다른 것이야 무엇을 아끼겠어요?"

승상이 말했다.

"효성스런 네 말이 정성스럽고 또 이치가 있구나. 부모 마음으로는 차마 천한 가문에 들여보낼 수 없고 네가 종신토록 원한을 갖을까 봐 두려워서 허락하지 못했다. 연미지화燃眉之禍39)가 가까운 것을 피

---

37) 운영: 나 승상의 딸 이름이다.

38) 서제막급: 이미 저지른 잘못에 대하여 후회하여도 소용이 없음을 이르는 말. 사람 에게 잡힌 사향노루가 배꼽의 향내 때문에 잡혔다고 제 배꼽을 물어뜯었다는 데서 유래한다.

39) 연미지화: 눈썹에 불이 붙었다는 뜻으로, 매우 급함을 이르는 말. 송대에 혜명(慧明) 등이 편찬한 불교서적인 『오등회원(五燈會元)』에 나오는 말이다. 금릉(金陵, 지금의 남경(南京))에 있는 장산(莊山)의 불혜선사(佛慧禪師)가 '어느 것이 가장 급박한 글귀 가 되겠느냐?'는 질문을 받았다. 이에 선사는 "불이 눈썹을 태우는 것이다[火燒眉毛]"

하려 하여 허락한다면 남들의 논란이 있을 것이란다."

운영이 말했다.

"부모가 딸을 사랑하는 마음이나 딸이 부모에게 효를 행하는 것은 매한가지잖아요. 집안이 평안하면 마음이 즐겁지요. 그러므로 의롭지 않은 일을 한다면 사람들이 논의를 하여도 마땅히 하늘의 벌을 받을 것이에요. 지금 일의 형편은 노비에게 제 몸을 더럽힌 연후에야 부모의 목숨을 얻을 수 있는데, 어떻게 남의 의논을 두려워하겠어요?

재상이 곧 눈을 감고 말했다.

"지금 네 말을 들으니 참으로 효녀라고 할 만하다."

그래서 부인과 함께 사위를 삼기로 약속하고 친척들에게 통지하니, 친척들이 모두 "사위를 삼아도 좋다."고 하였다.

승상이 곧 시비를 시켜서 탕자蕩子40)에게 말하고는 더러운 것을 씻겨내었으며 다시 수건으로 몸을 닦고 비단옷을 입혀 꾸며주었다.

마침내 좋은 날을 받아 혼인을 시켜 데릴사위로 삼았다.

다음 날 아침, 승상은 은밀하게 사람을 시켜서 난방蘭房41)을 엿보게 하여 시를 짓는 여부를 살폈다.

신랑은 해가 떴는데도 일어나지 않았다. 운영은 곁에 앉아서 입을 다물고 근심 어린 빛으로 흔들며 시를 지을 것을 재촉하니 어깨를 흔들며 큰 소리로 말했다.

"시를 짓는 것은 어렵지 않소."

다만 벽 위에 풀로 종이를 붙이고 붓[毛公]을 가져다가 곧 발가락에

라고 대답했다. 이 '화소미모(火燒眉毛)'가 '소미지급(燒眉之急)'이 되고 소미지급이 변해서 '초미지급(焦眉之急)', '연미지급(燃眉之急)', '연미지화(燃眉之禍)'가 되었다.

40) 탕자: '방탕한 사나이'란 뜻으로 여기서는 파경노를 말한다.

41) 난방: 난의 향기가 그윽한 방. 혹은 미인의 침실이나 여기서는 신혼 방이다.

끼고 자는 것이었다.

　운영도 근심하다가 정신이 몽롱하여 베개에 기대어 잠깐 잠이 들었다. 꿈속에서 쌍룡이 하늘에서 내려와 함 위에서 서로 엉키고 오색 무늬 옷을 입은 동자 10여 명이 함을 받들고 서 있었다. 오색의 상서로운 기운이 쌍룡의 코에서 뿜겨 나와 함 속을 관통하니 스스로 열렸다. 또 붉은 옷을 입고 푸른 두건을 두른 세 선비가 좌우에 늘어서서 한 선비는 함을 부수고 한 선비는 혹 시를 읊고 한 선비는 붓을 잡고 막 쓰려는 때였다.

　마침 승상이 사람을 부르는 소리에 운영이 깜짝 놀라 일어나니 한 바탕의 꿈이었고 벽에 붙인 종이는 떨어져 있을 뿐이었다.

　한 시가 큰 글씨로 씌어 있었는데 시를 쓴 글씨가 용이 살아 움직이는 것같이 아주 활기 있었으니 그 시는 이렇다.

　　둥글둥글 돌함 속의 알이,
　　반은 옥이고 반은 황금이라.
　　안에는 때를 아는 새가 있지만,
　　마음만 머금은 채 소리 내지 못하네.

　곧 시를 세군細君[42])에게 주고는 승상에게 드리며, "황제가 이 시를 보면 반드시 시를 지은 자를 찾을 것입니다."라고 말하라 시켰다.

　승상이 그 시를 보고는 믿지 못했다. 운영이 곧 꿈속에서 본 이야기를 승상에게 하니, 마침내 믿고 온 집안이 기뻐했다.

---

42) 세군: 한문 편지 따위에서, 자기의 아내를 이르는 말. 동방삭이 그의 아내를 농담 삼아 부른 데서 유래한다.

승상이 드디어 시를 받들어 대궐에 나아가 왕에게 바쳤다. 왕이 보고는 크게 놀라서 말했다.

"경이 어떻게 알고 지었소?"

대답하였다.

"이것은 신이 지은 것이 아니오라 신의 사위가 지은 것이옵니다. 신이 어떻게 감히 알아내어 지을 수 있겠습니까?"

마침내 왕이 드디어 사신을 보내어 황제에게 바쳤다. 황제가 읽어보고는 한참동안 있다가 말했다.

"알이라고 한 것은 옳으나 '때를 아는 새가 소리 내지 못하네.'라고 한 것은 어떻게 그러하겠는가?"

곧 함을 쪼개 그 계란을 보니 솜으로 여러 겹 싼 속이 따뜻하였기 때문에 병아리가 되었다. 비로소 '마음만 머금은 채 소리 내지 못하네.'라 한 구절의 의미를 알게 되었다. 황제가 이에 감탄하며 "천하의 기재奇才로다." 했다.

이어 학사學士들을 불러 시를 보여주니 학사들이 보고 모두 그 글을 칭찬하여 글을 올리니 이렇다.

대저 소매 속의 물건도 살펴 알 수 있는 것도 어려운데, 하물며 돌 속에 있는 것은 어떠하겠습니까? 신라는 외딴 지역의 번리지국藩籬小邦[43]에서 중화中華의 자질구레한 일을 알고 이 같은 시를 지었으니 그 현명하고 이치에 밝은 것이 어떻겠습니까? 게다가 큰 중화에서도 이 같은 인재는 얼

---

43) 번리지국: 황실(皇室)을 보호하는 울타리에 해당하는 작은 나라. 신라를 얕보아 하는 말이다.

기 어렵습니다. 만약 그 재주를 키운다면 불측不測하게 대국을 업신여기는 마음을 먹을 수 있습니다. 원컨대, 폐하께서는 이 선비를 불러 어려운 일을 알아낸 사유를 캐물으시기 바라옵니다.

황제가 깊이 그렇겠다고 생각하여 곧 신라에서 시를 지은 선비를 불러오게 했다.

이러하여서 신라왕이 승상 나청업을 불러 말했다.

"지금 황제가 우리나라에 쳐들어오려 하면서 또다시 시를 지은 사람을 부르는구려. 경의 사위가 아직 어리니 보내기가 어려울 것 같아. 경이 차라리 대신 가지 않으려는가?"

승상이 대답했다.

"신의 사위가 진작 말하기를 '대국大國에서 반드시 시를 지은 선비를 부를 것입니다.'라고 하였는데 과연 그 말대로입니다. 그가 가고자 하지만 몸이 매우 연약하니 끝없이 넓은 바다에 어떻게 믿고서 보내겠습니까? 신이 마땅히 대신 가겠습니다."

승상은 집에 돌아와 집안사람들에게 말했다.

"지금 천자가 조서를 내려 시를 지은 선비를 부르는데 사위는 아직 어려 보낼 수 없으니 내가 대신하여 가고자 한다. 한 번 가면 다시 살아 돌아올 수 없으니 장차 어떻게 해야 좋단 말이냐?"

곧 운영이 물러 나와서 남편에게 말했다.

"당신은 어떻게 시를 지어, 또 징계하고 책망하는 조서를 내렸단 말입니까? 늙은 아버지께서 한 번 가시면 어떻게 다시 뵐 수 있겠어요?"

낭군이 말했다.

"승상께서 대신 가신다면, 어떻게 잘 말씀하실 수 있겠소? 반드시 큰 화가 있을 것이니 마땅히 내가 가야 하오."

운영이 말했다.

"이제 낭군께서 만 리 길을 떠나시면 다시 볼 수 있겠는지요?"

이내 처량하게 눈물을 흘리니 낭군이 위로하였다.

"당신은 옛 분들이 '하늘이 나에게 재주를 낼 때에는 반드시 나를 쓸 데가 있다.'44)라고 한 말을 알지 못하오. 이제 중원으로 들어가면 천자가 반드시 나를 쓸 것이니, 크게는 왕후王侯에 봉해질 것이요 작게는 장상將相이 될 것이요. 내 그리 되어 이곳으로 돌아와 당신에게 영광을 보인다면 집안도 즐겁지 않겠소? 더구나 대장부는 천하를 두루 돌아다녀야 하는 것이니 나는 떠나도록 하겠소. 내가 이번에 가는 것도 장부의 떳떳한 길이니 어떻게 돌아오지 못할 까닭이 있겠소? 그대는 의심하지 마오."

이어서 승상이 대신 갈 수 없는 상황을 설명해주었다.

그러므로 가서 "승상에게 말씀을 올리니 제가 가는 것이 옳습니다."라고 말씀해주시오.

운영이 마침내 낭군의 말을 들어가서 고했다.

"자기가 간다고 합니다."

승상이 참지 못하여 칭찬해댔다.

"사위의 말이 어떻게 크지 않겠느냐? 사람들이 꺼리는 것인데."

곧 대궐에 들어가 아뢰었다.

---

44) 당신은…쓸 데가 있다.: 이백(李白, 701~762)의 〈장진주(將進酒)〉에 보이는 글귀이다. 〈장진주〉는 악부(樂府)의 제목으로 권주(勸酒)를 의미한다. 인생의 무상(無常)함을 개탄(慨歎)하고 술을 마셔 이 우수(憂愁)를 잊고자 한 주선(酒仙) 이백의 성향이 잘 드러나 있다. 인용 부분은 다음과 같다.

"하늘이 나를 낼 적엔 재능이 반드시 쓸 곳이 있을지니, 천금의 돈도 다 흩어 쓰면 다시 돌아오게 마련이로다(天生我材必有用, 千金散盡還復來)."

"신은 사위를 보내고자 합니다."

왕이 말했다.

"이미 경이 가기로 정해 놓고 이제 파임을 내 사위를 보내고자 한다는 것은 어쩐 일이오?"

승상이 대답했다.

"신의 사위는 비록 어리나 재주와 학문이 신보다 열 배나 뛰어납니다. 그리고 그 함 속의 물건을 알아내어 시를 짓기도 하였습니다. 지금 황제가 다시 시를 짓게 하려고 부른 것이니 신이 비록 대신 가더라도 감히 시를 지어낼 수 없다면 우리나라의 체면을 잃게 될까 봐 두렵습니다. 이런 까닭에 사위를 보내려 하는 것입니다."

왕이 그렇겠다고 여겨 허락했다.

다음 날 나 승상의 사위에게 명령을 내려 불렀다.

사위는 즉시 대궐에 들어가 왕에게 절을 하니 왕이 물었다.

"네 나이가 몇 살인고?"

대답하였다.

"열두 살입니다."

왕이 말했다.

"네 이와 같이 나이 어리니 중원에 들어가더라도 무슨 일을 하겠느냐?"

대답했다.

"진정 나이와 몸으로 일을 한다면 한 나라의 선비들이 모두 나이가 많고 몸이 크나, 함 속의 물건에 대해 나이 많은 이들이 시를 짓지 못하였단 말입니까?"

왕이 이러하니 깜짝 놀라 시험해 물었다.

"네가 중원에 들어가면 어떤 뜻을 가지고 상대할 것이냐?"

대답하였다.

"대국大國은 소국小國보다 장자長者입니다. 장자의 도리로 소국을 대우한다면, 또한 소자小者의 도리로써 장자를 받들 것입니다. 지금 중국이 대국의 도로써 소국을 대우한다면, 소국이 어떻게 소국의 도로써 대국을 섬기지 않을 수 있겠습니까? 지금의 대국은 그러하지 아니하고 도리어 쳐들어오려고 석함石函에 계란을 담아 우리나라에 책망하는 사신을 보내어 시를 짓게 하였습니다. 그 뒤에는 도리어 시를 지은 사람을 미워하여 부른 것은 무슨 뜻인지 모르겠습니다. 그런즉 대국의 도리가 이랬다저랬다 하는 것입니까? 이와 같이 하고도 작은 나라에게는 명령을 내려 소국의 도리로 섬기라고 할 수 있겠습니까? 이것은 마치 '나무에 올라가서 물고기를 구하려는 격[緣木求魚]'입니다. 신은 이러한 것들을 황제에게 묻고자 합니다."

이러하니 왕이 그 말을 크게 기특하게 여기고 용상에서 내려와 손을 잡고서 위로하였다.

"네가 중원에 들어간 이후에 집 생각을 할 것이니, 내가 마땅히 요역徭役45)을 면제해주마. 또 의복과 곡식을 내려 주기를 네가 돌아올 때까지 할 것이다. 그런데 나는 네가 길을 떠나는 데 무엇을 노자 선물로 주랴?"

최랑이 예를 갖추어 사양하며 말했다.

"다른 물건은 바라지 않고 다만 50척R짜리 각이 있는 모자면 됩니다."

왕이 즉시 만들어주었다.

최랑이 은혜에 감사드리고 나와서 스스로 "신라 문장 최치원"46)이

---

45) 요역: 나라에서 정남(丁男)에게 구실 대신 시키던 노동이다.

라 일컬었다. 중원을 향해 가려고 바닷가에 이르니 인척姻戚들이 와 맞이하며 주연酒宴을 차려 위로했다.

나 승상의 딸은 이별의 한을 이기지 못하여 곧 이별의 한 구를 지었다.

흰 갈매기 쌍쌍이 날아 안개 낀 바다 속 떠돌고,
외로운 돛단배 가고 가서는 푸른 하늘에 닿았네.
사랑하는 임과 이별하고 돌아가니 좋은 뜻 없어,
긴긴 해 시름 쌓일 터니 나는 밤마다 어이 지샐꼬.

치원이 화답하여 위로하였다.

동방洞房47)에 밤마다 시름일랑 마오.
꽃다운 젊은 얼굴 쉬 늙을까 두렵소.
이번 가면 공명을 마땅히 차지하여,

---

46) 최치원: 신라시대의 학자인 최치원(崔致遠, 857~?)은 경주 최씨(慶州崔氏)의 시조로 글씨를 잘 썼다. 자는 고운(孤雲)·해운(海雲). 869년(경문왕 9) 13세로 당나라에 유학하고, 874년 과거에 급제, 선주(宣州) 표수현위(漂水縣尉)가 된 후 승무랑(承務郎) 전중시어사내공봉(殿中侍御史內供奉)으로 도통순관(都統巡官)에 올라 비은어대(緋銀魚袋)를 하사받고, 이어 자금어대(紫金魚袋)도 받았다. 879년(헌강왕 5) 황소(黃巢)의 난 때는 고병(高駢)의 종사관(從事官)으로서 〈토황소격문(討黃巢檄文)〉을 초하여 문장가로서 이름을 떨쳤다. 885년 귀국, 시독 겸 한림학사(侍讀兼翰林學士) 수병부시랑(守兵部侍郎) 서서감지사(瑞書監知事)가 되었으나, 894년 시무책(時務策) 10여 조(條)를 진성여왕에게 상소, 문란한 국정을 통탄하고 외직을 자청, 대산(大山) 등지의 태수(太守)를 지낸 후 아찬(阿湌)이 되었다. 그 후 관직을 내놓고 난세를 비관, 각지를 유랑하다가 가야산(伽倻山) 해인사(海印寺)에서 여생을 마쳤다. 고려 현종 때 내사령(內史令)에 추증되었으며, 문묘(文廟)에 배향, 문창후(文昌侯)에 추봉되었다.
47) 동방에서: 동방(洞房)은 깊숙한 안쪽 방이라는 뜻으로, 여자들이 거처하는 방을 이르는 말이다.

그대와 부귀 누리며 즐겁게 살리라.

　술에 취하여 작별하고 드디어 돛을 올리고 바다에 배를 띄어 날듯이 가는데 첨성도瞻星島 아래에 이르자 타고 가던 배가 갑자기 돌며 흘러가지 않는 것이었다. 치원이 정장亭長48)에게 물으니, 대답했다.

　"신룡神龍이 이 섬 아래 있다고 들었는데, 아마도 용신이 꺼리는 것이 있어서 이러한 변을 만난 듯하니 제祭를 올리시지요."

　치원이 그 말을 따라 마침내 배에서 내려 섬으로 올라갔다. 갑자기 한 나이가 어린 잘 생긴 유생儒生이 공수拱手49)하고 나왔다.

　치원이 이상하게 여겨 물었다.

　"그대는 어떤 사람이기에 감히 육지에서 아주 멀리 떨어져 있는 외딴섬에 당도하였소?"

　그 유생이 일어나 공경히 절을 한 다음 곧이어 꿇어앉아서 대답했다.

　"저는 용왕의 둘째 아들 이목李牧이라 합니다. 지금 선생이 천하문장天下文章으로서 이곳에 당도하신다 하기에 늙은 아비께서 한 번 뵙기를 원하셔서 저를 시켜서 맞이하게 한 것뿐입니다."

　치원이 말했다.

　"용왕은 수부水府50)에서 살고 나는 양계陽界51)에 사니 말과 소도 이르지 못하네. 비록 한 번 만나고 싶지만 어떻게 가능하겠는가? 또

---

48) 정장: 한 무리의 우두머리. 여기서는 배를 책임지고 지휘하는 사람. 또는 그런 직위이다.
49) 공수: 왼손을 오른손 위에 놓고 두 손을 마주 잡아 공경의 뜻을 나타냄. 또는 그런 예이다.
50) 수부: 물을 맡아 다스린다는 신의 궁전. 용궁이라고도 한다.
51) 양계: 사람이 사는 세상. 또는 이 세상으로 육지 세계를 수중 세계에 상대하여 이르는 말이다.

간다고 기약한 날짜가 바투 다가왔으니 어느 겨를에 수부에 놀러 가겠는가?"

이목이 말했다.

"우리 땅은 인간의 땅과 사뭇 달라 공자孔子의 말씀을 들은 적이 없기 때문에 글을 배우고자 하여도 배움을 얻을 길이 없답니다. 이 때문에 저는 늘 스스로 한탄하였는데 천하의 문장을 만났으니 어떻게 하늘의 도움이 아니겠습니까?"

이어서 거듭 공경하여 청했다.

치원은 갈 길이 바쁘다고 사양하였으나 이목이 말했다.

"제 등에 타시지요. 잠깐 동안 눈을 감고 있으면 금방 밝아질 것입니다."

치원이 마침내 그 말대로 했다.

이러하여 이목이 치원을 업고서 바위 아래를 따라서 물 속으로 들어가서 용궁에 이르러 "벌써 도착하였습니다." 했다.

치원이 마침내 눈을 떠보니 과연 문 앞에 이르렀다. 이목이 들어가서 용왕께 아뢰니 용왕은 크게 기뻐하며 달려 나와 맞아들이고는 용상龍床에서 마주 앉았다. 음식을 맛보니 모두 인간세상의 것들이 아니었다. 수정水晶 궁과 유리琉璃 땅의 찬 빛이 눈을 비추니 볼 수가 없었다. 용왕이 도道에 대해서 묻기에 시를 여러 편 써서 보여주니 왕은 기쁨을 이기지 못했다. 그리고는 몸소 수궁의 서책書冊을 보여주었는데 그 글이 전주篆籀52)와 같아서 해석할 수 없었다. 치원이 갈 길이 바쁘다고 작별을 고하니 용왕이 말했다.

---

52) 전주: 십체의 하나. 중국 주나라 선왕(宣王) 때에, 태사(太史)였던 주(籀)가 창작한 한자의 자체(字體). 소전(小篆)의 전신으로 대전(大篆)이라고도 한다.

"문장께서 다행히도 저의 누추한 집을 방문해주셨는데 여러 달 머물지도 않으시고 갑자기 떠나신다니 제 마음이 섭섭하군요. 제 둘째 아들 이목은 재주와 기운이 다른 사람보다 뛰어나니 함께 가시기 바랍니다. 만약에 큰 변이라도 있을 것 같으면 능히 막아낼 수 있을 것입니다."

치원이 작별하고는 마침내 이목과 함께 배가 있던 곳으로 돌아왔다. 정장이 바위 아래에서 배를 매어 놓고 울다가 홀연 치원을 보고 반가이 인사하며 말했다.

"어디 가셨다 바쁘게 돌아오십니까?"

치원이 말했다.

"물길을 가는 사람이 용왕의 청을 거절할 수 없지 않겠나. 그러므로 가서 보고 왔을 뿐이네."

정장이 말했다.

"어제 명공明公53)께서 섬 위에서 제를 지내려 하였으나 갑자기 광풍이 일어 흰 물결이 사납게 용솟음치고 날이 어스레해지더니 낮인데도 어두컴컴해졌지요. 시간이 흘러 바람이 멎었는데, 아마도 이것은 제를 지내는데 정결精潔하지 못해 큰 변고를 불러 온 것으로만 여겨 탄식하여 울음을 그치지 않은 것입니다. 이제 초승달이 다시 둥글어졌으니 어떻게 맞지 않겠습니까?"

치원이 말했다.

"제사가 왜 정성이 부족하였겠나? 반드시 내가 갔을 때 바람이 분 것이니 그것을 의심하지 말게나."

정장이 물었다.

---

53) 명공: 뛰어나 이름난 재상(宰相). 여기서는 최치원을 높여 부르는 말이다.

"저 옆에 있는 어린 분은 누구인지 모르겠군요."

치원이 말했다.

"이 사람은 바로 수부의 현인賢人이라네."

정장이 말했다.

"그렇다면 어떻게 하여 이곳에 왔지요?"

치원이 말했다.

"내가 중원으로 간다는 것을 듣고 함께 가려고 온 것이라네. 어제 바람이 불고 낮이 어두컴컴해진 것은 이 선비가 오는 기운 때문이었지."

드디어 배를 띄워 가니 오색五色의 운기雲氣가 돛 위에 항상 서려 있었다. 동풍東風이 서서히 불고 물결은 일지 않았다. 배가 물에 떠가 는 것이 마치 나는 살과 같다. 위이도魏耳島에 이르렀는데 오랫동안 비가 내리지 않아 만물이 발갛게 다 타 있었다. 섬사람들이 문장文章 이 왔다는 소문을 듣고 달려 나와 맞이하여 절하고는 손을 잡고 간절 하게 말했다.

"섬사람들이 불행하게도 가뭄이 너무 심하여 거의 죽을 위험에 빠 졌습니다. 다행히 천하의 큰 현인을 만났으니 명공明公의 덕으로 죽어 가는 목숨을 이어주셨으면 합니다."

치원이 말했다.

"하늘이 하는 것을 내가 어떻게 하겠소?"

섬사람들이 말했다.

문장文章 대현大賢께서 지극한 정성으로 기도 드리면 하늘이 반드시 응할 것입니다. 명공께서 아주 충분히 기도를 드리셔서 만 번 죽은 목숨을 살려 주신다면 그 은덕을 어떻게 헤아릴 수 있겠습니까?"

치원이 이목을 돌아보며 말했다.

"용왕께서 그대를 말하기를 나를 위하여 못할 것이 없다고 하였소.

한 줄기의 비를 뿌려 이 섬의 죽을 지경에 처한 백성을 구제해주면 하는데 어떻겠소?"

이목이 "예" 하고 물러 나와서는 마침내 산 속으로 들어갔다. 잠시 후 검은 구름이 해를 가리고 천지가 온통 깜깜해지더니 비가 물 붓는 것처럼 내렸다. 잠깐 있으니 푸른 옷을 입은 신령한 중이 붉은 칼을 들고 내려왔다.

이목이 먼저 그 죄를 알고 즉시 뱀으로 변하여 치원의 자리 아래 숨었다.

벽승霹僧[54])이 치원 앞에 무릎을 꿇고 말했다.

"저는 이목을 죽이라는 천제의 명을 받았소."

치원이 말했다.

"이목이 무슨 죄가 있나요?"

중이 말했다.

"이 섬의 사람들은 부모에게 불효하고 형제끼리 화목하지 아니하며, 곡물을 낭비하고 하늘의 도움을 시험해보지는 않고 장醬을 담그다 남은 턱찌끼와 술찌끼를 길에다 마구 버렸지요. 특히 웃어른을 아주 능멸하였습니다. 그러므로 천제께서 그 죄악이 너무 심하여 추위와 굶주림의 재난을 내리신 것이지요. 지금 이목은 천명이 있지도 않았는데 제멋대로 비를 뿌렸기 때문에 죽이려는 겁니다."

치원이 말했다.

"내가 눈앞의 참상을 차마 보지 못하여 이목에게 명을 내려 비를 뿌리도록 한 것이오. 죄는 마땅히 나에게 있지 이목에게 있는 게 아니니 죄를 주시려면 나를 죄 주는 것이 옳소."

---

54) 벽승: 신령한 중이다.

천승天僧55)이 말했다.

"천제께서 내게 명하시기를, '최치원은 천상에 있을 때 작은 죄를 지어 잠시 인간 세상에 귀양 가게 된 것이기에 본래 인간 세상의 녹록碌碌한 사람이 아니다. 네가 가면 반드시 최문장이 이목을 구하려 할 것인데, 이목을 구하려는 뜻이 간절하면 구해주거라.'라고 하셨는데 과연 똑같군요. 정말 그래요."

마침내 사례하고는 돌아가 버렸다.

그러자 이목이 다시 변화하여 사람이 되어 치원에게 고마움을 표하고 말했다.

"만약에 선생이 아니었다면 어떻게 목숨을 보존할 수 있었겠습니까?"

그리고 또 말했다.

"선생께서는 천상에 계실 적에 무슨 죄를 지으셨기에 인간 세상에 귀양 오게 되셨는지요?"

치원이 말했다.

"내가 월궁月宮56)에 계화桂花57)가 아직 피지 않았는데 이미 피었다고 천제께 속여서 아뢴 까닭에 죄를 얻었을 뿐이라네."

잇대어 이목에게 이렇게 말했다.

"자네가 비록 용왕의 아들이라 하나 나는 일찍이 용의 몸을 본 적이 없으니 날 위해 보여주겠나?"

이목이 말했다.

"보고 싶어 하신다면 실로 어렵지는 않습니다만, 다만 선생께서

---

55) 천승: 하늘 중. 벽승(霹僧)이다.
56) 월궁: 달 속에 있다는 궁전을 말한다.
57) 계화: 계수나무의 꽃이다.

놀라고 무서워하실까 걱정이네요."

치원이 말했다.

"나는 벽승의 위엄을 보았어도 외려 두려워하지 아니하였는데 하물며 자네 몸을 보고 무서워하겠나!"

이목이 말했다.

"그러시다면 무엇을 어려워하겠습니까?"

홀연히 산 속으로 들어가 금룡金龍으로 변화하여 치원을 불렀다.

치원이 가서 보고는 곧바로 정신을 잃고 땅에 엎드렸다가 잠시 후 소생하여 이목에게 말했다.

"자네의 몸을 보니 나 혼자 가고 싶네."

이목이 말했다.

"아버님의 뜻을 받들어 처음부터 끝까지 함께 가려합니다. 지금 중원에 도착하지도 않았는데 어떻게 갑자기 포기하고 돌아간단 말입니까?"

치원이 말했다.

"지금 내가 중원에 거의 다 왔고 또 할 만한 일도 없으니 돌아가는 것이 낫다는 것이네."

이목이 말했다.

"선생께서 억지로 돌려보내려 하시는군요."

치원이 말했다.

"뜻대로 생각하게."

마침내 용왕 앞으로 아들을 돌려보내는 마음을 담아 글을 써서 주었다.

이목은 즉시 몸을 큰 청룡으로 변화시켜 뛰어올라 크게 소리를 질러 천지를 진동시키고는 가버렸다.

치원이 절강浙江58)의 정사亭舍에 도착했다.

어떤 한 노파가 있는데 술을 가지고 와 먹이면서 간장에 적신 솜을 주며 말했다.

"이 물건이 비록 작지만 반드시 쓸모가 있을 것이니 조심하여 잃어버리지 마라."

치원이 말했다.

"삼가 가르침을 받겠습니다."

이어 사례하고는 가서 능원도陵原道59)에 이르렀다. 길 가 집에 어떤 늙은이가 팔짱을 끼고 앉아 있다가 치원에게 물었다.

"어린 아이는 어디로 가려는고?"

치원이 말했다.

"중원으로 갑니다."

늙은이는 슬프게 탄식하며 말했다.

"네가 지금 중원으로 들어가면 반드시 큰 화를 만날 것이니 부디 조심하라. 만약 조심하지 않으면 또한 살아 돌아오기 어려울 것이다."

치원이 절하고 그 까닭을 물으니 늙은이가 말했다.

"네가 닷새 정도 가게 되면 곧 큰 물가에 당도할 것이다. 그 물가에는 한 아름다운 여인이 있단다. 왼 손에 큰 그릇을 들고 오른 손에는 옥을 들고 앉아 있을 것이다. 너는 그 여자를 보거든 공손하게 큰 절을 드리고 물어보도록 해라. 그 여인이 반드시 자세히 가르쳐 줄 것이다."

치원이 닷새를 가니 과연 물가에 한 미녀가 옥을 받들고서 앉아

---

58) 절강: 중국 남동부의 동해 연안에 있는 성. 전당강(錢塘江)에 의해 동서로 나뉘며 성도(省都)는 항저우[杭州]이다.
59) 능원도: 중국 동북 랴오닝성[遼寧省] 서부에 있는 도시이다.

있었다.

곧 공손하게 절을 하니 여인이 말했다.

"당신은 누구시지요?"

치원이 말했다.

"저는 신라 최치원이며 중원을 가는 길입니다."

여인이 말했다.

"무슨 일로 가려는 것이지요?"

치원이 그 사유를 모두 말해주었다.

여인이 타일러 말했다.

"무릇 중원은 대국이라 소국과는 사뭇 다르답니다. 지금 천자는 당신이 왔다는 소문을 들으면 반드시 아홉 개의 문을 만든 뒤에 그 문으로 그대를 맞아들일 것이니 부디 마음을 놓지 마세요. 큰 화가 닥칠 겁니다."

그리고는 곧 차고 있던 주머니 속을 더듬어 부적을 꺼내주며 경계하였다.

"그대가 바깥문에 이르면 푸른 글씨가 씌어진 부적을 던지고 두 번째 문에 이르면 붉은 글씨가 씌어진 부적을 던지고 세 번째 문에 이르면 흰 글씨가 씌어진 부적을 던지고 네 번째 문에 이르면 황색 글씨가 씌어진 부적을 던지고 그 나머지 문에서는 시로 답을 하세요. 진실로 이와 같이 하면 화가 사라질 겁니다."

여인이 갑자기 보이지 않았다.

치원이 낙양洛陽60)에 이르자 어떤 한 학사學士가 치원에게 물었다.

---

60) 낙양: 중국 허난성[河南省] 북서부에 있는 성도(省都). 예로부터 여러 왕조의 도읍

"해와 달은 하늘에 달려 있는데, 하늘은 어디에 달려 있느냐?"

치원이 답하였다.

"산과 물은 땅에 실려 있는데, 땅은 어디에 실려 있느냐?"

학사가 대꾸하지 못했다.

처음에 문장文章61)이 이르면 속임수를 쓰기 위해 세 문 안에는 구덩이를 파고 악인樂人62)들을 그 속에 넣은 뒤 단단히 잡도리했다.

"최치원이 들어올 때 모두 음악을 연주하여 그 마음을 어지럽게 하라."

그리고는 즉시 널빤지로 덮고 그 위에 흙을 부어 밟아 함정을 만들었다.

또 네 번째 문 안에는 비단 장막을 치고 코끼리를 그 안에 들여놓고는 깨물어 죽이도록 하고는 곧 치원을 부른 것이었다.

이때 치원이 모자를 갖추어 쓰고 문으로 들어가려 하니 쓰고 있던 모자의 모서리가 거치적거려 들어가지 못하니 탄식하였다.

"비록 소국의 문에서도 내 모자가 부딪치지 않았는데, 하물며 대국의 문이 어떻게 이다지도 좁단 말인가?"

서서 들어가지 못하니 황제가 이 말을 듣고서는 부끄러워하며 문을 부수고는 다시 치원을 들어오게 했다.

치원이 문 아래에서 나는 풍악 소리를 듣고는 푸른 글씨가 씌어진 부적을 던지니 그 소리가 조용해졌다.

두 번째 문에 이르자 풍악 소리가 울리므로 빨간 글씨가 씌어진 부적을 던지니 그 소리가 곧 조용해졌다.

지로 번창하여 명승고적이 많다.

61) 문장: 문장가(文章家). 여기서는 최치원을 말한다.

62) 악인: 악사(樂師), 악생(樂生), 악공(樂工), 가동(歌童) 따위를 통틀어 이르는 말이다.

또 세 번째 문에 이르자 풍악 소리가 울리므로 흰 글씨가 씌어진 부적을 던지니 그 소리가 바로 잦아들었다.

네 번째 문에 이르자 흰 코끼리가 장막 안에 숨어 있기에 황색 글씨가 씌어진 부적을 던지니 그 부적이 누런 구렁이로 변하여 코끼리 입을 칭칭 감아 코끼리가 감히 입을 열지 못하니, 곧 들어갔다.

황제는 최치원이 아무런 근심 없이 네 개의 대문을 통과했다는 말을 듣고 놀라서, "이는 참으로 하늘이 내린 사람이다." 했다.

다섯째 문 안에 이르자 학사들이 좌우에 가득 늘어서서 서로 다투어 물었다. 치원은 대꾸하지 않고 오직 시를 지어 응수하니 학사들이 서로 보고는 모두 칭찬하지 않는 이가 없었다. 잠깐 사이에 지은 시가 셀 수도 없이 많았다.

어전에 이르자 황제는 용상에서 내려와 맞이하여 상좌上座에 앉힌 다음 물었다.

"경이 함 속의 물건을 알아내어 시를 지었는가?"

치원이 대답했다.

"그렇습니다."

황제가 말했다.

"경이 어떻게 알고 지었느냐?"

치원이 대답했다.

"제가 듣기로는 '어질고 현명한 사람은 비록 하늘 위의 물건이라도 알 수 있다.' 하였습니다. 신이 비록 영민하지는 못하지만 어떻게 함 속의 물건을 알아내어 시를 짓지 못하겠습니까?"

황제가 매우 그렇다 여겨 또 물었다.

"경이 세 번째 문을 들어올 때 풍악 소리를 듣지 못했는가?"

치원이 대답했다.

"듣지 못했습니다.

그래서 곧 세 번째 문 안 땅 밑의 악인樂人들을 불러 캐물으니 모두들 말했다.

"우리들이 함께 한껏 소란스럽게 풍악을 울릴 즈음에 희거나 붉은 옷을 입은 사람들 수십 명이 와서 저희들을 쇠사슬로 묶어 움직이지 못하게 하고는, '큰 손님이 오셨으니 시끄럽게 하지 마라! 시끄럽게 하지마라!' 하였기에 감히 풍악을 울리지 못하였습니다."

황제가 크게 놀라 사람을 시켜 가서 살펴보게 하였더니, 구덩이 속에는 뱀들이 가득 차 있었다. 황제가 크게 기이하게 여겨 말했다.

"최치원은 비상한 인물이다. 소홀히 할 수 없겠다."

그리고는 학사들에게 명을 내려 따라 다니면서 접대하게 하니 종관從官63)들이 큰 군자君子로 대접했다.

하루는 황제가, "치원과 더불어 말을 해보니 행동이 고요하고 말이 그윽하나 별달리 이상한 일은 없구나."라고 했다. 그리고는 학사들에게 영을 내려, "지난 번 일은 비록 기이하나 짐이 친히 보지 않아 족히 믿지 못하겠으니 직접 됨됨이를 드레질해보겠다." 하고는 식사 시간을 틈타 밥 위에 벼 네 알을 올려놓고 밥 속에는 독약을 넣고 기름으로 국을 끓여 놓게 했다.

치원이 상床을 대하더니, 즉시 문門에 초醋를 놓으니 황제가 물었다.

"어째서 문지방에 초를 두나?"

치원이 대답했다.

"밥 위에 네 개의 벼가 있으니 반드시 '네가 누구냐?'라는 뜻이기에 제가 문장文章 최치원의 이름을 대신하여 초를 둔 것입니다."64)

---

63) 종관: 임금을 수행하던 벼슬아치이다.

황제가 웃으면서 크게 기이하다고 생각했다.

치원이 말했다.

"우리나라가 비록 적으나 간장으로 국을 끓이고 기름으로써 불을 켭니다. 그러나 이제 상을 보니 기름으로 국을 끓이고 간장으로 등불을 켜니 대국大國을 알지 못하겠습니다."

황제가 곧 상을 바꾸어 가져오게 하였다. 그러나 치원은 숟가락을 꽂아 놓고 먹지 않으니 황제가 말했다.

"어떻게 먹지 않는가?"

치원이 말했다.

"우리나라는 비록 소인이라도 죄가 되는 허물이 있으면 밝혀서 지극히 공대하게 하여 스스로 죄 값을 받도록 합니다. 그러나 무고無辜한 사람을 몰래 죽이라는 법령은 듣지를 못하였습니다.

황제가 말했다.

"무슨 말이냐?"

치원이 대답했다.

"지금 지붕 위의 새소리를 들으니, '음식 속에 독약을 감추어 먹으면 죽는다.'라는 말을 들었습니다."

황제가 말했다.

"먹지 않으면 알 수가 없는 것이거늘, 경은 어찌 망령된 말을 하는가?"

치원이 즉시 숟가락으로 밥을 퍼내니 정말 독약이 있었다. 그러므로 과연 밥그릇이 누렇게 되어 있었다.

---

64) 밥 위에…초를 둔 것입니다: 언어유희(言語遊戲)이다. 즉, '네(四)'는 '네가', '벼(稻)는 '뉘'니 '네가 뉘(누구)냐?'라는 뜻이며, '초(醋)'는 '최', '문(門)'은 '문', '상(床)'은 '장'과 음이 '최문장(崔文章)'과 유사하기에, 혹은 '초(醋)'는 '최', 문에 두었으니 '치(置)', 문지방은 먼 곳에 있으니 '원(遠)'으로 음의 유사를 이용하여 이름을 대신 표현한 것이다.

황제가 자리에서 내려와 사과했다.

"과연 천재임을 알겠다. 인간으로는 감히 속일 수 없겠구나. 이제 밥을 바꾸어 오라 할 것이니 들도록 하라."

이후로 황제는 더욱 후하게 대접해주었다.

이 해 늦가을에 마침 괴황지기(槐黃之期)[65]를 맞아 천하의 유생들이 모여 태학궁(太學宮)[66]에서 과거를 베풀었는데, 선비들의 수가 85,000여 명이었다. 치원도 나라의 선비들과 더불어 시장(試場)에서 취거[嘴距][67] 다투었는데 두 번 세 번하여 장원으로 뽑히어 대국(大國)에서 빛났다.

황제는 수많은 황금을 하사했다. 또한 황제의 친시(親試)[68]가 있던 날, 치원이 지은 시를 쌍룡이 하늘에서 내려와 가지고는 올라가 버렸다.

이 일을 황제가 듣고서는 치원을 불러 물었다.

"경이 어떻게 시를 지었기에 하늘이 가져간단 말인가?"

곧 치원에게 그 시를 읊게 하고는 말했다.

"지은 시가 이와 같으니 하늘이 가져가지 않을 수 있겠나."

그리고 장원을 시키고는 동방지인(同榜之人)[69]과 함께 이레 동안 유가

---

65) 괴황지기: 과거 보는 시기. 괴황(槐黃)은 회화나무는 회나무라고도 부르며 한자로는 회목(檜木) 또는 괴목(槐木)으로 쓴다. 이 나무는 꽃이 귀중한 것으로 이용되어 왔다. 괴화(槐花)는 황색소(黃色素)를 포함하고 있어서 중국에서는 예전부터 특히 종이를 노랗게 물들이는 재료로 이용했고 또 꽃도 과거를 보는 음력 칠 월경에 피기에 '과거를 보는 시기'로 쓰였다. '괴추(槐秋)'라고도 한다.

66) 태학궁: 중국의 고대부터 송대(宋代)까지 중앙에 둔 최고학부이다.

67) 취거: '부리'와 '발톱'이란 뜻으로 '무기(武器)'를 이르는 말. 여기서는 '붓' 혹은 '갈고 닦은 실력'의 비유적 표현이다.

68) 친시: 임금이 몸소 과거장에 나와 시험 성적을 살피고 급제자를 정하던 일. 또는 그 시험을 말한다.

69) 동방지인: 같은 때에 과거에 급제하여 방목(榜目)에 함께 적히던 일. 또는 그런

遊街[70])하게 하니 영화로움이 극진했다.

마침내 문신후文信侯에 봉했다.

몇 년 후, 황소黃巢[71]) 적당들이 군사를 일으켜 군郡의 주변을 공격하여 중화中和 881년[72]) 7월에 함락시켰다. 여러 해를 계속하여 토벌하였으나 황제가 이기지 못했다. 황제는 치원을 장수로 삼아 도적을 토벌하러 보냈다.

치원은 전쟁터에 도착하여 곧 격서檄書[73])를 황소의 적당들에게 보내었다. 또 회남병마도淮南兵馬都 고변古駢의 순관巡官이 되어 마침내 항복을 받고서 돌아왔다. 치원이 적당의 우두머리를 사로잡아 돌아와 바치니, 황제가 크게 기뻐하며 식읍食邑[74])을 주어 북돋우고 또한 황금 30,000일鎰[75])을 하사하니 총애가 비할 만한 사람이 없었다.

이 때문에 질투하는 대신들이 많아 참소하였다.

"최치원은 소국의 선비인데 그 재능만 믿고 대신들을 능멸하고 늘 중국이 비록 크나 소국보다 못하다고 합니다. 비록 윤대輪臺[76])에 들더

사람이다.

70) 유가: 과거 급제자가 광대를 데리고 풍악을 울리면서 시가행진을 벌이고 시험관, 선배 급제자, 친척 등을 찾아보던 일. 보통 사흘에 걸쳐 행하였다.

71) 황소: 중국 당(唐)나라 말기의 대 농민반란의 수령. 황소(黃巢, ?~884)는 5세 때 시(詩)를 지었다는 이야기가 전해지며, 후에 과거(科擧)에 낙방하자 소금 암매매(暗賣買)를 업으로 삼았다. 875년 왕선지(王仙芝)의 반란에 호응하여 군사를 일으킨 후 하남(河南)·산동(山東), 남으로는 광주(廣州)에 이르는 거의 전국 각지를 전전(轉戰)하면서 가는 곳마다 관군을 격파하고 5년 후에는 장안(長安, 현 西安)에 입성하여 스스로 황제위에 올랐으나, 관군(官軍)의 반격으로 자결하였다.

72) 중화 881년: 신라 헌강왕 7년인 881년이다.

73) 격서: 어떤 일을 여러 사람에게 알리어 부추기는 글이다.

74) 식읍: 고대 중국에서 공신에게 내리던 채읍(采邑). 봉작과 함께 대대로 상속되었다.

75) 일: 무게를 재는 단위이다. 스무 냥 혹은 스물 넉 냥이다.

76) 윤대: 윤대(輪對)인 듯. 조선시대에 문무 관원이 윤번으로 궁중에 참석하여 임금의

라도 공손히 계사啓辭[77]하는 것에도 헤아릴 수 없는 근심이 있을 것입니다."

황제가 깊이 그러하다고 생각하여 마침내 치원을 남쪽 바다의 섬으로 귀양 보내었다.

치원은 늘 노파가 준 간장 적신 솜을 펼쳐 이슬을 받아 씹어 마시며 여러 날을 먹지 않았으나 스스로 배가 불렀다. 비로소 한 달이 지나자 황제가 치원이 죽었는지 알고자 하여 사령使令을 시켜서 불렀다. 치원은 속으로 그 의도를 알아차리고 작은 소리로 응답하니 사령使令이 돌아가 말했다.

"거의 죽어 가는지 대꾸하는 것이 희미합니다."

여러 대신들이 아마도 그가 죽었을 것이라고 생각하고는 모두 치원을 조롱하기를, "치원은 소국의 비천한 사람으로 중국에 와 온갖 가지로 천자를 속이고 요행히 벼슬자리를 채워서 권세를 믿고 사람을 업신여기다가 이제 도리어 화를 받아 굶어 죽었다."고 했다.

그때 마침 남국南國[78] 사신이 중원中原[79]에 조공을 받들고 가다가 치원이 귀양살이 하는 섬을 우연히 만났다. 홀연 섬 위에서 어떤 선비와 중이 함께 앉아서 책을 읽고 있고 또 천녀天女 수십 명이 줄지어 늘어서 노래를 부르고 있는 것을 보았다. 그리하여 배를 멈추고 오랫동안 보다가는 선비에게 시를 청하자 즉시 시를 지어주었다.

질문에 응대하던 일. 각 사(司)의 낭관은 관청의 차례에 따라 임금을 알현하고 직무에 관해 상주하고 질문에 답했는데, 동반(東班, 文官)은 6품 이상, 서반(西班, 武官)은 4품 이상의 관원이 해당되었다. 윤대는 날마다 이루어졌으며, 하루 윤대 인원은 5명을 넘지 않았다.

77) 계사: 논죄(論罪)에 관하여 임금에게 올리는 글이다.

78) 남국: 안남국(安南國). 지금의 베트남이다.

79) 중원: 넓은 들판의 중앙. 경쟁하는 곳. 또는 정권을 다투는 무대인데 여기서는 중국의 서울을 말한다.

사신이 중원에 도착하여 선비가 지은 시를 황제에게 바치니 황제가 물었다.

"이것은 누가 지은 것이냐?"

사신이 대답했다.

"제가 남쪽 바다를 지나가는데 섬 위에서 어떤 선비가 중과 함께 앉아 있었고 천녀 수십 명이 단란하게 노래 부르고 있었습니다. 제가 청하니 그 유생이 지어서 준 시입니다."

황제가 신하들을 불러 시를 보여주며 말했다.

"그 시에 포함하고 있는 뜻으로 보건대 치원이 지은 시인 듯하다. 그러나 석 달 동안 식량을 끊었는데 어떻게 살아 있을 리가 있겠는가? 필시 치원의 혼령이 지은 것일 게다."

마침내 사람을 시켜 부르게 하니, 치원이 백마白馬 한 필을 섬 봉우리에 매달아 놓고 청의동자靑衣童子[80]를 시켜서 말을 길들이고 있다가 큰 소리로 응답했다.

"너는 누구인데 자꾸 내 이름을 부르느냐?"

그리고는 꾸짖어 말했다.

"나에게 무슨 죄가 있어서 이 섬에 보내어 이와 같은 곤욕을 주는가?"

사자가 돌아가, "치원은 죽지 않았을 뿐만 아니라 큰 소리로 응답하고는 꾸짖음을 그치지 않았습니다." 하니 황제가 놀라워하면서 말했다.

"이는 하늘이 보살피는 것이다. 죽일 수 없구나."

사자를 보내 치원을 부르니 치원이 말했다.

---

80) 청의동자: 신선의 시중을 든다는 푸른 옷을 입은 사내아이를 말한다.

"중원의 대신들이 직분職分을 다스리지 아니하고 나의 재능을 질투하고 당치도 않은 일을 사실인 것처럼 거짓으로 꾸며 무고하였으며, 황제도 믿었으니 어떻게 군자의 나라라고 하겠는가? 가서 황제에게 '고국으로 돌아가겠노라.'고 말했다 해라."

마침내 '용龍 자'를 쓰니 청룡이 갑자기 나타나 옆으로 누워서 다리를 만들었다.

치원이 낙양洛陽에 이르니 황제가 치원을 불러서, "경은 석 달 동안이나 어떻게 꿈속에도 나타나지 않았단 말인가!" 하고 이어 말했다.

"천하의 백성은 임금의 신하 아닌 사람 없고 천하의 땅은 임금의 땅 아닌 곳이 없다.'81)라 했다. 이 말은 곧 네가 비록 신라사람이지만 신라도 나의 땅이요, 네 임금도 내 신하라는 것이다. 그런데 네가 나의 신하를 꾸짖었으니 어떻게 된 일이냐?"

치원이 허공에 '한일 자—字'를 긋고는 그 위에 뛰어 올라 굽어보면서 말했다.

"그렇다면, 여기도 폐하의 땅이요?"

황제가 놀라 자리에서 내려와 머리를 땅에 대고는 죽을죄를 용서해달라고 비니, 치원이 황제에게 말했다.

"폐하는 소인들의 헐뜯는 말만 믿고 신하들을 시켜 빈번히 죽이려 하였으니 어질지 못한 임금이오. 사람이 현명한지 아닌지를 알지 못

---

81) 천하의 백성은…아닌 곳이 없다: 『시경(詩經)』「소아(小雅)」'북산(北山)'의 구절을 차용. 대부(大夫)가 유왕(幽王)을 풍자한 시. 역사(役事)가 균등하지 못하여 자기만이 종사(從事)에 수고로워 부모를 봉양함을 끝마치지 못함을 풍자한 시이다. 이 글이 나오는 부분은 다음과 같다.
　　"너른 하늘 아래, 왕의 땅 아닌 곳이 없으며, 어느 땅의 그 누구 신하 아님이 없거늘 대부가 균평하지 못하여 나만 종사하게 하여 홀로 어질다 하네(溥天之下, 莫非王土, 率土之濱, 莫非王臣, 大夫不均, 我從事獨賢)."

하는 것이 이렇단 말이요. 나는 당장 환안(還安)[82]을 마다하지 않고 고국으로 돌아가겠소."

이어 소매에서 '저(猪) 자'를 꺼내 땅에 던지자 곧 푸른 사자로 변했다. 그리고는 사자를 타고서 공중의 구름 사이로 뛰어 들어갔다.

이내 신라의 살피에 이르렀다.

시냇가에 사람들이 몰려 있는 것을 볼 수 있었다. 치원이 친구에게 물어보니 친구가 속여 말했다.

"임금님이 놀이 나오신 모양이라네."

그래서 가서 보니 곧 사냥꾼이었다.

동무가, "내가 자네를 위해 이것을 팔겠네." 했다.

마침내 치원이 사마(駟馬)[83]를 타고 가서 동문 밖에 이르렀다.

마침 신라왕이 놀이를 나왔다가, 치원이 사마를 타고 지나가는 것을 보고는 곧 사람을 시켜 잡아오니 치원이었다.

왕이 꾸짖어 말했다.

"임금에게 범마(犯馬)[84]를 한 죄는 마땅히 참(斬)[85]하여야 하겠으나 경은 나라에 공이 있는 사람이라 한 번의 죄는 용서하겠소. ……[86]"

즉시 사면을 하고는, "이 이후로는 이와 같은 일이 없도록 하시오." 했다.

---

82) 환안: 다른 곳으로 옮겼던 신주(神主)를 다시 제자리로 모심. 환봉(還奉)이라고도 한다.
83) 사마: 네 필의 말이 끄는 수레이다.
84) 범마: 하마비(下馬碑)가 있는 지역에서 말을 내리지 아니하던 일. 혹은 아래 등급의 관원이 위 등급 관원의 앞을 지나면서 말을 내리지 아니하던 일이다.
85) 참: 참형(斬刑)이다. 목을 베어 죽임. 또는 그런 형벌이다.
86) ……: 마멸(磨滅)되어 알 수 없다.

치원이 옛집에 찾아가 보니 나 승상은 이미 죽고 없었다.

그는 마침내 아내 나씨를 데리고 가야산伽倻山[87]으로 들어갔으니 기이한 일이라 할 만하다.

---

87) 가야산: 경상북도(慶尙北道) 성주군(星州郡)과 경상남도(慶尙南道) 합천군(陜川郡) 사이에 있는 산으로 최치원의 유적이 많다.